Amos Daragon

Book Two
The Key of Braha

www.amosdaragon.co.uk

Originally published in Canada by Les Intouchables MMIII

First published in Great Britain by Scribo MMIX,
Scribo, a division of Book House, an imprint of
The Salariya Book Company
25 Marlborough Place, Brighton, BN1 1UB
www.book-house.co.uk
www.salariya.com

Book Design by David Salariya

Printed and bound in Dubai

Cover Illustration by David Frankland

Editor: Kathy Elgin

The text for this book is set in Cochin
The display types are set in CCNearMyth-Legends

AMOS DARAGON

BOOK TWO

THE KEY OF BRAHA

BRYAN PERRO

English Edition by
Kathy Elgin

A division of Book House

AMOS DARAGON
THE KEY OF BRAHA

A very long time ago, in the fertile lands of Mahikui, there was a wondrous city called Braha. In the Mahite language this meant 'Divine Marvel of the World'. The huge pyramid that stood at the centre of the city justified that title alone. The Mahite people were peaceful and gentle. They had lived happily alongside each other for many centuries. However, the gods were jealous of the city's beauty and they plotted to rob the mortals of their happiness. One fateful day, they combined their powers to unleash a great disaster. A terrible sandstorm buried the city and transformed all the neighbouring lands into a dry desert. Braha, the Divine Marvel of the World, was cast into another dimension. The city became a portal for the souls of all earthly creatures that had died.

From that moment on, the city was referred to as the 'City of the Dead'. A great courtroom was built, where souls went to be judged. There were two doors in the courtroom – one leading to heaven, and the other to hell. All that could be seen of the original Braha was the tip of the pyramid that pierced through the desert sand. Legend has it that the gods planted an extraordinary tree on this same site. This tree produced fruit which could turn a mortal into a god. Two guards protected a great metal door, on which was inscribed a riddle:

> *The one who dies and comes back to life,*
> *The one who sails the Styx and finds his way,*
> *The one who answers the angel and*
>   *vanquishes the demon,*
> *That one will find the Key of Braha.*

Over time, the riddle grew into a legend. Then, after many centuries, the legend gradually faded from human memory.

CHAPTER ONE

THE CLOSING OF THE DOORS

Mertellus, a ghost, was sitting at his desk, leafing through a large book of laws. During his lifetime he had been one of the greatest judges the world had ever known. When he died, the gods employed him as a judge of the afterlife, and so Mertellus presided over the grand jury of Braha, the City of the Dead. Every night for five hundred years, Mertellus and his assistant judges, Korrillion and Ganhaus, had judged the souls of the dead who came before them.

The dead entered the courtroom one by one. The three judges studied each case carefully and gave their decisions. If the dead person had committed an evil deed, the door of hell opened to reveal a great staircase leading to the bowels of the earth. If, on the other hand, his life had been one of good deeds, kindness and compassion, he was directed to the door leading to paradise.

In most cases, the decision of the three judges was unanimous and the procedure was merely a formality. Sometimes, however, the verdict was not so clear-cut. There might, for example, be errors in counting up the good deeds and the bad deeds.

The smallest complication meant that the dead person was sent back to Braha, the City of the Dead, to remain a prisoner there until such time as a final decision was made. This process could last for decades. The ghosts suffered greatly at being refused access to either of the doors, and wandered aimlessly through the vast city. The City of the Dead was chock-a-block with ghosts awaiting judgement, and no matter how hard they worked, Mertellus and his assistants never managed to clear the backlog. Every day new arrivals entered Braha, and the problem of ghost overpopulation became increasingly serious.

Sitting at his desk in his big comfortable chair, Mertellus leafed through the large book of laws, looking for precedents for a complicated case he was judging. It involved an ordinary man, neither very good nor very bad, who had one day refused to open his door to a woman begging for shelter. Early the next morning he found the woman dead, frozen stiff on his doorstep.

The gods of good were requesting compensation for the woman. They demanded that the man be condemned to haunt his own house until he had paid back his debt towards the needy woman he had neglected. The gods of evil were demanding that he be sent immediately to hell. Mertellus grumbled impatiently, searching for a solution. Piled on the floor, on tables and chairs, library shelves and even on the windowsills around him, were the files of hundreds of equally complicated cases waiting to be resolved.

Suddenly the door to Mertellus' office opened and the ghost of Jerik Svenkhamr burst in without warning. Jerik was a miserable little thief who had lost his head to the guillotine. After death he hadn't been able to re-attach his head to his shoulders, so he carried it around in his hands or under his arm. He had been sentenced to go to hell for the thefts he had committed but, when he refused to go, his lawyer had proposed that instead he redeem himself by serving a sentence of one thousand years of service to justice. That was how he came to be assigned to Mertellus as his private secretary. Jerik was clumsy and nervous. He couldn't write a single thing without making a mistake and, for the past hundred and fifty-six years, he'd been driving the great judge to despair. His sudden entrance startled Mertellus.

'Jerik! You filthy little thief, you robber of helpless old women – I've told you a hundred million times to knock before you come in!' yelled the magistrate. 'One of these days you'll scare me to death!'

Flustered by his master's anger, Jerik tried to put his head back on his shoulders to regain his composure, but it toppled backwards, thudded to the floor and rolled towards the stairs. The judge could hear the head shouting as it bounced down the steps.

'I can't – ouch! – kill you. Ooh! You're – ow! – already – ouch! – dead! Ouch! Ooh! Ow!'

Jerik ran after his head but, unable to see, he tumbled down the stairs too, knocking over a dozen or so suits of armour on the staircase and making a terrific racket.

'What did I do to deserve this?' groaned Mertellus. He was addressing the gods, but the only reply was Jerik's timid voice as he reappeared, holding his head firmly in his hands.

'Master Mertellus! Your lordship. No, I should say, enlightened master of human destinies!' said Jerik, bowing and scraping in his usual grovelling way. 'Great arbitrator of the gods and – ah, I would add – ah, wise man of the law and –'

'Just tell me why you're disturbing me!' thundered the judge. 'Get to the point, you pathetic little third-rate crook!'

Trembling with terror, Jerik tried again to put his head back on his shoulders. Anticipating a repeat performance, Mertellus quickly stopped him.

'Jerik! Come here and put your head on the desk,' he ordered. 'Now sit down on the floor. Do it! Now!'

The secretary quickly obeyed.

'Now,' said the old ghost menacingly, looking the head straight in the eyes. 'Tell me what's going on or I'll bite your nose off!'

'The great doors, they're – shall we say – how can I explain? They're – ah – they're closed!' gulped Jerik.

The judge's fist thumped him hard on the skull.

'Be more specific – I need details! Which doors?'

'Yes,' stammered the secretary, 'but it's just that – mmm – Judge Korrillion and Judge Ganhaus have sent me – ah – to tell you that the doors – you know – the two doors – the ones that lead to paradise and hell – ah – well, they're closed. What I mean is – ah – that they're impossible to open. The gods have – how can I put this? – have blocked the doors. I think – ah – I think – let's not mince words here – ah – I think we're facing a catastrophe!'

Mertellus grabbed his secretary's head by the hair and ran down the stairs. When he reached the courtroom, he immediately understood the gravity of the situation. Korrillion was pulling hairs out of his beard in desperation, while Ganhaus was kicking the door savagely. The two ghosts were in despair. Weeping, Korrillion threw his arms around Mertellus' neck.

'We're really in trouble now!' he cried. 'The gods are against us. There are too many souls in this city. I have too many cases to process – I can't handle it! I can't take it any more, Mertellus. I just can't cope!'

'Get me an axe!' fumed Ganhaus. 'Somebody bring me an axe! I swear I'll get these doors open somehow! An axe! Now!'

Tossing his secretary's head carelessly into a corner of the room, Mertellus told his colleagues to calm down. When they had regained their composure, the three ghosts sat down around a big oak table.

'My friends,' Mertellus began, 'we are faced with a situation beyond our expertise. Korrillion is right. The city is swarming with ghosts, ghouls, mummies, skeletons – hordes of lost souls in great distress. If the only exits these souls can leave by are now closed, we'll soon be facing a mass uprising. We must find a solution!'

A heavy silence fell over the room. The three judges pondered. After fifteen minutes of deep thought, Ganhaus suddenly exclaimed:

'But yes, that's it! I have it! I've just remembered an old story I heard a long time ago. There used to be a key that opened these doors. Wait, I'm trying to remember… The key was created specifically in case a situation like this should occur, and it was hidden somewhere in the depths of the city. Yes, it's all coming back to me now – it was when Braha was first built, thousands of years ago. Unbeknown to the gods, the first of the great judges of the City of the Dead had the key made by a famous elf locksmith. That's it!'

Korrillion was positively delighted.

'We're saved! Let's find the key and open the doors!'

'That's probably just an old legend with no basis whatsoever,' growled Mertellus. 'We have no proof the key actually exists.'

'Then perhaps it's not the solution,' admitted Ganhaus. 'Besides, even if it were true, the legend says that the place where the key is hidden is guarded by two powerful forces that stop anyone entering. And there's another problem. I remember quite clearly that only a living person can retrieve the key and start the machinery that opens the doors.'

'Good heavens! How do you know all this?' Mertellus asked, intrigued.

'My grandmother told me the story,' Ganhaus replied. 'She was a mad old woman who often had 'visions'. She used to wake up howling like a wolf in the middle of the night. That was when I was alive, of course, many, many years ago. My people, the gypsies, loved granny's gruesome tales – we spent our childhood listening to them. She was a very strange woman but everyone respected her.'

'And supposing that all this is true,' said Korrillion anxiously, 'what mortal would agree to sail the Styx, the river of death, to help a city of ghosts? Nobody can come to Braha without dying first, and nobody would risk losing his life for ghosts. Everybody knows the living are afraid of us.'

A heavy silence once again filled the room. After a few minutes Jerik spoke up warily, his head still rolling about on the floor.

'Ah – I couldn't help overhearing your conversation and – well, what I mean is – I think – that, ah – I think I know someone who could help you.'

The three judges looked at each other doubtfully and ignored him. The room fell silent again.

'As I just said, I – I can help you,' Jerik insisted. 'If one of you could – ah – perhaps if one of you could put me on the chair in the corner of the room, I would be happy to – let's speak frankly – happy to share my idea with you.'

Nobody spoke. There was no reaction from the judges, who were still trying to work out their own solution while scornfully ignoring Jerik.

'Is anyone there? – Are you still there? – Hello?' Jerik asked hesitantly.

Mertellus looked at his colleagues and shrugged.

'Why not?'

After all, they had nothing to lose. Mertellus went over to the corner of the room, grabbed Jerik's head by the hair and thumped it down on the table.

'Go ahead. We're listening.'

'If you're wasting our time,' threatened Ganhaus, leaning towards the head, 'I'll throw you into the river Styx myself!'

Jerik smiled timorously.

'Ah – okay,' he quavered. 'Do you remember a wizard named Karmakas? About a month ago we sent him to hell…'

'With the number of cases we process in a month, do you seriously think we could possibly remember everyone?' asked Korrillion irritably.

'Let me finish!' begged Jerik. 'This wizard is a bit crazy. I think – what I mean is – he wouldn't stop cursing someone called Amos Daragon. He kept saying – over and over again – he was endlessly repeating: "I'll get you, you miserable mask wearer. I'll get you, Amos Daragon, and I'll boil your brains for stew!"'

'So?' asked Mertellus, exasperated.

'Ah, well,' Jerik went on, 'out of curiosity – ah, well – I did a little research in the library – the section where – how can I put this?'

'Where you aren't authorized to go!' snorted Ganhaus crossly. 'You must be talking about the library that is forbidden to juniors. I repeat, expressly forbidden to people like you!'

Jerik was sweating profusely; a large drip ran down his forehead.

'Yes – ah – yes, yes, that very one. I went in there by accident but – well – that's another story – ah – if you wish, we can discuss that later. Anyway, to get back to my research. I discovered that – what I mean is – the mask wearers are beings who are chosen by the Lady in White to re-establish – you know – re-establish balance in the world. When the gods are at war – as is currently the case – we all know – there's no secret about that – they're the ones who... what I mean is, it is the mask wearers, of course – who take charge and keep an eye on things. Their task is to re-establish balance between – ah – between good and evil – and – I think – help victims of the war of the gods. What we are experiencing here – if I can be so bold – is obviously – ah – a powerful imbalance! You will no doubt agree – with – ah – with me? We should perhaps try to – to – what I mean is – find this Amos Daragon and ask him for his help. The legend of the key is – in my opinion – the only possible solution that we have – at least – at the moment. We should try it, and entrust this – ah – this great man with solving our problem! What do you think?'

'I think we have our plan,' declared Mertellus, impressed by what he had just heard. 'However, there's one more point we must clarify. Who is to be responsible for tracking down Daragon and bringing him back here?'

They pondered for a few moments. Then all three judges turned in unison and looked at Jerik's head. Jerik realized he had just been entrusted with the mission. It was too late to protest.

'I approve this choice,' said Ganhaus, pointing to Jerik.

'I wholeheartedly support this proposal,' added Korrillion.

'Your wisdom is great, dear friends,' Mertellus smiled. 'I endorse your decision, and it is with great sorrow that I bid farewell to such a good secretary. This is the moment of truth for you, my dear Jerik! If you succeed in your mission I will release you from your sentence of a thousand years in the service of justice. I'll send you directly to paradise as you desire. If, on the other hand, you fail, then you will rot in a dungeon until the end of time!'

The three judges stood up, smirking. They had found a solution to their problem and the perfect numbskull to do the dirty work. On his way out, followed by Korrillion, Mertellus turned to his secretary.

'You leave tonight.' he instructed. 'I will notify Charon, captain of the Styx boat, and Baron Samedi, who will issue you with a special travel permit for this – this Amos whatever-his-name-is, so that he can get here easily.'

Ganhaus was the last judge to leave the room.

'Perfect! You played your role to perfection,' he whispered to Jerik. 'They fell right into the trap. We certainly pulled the wool over their eyes! Once that conniving god, Seth, frees my murderous brother Uriel from hell, we'll get rid of that damned mask wearer Amos Daragon, and I will keep the Key of Braha for myself. If you fail in this mission, Jerik, I swear I will make you pay dearly!'

He left, slamming the door.

'Well, I certainly put my foot in it this time!' sighed Jerik, his head still sitting in the middle of the table. 'Why is it always me who – shall we say – ends up doing the dirty work? There really is no justice in this world!'

CHAPTER TWO

THE KEY OF BRAHA

Amos had been living for a few months in the fortified city of Berrion. He occupied splendid living quarters in the castle with his parents, Urban and Frilla. The lord of the city, Junos, who was also nicknamed 'the chef king', was proud to entertain them as his guests. Their shared conquest of the gorgons in Great Bratel had forged solid bonds between him and the Daragon family.

One cool morning in September, Amos was sleeping peacefully when his friend Beorf burst into his room.

'Get up, Amos!' cried the fat boy, excited. 'Lord Junos is asking for you in the castle courtyard. Quickly! Hurry up, it's important!'

Barely awake, Amos struggled out of bed and dressed quickly in the black leather armour that had been a gift from his mother. He ran a comb through his long hair and put in his wolf-head earring. The sun was barely up as he stepped into the inner courtyard of the castle and found the entire staff assembled, waiting impatiently for the young mask wearer. A curious crowd was hovering around someone or something. The cooks were quietly muttering amongst themselves while the guards, knights and archers stood watch. The maids trembled and exchanged troubled glances, and the stable grooms seemed spellbound.

Beorf, ready for combat, was already standing on a central platform beside Junos, lord and king of Berrion. Junos, still in his nightshirt, looked bewildered and apprehensive. His yellow and green nightcap made him look faintly ridiculous and, from a distance, he could easily have been mistaken for a clown. Everyone was looking towards the centre of the courtyard. The crowd parted to let Amos through and he joined Junos and Beorf on the makeshift platform.

Amos soon saw what was going on. In the middle of the crowd stood twenty warriors, proud, ramrod straight and perfectly still. Their skin was as dark as night and their bodies were decorated with brilliantly coloured war-paint. Where on earth had these proud warriors come from? Barefoot, they were dressed in the briefest of animal skins that exposed powerful muscles and many battle scars. Each one had a stout spear slung across his back and wore heavy jewellery made of gold, bone and precious gems. Beside them were five panthers with their long tongues hanging out. Amos took in the scene as he went over to Junos and spoke quietly in his ear.

'You wanted to see me, Junos? What's going on?'

'No, not me,' Junos whispered anxiously. 'They're the ones who want to see you, my friend. They arrived at the gates this morning, asking specifically to meet you. Be careful, we don't know who they are. Look at the size of those cats! My knights are ready to attack at the slightest sign of hostility.'

Amos turned to Beorf and nodded. Beorf understood immediately what his friend wanted him to do. After all, he was one of those amazing creatures, a manimal. He could change himself at will into a bear. Only his eyebrows which met above his nose, his wide, blonde sideburns and the hair on the palms of his hands revealed that he was a manimal. That, and the fact that he was as round as a barrel. Beorf followed Amos down from the platform and stood one pace behind him, ready to transform himself into a bear and leap.

'Greetings, friends,' said Amos amicably. 'I am the one you wanted to see.'

The warriors looked at one another. Then they slowly stepped aside to reveal, in the centre of the group, a girl of about ten. She had skin the colour of ebony and her long hair hung almost to the ground in hundreds of tight braids. At her neck, waist, wrists and ankles hung ornate gold jewellery – wide bracelets, finely woven belts, intricately wrought necklaces and curiously shaped earrings that gave her a regal appearance. Her nose was pierced by a small, oblong piece of jewellery. Her black fur cape and leopard-skin robe parted to reveal her navel which was pierced with a green gem set in gold. She was quite magnificent. She walked towards Amos with great dignity.

'I am Lolya, queen of the Morgorian tribe,' she said, stepping up to Amos and looking him straight in the eyes. 'I have made a long journey, a very long journey from my homeland to meet you. Baron Samedi, my god and spiritual guide, appeared to me and commanded that I give this to you.'

She snapped her fingers and one of the warriors stepped forward and set down a wooden chest at her feet. Lolya opened it with great care. Curiosity overcoming their fear, the onlookers edged closer to try to see the mysterious gift.

'Take it!' commanded Lolya solemnly, with a respectful bow. 'It is now yours.'

Bending over the chest, Amos took out a splendid mask. The crowd gasped in admiration at its beauty. It was made of solid gold and represented the face of a man with a beard and hair in the shape of flames.

'Are you really giving this to me?' asked Amos,

perplexed but dazzled by the mask. 'It's wonderful.'

'This object has been in my family for many generations,' continued the young queen. 'A very long time ago, one of my ancestors was himself a mask wearer. With this gift, I give you the power of fire. I hope you will use it wisely, for it is very precious. Without the stones of power that belong to it, the mask won't have its full strength, but you must know that already.'

'Yes,' answered Amos. 'I'm wearing the mask of air now. So far it has only one stone set in it, which means that I have some powers over the wind.'

'You're wearing it now?' asked the queen.

'Yes. The mask has merged completely with my face and has become invisible.'

'So your quest has begun. You still have two masks and fifteen stones to find.'

'Well, I'm only twelve!' Amos smiled. 'I still have lots of time.'

'May I ask you something?'

'Please, go ahead.'

'I know that our appearance is not what you are used to and is perhaps a shock to you. But know that we come here as friends. The Morgorians are peaceful people and you have nothing to fear from us. As I told you, we have travelled a long way to see you and...'

'Of course!' Junos broke in quickly. 'I realize you

must be tired. Allow me to introduce myself. I am Junos, lord and king of the city of Berrion and you are my guests. Knights, consider these brave warriors your friends! Maids, prepare the best rooms in the castle for them. This evening, we will hold a banquet in honour of our guests! Don't worry; I'll supervise the banquet myself. But let's be quick about it, these poor people must be exhausted and famished. Oh, and lets find a place to keep your giant cats. Knights of Balance – to work!'

The inhabitants of the castle applauded joyfully, all their fears vanished. Amid this boisterous show of happiness, Lolya, abandoning all ceremony, leaned over to Amos.

'I must talk to you right away,' she whispered anxiously. 'Alone. Things are about to happen. We have no time to waste.'

Amos nodded and muttered a few words in Beorf's ear. As the manimal ran off to ask Junos for permission to use the secret room in the castle, Amos and Lolya left the courtyard unobserved.

'We won't be disturbed here,' Amos told Lolya.

They had gone through a secret passageway that led directly to the meeting room of the Knights of Balance, Lord Junos' most valued fighters. Very few people knew about this place. It was a small room, furnished only with six chairs and a rectangular table. Beorf came in with a maid carrying a huge basket filled with fruits, nuts, dried meats and bread. She set this down in the middle of the table and left immediately. Beorf closed the door behind her and sat down beside Amos.

Lolya smiled with relief. She tossed her black fur cape to the floor, took off her jewels, then shook her hair loose from its braids and tied it up on top of her head. Suddenly Lolya grabbed the basket of food. The two boys watched, their mouths gaping, as the girl stuffed bread and fruit into her mouth, uttering little groans of satisfaction. The gentle, well-mannered young queen of a moment ago was now wolfing down food at an amazing rate.

'I'm so hungry!' cried the girl between mouthfuls of food. 'I haven't eaten for a week!'

'She's my kind of girl, my friend!' said Beorf, turning to Amos with a big smile. 'Shall we?' asked Amos.

'Certainly!' answered Beorf.

The two boys leapt forward and started cramming food into their own mouths. Lolya laughed with delight at the boys' antics. She even took on Beorf to see which of them could get the most food into their mouth. The manimal won by a nose. They all had great fun stuffing themselves, throwing food at each other, and burping loudly.

When the meal was over, Beorf rolled onto the floor. At once he fell into the deep sleep of a satisfied young bear. Amos, his belt loosened, flopped into a chair with his arms hanging at his sides and both feet on the table. Completely full at last, Lolya stretched and sat on the table among the fruit peelings and nutshells.

'I was so hungry! You can't imagine,' she said finally. 'We ran out of provisions days ago. But today, I ate like a queen! It's been a long time since I've had so much fun. I'm eleven years old and I'm tired of being queen! I've had to govern my people since my parents died, and I'm no longer allowed to laugh, play or fool about. I hate all the ceremonies and the...'

She stopped talking.

'Do you hear that noise, Amos?' she asked, raising her head to listen. 'What is it? It's like an animal grunting!'

'Don't be afraid, that's just Beorf snoring,' answered Amos, chuckling.

'It's horrible! Does he always make so much noise when he sleeps?'

'Oh, that's nothing. In another few minutes, we won't be able to hear ourselves speak!' replied the boy, laughing heartily.

Lolya moved closer to Amos. She folded her arms across the table and rested her head on them.

'Now we have important things to talk about,' she said, her voice serious. 'I don't know where to begin.

But here goes: you must know there are many types of magic...'

'Yes,' said Amos. 'That's no secret to me.'

'Mask wearers like you have power over the elements, don't you?'

'That's right,' confirmed the boy. 'There are four masks – air, fire, earth and water. But it's actually the stones of power that give them their real strength.'

'Well, I have a different kind of power,' continued the young queen. 'I can absorb the energies of the dead. At home I practise an ancient form of witchcraft. I know how to bewitch people, create zombies, and cast good and evil spells, and I can also communicate with the spirits. My spirit guide is a god named Baron Samedi, and it's through him that I know that someone in the world of the dead is trying to contact you. That's why I'm here. With my powers, I can open a door for you into the world of the invisible.'

Listening to Lolya's words, Amos had soon grown serious again.

'What else do you know about this?' he asked. 'Did your Baron Samedi tell you anything more?'

'That's all I know,' replied the girl. 'He appeared in a dream and asked me to give you the mask. Then he guided me to you in my dreams. My guards and I have crossed many lands and faced great dangers to find you. In a little while, I will have to open that door for you but for the moment – stay there, I'll get my bones.'

Lolya picked up her cape from the floor. From an inside pocket she pulled out a little multi-coloured bag. She came and sat down beside Amos. When she opened the bag, seven strangely shaped bones fell out.

'Close your eyes, Amos,' she said. 'I'll try to tell you your future.'

She placed her two thumbs over the boy's eyes and pressed her head against his forehead. Amos felt a great warmth flow into him. As Lolya concentrated and uttered a few strange words, he relaxed completely. Suddenly the girl moved away. Grabbing the bones in one hand, she threw them hard against the wall, shouting some words of magic. Then she was calm again.

'Look, Amos,' she said, pointing at the bones on the floor. 'The position of the bones tells me many things. You will soon face an evil plot. Someone wants to use you to bring destruction to this world. I see very clearly that your powers will not be enough to vanquish your enemies. Your intelligence and cunning will be your best weapons. You must also listen to your heart, to...' (Lolya was concentrating hard.) '...yes, to find a tree. You must be suspicious of everyone, even me. I see ill tidings. You will lose a friend in this adventure. You should know that this person will sacrifice himself for you, so you can fulfil your destiny.'

Amos was shaken by this last revelation.

'Do you know the name of that friend?' he asked.

'No. I know only that someone you love dearly will die. Someone very close to you.'

The boy sat in silence. He and Lolya slowly looked down at Beorf, who was snoring innocently.

CHAPTER THREE

THE CEREMONY

Lolya and her warriors had been at Berrion Castle for almost a week. The Morgorian delegation had adapted well to the new customs of this distant country, but their presence fuelled rumours and gossip in the city. The people of Berrion had never encountered people like this before and they were suspicious of them. Their war paint and terrible battle scars, in particular, caused great consternation. All kinds of fantastic stories soon spread. The most superstitious said they were demons sent to Earth to conquer their city.

Junos had sent the town crier to alert his subjects to the presence of these honoured guests, and had ordered them to treat the strange warriors with respect. But while Junos could break into the strongest fortress, the closed minds of his people were more difficult. Few paid attention to his message. Mothers kept their children indoors and the men met in taverns, plotting to get rid of the strangers.

The Morgorians sensed this hostility whenever they walked around the city. They decided it was better to stay inside the castle. But this only intensified the problem. Now it was believed that they were secretly governing the city: Lord Junos, bewitched by the Morgorian's powerful magic, had signed a pact with the gods of evil to destroy all his subjects! To put a stop to this general anxiety and reassure his people, Junos had taken to walking through the city every day, but every day he returned to his castle discouraged and worried. All his expressions of friendship towards the Morgorians were misinterpreted. The representative of the Merchants' Guild even accused him of siding with the forces of evil! A riot was brewing, and trust between the inhabitants of Berrion and their lord was slowly breaking down.

'What can I do?' asked Juno, discussing all this with Amos. 'I know you're young, my friend, but even at twelve years of age you're wiser than most of my white-bearded advisors. I feel that I'm losing control of this situation, and I need your help. I want to keep my people happy but, at the same time, I don't want to send our guests away. I offered them hospitality, and when I give something, I don't take it back.'

'We have to sort this out fast,' said Amos. 'I've been trying to talk to Lolya for three days, but she's shut herself in her room and won't come out. She isn't eating either. I don't know what's going on; just before she disappeared into her room I met her by surprise in the castle courtyard. She was eating pebbles! She seemed almost possessed! She was muttering the name "Kur" to herself, repeating it over and over again. I've no idea who that is, but she was talking as if he was really there. When I touched her shoulder, she pushed me away, growling. I haven't seen her since, but I asked Beorf to keep watch on her room.'

'I don't know what to do either, Junos. All the warriors seem perfectly normal, even though their queen is acting strangely. When we first met, she told me about a spirit guide of hers called Baron Samedi. Apparently I have to do something for him. According to Lolya, someone in the world of the dead is trying to contact me. She also seemed to be predicting Beorf's death. And, quite honestly, she told me I shouldn't trust anyone, even her! I have a bad feeling about all this, Junos. I don't really trust Lolya. This change of personality makes me feel uneasy – she's too rash and unpredictable.'

'Did you know, Amos,' Junos said, 'that she chased one of my cooks with a big knife? She accused him of treachery and tried to kill him. She was shouting that he had the evil eye! I don't know what it was all about, but it took three of my knights to restrain her. When she's angry, she's as strong and powerful as a grown man!'

Amos said, 'All this reminds me of a story my father once told me. Three fish were swimming in a lake when they saw a fisherman's net. The first one, sensing the danger, immediately swam away. The other two, unconcerned, were soon caught. One of them immediately turned over and floated on its back, playing dead. The fisherman picked it up and threw it on the shore. With a nimble flip of its tail, the fish jumped back into the lake and swam away. The third fish wasn't quick enough to see what was happening and ended up in the fisherman's frying pan. The moral of the story is simple: people who aren't quick-witted enough to see danger coming always meet with a bad end.'

'Personally,' said Junos, 'I don't trust the girl, even if she is a queen. Just think – she chops the heads off chickens to read the future in their entrails. She did this twice in front of my maid before she locked herself in her room. One of the servants told me.'

Amos looked up at the starry sky.

'Something tells me we'll have news from Lolya this evening, Junos,' he said. 'It's a full moon. Look how bright the stars are. I can't explain it, but I have a strange feeling that I'm going to die tonight...'

At that very moment Beorf appeared, out of breath, and very excited.

'She's come out of her room!' he cried. 'Lolya is heading into town with her warriors!'

The two boys and Lord Junos hurried out of the castle. In the market square, Lolya and her warriors had already lit a great fire. The Morgorians, painted and dressed in tiger skins, formed a circle around the blaze and began playing big drums and all sorts of small percussion instruments. The citizens of Berrion, armed with rakes, shovels and picks, were cautiously approaching the strange gathering.

The sound of the drums grew louder and louder. Lolya approached the fire and began to dance. She was barefoot, and dressed in a yellow ceremonial robe with a long knife at her belt. Her face was painted white: from a distance it looked like a ghastly death mask. Junos ordered his knights to stand ready, either to control the crowd or pacify his guests. Bewildered, Amos and Beorf looked at each other. As the drumbeats grew louder, the queen danced faster and faster.

'You know your story about the fish,' said Junos, leaning over to Amos. 'I think the net's already been cast and it's too late to run away. I'm counting on your cunning to get us out of this, my friend.'

'I'll just have to play dead,' said Amos, grimly.

Now the whole square shook with the pounding of the drums. The movements of the young queen were hypnotic. Townsfolk and knights alike stared at the spectacle, unable to move a muscle. The bewitching rhythm had rooted them to the spot. But then, gradually, things changed. First they all started tapping their feet, and then, caught up with the music, the whole crowd began to sway. The rhythmic sounds were taking control of them, invading their minds. Lolya was jumping and shouting, moving faster and faster.

The moon, round and bright, gradually became veiled in black. Amos, although bewitched by the dance, realized it must be a lunar eclipse. All around him, the townspeople seemed to have taken leave of their senses. Even Beorf was dancing beside him, half man, half bear, completely in a trance. Junos, his arms in the air, had lost all self-control, and several of his knights were rolling on the ground.

Just as the moon disappeared from the sky, Lolya stopped abruptly and pointed at Amos. Drawn by an irresistible force, he walked through the crowd to join the queen by the fire, in the centre of the circle of Morgorians. Lolya ceremoniously drew her knife from its sheath. The drums fell silent. Instantly, the spell was broken and all the spectators stopped dancing. Then, in front of them all, as they slowly regained their senses, Lolya savagely stabbed Amos in the stomach.

'The door is open!' she cried.

The mask wearer felt a powerful burning sensation run through him. Frilla Daragon screamed in horror as she watched her only son slump to the ground. Amos heard his heart beat a few times, weaker and weaker. Then it stopped.

Swiftly the knights surrounded the Morgorians to prevent any further attacks. The warriors offered no resistance. Urban Daragon ran to his son.

'I should have suspected! I should have known!' muttered Junos, stunned by what he had just witnessed.

In tears, Frilla ran to join her husband.

'He's dead! He's dead!' moaned Urban, weeping beside the lifeless body of his son.

At that moment the furious cry of a young bear rang out. With a mighty leap, Beorf threw himself on Lolya, knocking her to the ground with a single swipe of his paw. Just as he was about to tear out her throat, she managed to gasp:

'He's not really dead! Trust me! It was the only way for him to cross over…'

As Beorf was closing his mouth around Lolya's throat, the moon reappeared.

'Throw them in the dungeons! Keep the queen in isolation – and tie her up!' commanded Junos.

As he loosened his grip on Lolya, Beorf whispered in the girl's ear:

'I'll make you pay for what you've done, I swear it. You'll pay for this!'

CHAPTER FOUR

THE STYX

mos was awakened by the powerful smell of flowers. He sneezed violently and opened his eyes. He was lying in a rectangular wooden box. Large, beautiful lilies, roses, daffodils and a few carnations surrounded his uncomfortable bed. Raising his head, Amos saw the faces of his father and mother bent over him, weeping. Junos was standing behind them, his eyes red and swollen.

Amos saw Beorf sitting on the ground, leaning back against a tombstone. The fat boy was looking up at the sky, lost in thought. His lips were moving as if he was talking to someone invisible. Dozens of Amos' friends were milling around in the Berrion cemetery. The mask wearer leapt to his feet. Everyone must be here for him – they were about to bury him! Amos felt bewildered and panicky at the sight of all these grief-stricken people.

'Everybody thinks I'm dead!' he said to himself, laughing. 'But I've never felt better in my life!'

'Excuse me. My funeral will be held at a much later date!' he said, standing up in his coffin.

No reaction came from the crowd. No one seemed to have heard him.

'I'm right here, I'm not dead! Is this some kind of joke? Father! Mother! I'm here, I'm alive!' Amos insisted, perplexed.

Everyone around him behaved as if he wasn't there. Jumping down from the coffin, Amos looked back. His body was still in the wooden box. Startled, he gave a yelp. He looked again, closer this time. It was him alright – the long braided hair, the wolf-head earring. He was wearing the black leather armour his mother had made him, and his hands lay across his chest.

It was at this moment that Amos remembered Lolya's ceremony: the dance, the fire, the eclipse of the moon and the drums of the Morgorians. He recalled the young queen's raised knife and briefly relived his own death. Looking around him, Amos realized that nothing was quite the same. The trees were a paler, duller colour and the sky had taken on a greyish look. His body was slightly translucent, like that of a ghost. Lifting his hand, Amos tried to raise the wind. Nothing happened. He tried again: still nothing. Clearly, he no longer had his powers.

'Well,' he thought, 'Lolya's prediction seems to have come true!'

The young queen had told him: 'I see very clearly that you will not be able to use your powers to vanquish your enemies. Your intelligence and your cunning will be your best weapons.'

Amos ran over to Beorf and grabbed him by the shoulders.

'Beorf, I'm right here, I'm not dead!' he cried. 'Listen, Beorf, my spirit is alive, I don't know what world I'm in or what I'm supposed to do here. Go and ask Lolya to...'

A tear ran down Beorf's cheek, and he stood up. Without paying any attention to his friend's words, he walked towards the coffin, sighing deeply. Amos tried to stand in his way, but the fat boy walked right through him. Amos ran after him.

'Beorf, remember!' he shouted. 'I can't really be dead! I told you what Lolya said to me about my new mission – listen to me! Beorf, just stop and listen!'

The young manimal leaned over the coffin to take one last look at his friend. The gravediggers were there, waiting to lower the coffin into the ground. During the burial service, Junos had talked with great respect about his first and last adventure with Amos. He told of the events in Great Bratel and the cunning battle they had waged against the gorgons and the basilisk. He had also talked about Tarkasis Forest, their visit to the fairies and how Amos had given him back his youth.

That story had brought back wonderful memories for Beorf. He recalled how Amos had confronted Yaune the Purifier, and won the Game of Truth. The fat boy now felt very much alone. His thoughts drifted to Medusa, the most beautiful of all the gorgons. She was dead, too. The manimal felt a lump rise in his throat, and tears welled up in his eyes again. Beside him, Amos was still trying in vain to get through to him.

'I'll explain it to you once again, Beorf. Lolya told me the world of the dead was trying to contact me. She said she had to open a door! Listen, damn it – just make an effort! Beorf, all this must be part of her plan! Don't you remember, after that first meal we all had together, Lolya talked to me about different kinds of magic? Oh no, you wouldn't know, you were asleep! You always fall asleep at the wrong time!'

They were closing the coffin now. Amos, in a panic, saw the gravediggers nail down the lid. Frilla Daragon sobbed in the arms of her husband. In vain, Amos tried to talk to his parents. He tried to use his powers to communicate with them, but his magic was useless. His soul must be in another dimension now, which meant that his special powers had left him. Amos shouted and jumped around. He even tried to knock over a few tombstones, but it was no use. His parents and friends stood there in tears, watching the gravediggers slowly fill in the hole. Amos was attending his own burial and there was absolutely nothing he could do about it.

When everyone headed towards the cemetery gates, Amos followed Beorf, still begging him over and over again to talk to Lolya. The fat boy just went on weeping silently. But when they got to the cemetery gates, Amos was thrown violently backwards. Some kind of force was keeping him inside the cemetery. Bewildered and frustrated, he tried again, but once more the way was blocked.

In desperation, Amos tried to stop Junos from leaving. He grabbed a shovel that was leaning against a wall. He swung it hard, but in his hands the shovel had become transparent and Junos, of course, felt nothing at all. Utterly helpless, Amos watched his parents and his friends walk away. He was a prisoner in the cemetery! He shuffled back to his tombstone, where the two gravediggers were gathering up their tools.

Amos stood beside his grave for a long time. He had no idea how to get out of this predicament. He thought about what Lolya had told him, the things she had predicted. First of all, he would have to face his next adventure without his powers. He would have to listen to his heart to know what to do. And then, finally, one of his friends would die. Amos found this hotchpotch of predictions hard to understand.

As he was trying to get his thoughts into some kind of order, he noticed a river flowing right through the middle of the cemetery. Was it a hallucination? Dumbfounded, he went to the water's edge to check.

No, it really was a river! He'd never seen it before. The water looked deep and dark: it flowed slowly, like thick soup. A terrible stench hung in the air, and bubbles rose to the surface, giving off clouds of green gas.

Not far off was a jetty, just like those in the land of Omain, his old home, where fishermen used to load and unload passengers. Amos walked onto it. At the end of the jetty was a bell with a long cord hanging from it.

'Since I've come this far,' he thought, 'I might as well ring it. Maybe I'll get someone's attention.'

The sound of the bell echoed through the cemetery, then everything was once again blanketed in silence. Amos tried again. Nothing. Discouraged, he turned to head back to the riverbank, but just at that moment a strong wind arose. Turning his head, the boy saw a boat approaching. A huge three-masted ship, almost as wide as the river, was coming towards him at full speed.

The ship was in a pitiful state. Its hull, pock-marked with dozens of cannonball-holes, looked as if it might fall apart at any moment. Smouldering embers, battle scars, soot and bloodstains decorated the ancient warship. The sails were in tatters, the main mast was broken in two and the figurehead – a mermaid – had lost its head. It was a ghost ship! Cutting its speed, the ship stopped in front of Amos. Two skeletons leapt onto the jetty and tied up the ship. Amos was paralysed with fear.

'Well, I certainly got someone's attention!' he muttered. The two skeletons were experienced sailors, and they soon moored the vessel securely. They stood there, mooring ropes in hand, staring at the boy. A gangplank thudded onto the jetty in front of Amos. An old man, shabbily dressed, with a sombre, sinister face, walked towards him. He had grey skin and green lips.

'Your name?' he asked, in an icy, threatening tone.

'Amos – ah – Amos Daragon. Sir.'

The old man pulled a thick leather-bound book from his pouch and consulted it for a few moments.

'Repeat your name!' he ordered again, impatiently.

'Amos Daragon,' said the boy.

'I don't see your name here,' bellowed the man. 'Go away, you little pest – you're not dead!'

As the captain was about to board his ship, Amos noticed another man walk down the gangplank. He was carrying his head under his arm, and he seemed nervous. He went over to the old man.

'I have a waiver – that is – a letter from Baron Samedi to guarantee – how should I put this? – the passage of Mr Amos Daragon. Look, I have it here!'

The old man read the letter. 'Very well. This paper indicates to me clearly that you are, in fact, dead,' he bellowed at Amos. 'My name is Charon. I am your captain on this voyage. You must pay for your passage. Right now!'

'Sorry, I don't have any money,' Amos answered, bewildered.

The man with his head under his arm stepped forward.

'Good day, Mr Daragon. My name is Jerik Svenkhamr and I'm supposed to make sure that – what I mean is – that your voyage to Braha goes smoothly. Just – how should I put this? – take a look there – under your tongue – what I mean is – in your mouth, there must be a coin there. It often happens that – how can I put this? – that people leave a little money there to pay Master Charon for his services. It's an old tradition in – in – well – in several cultures.'

Sticking his finger in his mouth, Amos was surprised to find a gold earring. At once he recognized it as Lolya's. She must have slipped it under his tongue during the ceremony. How could he have had it in his mouth all this time without even realizing it? Amos handed it to Charon.

'Thank you,' said the captain with a grim laugh. 'Enjoy your final voyage!'

'Come, Master Daragon, come!' said Jerik, grabbing Amos by the arm. 'I thought you would be more – shall we say – how can I put this? – older, more sturdy and less – of a child – shall we say – more adult?'

'Please tell me what's going on,' Amos asked Jerik, as they stepped onto the deck of the ship. He was surprised to be called 'Master'.

'Well, you see – it's quite simple, actually. I've been looking for you for a long time. My master wants to meet you. We are now on the River Styx, the river of death. That chap is Charon – but you know that already! I'm Mertellus' secretary – I used to be a thief and I got my head chopped off. But I suppose you can see that, can't you? Mertellus is a judge, the first magistrate of Braha, which is – in fact – the great City of the Dead. You have to – how can I put this? – find a key that only a living being can obtain. The problem is – well, it's that – we don't actually know if it exists! In any case, well, you're – shall we say – dead, but you'll have to come back to life. You see? Any questions? There's also Baron Samedi, without whom none of this would have been possible. He's the one who sent Lolya to you. Is that clear enough?'

'Jerik, I have absolutely no idea what you're talking about,' answered Amos.

'Maybe I'm not the best person to – well – you see? I've sort of lost my head. That's a joke – did you understand it? Well, anyway – in any case, it's true I've never had that much of a head on my shoulders!'

The ship cast off and Amos sighed as he watched the Berrion cemetery disappear into the distance.

CHAPTER FIVE

LOLYA'S REVELATIONS

Back in Berrion, calm was now restored. Junos had made amends with his citizens, admitting he had lacked judgement in being so kind to the strangers. The good folk of Berrion had soon forgiven their lord. Everyone knew he had a big heart, and no one spoke again about this wretched tale of treachery.

The entire tribe of Morgorians had been thrown in prison before Amos' funeral. After five days of mourning, Junos summoned the young queen to the palace courtyard. As he had no idea of the extent of her magical powers, she was brought before Junos with her feet and hands in shackles. With great dignity, Lolya bowed to the assembled people, who rained down insults and curses on her. Junos called for silence.

'Lolya, queen of the Morgorians, we welcomed you and your men to this kingdom as friends,' he declared.

'You betrayed our trust! Although we do not punish murderers by putting them to death, you will pay dearly for taking the life of my friend Amos Daragon. I sentence you to be punished by the fairies of Tarkasis Forest. The fairy guardians of the land of Gwenfadrilla will steal precious years from your life. You will enter those woods as a child and come out again in fifty years, as old as a grandmother.'

'You seem to think I actually killed Amos Daragon,' said Lolya.

'We saw you kill him! His heart stopped beating...' shouted an enraged Beorf.

'He's not dead!' cried Lolya. 'Now, listen to me carefully, because if you do nothing, your friend is in danger of losing his soul. I don't know how to explain this to you – I was acting on orders from Baron Samedi. He is my spiritual guide...'

'I've heard enough!' exclaimed Junos. 'Take her to Tarkasis Forest! Then escort her men to the gates of the kingdom. I don't trust this little liar...'

With a shrill cry, Lolya fell to the floor, her body shaking with violent convulsions. Everyone froze. Was this another of her magic tricks? Her eyes rolled back and foam appeared on her lips. Her whole body trembled and strange noises were coming from deep in her throat. The fit lasted at least a minute, then she was still again. Slowly she struggled to her feet and wiped her mouth.

'Stupid humans! You don't have the intelligence to listen. You believe everything your simple senses tell you,' she said in a deep, cavernous voice.

'What kind of magic trick is this?' snarled Junos. 'Seize her!'

Lolya roared with laughter. Two knights tried to take hold of her, but their hands burst into flames as soon as they touched her skin. They ran to the courtyard fountain, howling with pain. The girl smiled maliciously.

'No one touches Baron Samedi!'

Raising her arms, she placed the chain that bound her hands between her teeth. The assembled crowd watched in disbelief as she crushed it like a nutshell. Then, concentrating fiercely, she melted the iron shackles on her feet.

'Listen to me, Lord Junos, or I'll cook your whole army!' said Lolya. She was speaking now in the voice of a demon.

At that moment, the armour of all the knights became red hot. Their swords and daggers were glowing like metal being heated in the flames of a forge. The men scattered, trying to pull off their breastplates. People in the crowd tried to run away, but the handles on all the castle doors were now red hot, too.

'Stop it! I'm listening!' Junos shouted.

'Very well,' answered the girl, halting the spell. 'You're looking at Lolya, but she's no longer here.

I've borrowed her body to speak to you. I am Baron Samedi, an ancient god from an ancient world unknown to you. I have many names, many forms, and my powers are great.'

'And what do you want from us?' asked Beorf defiantly.

'Oh, here's one who is not afraid of death!' smiled the baron. 'You have in your eyes the same courage as your father and mother, young beorite. All the bear-men are powerful and proud. It was I who welcomed your parents to the world of the dead when they were burned alive by Yaune the Purifier.'

'I'm very happy to hear that,' replied Beorf with haughty contempt. 'Speak now, then go back to where you came from!'

'Put your minds at ease!' the girl smiled, and the voice of Baron Samedi continued. 'Amos Daragon, the mask wearer, is not really dead. It was under my orders that Lolya sent him into another dimension. Treat her with more kindness – she is a gifted human with great powers. No more chains and dungeons! Her journey to Berrion was long and difficult, and half her men died along the way.

'It was I who made the mask of fire she gave to Amos, in the forges of hell. There has never been a mask wearer in her family or even among the Morgorians. Lolya lied to you because she wanted you to trust her and she couldn't reveal our true intentions. She sent Amos Daragon to Braha, the City of the Dead, as I asked her. I needed him to deal with an urgent matter. But I also need you! Now I'm going to tell you what you have to do to bring Amos Daragon back to life. Dig up his body immediately and carry it to the desert of Mahikui. There you will find a pyramid with just its tip showing above the sand. You will have to go through a door – Lolya knows how to work the mechanism to open it. Lay the body of the mask wearer in the centre of this pyramid. It must be in place by the next eclipse of the sun, which is in exactly two months' time.

'You have no time to lose, and many of you may die on this quest. Lolya will guide you throughout your journey. But be on your guard, Junos – someone here in this castle wishes you ill. You have a spy in your midst! I'm leaving now. Goodbye, Beorf! We will see each other again!'

As the spirit of Baron Samedi left Lolya's body, she slumped to the ground, unconscious. Beorf ran as fast as he could to the cemetery and his adoptive parents, Urban and Frilla Daragon, followed close behind him. The young manimal changed into a bear and began digging frantically in the ground. In a few minutes, he had uncovered the body. They carried Amos back to the castle and Junos ordered his men to take care of Lolya.

That evening, when things had calmed down again, Beorf went to visit the body of his friend. Amos had been laid out on the bed in his room, covered with a white sheet. He appeared to be in a deep sleep. Dozens of candles had been lit and the soft light of their flames flickered and danced on the walls. Beorf sat down on the edge of the bed.

'Amos,' he said softly. 'I don't know if you can hear me, but I need to talk to you. When I was little, my father told me the story of the blacksmith in his village. One day, the man went to the high priest. Completely distraught, he asked the priest to give him permission to leave the village so he could hide at the top of a great mountain. Apparently, the blacksmith had seen Death looking at him in a terrifying way. Not wanting to die, he had decided to run away in the hope of escaping his fate. The priest gave him his blessing and the villager hurried off. But just as he reached the summit of the mountain, exhausted by his journey, he slipped on a rock and broke his neck. Death appeared beside him. With his final breath, the blacksmith asked: "Why did you torment me by looking at me like that in the village? You knew I was going to die. Why make me suffer this way?"

'"You misunderstood," Death replied. "That wasn't a look of anger, but one of surprise. Yesterday, I was ordered to look for you on the mountain. So when I saw you at your forge in the village, I wondered why this blacksmith would be on the mountain tomorrow when he was there, hard at work, and seemed to be perfectly happy. You had no reason to leave!"'

Beorf sighed. Then, after a long silence, he continued his monologue.

'It seems, my friend Amos, that we can't escape our fates. Baron Samedi said goodbye to me, saying we would see each other again soon. As in my father's story, I've just seen death for the first time. I'm afraid to die, Amos…'

As he said this, Beorf saw a shadow slip by in the corridor. Moving quietly to the open door, he saw one of the castle cooks, dressed in travel clothes. The man hurried furtively down the stairs and ran to the stables. Beorf recognized him as the man that Lolya had threatened with a knife in the palace kitchens. She had accused him of treachery and said he had the evil eye. Beorf watched as the cook stole a horse and galloped off into the night. Without hesitating, Beorf changed into his manimal form. The young bear dashed after him.

'If it's my fate to die on this adventure,' he thought, 'I'll die with my head held high, like my father and mother! I'll never run from danger like a coward!'

CHAPTER SIX

ON THE ROAD TO BRAHA

For many hours, Amos had been trying to understand what Jerik was telling him. The secretary had set his head down on top of a barrel to rest his arms for a while.

'All right, Jerik, if you don't mind, I'll just run through things again,' Amos said. 'First of all, we are now sailing on the Styx, the river of death. This river flows into another dimension, which is invisible to the living. Is that right?'

'Yes, that's it precisely!' exclaimed Jerik. 'It's the opposite of the Key of Braha! The Styx is only visible to the dead! But... to the living – no! As to what I was saying about the key of Braha... well – ah – if you're alive, it's possible to open the doors with it, but dead – ah – what I mean is – you can't!'

'One thing at a time!' said Amos, interrupting the talking head. The movement of its jaws was making it jump about constantly.

'All the souls of the dead must take this ship to reach a very big city called Braha. Cemeteries are ports of embarkation. Charon is the captain of this ship, and it's his job to pick up those souls and take them to Braha, where they will all be judged. This city is entirely populated by ghosts. They are spirits, like you and me, who are waiting to leave for heaven or hell. Three judges decide who goes to the world of the kindly gods and who goes to the world of the evil gods, is that right?'

'Exactly – that's it – you've got it all! Except, of course, for the bit about the key.' answered Jerik.

'I'm getting to that. You, Jerik, work for Mertellus. There's also Judge Ganhaus and Judge Korrillion. One morning, without warning, the two doors which allowed souls to leave the city closed and it was impossible to open them again. You chose me to come and help you. Now I have to find the key that will get you out of this mess. Do I still have it right?'

'Exactly! However, there's still one problem – what I mean is – to solve. As I was saying – a soul cannot –'

The ship suddenly stopped.

'Tell me about this problem later, let's see what's happening!' Amos interrupted him.

Four or five others among his fellow passengers followed Amos and they headed towards the gangplank. On the jetty of a very small, flower-filled cemetery, Charon was refusing to take a family on board. The man was pleading with him.

'I beg you; I don't have any coins to give you! My wife and I and our three children all died when our cottage burned down. We're peasants, we have no money. Please don't do this to us!'

'Out of the question!' bellowed Charon. 'One coin per person! The law is the law – five persons, five coins!'

'But I have nothing!'

'Well, that's just too bad!' yelled the old man. 'You and your family will just have to become wandering souls – you'll never find peace.'

Amos could not leave this family to their misery.

'Captain!' he interrupted. 'Let this family on board. If he can pay nothing for the passage of his family, I'll pay! In fact, I'll pay double. If you let them on board, I'll give you twice what they can pay!'

'Very well,' bellowed Charon. 'Don't think you can be clever with me, young man. I'll show you who is clever. But if you don't keep your word, I'll throw you overboard. Deal?'

'Deal!' answered Amos, grinning broadly.

The family came on board, and the man thanked Amos profusely. Father, mother and three children huddled in a corner waiting to see what would happen next. Meanwhile, Jerik went over to Amos.

'The thing is – you probably don't know this – but, how can I put this? – any soul that lands in the river Styx is automatically – well – what I mean is – dissolved and plunged into eternal nothingness. Since I need you in Braha – I think that – what I mean is – this intervention wasn't a terribly good idea on your part! Charon will want to see the money you promised him.'

'I didn't promise him money,' answered Amos calmly. 'I promised him twice what this poor family can pay – two times nothing.'

Amos then approached the captain.

'Now, Mr Daragon, pay up!' shouted Charon threateningly. 'I demand what you owe me!'

'Right away,' said Amos. 'Please take that big leather book from your pouch and put it on the table, right here.'

'Why?' growled the captain.

'Just do it and then I'll give you exactly what I owe,' answered Amos politely.

Grumbling, Charon did as he was asked.

'Now pick up your book and tell me what's underneath!' said Amos.

'But there's nothing there!' bellowed Charon.

'Exactly – nothing! This family can pay you nothing, and there it is! Take it, it's yours! Do the same thing again and you'll have what I promised you, two times nothing. I'll have to ask you to stop there, however – I've already promised three times nothing to someone else!'

The two sailor skeletons grinned broadly, as best they could. All the passenger souls had a good laugh. For the first time in all his years as captain, Charon grinned too. Mystified, he tried in vain to hold back his smile.

'You're cunning, my young voyager! I'll keep my eye on you in future!'

'It will always be a pleasure to serve you, captain. And spend what I gave you wisely!' replied Amos with a conspiratorial wink.

Jerik, dumbfounded by the turn of events, sat down limply on the deck.

'And I thought this adventure was going to end – how can I put this – right here in the Styx! I can't believe my eyes. You have achieved the impossible, Master Daragon. You made Charon smile! I swear – I saw it with my own eyes – he actually smiled! You are undeniably the person we need in Braha, Master Daragon! You can work miracles!'

'Thank you for the compliment,' answered Amos, pleased with himself.

A few days had gone by since Amos had left the lands of Berrion. Time seemed to pass slowly, sailing on the Styx. The ship stopped often at the various cemeteries along the route to take on more souls. This was how Amos came to know a strange character, a scholar who came on board weeping bitterly. He was a pitiful sight. After a few hours on the ship, the man was confiding in Amos as if he had known him all his life.

Thanks to many hours of study, this scholar had achieved a truly rounded education. He knew the languages and customs of every country and spoke about the stars as if he had visited them in person. No single plant held any secrets for him. But although he was a master of geography and history, he had never travelled. He had learned everything from books. From his earliest childhood until the age of forty, his city's library had been his only refuge.

It was then, knowing everything about the world, that this wise man had decided to undertake his first voyage. He had booked passage on a ship that was to take him to another continent. Confident of himself and his learning, he had asked the captain, a simple, sensitive man, if he had studied grammar. The captain had answered no.

'Mathematics, perhaps?'

'No.'

Wanting to show off his intellectual superiority, the scholar had continued.

'Astronomy?'

'No.'

'Alchemy?'

'No.'

'Rhetoric?'

'No,' the old sailor answered respectfully yet again.

'Well,' the scholar declared, 'you've wasted your life on nonsense, old man!'

Angry and distracted, the captain let his attention wander and the ship ran aground on a reef. The hull split open and the vessel started to sink. The captain looked at the scholar. He was as white as a sheet and looked like a frightened child.

'Since you know everything,' said the old sailor, 'you must have learned how to swim?'

'No, I don't know how to swim,' the scholar admitted.

'Well then,' replied the captain, 'I think that, of the two of us, it is rather you who has just wasted his whole life.'

Then the old captain had swum to shore, leaving the ship to sink. Charon's boat had picked up the scholar's soul, shivering with cold and sopping wet, from the banks of the Styx. The name of the scholar was Uriel de Blanche-Terre. With the passing days, a friendship grew between Amos and Uriel.

One day Amos was passing the time playing cards with Uriel and Jerik when one of the sailor skeletons tapped him on the shoulder. When he turned round, Amos saw the captain beckoning to him. Leaving the game, he followed Charon.

'What can I do for you?' asked Amos.

'Come into my cabin, my young friend!'

The boy followed him, wondering what was going on.

Charon told him to have a seat but he himself remained standing, pacing nervously round and round the little room.

'I want you to help me,' he said finally. 'I need you.'

'But, captain, you aren't shouting any more.'

'No,' answered Charon. 'I shout so people will be frightened of me. I have a tough job and my orders are strict. I must never, under any circumstances, show any compassion towards my passengers. I will admit to you that when I'm alone in my cabin, I weep when I think about every child I've had to leave behind on the jetty because they don't have any money. But I always have to put those images out of my head. The harder I pretend to be, the more I can stifle my real emotions. Since your arrival, I've come to realize that you're not like the others. I think I can trust you. That's why I'm confiding in you today.'

'Go on, I'm listening. I'm touched by your confidence in me. I'll do what I can to help you.'

'Well, here goes,' Charon began. 'I've been sailing on this ship for centuries. I've seen all sorts, if you know what I mean! But there's one thing I cannot get out of my head, one thing that haunts me constantly. Soon we'll be arriving at a large island where, for almost three hundred years, the inhabitants have been damned. They all died of thirst during a great drought caused by their god. He's a cruel god who enjoys seeing them suffer. Not only does his curse prevent them from boarding my boat, he has also set them a puzzle to solve in order to be freed from the torments of thirst. It's a tricky one, but I think you might be clever enough to help them. If only you could see them. Every second is an eternity for a thirsty soul!'

'So, what is this puzzle?' Amos asked.

'They have to make it rain using only two jugs of water,' answered Charon. He had a hopeless look on his face. 'It sounds impossible to me but every puzzle must have a solution.'

'But how could you make it rain with two jugs of water?' said Amos pensively.

'I've no idea! If I knew, I wouldn't be telling you about it!' exclaimed the captain, beginning to get impatient. 'Anyway, think about it. We'll soon be passing the island. If there's anything you can do, please do it! If not – well, they'll go on suffering until the end of time. And I'll have to go on sailing past the island without ever being able to change a thing.'

Amos left the captain's cabin in search of Uriel and Jerik. They were talking in low voices in another part of the ship.

'...Seth freed me from the underworld so that I could get rid of the boy,' Uriel was saying. 'And when I do kill him it will be child's play! And how's my brother, the great Judge Ganhaus?'

'Well, well – he's well,' whispered Jerik. 'I think that

Amos believes – I mean – really believes you're a great scholar. You played your role well. Your story and your – what I mean is – your tears were so believable! But we mustn't – how can I put this? – we mustn't put the cart before the horse. You must kill Daragon only when he is in possession of the key – the Key of Braha. Then you must give it to – to your brother.'

'I'll be patient, believe me! I'll do what needs to be done,' muttered Uriel.

'Quiet!' hissed Jerik. 'Here he comes!'

Amos was looking worried.

'What's going on?' Uriel asked, feigning concern. 'Can we help you, my young friend?'

'No,' replied the boy. 'It's just something between Charon and me. Come on! Let's get back to the game, if you don't mind.'

'Not at all – I would just as soon you didn't bother us with your personal business, Master Daragon. I have enough of my own – that is – what I mean is – complications!' continued Jerik, dealing the cards. 'Wash your dirty laundry at home as – as we say where I come from!'

Amos looked up and stared at Jerik. Then he burst out laughing.

'Jerik, you've just saved hundreds of souls from a curse!' he said to the surprised secretary.

The gangplank was lowered and Amos stepped onto the island.

'I'll give you an hour, vermin!' shouted Charon. 'If you're not back by then, I'll leave you here, you little wretch.'

'Why is he getting off here?' asked Uriel, worried about losing sight of the boy.

'Shut up and mind your own business!' barked the Captain. 'I don't want to hear another peep out of you! Just play dead, all right?'

'Hard to do anything but play dead on this ship,' muttered Uriel darkly.

After a short walk, Amos arrived in the village of the damned. The ground was roasting under the hot sun, and the souls of all the villagers were sitting in the shade of their huts. They were nothing more than skin and bones, their bodies dried out and sunburnt. One man stood up and limped painfully over to meet Amos.

'Leave this place,' he gasped in a weak voice. 'We... we are damned.'

'I know why you are suffering,' interrupted Amos.

'Your god is tormenting you and there seems to be no solution to your predicament. However, there is a way out of this situation! I know how you can make it rain with two jugs of water.'

'It is clearly stated that we must not drink them,' the man croaked, swallowing the dust in his mouth with difficulty. 'If we use the water improperly, our fate will be sealed and we will suffer for ever more.'

'Trust me, I think I can solve your problem. Bring me the first jug of water and a big bucket, please,' Amos requested. 'And I also need soap!'

With great assurance, Amos emptied the contents of the first jug into the bucket. Then he took off his trousers, soaked them in the water and began washing them with soap. The whole village looked on forlornly, weeping tearlessly. When he had finished his washing, Amos emptied the bucket on the ground and asked them to bring the second jug.

'But why are you doing this?' implored the head of the village. 'Now we're forever damned!'

'Trust me. I need the second jug, it's essential.'

Without further objection, the villagers did as he asked. They were beyond hope now, in any case. Amos took the second jug, emptied it into the big bucket and carefully rinsed his trousers. After he removed every trace of soap, he once again threw the water on the ground.

'May I hang my trousers on this clothesline?' Amos asked, to everyone's amazement.

Despondently, the village leader nodded his head. Then, before their very eyes, the island's inhabitants watched as clouds covered the sun and a violent storm broke. The washing was barely on the clothesline!

'My mother always says: you only have to hang your washing out and it rains every time!' Amos said proudly. 'The puzzle set by your god is now solved. The curse is lifted – you're free to leave this island. But enjoy the rain for a little while. A ship is waiting for you at the headland over there. Oh, and don't forget to each bring a coin to pay for your passage. The captain has a terrible temper!'

CHAPTER SEVEN

THE RETURN OF THE PURIFIER

eorf had followed the trail of the fugitive cook, who had ridden all night before stopping in a clearing, not far from the borders of the kingdom of Berrion. Beorf watched as another man came to meet the cook, riding a dark, speckled horse. He was tall and muscular and wore sturdy, gleaming armour. The coat of arms on his shield was formed of huge snakeheads. When he removed his helmet, Beorf recognized Yaune the Purifier. The former lord of Great Bratel looked more evil and vicious than ever. The word 'murderer', tattooed on his forehead when he was exiled from Great Bratel, was clearly visible. A long scar cut across his face. It was Yaune who had accused Beorf's parents of witchcraft and then had them burnt at the stake.

In his animal form, Beorf moved silently on all fours and got as close as possible to the two men without being seen. He hid under the trees on the edge of the forest which surrounded the clearing.

'Junos, the lord of Berrion, will soon leave the city,' Beorf heard the cook say. 'He has to go to a desert. The mask wearer will be there, too, but he's harmless. I don't really understand what happened to him. It's as if he's in a trance. Junos will also be accompanied by tall, dark-skinned warriors and a young girl. Beware of her. Her powers are great. She reads the souls of humans like an open book. She saw through me in the blink of an eye.'

'Were you followed?' Yaune the Purifier spoke through clenched teeth.

'No, of course not!' answered the informer, looking around nervously.

'Here are your thirty pieces of gold,' said Yaune, throwing a leather pouch in his face.

'I beg your pardon, master, but we agreed on a reward of fifty gold pieces!' replied the cook unhappily.

By way of an answer, Yaune drew his sword from its sheath and viciously cut the spy's throat with one swift stroke. The cook's body slumped to the ground. With the tip of his blade, the knight picked up the little bag of gold by its cord.

'That's one way of saving money!' he murmured, as he sheathed his weapon.

Looking carefully around him, Yaune put his helmet

back on and galloped off into the forest. Beorf, still hidden in the trees, watched him disappear.

'I must go back to Berrion to warn Junos!' the manimal said to himself.

Moving as cautiously and quietly as he could, the young bear headed back to the road. But as he emerged into the open, Beorf was startled to find himself face to face with Yaune the Purifier.

'A bear shouldn't be taken by surprise so easily, Beorf Bromanson!' the knight declared smugly, removing his helmet. 'You're much too fat and clumsy to be well hidden in the forest. Didn't your parents teach you anything? But maybe it's not their fault – they died so young!'

Beorf returned to his human form but kept his long bear claws and powerful teeth. With these weapons, he was not afraid of anyone.

'Oh! You're scaring me!' said Yaune, mocking him. 'You know, since our last meeting in Great Bratel, I've missed your friend Amos. Now tell me all about him and explain to me what's going on in Berrion.'

'Never! You'll learn nothing from me!' the fat boy answered with a growl.

'Very well. In that case I'll just have to kill you!' said the knight, calmly drawing his sword.

Without a moment's hesitation, Beorf pounced on Yaune and clamped his jaws around the knight's neck. Yaune was thrown from his mount, taking the manimal with him as he fell. Once on the ground, the two combatants quickly leapt to their feet again.

'I'd forgotten that bear-men can be very surprising!' Yaune said, brandishing his huge sword in both hands. 'Did you know that it took twelve of my former Knights of the Light just to hold your father down? A disgusting beast! Your mother was also quite difficult to capture, but with her we used a trick. I told her we'd already taken you hostage and that if she didn't cooperate, I would slit your throat! She followed us without resistance. We burned her alive. Your mother, young man, was a stupid, sentimental woman!'

Crazy with rage, Beorf threw himself on Yaune again. But the knight was on his guard this time. He met Beorf with a powerful swipe of his sword that sliced open the boy's left side. He fell to the ground, writhing in pain.

'Poor Beorf!' Yaune laughed. 'What a shame! The last member of the Bromanson family will soon pass on...'

The Purifier aimed a kick at his adversary's wound. Then he plunged his sword deeply into Beorf's thigh. Ignoring the pain, Beorf jumped nimbly to his feet and, with a swipe of his paw, tore open the knight's metal breastplate. Yaune fell to the ground, but was back on his feet in an instant.

'If I had an army of manimals like you,' he exclaimed, seeing that Beorf was bleeding heavily, 'I would conquer the world! What strength for a child of barely twelve. Look what you did to my armour. Very impressive! Too bad I have to kill you...'

'Come on!' shouted Beorf, furious. 'Let's see which of us survives this fight! Cowardly rats like you don't scare me!'

He had barely uttered these words when a punch to his face broke his nose. He managed to dodge another sword-thrust, but then a well-placed knee in his stomach knocked the wind out of him. Staggering, he snapped at the Purifier's arm, but missed his target. Kicks and punches rained down on him but, in spite of Yaune's strength and power, Beorf stood firm and was still on his feet. His face bloody and battered by Yaune's attacks, the fat boy finally found himself backed up to a tree. Leaning on it, he tried to clear his mind. His head was spinning and the pain was slowly paralysing him.

'So long, you young fool!' he heard Yaune the Purifier say, as the knight's sword sliced through his body.

'This weapon,' Yaune went on, 'is coated with a poison fatal to anyone who touches it. Consider yourself a dead manimal. If you don't die of your wounds, you'll die from the poison!'

Once again, with desperate energy, Beorf leapt at Yaune's face. The beorite was right on target with this last attack. With a swipe of his claws, he gouged out one of his adversary's eyes. Yaune, howling with pain, thrust his sword into the boy's body yet again.

'Are you going to die, you horrible beast? Am I rid of you once and for all?' he cried.

With blood pouring from his wounded eye, Yaune climbed on his horse and galloped away, leaving Beorf half dead on the ground. The knight's poisoned sword had pierced his body four times. The young manimal closed his eyes.

'I will be reunited with my parents again soon...' he said to himself, smiling calmly.

***

Lord Junos sent his men to search the country, but they came back empty-handed. Beorf had disappeared. The knights had combed the castle, including all secret rooms and garrets. They had even tried the cemetery. But it was all in vain. Not a trace, not one clue nor even a message.

In all the commotion, Lolya asked for Amos' body to be prepared as quickly as possible. Junos, his heart heavy with grief, chose twenty of his best knights for the journey. Along with twenty Morgorian warriors, that made a party of forty men who would set out for the Desert of Mahikui. With deep regret, Junos decided to leave his beloved city without Beorf. He could only hope that Urban and Frilla Daragon would soon find the young manimal.

Amos' body, wrapped in several layers of finely embroidered shrouds, was placed in a cart pulled by four magnificent horses. To protect it from the bumpy ride, the body was laid in a hammock, suspended above the equipment and provisions needed for the journey. A canvas canopy shielded the body from the sun. At last Junos gave the order to move out and the funeral procession set out on its long, two-month journey.

The first day on the road passed without incident, but as they approached the edge of the clearing where he had planned to set up camp for the night, Junos spotted a body lying on the ground ahead. Lolya, sensing danger, immediately signalled to her men. They soon returned with Beorf's bruised and swollen body. Junos dashed to the fat boy's side. His heart was still beating!

'Quick!' he shouted. 'He's still alive but his heartbeat is very weak. We must get him to Berrion at once! He is almost dead!'

Lolya stepped forward and placed the palm of her hand on the boy's forehead.

'His soul is clinging to life,' she declared. 'He doesn't want to leave us. Beorf is resisting with all his strength, but he won't last the journey to Berrion. Set up camp. I'll take care of him. Trust me, Junos, I know how to bring him back from the dark kingdom.'

Without delay, Junos had a tent erected for Beorf and Lolya. The young queen swiftly went to work, asking for a dozen leeches. She had seen that Beorf's wounds were poisoned and his blood was not clotting properly. Five of the Morgorians ran to the woods to carry out her orders. She also asked for black candles and a chicken. Some of the knights ran to fetch these from a nearby village.

'I know you can hear me, Beorf,' Lolya whispered in his ear. 'You have to live. Your time has not yet come. Death is not claiming you. Your heart is beating steadily; just keep calm and breathe deeply. Trust me, Beorf, I'll get you out of this.'

Lolya spoke encouragingly to Beorf until the Morgorians and the knights returned with the things she needed. First she placed the leeches on the boy's body. Then she lit the candles and began a strange ritual: with the chicken beside her, the girl danced around the body, calling upon a 'guede'. These are miserly, dangerous spirits that tear the souls of the living from their bodies. Guedes draw their strength from the energy generated by a spirit leaving its body, so they are always trying to cause accidents and other fatal mishaps. Hovering over Beorf's body was a yellowish haze from which an ugly, pale, sickly face began to take shape. The guede appeared before Lolya.

'What do you want from me?' hissed the spirit.

'I order you to give me back the soul of this boy,' she said firmly.

'I don't take orders from you, witch!' replied the guede. 'This soul is putting up a splendid fight, but I shall win the battle. I'm enjoying it. The energy I'm getting from it is superb!'

'For the last time, guede,' threatened Lolya, 'surrender him to me and you can leave in peace.'

'You can't give orders to guedes!' shouted the ghostly face. 'What can you do against me?'

'I know the ways of the ancient peoples, the magic of the first kings of Earth,' the girl replied confidently.

'You're lying!'

'Very well, you asked for it, you hateful creature.'

Approaching the guede, Lolya uttered a few words in an ancient language. Then, in one swift movement, she grabbed the spirit and hurled it into the body of the chicken. Imprisoned in the bird, the spirit started running in circles. To the sound of Lolya's satisfied laughter, the panic-stricken chicken ran out of the tent.

'That will teach you to argue with me!' the girl called after it, laughing loudly now. 'Run as fast as you can, foolish guede! We'll be eating chicken tonight!'

Lolya turned back to Beorf and resumed her efforts.

'Now I no longer have to fear for your spirit. I'm treating your wounds, and you're out of danger. As long as I'm with you, no other guede will dare to come near. They're stupid, cowardly things. Now, listen, Beorf. I know you can hear me and it's important that you fully understand the next stages in your healing. You've been almost fatally poisoned, but these bloodsucking leeches will slowly suck the poison out of your body. As soon as you regain consciousness, I'll give you one of my healing potions to drink. It tastes awful, but it works! The sooner you take it, the faster you'll recover.'

Junos came into the tent.

'How is he?' he asked anxiously.

'He'll survive,' Lolya replied.

'Thank goodness!' sighed the lord of Berrion. 'We've just found the body of one of my cooks. The poor man has been nearly decapitated. Strange – it's the same man you chased with a knife. You accused him of being a traitor. Tell me, Lolya, do you know something I don't?'

'I know many things you don't know,' Lolya answered, smiling.

'Do you know who wounded Beorf and killed this cook?' Junos asked, concerned.

'Look for a snake,' said Lolya. 'A big, angry snake!'

CHAPTER EIGHT

THE KINGDOM OF OMAIN

haron appeared on deck.

'Get ready to cosy up, my dear passengers,' he called. 'We'll shortly be arriving in the kingdom of Omain!'

Amos ran to the starboard side to look over the ship's rail. His heart was pounding. This was where he'd been born, where he'd grown up and learned about the forest! And it was where he had met the mermaid, Crivannia… a tide of memories flooded over him. He remembered the old thatched cottage his father had built, his mother's tiny garden, and his long walks in the woods. Images of the river, the fishing harbour and the magnificent surrounding mountains swirled in his mind. He could smell the salty sea air, which he had always associated with Omain.

The gangplank was lowered and Amos saw that there was a large crowd of souls on the jetty, waiting patiently to come on board. He wondered what tragic event could have caused the death of so many people in a peaceable place like Omain. The whole population of the kingdom must be here! What great misfortune could have struck them all at once? Whatever it was, there could have been no survivors. All those waiting for the ship, among them many women and children, had deep cuts on their bodies. It was a heartrending sight.

'War, Master Daragon,' said Jerik, joining Amos by the rail. 'Look, there and there, look at their wounds. Those people are – how can I put this – were – what I mean is – well – they died by the sword. What happened is – how can I put this – it was someone – well – an army or something bad – anyway!'

Lord Edonf, ruler and master of the lands of Omain, boarded the boat first. He hadn't changed a bit. As stout as ever, with his three fat chins and his bulging eyes, he still looked like a fat sea-toad. He recognized Amos right away.

'Delighted to see you're dead, too!' exclaimed the bloated lord, with a theatrical sweep of his hands. 'It's about time this ship came; we've been waiting for days. We rang the bell over and over again. And it was impossible to get out of that damned cemetery! By the way, young scoundrel, don't think that I've forgotten about the trick you pulled on me – that donkey of yours never gave me any gold. The whole city made fun of me for months! I hatched a dozen schemes to take revenge on you, but – well, none of that really matters now…'

'Can you tell me what happened?' Amos asked his former lord politely.

'My kingdom has suffered a great disaster,' answered the lord. 'Nobody really understands how or why it happened. We were all completely taken by surprise. There was nothing we could do, and in less than an hour we were all dead!'

'I don't understand,' said Amos. 'Was it some natural catastrophe?'

'Worse!' replied Edonf solemnly. 'A demon! A horrible beast straight from hell! He came to the village one dark, moonless night. He was tall, with scars, and he carried a huge sword. Without warning, he massacred the whole population! He went from house to house, killing everyone. He showed no mercy, either to the old and weak, or the most defenceless children. Then he came up to the castle – my little fortress. Quick as lightning, he routed my personal guard. None of them lasted more than a few seconds against him. A real demon, I tell you! Oh, and he had the word "murderer" tattooed on his forehead. Only a demon could have such strength, such boldness and that mark on his face.'

The pieces of the puzzle were falling into place for Amos. From Edonf's description, the boy knew right away that the murderer was Yaune the Purifier, former lord of the Knights of the Light in Great Bratel.

'What happened next?' he asked, curious to know more.

'The demon dragged me from my bed,' Edonf went on, 'and told me he was going to take possession of my kingdom for a few years. Then he drove his sword through my body, and the next moment my soul appeared in the cemetery. And that's more or less what happened to everyone. Except him, over there – look, that one just boarding the ship. No one knows who he is. He appeared here a few days ago. He keeps to himself, never says a word. From the look of it, someone slit his throat.'

Amos immediately recognized the cook from Berrion.

'What happened to you?' Amos asked him.

'You're here? So you really are dead! That girl did kill you?' the cook said with surprise.

Amos didn't want to explain his mission or his reasons for being on the ship. He just nodded.

'Now that I'm dead,' the cook confided, 'I can tell you everything. I'd been working as a spy for the last few weeks, for a great knight. He never told me his name, but his coat of arms had snakeheads on it. I was quite impressed by him but now I've changed my opinion completely. When I was alive, he promised me fifty gold pieces to get information for him. Some wrong-doing he wanted to avenge, he told me. He wanted to know everything that was going on in Berrion. One evening I discovered that you had been dug up and were being taken to a desert somewhere…'

'Hang on,' interrupted Amos. 'They dug me up? They took my body out of the cemetery?'

'Yes, it was the girl. She was possessed by some kind of spirit called the baron... Baron something or other. Her voice became very deep and she threatened everybody, demanding that your body be taken immediately to the Desert of... of... hmm, no, I can't remember any more.'

'Did she say why they had to move my body?' asked Amos, with growing interest.

'She said you weren't really dead! Sorry, it's hard to understand and I don't know any more, except that the mask she gave you was actually a gift from this baron. It was to soften you up, to gain your trust or something like that.'

Uriel, who was standing near Amos, was listening closely to the conversation. Seth had given him a very specific mission to carry out. This was the moment to tell his story. He cleared his throat.

'Ahem. The Desert of Mahikui is where they're taking your body,' he declared.

'But why?' asked Amos. 'And how do you know this, Uriel?'

'In answer to your second question, I know because I have studied many old legends and stories in my research. Why take your body to the Desert of Mahikui? Simple! I can tell you that we are currently sailing to Braha, the City of the Dead. In fact, the city actually existed in the real world for a long time. A magnificent city! A jewel of unparalleled beauty! It was completely buried under the sands of the Desert of Mahikui during a terrible storm. The gods then chose that place to receive the souls of the dead for judgement. They built two doors: one leading to the heavenly world of the kindly gods and the other door opening directly onto the underworld of the gods of evil and chaos. But a small part of the city exists both in the world of the dead and the world of the living. Apparently it's the only such place. They say that in the big pyramid at the centre of the city there's a ceremonial hall. This room is where the two worlds meet. It's right at the top of the pyramid, and from there it is possible to go from one world to another. The living, on foot in the desert, can see the tip of the pyramid sticking out of the sand and can enter through a secret door. However, for the dead who arrive in Braha, the tip of the pyramid is out of sight because it is always hidden by the clouds. Not bad, eh?'

'I see,' said Amos, thoughtfully. 'If I understand you correctly, Uriel, it is through the ceremonial hall at the top of the pyramid that the dead can gain access to the world of the living and vice-versa.'

'That's it!' exclaimed the scholar.

'But how?' asked the boy. 'By what magic is that possible?'

'I don't know. I've searched and searched, but I have never found out,' Uriel replied, a little embarrassed.

'That knowledge was lost in the darkness of time. It's a mystery of the gods – powerful magic that's beyond humans.'

Jerik came bustling over to them. Crossly, he tried to put his head on his shoulders but it fell off backwards, nearly going overboard.

'That's what I was trying to explain to you!' he cried, retrieving it. 'Since we started – what I mean is – when we were talking a while ago, you and me, you remember, Master Daragon? That first time, I was trying to tell you...'

'I still don't understand your story about the key, though,' said Amos, smiling.

'Let me explain it to you,' said Uriel. 'It's an old legend about the City of the Dead.'

'Well, okay – fine – but make sure, please, that the boy – you know – understands!' insisted Jerik.

'According to the story I know, plus bits of your conversations I've overheard,' Uriel began, 'I think I can make sense of your mission to Braha. Remember the two doors I was telling you about? Well, right now those doors are closed, so the three judges have a big problem on their hands. The city is overflowing with souls, more arriving every day by boat, but there's no exit for them to get out. That's right, isn't it, Jerik?'

'That's it, it's simple when you put it that way – what I mean is – very simple – perfect – exactly – right on the spot!' burbled the secretary.

'I'll continue,' said Uriel, glaring. 'You are supposed to help them open those doors. They were probably closed by the gods, but there is a key. The legend says that the first judge of Braha had it made by an elf. The elf's soul was removed from his body, with the promise that his death would only be temporary – in fact, the same as what has happened to you, young Master Daragon! Once his task was completed, however, the elf realized he had been tricked. He wasn't allowed back to the land of the living. Furious at being hoodwinked, the elf hid the key somewhere in the depths of the city and cast a spell on it so that only a living being could find it. In a city of ghosts, that would be impossible! Just to be sure, he also set up two fearsome guards to protect the key before he disappeared, without telling his story to anyone. That's what the legend says, but, obviously, the elf must have told someone. Otherwise I'd never have heard the story.'

'Well, there we are – phew – that was fantastic – a marvellous explanation!' Jerik exclaimed, impressed by the ease with which Uriel lied.

'But we can't be sure of anything in that story,' said Amos thoughtfully. 'A legend is always a legend.'

'That's true, but they usually contain some element of truth,' replied Uriel. 'We should never ignore the clues.'

Amos went off by himself to think.

'I lie just as well as I murder, don't I?' Uriel whispered to Jerik.

'We – I think – we're manipulating him very well. With what you just told him – he'll do exactly what we – well – what Seth wants him to do. '

'I like the kid. Too bad I'll have to get rid of him!' Uriel mused aloud.

At the other end of the ship, Amos was thinking things through as he watched the landscape go by. If Lolya was risking having his body transported all the way to the pyramid, she must have a very good reason.

'According to the legend of the elf locksmith,' he thought, 'the key can only be retrieved by a living being. At the same time, there's only one way of getting into the city of Braha, and that's by being a ghost. I suppose I must be here as a ghost to discover where the key is hidden. Then, at the right moment I must have to be re-united with my body in order to get the key. That's why Lolya is having my body taken to the pyramid! But there's still something about this whole business that I don't understand. The gods didn't close the doors of heaven and hell for nothing. I'd like to know who's really behind all this!'

Charon's ship, now full to bursting, finally left the jetty at Omain's cemetery. On board were all the inhabitants of the island of the damned and everyone from the Kingdom of Omain, as well as all the souls who had boarded from the various cemeteries along the way. The ship was packed with ghosts from the bottom of its hold to the top deck!

'No more stops! We're not taking anybody else on board!' Charon announced, coming on deck. 'Find yourself a bit of space and settle down. We won't be arriving in Braha for another three weeks.'

'Three weeks!' sighed Amos. 'Remind me to travel first class next time.'

CHAPTER NINE

SETH'S PLANS

'Well, Seth, where's the army you promised me?' Yaune the Purifier asked bluntly. Seth, God of Jealousy and Treachery, smiled maliciously. He was sitting on a golden throne in a chapel built entirely of human bones. With his bright red skin and eagle-like talons for hands, Seth was a terrifying sight. His huge serpent's head swayed slowly up and down.

'My dear little knight, don't you trust me?' he replied.

'You are a scanner of souls, great god!' replied Yaune scornfully. 'You know very well I feel no trust, no respect and not a whit of affection for you, you venomous reptile.'

Seth laughed heartily.

'Hate is such a strong emotion!' he said. 'You're certainly teaching me a lot about humanity, you miserable creature. But serve me well and you will be rewarded for your efforts!'

'As far as you're concerned, Seth, I serve my own interests above all. Just give me what you promised!'

'Now this puny creature is giving me orders!' Seth hissed. 'But first, tell me what happened to your eye? Bitten by a mosquito, perhaps?'

'You know very well what happened!' fumed Yaune. 'It was that manimal, young Bromanson. I underestimated his final burst of energy. Things like that happen when you're a mere mortal, right? But, of course, you wouldn't know what I'm talking about. The gods are infallible, aren't they? Especially when it comes to crushing a young mask wearer – of twelve years old!'

'Do not push me too far, Yaune!' said the god, pronouncing each word slowly. 'My patience has limits! I missed my chance in Great Bratel thanks to that stupid wizard Karmakas. Amos Daragon was just lucky, that's all.'

'That's your problem!' interrupted the knight. 'It was thanks to Daragon that I lost my kingdom and my lands. And my army! The Knights of the Light now take their orders from Barthelemy. I've had enough! First I get expelled from Great Bratel with this wretched tattoo on my forehead. Then, after weeks of wandering and misery, I meet you and your…'

'Silence, you miserable creature!' thundered Seth.

The force of his cry threw Yaune against the wall at the far end of the chapel. Dazed by the impact, he slumped heavily to the floor. Slowly and painfully, he lifted his head. Seth had risen from his seat. Their eyes met.

'When we first met,' began the god, 'I asked you to conquer the lands of Omain and I gave you a sword with a poisoned blade. I will admit that you have done well. You have razed this kingdom ruthlessly. You have slit the throats of children, murdered grandmothers – and even drank the blood of Lord Edonf while it was still warm! You've wiped out every trace of human life around here. You are a mad creature, thirsty for vengeance! I'm ready to reward you for your devotion to me. I always keep my promises to those who serve me well. Today, Yaune the Purifier, you receive your first promotion!'

The god returned to his throne and settled down. After a moment of silence, he beckoned Yaune to come forward.

'You will soon have an army – a wondrous army! Amos Daragon himself is about to hand you this army on a silver platter, although he doesn't yet know it. But you look doubtful. Listen carefully and you will see that Seth, God of Jealousy and Treachery, also uses the cleverest tactics.'

'Ah, but I never doubted you, or your intelligence, oh great Seth!' Yaune answered, respectfully this time.

'You lie as easily as you breathe, Yaune. And that's what I like best about you!'

'Go on, I'm listening.'

'Some time ago,' Seth went on, 'and with the help of a few immortal friends, I kidnapped the supreme God of Justice, Forsete. His disappearance caused the permanent closure of the doors of Braha. You remember I told you about the City of the Dead?'

'Yes, yes,' said Yaune. 'The great city of the last judgement. Buried in the Desert of Mahikui and only accessible by the river Styx. I remember.'

'The three judges who administer the city of Braha decide the fates of all who go there for judgement. They take no sides and, in normal circumstances, answer only to Forsete himself. But sometimes, the corruption of the living world can spread to the world of the dead. Even judges can be bribed. One of them, Ganhaus, has been working for me since I promised to free the soul of his older brother, who is a notorious murderer, a prisoner in the depths of hell. His name is Uriel.'

'And how is that going to give me an army?' asked Yaune, irritably.

'Be quiet and listen, imbecile! I'm coming to that!' roared Seth. 'Savour my words and delight in my treachery! Together we have devised a perfect plot, a marvel of pure evil. Once I had imprisoned Forsete, the doors to heaven and hell were closed. The city became overpopulated. The judges were desperate to find a solution. That was when Ganhaus cunningly came up with a fantastic tale about a key, made by an elf locksmith, that could open the doors to heaven and hell. And who could retrieve this key? Only a human brave enough to carry out this mission.'

'Amos Daragon!' laughed Yaune.

'Exactly! Just who we needed. Then I got Jerik Svenkhamr, an idiot of a thief who is Mertellus' secretary but also works for me, to tell them about the mask wearer. They all took the bait! Mertellus immediately contacted Baron Samedi, a minor god working in death administration and soul management, to summon Amos to Braha. Then, as promised, I freed Uriel from hell and got him on board Charon's ship just after Amos boarded. I made up a new personality for him, a respectable scholar, a man of letters. The exact opposite of his true character! His mission is to tell Amos the fake tale about the elf and then eliminate him when the time comes.'

'But…' interrupted the knight.

'Yes, yes, I'm getting to that. The Key of Braha really does exist. Only it's not the doors to paradise and hell it opens, but the passageway at the top of the great pyramid. It opens a pathway between Braha and the world of the living! Believe me, my loyal servant, you will soon be at the head of a mighty army of the living dead. At this very moment, in the City of the Dead, my people are recruiting the best soldiers for you. With a force like that, you'll be invincible! You'll have your revenge on Junos, Barthelemy and all those you hate so much. Then, together, we will conquer Earth and shift the balance in the land of the living.'

Yaune smiled with satisfaction.

'At last I know that my hour of vengeance is coming. And it will be that young mask wearer who will unknowingly hand me the means of my retaliation! I can hardly believe it. Seth, you're a genius! One question, though. How is the boy going to find this key?'

'Even as we speak, my men are torturing Forsete. He'll soon reveal its hiding place,' Seth said confidently. 'As soon as we find out, I'll tell Jerik and he'll point the wretch in the right direction. It is true that two guards watch over the key and that only a living being can retrieve it, just as he was told in that elf nonsense. But the mask wearer will solve those two little problems for us! There's only one thing that bothers me, though.'

'What's that?' Yaune asked, concerned.

'It's Lolya,' answered the god, thoughtfully. 'By fulfilling Baron Samedi's will, she is working for us, too, although she doesn't know it. But she's hiding something that I can't fathom. Day by day she seems to be acquiring some terrible strength. I don't trust her! Get your murderous army together and kill her. And don't underestimate her. The fact that I can't see into her mind proves that she has divine magic. After you've got rid of her, you must personally escort Amos

Daragon's body to the pyramid in the Desert of Mahikui.'

'Your wish is my command,' said Yaune, bowing his head.

'Come closer,' ordered Seth.

Yaune the Purifier took a few steps forwards. With one hand, Seth grabbed him violently by the throat and lifted him off the ground. With a laugh that echoed round the chapel, the serpent god tore out one of his own eyes and placed it in the knight's empty eye socket. The merging of the god's eyeball with his human metabolism caused Yaune intense pain, like being burned with a red-hot iron. Seth released his grip and Yaune collapsed to the floor, writhing and howling in agony.

'My gift to you,' Seth declared. 'A reptile eye suits you very well, Yaune! From now on you'll be able to see in the dark, and not a single move your enemies make will escape you. And, through the eye, I will be able to see what you see and follow your every move. In other words, I will be with you wherever you go! In Great Bratel I had too much confidence in the wizard Karmakas. There's no way I'm going to make the same mistake with you. Now go!'

Seth faded away and disappeared in a thick cloud of dark smoke. Yaune was left lying on the grass in the forest. His new eye was incredibly painful. In anguish, he crawled back to his dwelling, the fortress that had belonged to Lord Edonf. Looking in the mirror, he got a terrible shock. The eye Seth had given him had a dark yellow iris and an elongated pupil, like a cat's. It was perfectly round and half as big again as a normal eye. It quite deformed his face. A trickle of blood was still running down his cheek. Yaune smashed the mirror into a thousand pieces.

'When the time comes, I'll have my revenge on you too, Seth!'

CHAPTER TEN

BRAHA, THE CITY OF THE DEAD

Jerik was the first to catch sight of the great city of Braha as it loomed out of the mist one dark, gloomy morning. The secretary hurried to wake Amos and Uriel.

'Come – come quickly,' he shouted. 'You're going to see something very beautiful – what I mean is – well, rather – magnificent – no – wondrous!'

They both struggled to open their eyes. Stepping over the ghosts asleep on the deck, they followed Jerik to the bow. One of the two skeletons in Charon's crew had climbed out onto the broken figurehead to see the spectacle and was quietly smoking a pipe. Smoke was curling out through the gaps between his ribs. The fog around the ship was gradually thinning but the clouds still hung low.

Then, in the distance, Amos saw Braha. He was dazzled by its magnificence. As the ship drew nearer, the city seemed to glow with a soft, reddish light. Had it not been so early, the young mask wearer would have said it was sunset. In the heart of the city, orange and yellow rays of light shone brightly, lighting up the thick layer of cloud like a thousand fires. But there was no sun, moon or even stars in the sky. The light was coming from Braha itself!

As they drew closer, Amos could see many magnificent angels flying over the silver-tiled roofs, welcoming the new arrivals with the sound of trumpets. The angelic music seemed to be weaving patterns in the sky making dancing swirls of blue and golden specks of light. Amos could not believe his eyes. So much beauty took his breath away. But then he saw something else. Lined up on both sides of the river, like a gigantic guard of honour, were hundreds of demons. Beating upon huge drums, smoke and flames belched from their instruments. It was a fearsome spectacle!

The city was enormous. Its size and splendour defied imagination. Built on two steep mountainsides, it formed a wide 'V' shaped valley, with the river Styx flowing through its centre. There were countless multi-storeyed houses, awe-inspiring castles and fine churches where all religions, all beliefs and the sacred figures of all nations were gathered. The temples, each more beautiful than the last, had been built from the finest materials. Gold, silver, diamonds and crystal, rare marble and all kinds of precious gems decorated each building. Tall bell towers and steeples were embellished with delicate carvings in exotic woods, made by master craftsmen.

Amos, his mouth gaping, watched silently as the spectacle passed before his eyes. All the passengers were awake now and stood in mute admiration of Braha.

The streets were swarming with shimmering ghosts going about their daily business. All the city's statues, from the elaborate gargoyles to the warriors immortalized in stone, were walking around freely, greeting each other politely and stopping sometimes to chat. In the open-air markets, ghosts were doing their shopping, picking over rotting tomatoes and wilted heads of lettuce. Clouds of black flies swarmed around the slabs of putrefying meat.

The wealthier ghosts rode in carriages pulled by skeleton horses. Some sinister-looking ghosts were begging in the streets. Skeletons, armed with swords and shields, were posted at almost every street corner. When Amos asked what they were for, Jerik answered that they were security guards. Here and there fires were burning, lighting up the city as offerings were made to the gods. In the windows of all the houses, lighted candles created an enchanting atmosphere.

Looking up, Amos saw a group of winged horses go by above his head, ridden by stocky women dressed in armour. They crossed the sky at an extraordinary speed, shouting war cries and howling songs in a strange language that sounded like thunder-claps.

'Valkyries,' explained Uriel. 'According to what I've read, the men of the North, the ones they call Vikings, never use Charon's ship to come here. The Valkyries provide transport for the valiant warriors who die in combat.

'The god Odin gives them preferential treatment!' bellowed Charon, who had passed the helm to one of his skeleton crew and had come to the bow of the ship. 'Because of that, I'm losing money, and I mean a lot of money! Those crazy women, they're always racing around annoying everyone!'

Sailing into the port, the ship had to pass under several magnificent bridges spanning the river Styx. Where the mast collided with the stone archways, they simply gave way enough to allow the ship to pass through.

On the terraces along the banks of the Styx, Amos could see superb restaurants and public entertainments taking place. Men and women of every race, humans, elves, minotaurs and gorgons, demons and angels, centaurs and goblins, were strolling about in their hazy ghost forms. Some wore handsome leather suits, fine silks and gold jewellery, while others wore filthy tunics and rusty armour. Humans covered in scars rubbed shoulders with countless loathsome creatures too hideous to look at.

Looking up to the highest summits of the city, Amos could clearly see the base of the great pyramid Uriel had described. It was gigantic, towering up into the clouds, and built from huge stones, each one as big as their ship.

Charon leaned on the rail next to Amos.

'Welcome to Braha, young mask wearer,' he whispered in his ear. 'All creatures that worship a god, however minor, and have a conscience, however small, come here to Braha to wait for the last judgement. They wait their turn to stand before Judge Mertellus and his assistants to hear their final fate. Everybody here lives exactly as they did before their death. Those who, like me, were miserly, are still miserly here. The spiritual guides and the healers, the murderers and magicians, are just as good or evil as they were when alive. In this city, no one changes, no one improves. They just wait. But be very careful! This city has the worst and the best. No one can kill you, but a lot of them can make you suffer. It's a place where everything is amplified, where everything is larger than life. Well, that's all the advice I have for you. Thank you again for freeing those people from the island of the damned. I owe you more than I can say. I'll remember you, and one day I'll repay you, if I can!'

Then Charon turned to the mob of ghosts crammed onto his ship.

'Get ready to go ashore, you gang of layabouts, we're about to dock! I hope you enjoyed the trip. I hated it! Let's go! Look lively!'

As the boat docked, all the passengers rushed to the gangplank. Mertellus was waiting on the jetty with Ganhaus and Korrillion. When they spotted Jerik waving to them, his head under his arm and a smile on his lips, the judges relaxed.

'He seems to have brought the mask wearer with him,' Ganhaus said to Mertellus.

'I'll believe that when he's standing here in front me,' the first judge replied nervously.

'Look! They're coming ashore! They're coming ashore!' chattered Korrillion excitedly. 'That must be him, there, the man with the smartly trimmed beard.'

The three judges rushed over to welcome their visitor. But as none of them expected the mask wearer to be a twelve-year-old boy, they welcomed the wrong person. The one they were thanking and complimenting was Uriel. Ganhaus, of course, had recognized his brother at once, but he played along with the others. The scholar, between handshakes and embraces, could hardly get a word in edgeways.

Wondering how to interrupt the three over-excited, chattering men, Amos suddenly had an idea. This situation could work well for him! He gave Uriel a conspiratorial wink. The scholar immediately understood that Amos wanted him to play along and pretend to be him. When Jerik tried to interrupt to set things straight, Amos quickly stepped on his toes.

'Quiet! It's better this way,' he said to the secretary.

'This is an unexpected opportunity for me.'

Then Amos stepped forward and coughed loudly three times to get the judges' attention. They all turned and looked the twelve-year-old boy up and down.

'Yes. Ah, I'd like to introduce my, ah, my young bookworm,' Uriel said hesitantly. 'I mean, my research assistant. Yes. This is, ah…'

'Darwich Socks,' Amos put in spontaneously.

The judges showed no surprise at the name. They'd heard many others even stranger and funnier. They smiled politely. Then, without paying further attention to Amos, all turned back to Uriel.

'He's from the famous Socks family, from the, ah, the Foot of the Smoking Mountain! Anyway, let's get down to business!' said Amos Daragon's understudy.

'Yes, well. If you come with us now, we'll show you to your living quarters in the palace,' Mertellus went on, delighted to meet the great mask wearer.

'You must be tired from your journey,' Korrillion remarked. 'You'll find that ghosts don't really need to sleep. It's just an old habit we retain for a long time after our deaths. We get along very well without it but, for the time being, we won't stop you from taking a nap. We want you in tip-top shape as soon as possible!'

Uriel, the three judges, Amos and Jerik took a carriage driven by a skeleton and drawn by four horses that were nothing but bones. The carriage quickly disappeared into the teeming throng of ghosts.

'Mertellus didn't even say hello to you. Is that normal?' Amos asked Jerik, as they both sat on the roof of the carriage.

'Well, you see – I – what I mean is – you know,' said the secretary, clutching his head firmly in his hands. 'What I mean is – how can I put this? – I don't count for much – I obey orders and that's it really!'

'Too bad,' answered Amos. 'They don't realize your value.'

'Thank you – I mean – thank you very much!' replied Jerik, much moved.

The palace was another magnificent sight. It was an octagonal building, topped by a huge dome. A grand staircase rose out of the roof and climbed straight up through the clouds and into the sky . Thousands of stone gargoyles adorned the building. They were everywhere; flying around freely, clambering over walls, playing dice or chatting amongst themselves. But as soon as Mertellus stepped out of the carriage, all the gargoyles froze. Those that were flying fell to the ground or smashed into walls. A few splashed into the big fountain that stood in front of the palace.

Amos watched this scene in amazement without understanding the sudden change. The gargoyles that had been bustling around a second before were now as stiff as statues! He was about to ask Jerik why all the activity had stopped so abruptly, but the secretary anticipated his question.

'When the cat's away, the mice will play! Well, what I mean is – to sum up – when the judge is out – what I mean is that – the gargoyles take advantage of their freedom. Mertellus doesn't like all this chaos and – well – what I mean is – he has expressly forbidden his gargoyles – to – what I mean is – to move. He's the only one who – in this city – who – well – who is so strict with his carvings! He's a real tyrant when it comes to – – that is – the freedom of expression for all stone work!'

'He's not a very nice judge,' Amos remarked.

'Do you know one who is?' replied Jerik, deadpan.

They all went into the palace.

'Welcome to the court house,' Mertellus proclaimed solemnly. 'This is where good and evil are judged. Where eternity begins. The decisions made between these walls are always fair – we are very proud of that. Jerik, take our friend Darwich Socks to his room. I will personally take care of Mr Daragon, our extraordinary guest!'

In something of a panic, Uriel looked at Amos as if to say: 'And now what do I do?' The mask wearer winked again to reassure him and disappeared very quickly after Jerik. He was sure that Uriel would play his role perfectly. On the way to his room, Amos had time to admire the beautiful palace. The walls were hung with finely woven tapestries and red velvet drapes, the stained glass windows were richly coloured and the carpets were deep and luxurious. They walked past book-filled libraries, reading rooms and studies, offices and conference rooms.

'Here we are – what I mean is – this is it,' Jerik said to Amos, pushing open a door. 'It's small but comfortable – better than sleeping outside – what I mean is – Master Daragon – you should envy Uriel – he's the one who is going to sleep – in – ah – in the quarters reserved for the messengers of the gods – for important people, that is. They're – they're splendid.'

'For me, this is much better,' Amos assured him smiling. 'I already know my mission, and I don't really feel like listening to the judges telling me about it all over again. Uriel is wise and has good manners. I couldn't have hoped to find a better representative.'

'And now – what – what do we do?' asked Jerik.

'You stay here. I'm going out for a walk in the city. I have something to investigate!'

CHAPTER ELEVEN

DARWICH SOCKS

The three judges ordered a grand dinner for their guest, and then Ganhaus said he would show the mask wearer to his quarters.

'But why are you pretending to be Amos Daragon?' the judge asked anxiously, once he was alone with Uriel. 'And where is he hiding, anyway?'

'I'm pleased to see you, too, brother,' was all Uriel replied. 'It's been years since we've seen each other. You've changed a lot, little brother. I'm delighted to see you've become such an important man!'

'Now listen, Uriel, we don't have time for a cosy family reunion! I don't like you. I've never liked you. I became a judge precisely to punish men like you. I freed you from hell for one reason only.'

'You certainly have a strong sense of family loyalty, little brother,' Uriel chuckled. 'You used us all – father, mother and me – to further your own ambitions. Even dead and buried, you haven't changed a bit. You've become worse than me!'

'Just listen to me. I had you freed from eternal torment and the flames of hell, and you owe me! You're here to get rid of Amos Daragon, get the Key of Braha and give it to Seth, right? Is that what he told you? Is that what he asked you to do?'

'Yes and that's all I know about it,' said Uriel. 'I was also supposed to tell Amos some story about an elfin locksmith.'

'But where is he, this Amos Daragon character?'

'You just let him leave!' said the murderer with a big smile. 'I introduced him to you under the name Darwich Socks. That's him, the mask wearer!'

'What? That child?'

'But not just any child! I went along with his game so as not to reveal myself too quickly. It's a great cover for him as well as for me.'

'So what's he like?'

'The boy is incredibly intelligent and extremely quick-witted. And I was pretending to be a scholar! It wasn't an easy role to play. Fortunately for me, throughout the voyage he was completely focused on his mission. We talked a good deal and played a lot of cards. He's an honest boy and very respectful. He often spotted me cheating but he never once passed any comment. But tell me, what do you want me to do?'

'I want you to follow Daragon and steal the Key of Braha from him. Then you will kill him, throw him into the Styx and give me the key. That's all!'

'But it's Seth who wants the key, isn't it? I'm supposed to give it to him, not to you.'

'Listen, brother,' said Ganhaus, with a wry smile. 'I have the power to send you straight back to hell. Do as I say and I promise you forgiveness and paradise. If you disobey me, I'll send you back into the flames again as soon as the doors are re-opened! I'm a judge, remember? With your record, we'll dispose of your case quickly! Think about it for a while. I'll come back for your answer!'

'But why do you want that key so much?'

'None of your business!'

But as he left the room, the judge murmured under his breath: 'Soon I will be a god!'

Amos had been walking around Braha for a few days now. He was looking for clues, any lead that would help him carry out his mission successfully. Uriel, still playing the role of mask wearer, seemed perfectly at ease with the judges, and the boy often saw him in the company of Ganhaus. The scholar was discreet and kept his mouth shut whenever Amos was around. The two had hardly spoken to each other since their arrival in

Braha, but that didn't worry Amos too much. One thing, however, did bother him. Whilst out walking, he always had the feeling he was being followed. He constantly felt eyes on his back, a disturbing presence spying on his every move. For reassurance, he told himself that wandering around a city full of ghosts was enough to make anyone feel a little paranoid.

In this city of ghosts and other strange characters, Amos had many bizarre encounters. One day, at the corner of a busy street, he came face to face with Vincenc, a very tall skeleton who was begging on the street. Vincenc was recounting his life story to the passers-by and begging for money to buy back his bones. It seemed that when he was alive, a famous anatomy professor had been fascinated by his height and had proposed a deal. The giant would receive ten gold coins if he promised to leave his skeleton to the scientist to study after his death. Vincenc signed the contract right away. He was sure the old professor would die before him and, besides, he really needed the money to pay off his drinking debts at various local inns. Unfortunately, though, things did not go well for Vincenc. Soon after he had settled up with the inn keepers, the poor man drowned in the river and his body was never found. His skeleton, which now belonged to the professor, would remain a prisoner in Braha until the professor could lay claim to it. So Vincenc was begging to collect the ten gold pieces he needed to buy back his bones. Nobody ever gave him any money, but the poor skeleton kept telling his pathetic story again and again to anyone who would listen.

Amos also met Angess. She sat down beside him one day on a park bench and asked him if he'd seen Peten, her lover. The young woman was dressed all in white and had a long sword through her neck. She was searching desperately for the love of her life, her clothes soaked with blood. When she was alive, Angess had fallen in love with Peten and wanted to marry him, but her father had decided otherwise. He chose another husband for her, someone more respectable, and, more importantly, richer. Angess could only meet Peten in secret, and one day, her father caught them together. Mad with rage at his daughter's disobedience, he drew his sword to kill her lover, but Angess threw herself between them. The sword went right through her neck. Ever since that day, the poor girl had been wandering the City of the Dead, looking for Peten, her true love.

One morning Amos came across a large square behind a magnificent monastery. Dozens of huge oak trees bordered the square and a splendid fountain glinted in the centre. It was a beautiful place but completely deserted, and the boy wondered why the citizens of Braha chose to steer clear of such a charming spot. He soon found out. Out of nowhere, three huge dogs appeared and pounced ferociously on him.

Amos was lucky to get away without being torn to bits. As soon as he was outside the monastery square, the dogs disappeared.

Amos learned later from a passer-by that the dogs were in fact three criminals who had been damned for desecrating the grave of a monk. Rumour had it that the holy man had been buried with magnificent, priceless religious artefacts and the three villains had dug up the body to steal the sacred treasures. Just as they were about to run off with them, the dead man rose from his grave and damned them for eternity. The grave robbers had been transformed into dogs and, since then, they had guarded the treasure and made sure the monk was left in peace.

Braha was full of strange surprises, each one more weird than the last. There was a castle haunted by a werewolf, and an avenue where a crazy barber tried to shave everyone who came along. A bunch of pirates gleefully boarded a building as if it were a ship. Once an hour, a young bride rose from a well and wailed religious songs. At the end of her recital, she threw herself back down the well, screaming horribly. The whole city was in continuous uproar, bubbling with demented energy. Amos found the discovery of its neighbourhoods and inhabitants to be an incredible adventure. His curiosity led him to more and more astonishing encounters.

A new day was beginning. Amos had been walking the city for nearly an hour. He still had no trail to follow, no clues that would help him find the Key of Braha. He asked for information, questioned passers-by and listened to all the rumours circulating in the city, but no one seemed to know anything about the legend. Today, strolling through the ghostly throng, the boy suddenly spotted Jerik following him furtively. Amos pretended not to see him and went on walking. But why was Jerik spying on him? Maybe it was for his own safety? After all, Amos didn't know the city, and the secretary probably wanted to make sure nothing dangerous happened to him.

Mischievously, he decided to surprise the secretary. He ran on ahead and quickly turned off into a little dark alley. He hid there, crouching, ready to leap out when Jerik walked by – he would make him jump out of his skin! Suddenly, Amos felt a presence behind him. Turning around, he saw a terrifying giant, as big as a whale, bald and covered in scars, and armed with a huge hammer. The giant's enormous hand grabbed Amos roughly and dragged him into the shadows.

A few seconds later Amos found himself tossed onto a heap of rubbish.

'Come on confess it – you're a thief!' growled the giant. 'You were hiding from the skeletons, the rotten skeletons that run everything here, who watch everything and who decide everything, right? You were trying to run away from them! You're a thief, aren't you? I know thieves…'

Amos realized it wasn't a good idea to contradict the enormous giant – he seemed quite capable of smashing Amos to bits. He had his answer ready.

'Yes,' he said curtly. 'My name is Darwich Socks; I'm a thief, the best thief in the whole city. And yes, you're right – I was running away from the skeletons.'

'Excellent!' answered the giant, with a toothless grin. 'Yes, yes, that's very good! There's someone who'd like to meet you. Come with me, they're having a party. We'll go together and I'll introduce you to my boss. He's a thief, too. I'm sure he'll like you. Then you'll be my servant, I've always wanted to have a servant. Having a servant makes you look more important! Do you accept my offer, or do I have to get mad again?'

'I accept with great pleasure,' Amos gulped. 'It will be an honour for me to serve you, master…?'

'"Master"?' repeated the giant, delighted. 'That's good! I'll be Master Hugosil. That's my name, Hugosil!'

'Right then, where are we going?' Amos asked, glancing around discreetly to see which way he might run to give Hugosil the slip.

'I'm not supposed to tell you,' answered Hugosil proudly. 'It's a secret. The Braha thieves' guild doesn't like anybody knowing their secrets!'

'Then how are we going to get there? If we go together, I'll see where they're hiding, won't I?'

'Not if you're asleep!' answered the giant, raising his weapon.

Hugosil brought his hammer down hard on Amos' head. At once he lost consciousness. As Charon had told him on the ship, you can't die in Braha, but you can certainly experience a lot of pain. Amos remembered these words as he came to and he could vouch for their truth. His head was throbbing.

He opened his eyes and looked around. Everything was blurred at first but his vision soon cleared. He was lying on the floor of a room which was lavishly draped with red velvet curtains. Hundreds of ghosts were dancing, drinking and generally enjoying themselves. A grand ball was in progress, with all the guests wearing white wigs and clothes decorated with fine lace and embroidery. A chamber orchestra was playing soft music which created a surprisingly pleasant atmosphere.

Trying to move from his uncomfortable position, Amos realized he was chained by his neck, like a dog. He was lying on the floor beside a large, imposing chair and, looking up, he saw a princely-looking elf sitting there with great dignity. He had white hair, dark skin, perfect teeth and pointed ears. His face was exceptionally handsome and his movements had all the grace of an angel. He looked at Amos, who was tied up at his feet like his dog.

'Good evening, Darwich Socks!' he said, with an impish grin. 'Hugosil, the most stupid of all the Braha giants, brought you here to me. He wanted you to become his servant, but the idiot doesn't understand that you can't have a servant when you're a servant yourself! Hugosil may be thick, but he's the fiercest warrior I've ever seen. That's why he's my personal guard. He could take on an army all by himself. Unfortunately, his courage is surpassed only by his stupidity. Ah, yes. Now, I'm the master of this place, and you are my prisoner. I'm the leader of the thieves' guild. All the creatures you see here are first class hooligans, thieves and cut-throats. There are murderers and pickpockets, poisoners and traitors, no one you could trust for a second! We're all waiting for the last judgement, when we'll be hurled into hell, but, in the meantime, we're having fun! We're hiding! We're escaping the justice of the skeletons! In Braha, nothing ever changes. So tell me, young man, do you really think you're the greatest thief in this city? That's your claim, isn't it? That's what you told Hugosil, the big oaf.'

Amos was suddenly filled with dread. He had lied to save his life and now that lie was coming back to haunt him. He quickly sized up the situation. He was a prisoner of this strange elf, chained up like an animal.

There was no escape. The only thing to do was play this game all the way, to stake everything on his boastful claim.

'That's right, I'm the best thief in this city!' he said, hoping his nervousness didn't show.

'I knew you'd say that,' answered the elf. 'All thieves are pretentious loud mouths! Well, my young friend, we're going to put you to the test. I've planned a little amusement to pass the time. Over there, in the middle of the room, is a big table. Do you see it? On the far side of those people dancing?'

'Yes,' said Amos, 'I can see it.'

'Well, on that table there's a big bowl filled with little golden spoons – my best cutlery, for special occasions. I've posted five guards around the bowl and they're watching it closely. Without them seeing, I want you to steal a spoon from that dish and bring it to me! If you succeed, I'll let you go. If you fail, I'll throw you into the river Styx and your soul will be dissolved. Do you understand? I don't like show-offs. But first, I'd like to introduce you to the Shadow here.'

A young boy came over. He was identical to Amos down to the last hair!

'Now he's amazing, you'll see,' the master of the thieves' guild said to Amos. 'Go ahead, Shadow, fetch me one of those gold spoons without anyone seeing!'

The Shadow disappeared into the crowd. Instantly, he took on the appearance of one dancer, then another, then a woman and then a child. Without being noticed, he slowly moved closer and closer to the table, changing his face and shape at will.

'The Shadow is the greatest thief in the city!' exclaimed the elf to Amos. 'He is the last of his kind in Braha. The People of the Shadows, as they were called, left the world of the living and the world of the dead a long, long time ago. Look how he changes his shape, face and expression. His body consists of vapour that solidifies to take on the look of anything he wants. He's magnificent! He can take on the shape of an object just as easily as that of a human.'

Now, right beside the table, the Shadow took on the shape of one of the guards. He sneezed to draw attention to himself and changed appearance once again. Then he leaned over the table, pretending he was having a dizzy spell, and quickly snatched a spoon. Slipping it up his sleeve, he headed back to the dance floor. Seconds later, in the shape of a beautiful woman in a yellow dress, he handed the spoon to the elf.

'You're fantastic, Shadow! Fantastic!' exclaimed the master of the guild, dropping the gold spoon into his coat pocket. 'Nobody saw anything. Now you, Darwich Socks. Go ahead. Have fun!'

The elf released Amos from his chains.

'You want me to steal a spoon from that bowl, over there?' the boy asked. 'Tell me, are all those spoons identical?'

'They're all the same!' the master of the guild assured him, with a devilish smile.

'Very well, I'll make a deal with you,' Amos proposed. 'If I fail, you can throw me into the river Styx, but if I succeed, you'll help me steal something else. A small trifle that is very dear to me...'

'Oh, no!' cried the elf. 'I'm not making any bargains with you! You're my prisoner here.'

'Well then,' replied the boy without blinking an eye. 'You'd better just throw me into the river now. I'm sorry, but I never work for free and I don't do demonstrations. However, I should tell you that I could perform this feat not just without anyone seeing, like the Shadow, but with everybody looking right at me! Curious? Well then, take a chance and accept my offer. I'm Darwich Socks, the greatest thief in this city, and that's the truth!'

'Go on then,' said the elf, intrigued. 'If you can do this trick, I'll do the impossible for you. I'll steal anything you want me to. I rather doubt that you'll succeed! But off you go, I'm watching.'

'Stop the music! Stop everything and listen to me carefully!' Amos shouted, jumping onto a chair. 'Please, let me have your attention for a few moments!'

The musicians froze. All eyes turned to the boy. Intrigued by this sudden interruption, the crowd fell silent.

'Thank you very much. Now, my name is Darwich Socks and I...'

Hearing the strange name, several people in the audience started laughing and clapping.

'Yes, that really is my name,' Amos continued. 'I'm a very great magician and for your amusement this evening, with the permission of the master of the guild, I will perform one of my most famous tricks. Could one of those gentlemen bring me a spoon from the dish?'

The elf nodded his consent. With the gold spoon in his hand, Amos pretended to concentrate.

'Beautiful object, lovely treasure! Go to the one most worthy to receive you, go to your owner!'

With a theatrical sweep of his hands, the boy put the spoon in his trouser pocket.

'It's disappeared,' he declared. 'It's gone from my pocket into the elf's pocket. Stand up, dear master, and look in your coat pocket.'

The elf saw through Amos' trick and knew he'd just lost his bet. He stood up, gnawing at his lip in fury. Before the eyes of his guests, he pulled a gold spoon from his coat pocket. It was, of course, the one the Shadow had just stolen. The magic trick was rewarded with thunderous applause, and Amos bowed several times. It seemed that Amos had, in fact, stolen the object in full view of everyone! He had risked his hand, and the game was won.

'Well,' said the boy, pleased with himself, 'there's the proof of my talent. What the Shadow did by hiding, I did in full view of everyone. I now deduce that I'm the greatest thief in this city. Have I won the right to live?'

'All right,' said the elf, scowling. 'You're free, and now I owe you a debt.'

'May I know your name?' Amos asked politely.

'Everyone here has five or six names,' answered the elf. 'Here, everything is false! Call me Arkillon. That will do just fine. And you, Darwich Socks, is that your real name?'

'No,' Amos answered with a smile.

'You see,' said Arkillon, 'everything is a lie, all the time! I'll tell Hugosil that you're now a member of our family of thieves. That'll make him happy – after all, he's the one who recruited you. He'll show you our hideouts, our secret places.'

'Thank you. Now, to get back to our business…'

'Yes, yes!' sighed the elf. 'You want me to steal something for you?'

'Exactly!' Amos nodded.

'What is it?' asked the elf, nonchalantly gulping red wine.

'The Key of Braha!' said Amos, straight-faced.

Almost choking on his wine, the elf turned pale.

'Oh, no! Not that! Anything, Darwich, anything but that!'

CHAPTER TWELVE

THE DESERT OF MAHIKUI

After what seemed like endless weeks of travel, Junos and his band of warriors finally came within sight of the Desert of Mahikui. Beorf had completely recovered by now and his wounds had healed well. Knights and Morgorians alike were exhausted by the long expedition. They had not encountered any major problems during the journey, but the countless hours of marching had sapped their strength. The men of Berrion were badly sunburnt by the blazing heat of the sun. Less accustomed than the Morgorians to this suffocating climate, they suffered terribly. Junos, like the others, would have given anything for a little rain or a breath of cool air. Only Lolya looked as fresh as a rose.

'We'll stop here for the night,' called the lord of Berrion, exhausted by the day's journey.

'No,' protested the young queen. 'I sense danger. We shouldn't stop here. There's a village just a little way ahead. We'll be there in under an hour if we quicken our pace. We can get supplies there, too, before we go into the desert.'

'I will not take another step,' declared Junos, a little exasperated. 'My men are exhausted and your warriors look terrible, Lolya. We're all dragging our feet and we really need to rest. Our day's journey stops right here!'

'You show no wisdom in doubting my word,' replied Lolya. 'Remember I have a gift for sensing the future. This camp could be your last.'

'I'm tired of your lectures, your premonitions and your visions, young lady!' Junos retorted. He was growing impatient. 'We're dog-tired, can't you see that? We have to eat and sleep! We'll go on to the village tomorrow, but for now, we're setting up camp whether you like it or not. Have I made myself clear?'

Lolya was forced to give in. Beorf, tormented as always by hunger, immediately wolfed down his ration of dried fruit and a big hunk of bread. When his stomach was full, he climbed onto the cart where Amos' body lay and, as he did every day, began to recount the day's events. This had become a daily ritual for him. By talking to his friend, he felt that he was keeping him alive, keeping his soul awake. Then Lolya appeared and interrupted his monologue.

'Can you come with me, Beorf? I'm going to the village. Junos refuses to go there tonight, but I need some information for the rest of our journey.'

'But you told Junos that you sensed danger,' Beorf answered. 'Wouldn't you prefer your warriors to go with you?'

'No. Maybe. I don't know how to explain this, Beorf. I'm very confused. I feel I'm being pulled in two directions. Something is drawing me to the village. For almost a week now, I've been having strange dreams. Baron Samedi is trying to warn me of danger, but he can't communicate it to me clearly. A powerful force is scrambling our link. I have to get to the village as soon as possible.'

'All right,' growled Beorf, 'I'll go with you. But I'd rather stay here. I'm so tired!'

'Thank you. You won't regret it, my friend,' said Lolya, relieved.

On the way, the young queen again confided in the bear-boy.

'Beorf, do you know about the people called the Ancients?'

'No,' replied the fat boy curtly. 'I'm sorry, Lolya. I have just about enough strength to reach this village. You can tell me your stories later. Right now I'm having a hard time just staying upright. If you weren't here, I think I'd just lie down in the middle of this road!'

'No, Beorf, listen to me, it's important!' insisted the young queen.

'It's important? Why important?' Beorf asked, beginning to lose patience. 'We're stuck here in the middle of nowhere, close to some desert where we're supposed to carry out a mission that I'm not even sure I understand. Amos is dead but, apparently... he isn't! He has to be resuscitated but no one knows how! I'm confused and tired. Just be quiet, Lolya, let's go on in silence.'

'Honestly its really important. I believe the time has come for me!'

'What time? What are you talking about?' asked Beorf, exasperated.

'I'm talking about the way of the Ancients,' Lolya went on. 'Walk and listen, you won't waste too much energy that way. And please stop growling, will you?'

'I'm a bear, I growl, that's all there is to it! And you're clearly a magpie – you chatter!'

The girl burst out laughing. Lolya's unexpected response made Beorf smile back before he, too, dissolved into laughter. Soon they were both rolling on the ground, tears in their eyes, holding their sides. The girl suddenly stopped laughing.

'What is it?' asked Beorf, trying to control his laughter.

'We won't have time to get to the village! It's started!' cried Lolya.

'What's started?' asked the boy, serious again.

'What I was trying to explain to you! It's the way of the Ancients. Promise you'll stay with me, whatever happens? Promise me!'

'Yes, yes, I promise!' Beorf assured her.

Lolya was concentrating hard to keep from fainting. She went on:

'I'm of the race of the Ancients, the first inhabitants of this world. We were hunted down by the humans and totally eradicated from the face of the earth.'

Beorf saw that Lolya's skin was slowly beginning to stretch. Her hands were trembling and big beads of sweat were forming on her face.

'Oh, I knew it. I thought it was going to happen! Quick, take me behind that sand dune!'

Finding his strength again, the manimal picked up Lolya in one arm and carried her behind the dune. She continued her story.

'You are about to see something, Beorf, that few humans have ever had the opportunity to see. I'm scared, really scared! The premonitions, being unable to communicate clearly with Baron Samedi and being drawn to the village – it's all making sense now. I have to get right away from the camp. I'm changing, Beorf! The power of the draconite is taking effect!'

'Right,' replied the fat boy nervously. 'But – you have to explain! What the heck is a draconite?'

'Look at the gemstone I have at the back of my throat. It was Baron Samedi who put it there. It's a draconite and it contains the soul of an Ancient, the soul of – a dragon! You're about to witness the birth of an Ancient, the birth of Kur! We, the Ancients, had disappeared from this world, until Baron Samedi, our god, decided to bring us back to life. We're supposed to take back our rightful place on Earth…'

'Lolya, stop now! Come on, we'll go back to camp and get help. You're delirious, it must be the tiredness! Come, I'll carry you!'

'Let go of me!' Lolya cried. 'You don't understand what's happening here!'

Then Beorf saw her face change. Her eyes became bloodshot and he saw flame shapes dancing in the pupils of her eyes.

'What's happening? Lolya, what's happening to you?' he yelled.

❧

Junos woke with a start at dusk. It felt peaceful, and a light, unexpected breeze caressed his beard as he left his tent. On the horizon, the sun was slowly disappearing, setting the sky ablaze. Was it Beorf's voice that had just woken him, or had he been dreaming? The lord of Berrion went looking for the boy. All his knights were sleeping like logs. Two Morgorians were on guard, sitting on the cart where Amos' body lay.

'Excuse me, gentlemen. You haven't seen Beorf, by any chance?' Junos asked.

The two men shook their heads.

'And Lolya? Do you know where she is?'

The two warriors shook their heads again. Junos was worried. He was about to fetch his horse to go looking for Beorf, but just as he was putting his foot in the stirrup, the earth began to shake and Junos heard a distant rumble. An army – galloping at full speed towards the camp! On the horizon, a cloud of dust revealed the speed of its charge.

'On your feet, Knights of Balance,' Junos cried, 'we're under attack!'

In spite of their rude awakening, all the men were ready for combat in seconds. Rushing towards them at full gallop were a hundred warriors, with Yaune the Purifier at their head. They crashed through the camp, cutting down Morgorians and knights alike with their swords. Junos' warriors were soon surrounded. Yaune's army of mercenaries greatly outnumbered them and, once they had formed a circle around the camp, retreat was impossible.

Yaune, servant of Seth, dismounted and took off his helmet. His repulsive ugliness made Junos take a step back. Yaune, a former Knight of the Light, had once had manly, savage good looks. His powers of seduction had been legendary. But the man who now stood before Junos no longer had any of these attributes. With his reptile eye, the scar across his face and the tattoo on his forehead, he had become a monster. He oozed hatred, contempt, greed and a thirst for vengeance. Smiling, Yaune walked over to the lord of Berrion. Junos signalled to his men and the Morgorians not to move.

'So, Junos,' said Yaune, 'what's new? It's always a pleasure to see the celebrated liberator of Great Bratel.'

'Get to the point,' answered Junos tersely. 'What do you want with us?'

'Well, I want to kill you, of course. But first I want to make you suffer. A lot!'

'But why? What have I done to deserve your hatred?'

'What have you done?' yelled Yaune, outraged. 'You have the nerve to ask me what you've done? Well, I'll tell you what you've done,' he went on, a little calmer. 'I was lord of Great Bratel, remember? I had an army – men I could rely on – and I ruled over my lands, running things the way I wanted. Then Karmakas and the gorgons came to destroy me. Fortunately you, Lord Junos, from the kingdom of Berrion, came with Amos Daragon to free us. Only, what happened then? You usurped me, and handed over my lands to Barthelemy! You cast me out and had the word "murderer" tattooed on my forehead.'

'You were a terrible king,' Junos replied scornfully. 'Your own men rebelled against you. You killed and burned people that you decreed were witches. You got what you deserved, Yaune. Consider yourself lucky to be alive!'

'Junos of Berrion,' said Yaune, bringing his ghastly face closer. 'Tell your men to lay down their weapons and surrender. We far outnumber you and you know you haven't got a chance. You are my prisoners. But tell me, before I chain you up like a wild beast, where is the warrior girl? I need to slit her throat!'

He gave a grisly laugh.

'I have no idea,' answered Junos. 'She's disappeared!'

'Order your men to surrender. Now!' shouted Yaune.

At a solemn gesture from Junos, the knights and the Morgorian warriors lay down their arms. Yaune forced them to strip, then he had them chained up like slaves. He climbed onto the cart where Amos' body lay and bent over the boy.

'Amos, you cunning little wretch,' he whispered in his ear. 'I'm glad to see you again. You're the one who caused my downfall. Well, now I'm going to hurl you into darkness and emptiness – into oblivion! Let's start right now. We're going into the Desert of Mahikui together. We'll find the pyramid and you'll liberate my army. Then, when you've completed your mission, I'll slice you open and rip out your heart! Got that?'

As twilight fell, the procession of prisoners set out.

CHAPTER THIRTEEN

THE TRUTH

Amos and Arkillon the elf were sitting at a table, chatting. The Shadow, who had taken on the shape of the elf, was sharing a bench with Hugosil the giant.

'How can I explain this to you simply?' said the master of the guild. 'The Key of Braha – it's a – a legend, a terrible legend that foretells the end of time, the end of everything. Fortunately, very few people know the story.'

'I don't understand,' Amos interrupted. 'I thought the story was that an elf locksmith created the key at the request of the first magistrate of Braha. Then, because he was not allowed to return to the world of the living, he hid the key and put a spell on it so that only a living being could get it. In the kingdom of the dead, the key was therefore impossible to retrieve! It opens the doors to paradise and hell, right? And the legend also tells of some terrifying guard?'

Arkillon sat silent and perplexed throughout. The Shadow laughed discreetly, while Hugosil, not understanding anything that was being said, scratched his head.

'But who told you this ridiculous story?' asked Arkillon at last. 'I think someone's been pulling your leg, my young friend! The Key of Braha is not a key, but an apple!'

'A what…?' Amos exclaimed, incredulous.

'Yes, an apple!' continued the elf. 'I think it's time you let your disguise slip, Darwich. If you want my help, you'll have to tell me who you really are and what you're doing here in Braha.'

Amos realized that his little game had gone on long enough. He explained to Arkillon exactly what had brought him to the City of the Dead. He told him his real name, that he was a mask wearer, and the story of his first adventure in Great Bratel. He told him about Lolya, the Morgorians, Baron Samedi and Beorf. He then described the ceremony during which the young queen had taken his life, his voyage on the river Styx and his meeting with Jerik and Uriel. He ended up with his arrival at the court-house. He talked for almost an hour without interruption, Arkillon and the Shadow hungrily devouring every word. As for Hugosil, it was all much too complicated for him and he soon fell asleep.

'Well!' exclaimed the elf at the end of the tale. 'It looks to me as if you've been manipulated right from the start.

Someone's plotting against you. If it's all right with you, I'll send the Shadow to the courthouse to investigate. He's sure to come up with something.'

'That's fine with me,' said Amos.

'Off you go, Shadow,' Arkillon ordered. 'And come back with the truth!'

The Shadow promptly disappeared.

'You'd better stay here, Amos,' continued the elf. 'You'll be safer. I'll assign my brave Hugosil as your personal guard – when he wakes up. Look at him, sleeping like a baby. I don't think he even knows he's dead!'

'Arkillon, I have to know. What is the Key of Braha?'

'I'll explain it to you, my young friend,' answered the elf, collecting his thoughts. 'The Key of Braha comes from a legend that dates back to when this city was created. When the gods chose the buried city of Braha as the place for the judgement of souls, they planted a tree there, an apple tree that produces only fruits of light. It is, in fact, the tree of eternal life. Anyone who eats one of its apples is granted immortality. The Key of Braha is the key to life itself – the mystery of the existence of all living creatures. If you bite into one of those apples, Amos, you become a god! But the fruit grants immortality only to living beings, which is why it's invisible to the souls of the deceased, like you and me.'

Amos was beginning to understand.

'The legend also says that biting into the fruit will open a door not between heaven and hell but between the kingdoms of the dead and the living. The ghosts of Braha would be able to leave. They would invade Earth and bring about the total destruction of the world! You talked earlier about Baron Samedi?'

'Yes, Lolya said he was her spiritual guide.'

'Baron Samedi is much more than that. He is the supreme god of an extinct race called the Ancients. The other gods dismiss him as a has-been, a second-rate servant, but, in reality, he has terrible power. And Lolya is his daughter!'

'Lolya is the daughter of a god?' exclaimed Amos, dumbfounded. 'But how do you know all this?'

'Because I'm an elf. I lived on Earth for thousands of years and I've been here, in Braha, for just as long. The elves are the guardians of knowledge that is inaccessible to humans.'

'In that case, explain to me who the Ancients are!'

'A race that lived long before me. They were hunted down and killed by humans, but when I was born there were still a few left.'

'Why were they hunted?'

'Because of their incredible wealth. The Ancients lived in huge caves in the heart of the mountains and slept on beds of gold and precious gems. In their heads they kept brilliant stones, called draconites, which were much sought after by magicians. To keep their magic powers, the stones have to be hidden in a live dragon. Greed made humans massacre the Ancients to steal these stones. It was during one of those expeditions, when I was guiding a bunch of particularly grasping mortals, that I lost my life. Greed was my greatest fault, and it was my downfall.'

'But who are these Ancients?'

'They're…dragons!' said Arkillon. He could hardly get the word out. 'Lolya is…I don't quite know how to explain this to you! She is the first of the dragons that will soon be reborn on Earth. You know already that the gods are at war again and that your mission is to restore the balance of the world. Well, the balance of the world is about to be drastically shifted, and Baron Samedi knows which side he's on. He plans to re-establish the reign of the dragons on Earth so that they can take their revenge on the humans. The gods are using you to carry out their wicked plans.'

'Let me get this straight,' said Amos, his brain reeling. 'An evil god is using me to find the Key of Braha in order to open the door between the worlds of the living and the dead. If I succeed I become a god, but then millions of ghosts will invade Earth, causing the end of the world. I'd be saving my own skin but creating a disaster!

'But Baron Samedi is having my body carried to the top of this pyramid for different reasons. He's counting on my failure in Braha! He'd be rid of me for good and, in a few decades, he and his dragons will be running the world. Either way, and whatever I do, I'll bring about the end of the world! I must choose between ghosts or dragons! What a predicament to be in!'

A heavy silence fell over the room. Arkillon, his head bowed, was deep in thought. Appalled by the implications of what he had just heard, Amos was stunned. It was just then that Hugosil woke from a dream.

'You have to rub everything out,' he muttered sleepily. 'Go back and start all over again!'

'Quiet!' spat Arkillon. 'Can't you see we're trying to think?'

But Amos leapt to his feet, threw his arms around Hugosil's neck and planted a kiss on the dozy giant's forehead.

'My brave Hugosil, you're a genius! An absolute genius!'

CHAPTER FOURTEEN

THE FIRE BEAST

Beorf couldn't believe his eyes. Right in front of him, just a few metres away, Lolya was changing into a dragon. She was huge, gigantic! First of all her skin had started changing, then the bones of her skull started moving, expanding and reshaping themselves. Then wings sprouted from her back, and her fingers grew into powerful claws. Beorf was paralysed with fear, unable to move a muscle or even think of running away. The dragon was as black as ebony and covered with thick scales. Its huge teeth were like enormous stalagmites, and gave off a strong smell of musk.

'I have kept you alive, Beorf Bromanson,' it said, turning to the fat boy, 'so that you can be a witness to the resurrection of the Ancients. Then you can warn humankind to submit to the new world order. Lolya is no more. My new name is Kur, which means "mountain" in the language of the Ancients. Lolya was merely an eggshell to protect and nurture my soul while I fed her with my powers. Soon, I shall be master of the world, and then I shall bring about the rebirth of a race of lesser creatures, the plains dragons. Smaller dragons that humans will recognize by their coloured scales and their sharper crests. They will clear the way and prepare the world to receive the Ancients. Mortals will have to submit and will become our servants. Like the Morgorians, they will sacrifice their lives and become our prey!

'In the olden days, in a place called Lake Anavatapa at the centre of the world, lived the draconites Nanda and Upananda. They were the guardians of a great column of gold that we now call the cosmic axis. The humans killed them out of greed. The golden column was desecrated and, ever since that day, the axis of the Earth has changed, causing terrible disasters. That shows you what humans are capable of! In the past, every mountain had its dragon, and all creatures lived at peace with each other. We were the masters, the judges and the law-keepers. We had immense riches, beds of gold and mountains of precious gems, and we ruled with a reign of terror. But we had forgotten that the mortals' thirst for wealth and power can overcome their fear. It was all stolen from us! And why? To be wasted, scattered to the four corners of the earth! But this time, no one will steal from us without paying for it!'

Beorf listened, his mouth agape. This was too much

for him! Before his very eyes stood the most monstrous creature that had ever set foot on the planet. His heart thumped wildly, his legs trembled and his head spun as the dragon went on with its tale.

'Azi-Dahaka was chained and tortured for nine thousand years by generations of humans who tried to force him to reveal his hidden treasure. He told them nothing! His silence and his slow agony are about to be rewarded! It is in his very lair, lying on his bed of gold, that I will prepare the rebirth of my people. I will be even greater than Ruymon, the blind dragon who killed humans with nothing but his roar. He was cut to pieces during the last Great War of the gods by the luminous swords of a few celestial spirits. Ruymon will be proud of me!'

While he was talking, Kur had been gulping down stones. Dragons need phosphorus in order to spit fire, and the stones on the edge of the Desert of Mahikui were particularly rich in this mineral. Once in the dragon's stomach, its digestive juices dissolved the stones to create a highly flammable gas. When the dragon breathed out, the gas burst into flames on contact with the air. The flames could be up to two metres long and over a thousand degrees in temperature. Kur was preparing a deadly attack!

'Go!' cried the dragon to Beorf. 'You are not my prisoner! I have already saved your life; I'm not going to take it from you now. I know that you beorites are threatened with extinction. From what I've just told you, you can see I'm sympathetic towards endangered races. That's why I will spare your life. I also want you to tell others what you've seen and report everything I've told you. Tell everyone how great and magnificent I am! I will be a legend in this world! Consider yourself very privileged, Beorf Bromanson. You have been this close to a dragon and lived to tell the tale. Now, goodbye, young bear! The new master of the world salutes you!'

Kur swallowed one last stone, then the dragon spread its wings and, in a movement that was both powerful and intricate, rose into the air. With a few mighty wing beats, it disappeared into the clouds, leaving Beorf alone at the edge of the desert.

By the time he came to his senses again, night had fallen. Beorf was convinced that it had all been a dream, a nightmare that had left him completely confused. Quickly changing himself into a bear, he loped back to Junos' camp. He doubted that the men of Berrion would still be there. Maybe they would all be dead, burnt to a crisp by the dragon's fiery breath! He had to see if Lolya really had been transformed into a dragon to convince himself that that it wasn't all a dream.

In the camp, not a living soul remained. The bodies of five knights lay on the ground. Armour, weapons and all the travel supplies were strewn around as if scattered by a whirlwind. There had certainly been a battle here, but not with a dragon. Examining one of the dead knight's wounds, the fat boy recognized Yaune's trademark gashes, infected with poison. It was clear that Yaune had attacked the camp, killed some men and taken the rest prisoner. Amos' body had also disappeared.

The bear turned and ran to the village as fast as he could. It wasn't far, as Lolya had said. But when Beorf got there, it was too late. Kur had already sacrificed it as a cruel celebration to mark his rebirth. The houses were still smouldering. The bodies of men and women, half-charred or half-devoured, littered the ground. Children, their flesh more tender than that of the adults, seemed to have been what the beast relished most.

Beorf, restored to his human shape, searched the debris without success. There were no survivors. Even the domestic animals lay on the ground, burnt to a cinder. Beorf's throat was parched but when he found the well, the water was contaminated, no longer fit to drink. The young beorite had two choices. He could turn back and carry out Kur's wishes by announcing the rebirth of the dragons and the end of the world. Or he could carry on into the desert and try to find Junos, the pyramid, and Amos' body. But if he did that, he'd have to face Yaune again. Worse still, he might also run into that terrifying dragon!

Beorf sighed deeply. He looked at the desert stretching before him as far as the eye could see.

'And to think I hate the beach. This is just what I need!' he said, wiping his brow.

For several days Yaune had been marching through the desert with his mercenary army and his prisoners, travelling at night and resting by day. He was following Seth's plan to the letter. The men of Berrion and the Morgorians had had nothing to eat and very little to drink since the day they were captured. They were on foot, whilst their kidnappers rode sturdy camels. In the last village they had passed through, on the edge of the desert, Yaune had traded his horses for these animals which were better adapted to the desert conditions.

Now, on the horizon, the top of the buried pyramid was in sight. Yaune summoned Junos.

'What do we have to do with Amos' body when we reach the pyramid?' he asked gruffly.

'I don't know,' said Junos, tired and parched. 'And even if I did I wouldn't tell you!'

'Oh, you'll talk, you old wreck! I'm certain you'll talk!' replied the knight, aiming a kick at Junos.

Dismissing him, Yaune took a crystal sphere from his saddlebag. Seth had given it to him, and it was through this that he would control his army of ghosts. Its powerful magic would make the ghosts submit to his every desire. Tenderly, he kissed the little crystal ball and gently put it back in its bag.

Several hours later, they reached the pyramid. Yaune ordered Junos to be brought to him again. Junos' lips were dry and cracked, and his skin was badly burnt by the sun. He fell to his knees at the feet of Yaune the Purifier.

'Now tell me what I have to do!' commanded Yaune. 'We have the body, the pyramid and the desert. What's missing?'

'I don't know, Yaune, I swear,' said Junos with great difficulty.

'So, you know nothing, eh? This was just a pleasure trip for you, was it? Well, I'll make you talk!'

The knight beckoned to one of his mercenaries, who untied one of the men of Berrion and forced him to kneel in front of Yaune. The Purifier's sword flashed, and the prisoner's head fell to the sand. Junos shed a tear.

'So?' continued Yaune, wiping the blood off his sword in the sand. 'One of your knights has just died, thanks to you. Do you want to save the others? Talk, and I'll spare their lives. Remain silent and I'll have their heads off one by one. Now, I'll repeat my question: what do we have to do?'

'It's Lolya,' said Junos, 'the queen of the Morgorians. She knows how to open the door…'

'And another one bites the dust!' called Yaune, signalling to his mercenaries.

'No!' cried Junos. 'I'll tell you what I know, everything I know!'

'Good, now you're being reasonable,' smiled the Purifier. 'Go ahead, I'm listening!'

'Baron Samedi, Lolya's spiritual guide, told us to come here, to this desert. He said we'd find the tip of the pyramid sticking out of the sand. Lolya had to activate some mechanism to open the door. Then we were supposed to place Amos' body in the centre of the pyramid so he could come back to life and complete his mission. We had two months to do it. Everything had to be in place for the next eclipse of the sun...'

Suddenly, a voice, deep and dark, came out of nowhere.

'Very good, Junos,' it said clearly. 'You learned your lesson well!'

'Who are you?' shouted Yaune, looking wildly around. 'Come out of your hiding place and stop this fooling!'

'Your wish is my command!' answered the voice.

From behind the tip of the pyramid, a shadow rose. Huge and powerful, Kur the dragon rose from the sand. The Morgorians, in ecstasy, threw themselves to the ground. On their knees in the sand, their arms held up to the sky, they began praying fervently, reciting an ancient religious chant. Yaune and Junos stared at each other in disbelief. The mercenaries, thrown into a panic, were scattering as fast as their legs could carry them. Kur took a deep breath and the dragon blew with all its might in their direction. The men crumbled to the ground, charred and smoking.

'In one breath I have just eliminated your army, puny servant of Seth!' said Kur, looking at Yaune.

'What do you want from me, dragon? Leave this place or you'll feel my wrath!' threatened the knight.

'You're very brave, little serpent!' Kur answered calmly. 'What do I want? Simple – like you, I want to become master of the world! You serve Seth, I serve Baron Samedi. We are both servants of gods, but only one of us will survive this encounter. You want to enter this pyramid? Very well, I'll open the door…'

Three enormous stones moved to reveal a hole in the wall.

'But, to enter,' the dragon went on, 'you will have to kill me.'

'Seth won't appreciate this interference in his affairs,' declared Yaune, gripping his sword.

'The mask wearer must not find the Key of Braha. If he recovers his body and falls into the trap you and Seth have set for him, you will lead the greatest army of ghosts the Earth has ever seen. That must not happen! Baron Samedi is preparing to revive the reign of the Ancients. The world will be his, not Seth's!'

'You've played the game well, you and your baron,' Yaune replied. 'But this is the moment of truth...'

While they argued, Junos crept away and untied his men. The Morgorians were still praying with the same frenzy. Junos seized Amos' body by the shoulders, then he signalled to his men. At once they leapt onto the camels and galloped away. For a moment the dragon's attention was distracted. Quick as lightning, Junos dived head-first into the opening in the pyramid, dragging Amos' body with him. The door closed after them and Junos found himself falling in darkness down a long stone staircase. He held on tight to his friend's body.

After tumbling in a long series of somersaults, man and boy landed with a crash in a dusty room filled with cobwebs. Junos moaned with pain. Taking deep breaths, he felt all over his body, only to have his fears confirmed. He had broken two ribs and had also broken his leg. Groping around in almost total darkness, he managed to find Amos' body.

'Well, that's it. The dragon certainly won't come and get me here,' he murmured to himself. 'The door closed behind us. I have nothing more to fear. I think that... I think...'

He lost consciousness before finishing his sentence. Fatigue from the journey, hunger, thirst, pain and the intensity of these last minutes all combined to drain his energy.

CHAPTER FIFTEEN

THE SHADOW'S REPORT

After waiting for a few days in the robber's haunt, Amos saw the Shadow come into his living quarters and glide slowly towards him. Its body touched his own, and Amos realized that the shadow did not express himself through words but through another form of communication. As the Shadow moved forwards, their bodies seemed to merge into one. At once, everything became perfectly clear in the boy's mind.

The Shadow had finished his investigation in the courthouse. By taking the form of different employees, various objects and even a statue, he had spied on the judges and overheard conversations. Gradually, he had uncovered the true nature of the complex plot that surrounded Amos. Just as the mask wearer had suspected, he was only a pawn in the complicated game being played. It was, of course, Seth who had concocted the whole plan in order to provide Yaune the Purifier with an army of ghosts to conquer the world in his name. He knew that the doors of Braha would close when he kidnapped Forsete.

The Shadow told Amos that Ganhaus, Uriel and Jerik were all part of Seth's plot. Jerik had been tailing Amos so that he could inform Ganhaus of the boy's every movement. As soon as Seth's torturers had persuaded Forsete to reveal the key's hiding place, Jerik would take the boy to it. Then, once Amos had achieved his mission, Uriel would kill him and hand the key of Braha to his brother Ganhaus. However, while Seth was naively expecting Amos to complete the task and open the passage between the worlds for him, Ganhaus had other ideas. He planned to keep the Key of Braha for himself so that he, Ganhaus, would be in control and not Seth.

Clearly each of the plotters only had his own interests in mind. But yet another complication had developed. What Seth had not foreseen was that Baron Samedi, who for hundreds of years had longed to re-establish the reign of dragons on Earth, was also using Seth's plans for his own ends. Ever since the extinction of the dragons, the baron's godly duties had been reduced to simple tasks like administrating the cemeteries and managing the arrival of the dead in Braha. Baron Samedi had helped Seth to have Amos brought to the City of the Dead only because he was playing for time until the birth of Kur, the first of his new dragons. In fact, he was counting on Amos failing in his task, as this would effectively kill three birds with one stone! He'd get rid of the mask wearer, who'd be left to rot in Braha; Kur would eliminate Yaune the Purifier, Seth's earthly servant; and the dragon's threat to reclaim the world would be born!

Just as the Shadow had finished his report, Arkillon came in.

'So, are you happy with the Shadow's findings?' he asked.

'I certainly am. But tell me something, Arkillon. Why can't the gods fight each other directly? Why do they always use earthly creatures to do it for them?'

'Simple, my friend!' exclaimed the elf with a laugh. 'Because they're immortal! They wouldn't gain anything by direct confrontation because they're indestructible. For them, Earth is like a huge chess board on which to play their cruel games, and they make up the rules as they go along. Each one wants to be the winner. On one side, there's good, on the other, there's evil. We're stuck in the middle – elves, humans, dragons, dwarves, goblins and fairies. All the creatures of this world. We're all part of their game-plan, fighting their fights and being sacrificed like pawns. Your mission as mask wearer is to make it impossible for either side to win. You must stop the game, so the world can live on in peace!'

'I see that. Very clearly,' answered Amos, choosing each of his words with care. 'And I think I know how to put a stop to this wretched game! I have a plan, but I'll need your help.'

Arkillon grinned broadly.

'The Shadow and I need a little entertainment. And Hugosil will be delighted to lend a hand.'

'Come closer, my friends. I'll tell you what we're going to do...'

Jerik hurried to the meeting place. Amos was waiting for him near a big monastery on the edge of a deserted public square.

'Where've you been?' the secretary asked nervously. 'Everybody has been looking for you – what I mean is – for the last few days – we – how should I put this? We were very worried. An elf told me you were waiting for me here. What's going on?'

'Do you have the ten pieces of gold he asked you to bring?' Amos asked calmly.

'Yes, yes. But I would like to know – what I mean is,' burbled Jerik, handing him the purse. 'How can – can these ten – how can this money help you?'

'Thank you,' said Amos with a smile. 'You betrayed me, Jerik. I know the whole story. I know that the Key of Braha is an apple of light and I know that Ganhaus wants it for himself. I know Seth's plans, and I also know that Uriel is only waiting for the right moment to throw me into the river Styx to get rid of me. Too bad for you, but it all ends here!'

'But – but – how could you – know?' stammered the hapless secretary.

Just at that moment the Shadow appeared, in the form of the secretary. He was even holding his head under his arm.

'What – what's this all about?' asked Jerik apprehensively.

'Now it's my turn!' answered Amos. 'Sorry, but your role in this game is now terminated!'

Amos took a running kick and sent Jerik's head flying off into the distance. It sailed through the air in a long arc, landing in the centre of the square.

'But – what's going on? Why –?' the head yelled frantically.

'Careful – don't get bitten!' laughed Amos.

Right on cue, three fierce dogs with huge fangs appeared in the square. Amos knew them well. They were the three grave robbers that had been transformed into guard dogs by the monk's curse. Before Jerik could utter another word, his head was bouncing like a ball between the legs and fangs of the dogs.

'You're supposed to be Jerik, now,' said Amos, turning to the Shadow, 'go to the palace and seek out the location of the Tree of Life. Seth must have got Forsete to talk by now, and it was Jerik who was supposed to point me in the right direction. You can tell me later. I have something else to take care of right now.'

Grabbing Jerik's headless body by the hand, Amos headed straight towards the park where he had met Angess. Without a head, the secretary's body offered no resistance. Angess was still there on the same bench, waiting for her lover, Peten. She still had her father's sword sticking through her neck and she was looking around desperately, her eyes filled with tears. Her distress was obvious. Amos, still leading Jerik's body, walked up to her.

'Look, here's Peten, my dear Angess! I found him for you. Your enduring love, your separation, and the thought that he might never see you again made him quite lose his head! But this really is him, I assure you!'

'Peten! Peten!' cried Angess, joyously. 'At last I've found you! Thank you, young man, thank you for everything! Now my heart is free and my soul is at peace. Thank you again!'

Tenderly, Angess took Jerik's body in her arms and disappeared into the park, caressing him and smothering him in kisses.

'Not bad!' Amos said to himself. 'Just one last thing to take care of!'

He headed off to the street that was haunted by Vincenc. When he got there, he pulled out the purse Jerik had given him and tossed it to the long, tall skeleton.

'Take this, my friend. It's enough to buy your bones back from that anatomy professor! I hope you run into him soon!'

Jumping for joy, Vincenc thanked Amos profusely and ran home to hide the money. Amos rubbed his hands together and smiled. He was rather pleased with himself. He turned to head back to the robbers' haunt – and found himself up against a blank wall. Looking around wildly, the boy saw that the entire city of Braha had disappeared! He took a step back. He was now standing at the foot of the great pyramid of Braha. In the blink of an eye, he had gone from the city to the pyramid. But how on earth had it happened?

Suddenly, before his very eyes, a powerful light broke through the rock in front of him. A doorway opened up and from it emerged a magnificent angel with powerful wings. He had flowing blond hair and green, shining eyes. His skin was pale and his face smooth and unwrinkled. He was even taller than Vincenc, and his muscles rippled with strength. He wore a gold breast-plate covered in gems, and hanging from his belt was a huge crystal sword. The creature was bursting with vigour, might and power. Amos took a few steps back.

'Are you the seeker of the Key of Braha?' the angel asked, stepping in front of Amos.

'Yes,' answered Amos. 'I'm the one.'

'You see before you the door that leads to the Tree of Life,' said the angel.

'How… how did I get here?' asked the boy timidly.

'There is no road, route or path to this door. Only those who earn it arrive here. First, you have to want to find the Tree of Life. Next, you have to perform three good deeds, significant acts that bring peace and happiness to souls in distress. You have given the monastery dogs the head of a wicked fellow, a traitor who certainly deserved that punishment. By doing this, you freed these three men from their curse. To find freedom, they had to punish another thief for his evil deeds. Thanks to you, they now rest in peace. You also found a 'Peten' for Angess, and now she, too, is happy. It was your last generous deed, helping Vincenc, that brought you here before me. Through your generosity and your desire to help others, you have yourself found the way that leads to divinity.'

'Thank you, sir. But what must I now do to enter?'

'Your body is already in the pyramid,' answered the angel. 'In that sense, you are already inside. To restore you to life, I will now ask you three riddles. These three questions will test your wisdom and your spirit. A wrong answer will send you straight back to Braha. After that it will be impossible to come before me again. You only get one chance to become a god! If you succeed, your body will be returned to you and you will then have to face another guardian – a powerful demon, who jealously guards the Tree of Life. He will also test you.'

151

'Very well,' said Amos. 'One thing at a time! Ask your riddles. I'm ready.'

'Here's the first one. What kisses the whole world and never meets anyone that looks like it?'

Amos took a few seconds to think.

'The sun!' he answered. 'It kisses the whole world and never meets anyone that looks like it.'

'That's the correct answer!' exclaimed the guardian. 'You really have the makings of a god, young man. My second riddle is: what feeds small things but devours big things?'

'The sea,' said Amos confidently. 'It feeds humans and devours great rivers.'

'Bravo! Once again, you surprise me,' declared the angel in admiration. 'My last riddle is: what tree is half good and half evil?'

Amos thought hard. He knew that the tree must represent life. He thought about the Tree of Life, immortality and his mission as mask wearer.

'The tree that is half good and half evil is the human soul,' he answered finally. 'It grows in all men. There is good and evil in everyone.'

'You have passed your first test,' said the angel. 'Enter. I will reunite your soul and your body so that they will be one again.'

CHAPTER SIXTEEN

BEORF'S HUNGER

eorf had run non-stop across the desert. His hunger was even worse than his thirst. Beorites cannot cope with hunger: deprived of food, they become violent and depressed, to the point where they will devour anything in sight. Overcoming his disgust, Beorf had already swallowed two live lizards and would have gulped down a live scorpion if the creature had not been too fast for him. There was little enough to eat in this desert of rocks and sand.

Then, as the fat boy plodded onward, his head hanging low and his feet dragging, a smell of roasting meat wafted to his nose. Instantly he felt revived. Looking around, he saw, on the top of a dune, a huge table laden with food. Candles cast a soft light over the feast, and two women were busying themselves setting the table. As the sun rose above the horizon, pushing back the night, the table seemed to grow and fill up with more and more dishes.

The beorite could smell the tantalising aroma of hot chestnuts and vegetable soup. The scent of cinnamon, mint and rosemary mingled with the sweet smell rising from bowls of stewed fruits. But one intoxicating smell dominated all else: the smell of roast meat! Beorf could imagine it, juicy and cooked to perfection. Dazed by the onslaught on his senses, he staggered and fell face-first to the ground. He was so hungry! Gathering his strength, he began to climb up the dune towards the banquet and, with a last extraordinary effort, reached the top. Whimpering with gratitude, Beorf threw himself headlong at the nearest hunk of meat.

As he chewed, Beorf slowly became aware of an extraordinary spectacle. Not far away, Kur and Yaune the Purifier were engaged in a mighty battle! Each strengthened by the power of the god he served, they fought with devastating force beside the buried pyramid of Mahikui. Yaune was no more than a charred husk clad in a few scraps of armour. His skeleton was clearly visible through his blackened skin, his muscles hung in shreds and his head was now completely hairless, a horrible sight. Only his reptile eye, Seth's gift, was still intact and wide open.

In spite of his pitiful condition, Yaune was attacking the dragon ferociously. The monster kept spitting fire at him, but nothing seemed to weaken the knight. Yaune's powerful sword slashes had hacked off many of Kur's scales, and the beast was covered with gashes oozing with thick, dark blood. In between fiery breaths, Kur lashed his foe with his tail and snout. The knight blocked and parried, sometimes he fell, but his sword always managed to strike home at the dragon.

Sometimes the two foes separated to catch their breath and regain their strength. Beating his mighty wings, Kur would fly off a short distance, bend down and swallow huge quantities of phosphorus-rich stones. Yaune took advantage of these brief moments to recover pieces of his armour and reattach them to his body. After licking his wounds a little, the fire beast would return to the fight, and Yaune would draw his sword again and rush at the monster.

The knight knew that all dragons had a weak spot – the one place on their bodies with a missing scale. There, a single blow with a sharp weapon was enough to kill the beast instantly. But the site of the missing scale varied from dragon to dragon. It could be under the tail, at the back of the head, inside the elbow or on the beast's back. It was a dragon's greatest secret, a weakness it would never reveal to a soul.

Yaune was searching for Kur's weak spot as he swung his sword again and again, slashing at Kur's body. He struck its legs, its toes, its neck and its arms, hoping to hit this 'Achilles' heel'. The knight knew he could not defeat the dragon otherwise, even armed as he was with the power of Seth. His poisoned sword was having very little effect on the creature. The venom in the dragon's blood, even more powerful than the poison on his weapon, was neutralizing its effect.

For his part, Kur knew that the knight was indestructible. This was no longer a man he was fighting but a 'lich', a living corpse with immeasurable power. As a representative of a god on Earth, a lich was immune from attack by the elements. Kur's fiery breath, no matter how hot, had no effect on Yaune. The knight had been endowed with a new power by Seth, which made him invincible to attack by paw or claw. Only the magic of a very powerful wizard could stop him now.

Although fully aware of each other's indestructible power, they continued to fight with unabated frenzy. The battle was no longer between dragon and knight, but, in effect, between Seth and Baron Samedi. The gods were weighing each other up through these creatures, each hoping to find some weakness that would end the fight. Here in this desert, the gods gambled with the future of the world. Either the dragons or the ghosts would rule the new world order! All Earth's creatures would become enslaved by the Ancients, or they would join forces with the lich's army of the living dead.

Beorf, still eating, watched this spectacle dumbfounded. Never had he seen so much power and brutality – Kur spitting fire ferociously at Yaune, and the knight, in spite of his burns, slashing at the dragon with all his strength. It was a fierce duel.

His hunger finally satisfied, Beorf began to think straight. Why was this table laden with food in the middle of the desert, and right beside such a bloody battle? He looked around him. There was no table, no food and no banquet. There was no trace of candles, servants, soup or hot chestnuts. Beorf was sitting on the ground and he was chewing on something, but what? Looking down, he saw with horror that he had devoured the thigh of one of Yaune the Purifier's mercenaries, roasted by the dragon. That's why the smell of roast meat was so strong! That's what had drawn him here. Hunger had created this mirage of a banquet!

His stomach and his mind had betrayed him. Beorf had eaten human flesh! For a manimal, this was a crime against nature. It had dramatic consequences. The price he would pay would be the loss of his human form. Consumption of human flesh makes beorite metabolism go through an irreversible change. He would now be imprisoned in his animal form! His freedom to choose to be a boy was over. Beorf would become a bear and never again walk on two legs. He would never again emit any sound except for animal grunts. No more houses for him, no more beds and no more games with friends! He would have to hunt for food, fight other bears for territory, and always live in fear of hunters. It was too late now to turn back the clock.

Beorf wept. As the tears flooded down his cheeks, he

could already feel his hair starting to grow. Against his will, his head and his limbs were changing. Claws replaced his fingernails. His mouth had become a muzzle full of thick fangs, and two round furry ears now replaced his human ones. In a few short minutes, his body had completely transformed.

Sitting beside the half-eaten body and howling in misery, Beorf could feel his memories gradually ebbing away. The faces of his parents, his thatched cottage in the forests of Great Bratel and his first meeting with Amos, were all fading. He forgot his childhood games, forgot Junos and the city of Berrion. His last thought was for Medusa, the young gorgon with whom he had fallen in love. That had been when the evil magician Karmakas had set out to conquer the lands of the Knights of the Light. Medusa had sacrificed her life for him! It was a beautiful story... but it was slipping away completely. Now no one but Amos would know about it. And then his mind went blank...

The young bear raised its head and looked around. In spite of its hunger and the piece of meat lying at its feet, the animal took fright. The fiery breath of the dragon threw it into a terrible panic and it bounded off across the desert sand. Beorf, that fat little boy so full of life, was gone forever.

Suddenly, everywhere was plunged into darkness. The eclipse of the sun, as foretold by Baron Samedi, had begun!

CHAPTER SEVENTEEN

AMOS AWAKENS

A mos opened his eyes. For the first time in months he could actually feel himself breathing. His heart was pounding and blood was flowing to his muscles. His soul had returned to his body. Unable to move for a moment, the boy looked around him. The angel had warned him not to panic, the numbness in his limbs would disappear after a few minutes.

He was lying on a slab of stone in the centre of a room he had never seen before. It was lit by hundreds of candles, and the walls were painted with strange symbols that seemed to represent the positions of the stars. There were also magic formulae, hieroglyphics and words written in a language Amos couldn't understand. A weak ray of light, no wider than a coin, shone from a hole cut in the stone ceiling and fell very precisely on a symbol depicting a moon. Amos, feeling a little stronger, managed to sit up on the slab.

A man's body lay on the floor at his feet. Junos! He was covered in blood. Amos crouched down to listen to his heart. It was still beating, but weakly. Gently, Amos lifted his head and tried to rouse him.

'Junos, it's me, Amos! Wake up, Junos!'

'Amos?' murmured the lord of Berrion, struggling to open his eyes. 'I'm glad to see you're alright. You won't believe this but I saw… angels! Real angels! They lit the candles and then they placed your body next to mine. Then, then… then I saw your soul fly in and rejoin your body. It was so beautiful!'

'I believe you, Junos!' replied the boy, smiling. 'If you knew what I'd seen myself, you wouldn't think your angels were so special!'

'Ah,' sighed the lord of Berrion, 'I'd very much like to hear that story, but…I don't think I have enough time left.'

'What happened?' asked Amos. 'Who did this to you?'

'It would take much too long to explain it to you,' answered Junos, his breathing becoming more laboured. 'I think my time has come. I think it will soon be the end for me…'

'Tell me how to get you out of here!' cried Amos. 'We'll find someone who can help you!'

'I won't get out of here, I know it,' replied Junos. He was now coughing up blood. 'Leave me! Outside, there's a huge dragon and an insane knight. Do what you have to do and don't worry about me. You already saved me once, in Tarkasis Forest. This time, I'm done for!'

'I won't leave you, Junos!'

'Listen, young man,' said Junos slowly and sternly. 'My men and I, we brought you here so you could complete your mission. Don't disappoint me, don't disappoint us! Many have lost their lives in this quest. Be worthy of our confidence. Go and finish the task. I'll be with you – we're all with you. Now go – quickly!'

With these words, Junos closed his eyes. Bending over his chest, Amos found that the lord of Berrion's heart had stopped beating.

'I've had enough!' Amos wiped a tear from the corner of his eye. 'I'm tired of these games, all this deception and suffering! Why must all earthly creatures pay so dearly for a war between the gods? I'm tired of being their puppet!'

Amos turned towards the body of his old friend.

'I swear, Junos,' he said, 'that I will save you once again. I'm going to start everything afresh from the beginning, and this time it will be me who pulls the strings. So long my friend! We'll see each other again – very soon!'

Looking around him, Amos saw the ray of light from above gradually weaken and then disappear completely. Outside the pyramid, the eclipse of the sun was at its height. When the ray of light disappeared, a door opened in one of the walls. The heavy stones moved aside to reveal a staircase that descended into the depths of the building. Amos grabbed a few candles and walked over to the steps. A mass of thick, tangled spider webs draped the staircase.

With his body now returned, Amos found he could use the powers of the mask again. Concentrating, he held out his hand towards the staircase and at once a powerful wind rose between his fingers. The spider webs flew aside, leaving the passageway clear. Lighting his way with candles, Amos started down the steps.

The walls of the long stairway dripped and oozed, and an acrid stench forced the boy to hold his nose. Spiders swarmed over the stones around him. Obviously no one had taken this passageway for a very long time. Amos descended the winding staircase for almost twenty minutes, going deeper and deeper into the heart of the pyramid. He thought about the Shadow, about Arkillon and Hugosil. They must be wondering what had happened to him. Amos had asked the Shadow to continue his investigations at the courthouse. Now he would never hear his report! In Braha the mask wearer had found true friends ready to help him, and it tormented him that he couldn't contact them. He wished he could send them a message, to say that he was safe. But Amos had returned to the world of the living. Now he was completely cut off from the City of the Dead.

The staircase ended in an archway that led into a big, empty room. As soon as Amos entered, however, four torches flared up in each corner of the room, filling it with light. Sitting on a chair in front of an enormous metal door was the strangest creature. It had a goat's head, covered with a long mane of thick, dirty hair, which was topped with long horns like an antelope's. Its grey, hairy body was spindly and humped and it had large horse's hooves. Its torso was naked, but its lower half was clad in metal breeches, like armour. The metal reflected the light from the torches, casting glints of red and yellow throughout the room. Around its neck hung a long, finely-forged golden key.

The creature stood up, lifted a big scythe that rested against the wall and took up position in the centre of the room. Amos stepped back, trying to take in the scene and wondering what on earth would happen next. The creature took up a fighting stance.

'I am the Púca, guardian of the door,' it announced, in a hoarse voice like the bleating of a sheep. 'Anyone who wants to become a god must first vanquish me. Prepare to die, young man!'

Amos knew he could never defeat such a foe. Even with his powers back, he'd have to create a tornado to overcome the Púca! Only his cunning and quick wits could save him.

'We will fight each other, but later!' Amos declared solemnly as he stepped forward. 'First I must be sure that you really are the guardian of the Tree of Life.'

'Of course I am the guardian,' the creature replied

crossly. 'This key is proof of that. The grand council of the six levels of hell chose me to guard the door. You answered three riddles for the angel, the first guardian. Now you must fight me to claim your right to divinity. I have been waiting for centuries for this moment. Prepare to fight!'

'If you've been waiting for centuries, you can wait a few more minutes,' replied Amos, his voice betraying his nervousness. 'I have to be sure that this key is the right one. I've gone through so many tests and been told so many lies that it's made me suspicious.'

'You can have the key only when I'm dead!' cried the Púca angrily. 'Prepare to die!'

'Stop threatening me and listen!' Amos ordered, trying hard to hide his fear. 'I demand to know if that's the right key and if you are the true guardian of this place. I can hardly run away, can I? You'd catch me in a moment. You can trust me. I give you my word. Now, I'd like to propose a deal.'

Amos took one of the candles he was holding and stood it upright on the floor, just in front of him.

'Now,' he continued. 'Give me the key so I can check if it's the right one. When this candle burns itself out, I'll give you back the key and we will fight.'

'Very well,' grumbled the guardian, taking the key from around his neck. 'You have until the candle burns itself out.'

'And you have my word,' said Amos, praying that his trick would work. 'I swear by all the gods to give you back the key and fight as soon as this candle burns itself out. Will you swear to stick by our agreement?'

'I swear,' answered the Púca. 'I swear before the kings of the netherworlds and the power of darkness to let you have the key until the candle burns itself out. I also swear to kill you afterwards!'

'We'll see. Now, give me the key.'

The guardian smiled wickedly. After all, what this lad said was true. He couldn't run away, so the duel was inevitable. In any case, the Púca had been waiting for this moment for so long that another few minutes would make little difference. The creature had detected the fear in Amos' voice. He knew that the boy lacked confidence! So why not prolong the pleasure and have a bit of fun before chopping his head off? The guardian handed over the key.

Amos put it around his neck. Then he bent down and calmly blew out the candle.

'What are you doing?' the Púca asked, furious. 'You didn't even take a proper look at the key!'

'I'm keeping it,' said Amos firmly. 'It's mine now.'

'What do you mean? We had an agreement! You keep the key until the candle burns itself out.'

'Yes, but I just blew it out. It didn't go out by itself, I put it out.

'You tricked me!' wailed the Púca. 'I'll kill you!'

'You can't!' Amos replied brazenly. 'You swore to kill me only when I'd returned the key. I've got the better of you. I have the key and our agreement protects me. Now get out of my way – I have an apple of light to bite into!'

'No!' cried the monster. 'I'm not giving in so easily. I've waited too long for someone with the strength and courage to get this far. I'm going to cut your head off and chop you into bits.'

The Púca raised its scythe. But just as the blade was about to strike the boy down, the guardian was suddenly turned to stone, petrified in mid-movement. The gods would not let the Púca break its agreement! Amos had won, he had vanquished the creature!

With the monster now a harmless statue, Amos turned his attention to the metal door. How did it open? It looked heavy and was held in place by huge hinges. There was a tiny keyhole in the centre. Amos slipped in the key and gave it one full turn. Then he staggered back in amazement. Words began to appear on the door, streaming past, line by line, before his eyes.

The one who dies and comes back to life
The one who sails the Styx and finds his way
The one who answers the angel and vanquishes
* the demon*
That one will find the Key of Braha.

The ground began to shake. The vibrations grew and grew until the walls on either side of the metal door exploded with a crash. Torrents of water surged through the room. Caught in the flood, Amos now understood the purpose of the heavy door. It had been keeping out this cascade of water, rocks and stones! Now he faced a new problem. The water was rising swiftly: in a few seconds, this room would be flooded. He'd have to swim underwater to get out of it to reach the surface, but could he hold his breath long enough? Amos could swim, but he'd never accomplished any great underwater feats!

He concentrated hard. Raising his arms, he created a powerful current of air around himself to push the water back just far enough to create a boy-sized bubble. The trapped air surrounded him, and Amos, still concentrating hard, felt himself moving. Just as an air bubble in the water always finds its way to the surface, the mask wearer knew he would soon escape. His bubble began to rise, floating out of the room and up towards the surface of the water.

Amos saw strange creatures in the water all around him. They had green, sticky-looking skin and long, brown hair streaming behind them. Their eyes bulged like frogs and their teeth, bright green and pointed, were unnerving. There were hundreds of them, swimming slowly and watching Amos as he passed. Amos, alarmed by these strange creatures, closed his eyes to maintain his concentration. He did not want his bubble to burst! Sharing the water with these monsters was definitely not a pleasant prospect. But just as he was beginning to give up hope, he found himself on the surface.

Opening his eyes so suddenly broke his concentration and he found himself in the water. He saw that there was a small island not far away. Never in his life had Amos swum as fast as he did to reach that shore. The very thought that those green, slimy creatures might at any moment grab his feet and drag him down to the bottom gave him the strength and speed of a champion. Breathless and exhausted, the boy dragged himself onto the little island.

After taking a moment to catch his breath and calm down, Amos looked around. There before him, in the middle of the island, was Braha's Tree of Life! It was like a gigantic baobab tree, with a huge trunk and enormous branches. Its foliage seemed to spread over the whole sky, and its apples of light formed brilliant, indescribably beautiful constellations. What Amos had assumed to be an island was in fact the tree itself. The mask wearer was standing among its roots which travelled deep into the water.

The green creatures with the protruding eyes were swimming about under the tree, feeding it. They took turns to dive down to the bottom, returning with a thick paste. They smeared the roots with this brown, nutritious mud and then plunged down again. This constant movement, back and forth, was orderly and rhythmic, and looked to Amos like some marvellously choreographed dance.

Tearing his eyes away from this spectacle, he saw, just a few paces in front of him, the Lady in White. He recognized her at once. He had previously seen her twice before, once in the form of a little girl and then as an old lady. Now, standing before him as a young woman, she was as beautiful as the dawn. Her white dress, flooded with light, floated around her. Her head was adorned with a crown of feathers in the shape of a swan. The Lady in White floated over to Amos and touched his long hair.

'Amos Daragon, young mask wearer, I didn't expect to see you reach this place so soon,' she said smiling. 'I chose you for the qualities of your heart, and I see that I was not mistaken. I am the mother of all the gods and all living creatures on Earth. I created the world and I have chosen you to restore its balance. You are young and you still have a lot to learn. The gods, my children, laid this trap to get rid of you. This great war of the gods grieves me, but I resolved never to interfere directly in the workings of my world. I have come to support you in the ordeal that you must go through. Soon, you will bite into the apple of light and yourself become one of those gods. This will create a terrible upheaval on Earth.

The worlds of the living and the dead will merge. Millions of men, women and creatures will perish. I can read your thoughts like a book, Amos, and I know your intentions. You will want to use your new-found divine powers to restore the situation, but you should know that that will not be easy for you. I have confidence in you and my thoughts are with you. Never turn your back on what you truly are in exchange for power, and think always of others before you think of yourself. Do what you have to do, and always do good. Goodbye, young mask wearer.'

With these words, the Lady in White disappeared. Amos walked slowly over to the Tree of Life. He reached out and picked an apple, the Key of Braha! The fruit was transparent like crystal, and extraordinarily luminous. The boy brought the fruit to his lips and took a large bite.

CHAPTER EIGHTEEN

THE GOD DARAGON

A terrible explosion shook the Desert of Mahikui. The tip of the pyramid showing through the sand was instantly blown away by the energy of the blast. A powerful beam of light shot up from the ground, piercing the clouds and disappearing into space. Hundreds of thousands of ghosts, mummies, skeletons and other spirits had begun to escape from the hole in the pyramid to invade the Earth.

'My army is coming!' howled Yaune the Purifier, looking up from his battle with Kur.

At this, the dragon took fright and tried to flee. But it was too late for Baron Samedi's creature. Holding his crystal orb of power in one hand, Yaune the Lich ordered his new warriors to attack the fire beast. Kur was assaulted by a horde of ghosts coming at him from every side. They quickly pinned him to the ground.

Yaune ordered them to search the creature's body for the missing scale, and it wasn't long before Yaune at last found the dragon's weak spot.

The knight, still imbued with the power of Seth, climbed onto the beast. Placing the point of his sword on the back of the dragon's neck, he raised his arms in a victory sign.

'Seth, the new king of the world! Accept my first offering in honour of your greatness!' Yaune declared solemnly. His new army was growing larger by the minute. 'The Ancients will never be reborn. May this sacrifice mark the first day of your reign! Your cunning plot has masterminded the end of all goodness! May darkness now take over the Earth! The world is mine! The world is ours!'

With this, Yaune plunged his sword into the dragon's neck. Kur screamed with a loud cry that echoed through the mountains and around the world. The voices of Yaune's soldiers joined in a ghoulish, terrifying hymn revering death. As the dragon's body quickly began to decompose, the magic of the lich brought its skeleton to life. Yaune now had a worthy mount!

Astride the dragon's skeleton, Yaune rose into the air. With a sweep of his arm, he ordered his troops to form ranks. The ghosts lined up in rows. He flew over them at tremendous speed, looking down with great satisfaction. The biggest army the world had ever seen was on the march! His soldiers occupied a vast stretch of the desert. They were everywhere!

'Forward march! The world is ours!' cried Yaune. He was trembling with excitement – and with unbridled, crazed lunacy...

Amos awoke bathed in a pale, restful light that seemed to come from his own body. The boy now had powers beyond human understanding. He knew the secrets of life and death, he knew everything there was to know. Life on Earth suddenly seemed like a hellish ordeal to him. Never had he felt so calm and so sure of himself. Humans were a miserable race of creatures, exposed to the elements, to pangs of hunger and thirst, knowing fear, joy, misery and death. Amos now belonged to the world of the invisible and the everlasting. He was a higher life form, capable of setting off volcanic eruptions, making flowers grow, and even creating his own race of creatures. In the blink of an eye, he could see into the past and the future. He was stronger than a dragon and wiser than wisdom itself.

Amos could see the destiny of the world: Yaune's fantastic quest, the death of millions of humans, and the new reign of Seth passed before his eyes. Strangely, he felt little concern. The world would live on for thousands of years in darkness before being re-born again into the light. The boy knew that it was only a question of time. He would try to foil Seth's plans to take revenge on him. He would raise a great army, made up of good, powerful knights, to fight Seth's ghosts. His destiny was clear to him now. He would become the great new god of this world, and millions of the faithful would pray to him every night. His power would be celebrated and hymns would be sung in his honour. There was no place in his mind now for Beorf, Junos or his parents, Frilla and Urban. Amos had forgotten everything about his human life. Now, his only thought was of guiding mankind to lead them back to peace.

In the cool, white atmosphere that cocooned him, an old man appeared. He had an immensely long, white braided beard and his hair, tied up on his head was just as long. Wrinkled and bent under the weight of years, he held in his hand a big book with yellowing pages. He sat down in front of Amos and opened it.

'Good morning, good afternoon, good night, whatever!' he declared, in a neutral and rather formal tone. 'I'm here to inform you of various clauses which relate to your promotion to divinity. Please do not interrupt me while I'm reading. Keep your questions until the end.'

Amos nodded agreement, and the old man continued his monologue.

'Clause one: the new god arriving amongst the gods of this world will be obliged to choose allegiance either to good or to evil. He will be permitted to remain neutral for a millennium if he so desires, but will be required, at the end of this period, to inform me of his choice.

'Clause two: the new god will be granted the right to create a new race of mortals if he so desires. Alternatively, he can choose to win over an already existing race that does not yet have a god to worship. He is entitled to steal followers from other gods and can unite several races of mortals within his own following. The means he chooses to achieve his goal remain, and shall always remain, at his own discretion. I will provide you with a list of those nations of non-believers. I must also inform you that all the elf races have special privileges and it is expressly forbidden to imitate them or draw inspiration from them.

'Clause three: the new god will take charge of a part of this world and be responsible for its management. Since the seas and all large lakes already have their protectors, the new god will be barred from any and all powers related to water. I will give you a list of available areas, which, I hope, will inspire you in your new duties. Do you have any questions? If not sign here and we'll proceed to the clauses relating to your immortality.'

Amos thought of the words of the Lady in White. 'Never turn your back on what you truly are in exchange for power,' she had told him, 'and think always of others before you think of yourself.' Reflecting on these words, Amos knew what he had to do.

'What if I don't sign it?' he asked calmly.

'That would mean that you would decline your status as a god,' said the old man, 'and you would be sent back to Earth to continue your life as an ordinary mortal. Just between you and me, no one has ever turned down such an offer, but the choice is yours!'

'Well then,' said Amos, 'I want to become human again. I now know how to correct my mistakes. I can re-establish the balance of the world.'

'You should understand,' the old man added, 'that as soon as you become human again, you will forget everything about your time in Braha, the Tree of Life and our meeting. Everything will be erased from your memory!'

'I'll take that chance. Could I trouble you for some of your ink?'

Puzzled, the old man handed him his inkwell. Amos took a mouthful, gargled with it and spat it out again.

'Right. I'm ready!' he said. 'I want to return to Earth exactly a week before the eclipse of the moon that took place in Berrion. Is that possible?'

'Of course! You're a god, remember. Anything is possible for you! You'll only have one problem when you get back. That ink has stained your teeth horribly and I doubt they'll be white again for quite some time! But that's your problem. I'll leave you now. I have other matters to attend to. Good luck, young man! When you're ready, close your eyes and make your wish to be human again. The rest will follow. Goodbye.'

The old man disappeared into the misty, white surroundings.

Closing his eyes, Amos said, 'I want to wake up in Berrion, the very morning Lolya arrived at Junos' castle. I want to wake up in Berrion, the very morning Lolya arrived at Junos' castle. I want to wake up in Berrion, the very morning…'

CHAPTER NINETEEN

THE NEW AWAKENING

ne cool morning in September, Amos was sleeping peacefully when his friend Beorf burst into his room.

'Get up, Amos!' cried the fat boy excitedly.

'Lord Junos is asking for you in the castle courtyard. Quickly! Hurry up, it's important!'

Barely awake, Amos struggled out of bed and dressed quickly in the black leather armour that had been a gift from his mother. He ran a comb through his long hair and put in his wolf-head earring. Strangely, he was sore all over. His arms and his legs hurt terribly. He also had the feeling that he had been dreaming for a very long time, for weeks. As he stepped out of his room, the boy stopped abruptly. He suddenly had a strong feeling of having already lived this moment.

'I come out of my room each morning,' he thought. 'There's nothing very extraordinary about that. Besides,

Junos is an early bird and often tries to hurry me in the mornings. But why do I have this strong feeling, this intuition that something bad is going to happen to me?'

The sun was barely up as he stepped into the inner courtyard of the castle and found the entire staff assembled, waiting impatiently for the young mask wearer. A curious crowd was hovering around someone or something. The cooks were quietly muttering amongst themselves while the guards, knights and archers stood watch. The maids trembled and exchanged troubled glances, and the stable grooms seemed spellbound. Once again, Amos felt certain he had already lived through this moment. He looked at the assembled faces as the morning light slowly flooded into the courtyard. Perhaps he'd seen it all in a dream? He could hear familiar discussions all around him, and the whole feeling of this gathering vaguely reminded him of something. But what? He racked his brains but could remember nothing.

Beorf, ready for combat, was already standing on a central platform beside Junos, lord and king of Berrion. Junos, still in his nightshirt, looked bewildered and apprehensive. His yellow and green nightcap made him look faintly ridiculous and, from a distance, he could easily have been mistaken for a clown. Everyone was looking towards the centre of the courtyard. The crowd parted to let Amos through and he joined Junos and

Beorf on the makeshift platform. Again, a strong sensation of déjà-vu came over Amos. It was as if he could predict, right down to the smallest detail, what was going to happen next.

In the middle of the crowd stood twenty warriors, proud, ramrod straight and perfectly still. Their skin was as dark as night and their bodies were decorated with brilliantly coloured war-paint. Beside them were five black panthers with their long tongues hanging out. Amos had seen them before. This whole scene was familiar to him! The boy, unmoving, observed these proud warriors intently from a distance.

'My boy, you look completely stunned!' Junos said, in a low, anxious voice. 'Are you still asleep or what? Take my advice – you'd better wake up fast. I had you called because these people asked to see you. They arrived at the gates of the city this morning asking specifically to meet you. Be careful, we don't know who they are. Look at the size of those cats!'

Amos looked his old friend in the eye.

'If anything goes wrong,' he whispered, 'your knights are ready to attack at the slightest sign of hostility?'

'How strange!' exclaimed Junos, incredulous. 'That's exactly what I was going to say, word for word! Since when can you read people's minds, young wizard?'

'Since this morning,' answered the boy.

Amos turned to his friend Beorf and nodded. Beorf understood immediately what his friend wanted him to do. He followed Amos down from the platform and stood one pace behind him, ready to transform himself into a bear and leap.

'Greetings, friends,' said Amos amicably. 'I am the one you wanted to see.'

The warriors looked at one another. Then they slowly stepped aside to reveal, in the centre of the group, a girl of about ten. Until then, no one had seen her, but the young mask wearer had known from the start that she was there! She walked towards Amos with great dignity.

Amos couldn't take his eyes off one of her earrings. He was convinced that somehow or other he had had that jewel in his mouth! But how? Why? He couldn't remember.

'I am Lolya, queen of the Morgorian tribe,' she said, stepping up to Amos and looking him straight in the eye. 'I have made a long journey, a very long journey from my homeland to meet you. Baron Samedi, my god and spiritual guide, appeared to me and commanded that I give this to you.'

Amos knew instantly that she had brought a chest containing the mask of fire, one of the key elements of a mask wearer's magic. She snapped her fingers and one of the warriors stepped forward and set down a wooden chest at her feet. Lolya opened it with great care. Curiosity overcoming their fear, the onlookers edged closer to try to see the mysterious gift.

'Take it!' commanded Lolya solemnly, with a respectful bow. 'It is now yours.'

And there was the mask, exactly as Amos had predicted. The boy looked up and smiled nervously at Lolya.

The girl started laughing. 'Shouldn't you clean your teeth? They're as black as coal!' She could hardly contain herself. Somehow, at that moment, Amos knew exactly what he had to do.

'Seize these men!' he shouted at the top of his voice.

In an instant, all the knights leapt on the Morgorians and immobilized them. The warriors, taken by surprise by this sudden attack, had no time to react and offered no resistance.

'The girl! Pin her to the ground!' Amos shouted to Beorf.

In a flash, the powerful bear pounced on Lolya and held her to the ground before she had time to use any of her magic. Then a deep, cavernous voice came from the girl.

'Release me, mortals, or you will pay dearly!'

Swiftly, Amos bent over Lolya. With one hand pressed down hard on her lower jaw to hold her mouth open, he thrust his other hand to the back of her throat. He felt a hard, round object. Snatching hold of it, he pulled it out. The assembled crowd saw that Amos held a red stone in his hand. Lolya gave a terrible scream and fell senseless to the ground.

'Amos, what on earth's going on?' cried Junos, dumbfounded. 'Who are they? What's that stone? You'd better explain!'

'I don't know how to explain it to you, Junos,' Amos began warily. 'I just trusted my instincts. I still don't know if I did the right thing! Do my teeth really look black?'

'I'll soon tell you,' answered Beorf, back in human form. 'Open your mouth and let's have a look. Yes, your teeth and gums are completely black.'

'That's weird,' Amos said. 'As soon as Lolya mentioned my teeth, I knew what I had to do! The stone I took from her mouth is a draconite. If I hadn't taken it, Lolya would have changed into a dragon. I think I have just averted a terrible catastrophe. It was Baron Samedi, the one she calls her spiritual guide, who trapped her by placing the draconite in her throat.'

'But how do you know all this?' asked Junos insistently. 'And why are your teeth black?'

'I haven't the foggiest idea,' said Amos, with a helpless shrug. 'On the other hand, I know exactly what I have to do with this stone.'

Amos picked up the mask. It was solid gold and represented the face of a man with a beard and hair in the shape of flames. Carefully, Amos set the draconite in the mask and ceremoniously placed it on his face. Before the eyes of the assembled crowd, the golden features blended with his face. In the same instant, flames shot from Amos' feet. An astonished murmur ran through the gathering. Slowly the flames climbed from his ankles to the tips of his fingers, coiling around his body like a thousand snakes. The boy was a human torch! Servants ran to throw buckets of water over him, but it was no use, Amos was still ablaze.

'Don't worry,' he called, raising his arms. 'The mask is now one with me. We are merging together!'

After burning fiercely for a few minutes, the flames began to die down and gradually went out. The mask had completely disappeared from Amos' face.

'Well, young man,' Junos exclaimed, bewildered, 'I now begin to understand what you've already told me. When you first said that you'd merged with the mask of air, I have to admit that I couldn't imagine such a thing. But now I've seen it with my own eyes.'

'There are four masks,' explained Amos. 'I merged with the mask of air during our first encounter, and now I possess the mask of fire. I still have to find the masks of water and of earth. I also have to look for the stones of power, which will increase my control over the elements.'

Then, looking around him, Amos saw the cook, Yaune the Purifier's spy.

'I know you're an informant working for one of our enemies,' Amos said, walking over to him. 'You're supposed to meet him soon, aren't you?'

'Yes, you're right. Please don't hurt me!' implored the

cook, falling to his knees. 'He means to lay a trap for Junos, and he asked me to inform him if he was planning any expeditions. He promised me gold, heaps of gold! Please don't hurt me, I'll tell you everything! I'll tell you where we're supposed to meet. Everything!'

'Very well,' said Amos, turning to Junos. 'Now it's our turn to lay a trap for him!'

The cook walked into the clearing. Rubbing his hands nervously, he was sweating profusely. Yaune the Purifier appeared on his big horse, leapt to the ground, and approached his spy. His shield bore a coat of arms depicting huge snakeheads. The knight removed his helmet to reveal the long scar on his cheek and the word 'murderer' tattooed across his forehead.

'Give me what you promised,' gibbered the cook, 'and I'll tell you everything!'

'Don't get over-excited, you miserable vermin!' snarled Yaune. 'I'll pay you when you've told me what I want to hear.'

'In that case, your business is not with me but with him!' answered the cook, pointing towards the other end of the clearing.

In the morning light, Amos appeared in the distance, accompanied by Beorf and Lolya.

'Surrender, Yaune, or you'll regret it!' Amos shouted. 'This clearing is surrounded by the men of Berrion. You're trapped.'

'Amos Daragon? Is it really you? You shouldn't be here! You're supposed to be dead!'

'As you can see, I'm here! I'll tell you for the last time: surrender!'

In answer, Yaune leapt to his horse and rode at full gallop towards Amos. At that moment, Junos' knights charged out of the forest, but Amos signalled to them to halt. Then he closed his eyes and raised his hand to his enemy. Yaune felt a powerful wave of heat flood over him. His armour grew hotter and hotter, it was becoming red-hot! The horse, burning from the heat of the metal, reared up and threw its rider. Yaune crashed to the ground, stunned. Struggling to his feet, he began cursing heaven and Earth. He wrenched his armour off as fast as he could, unable to bear the heat of the metal. Junos and his men roared with laughter, pointing at the now almost naked knight. Humiliated, Yaune charged again at Amos, his fists and teeth clenched.

Everything was going exactly according to plan. As they had agreed, Beorf changed into a bear and raced after Yaune. He leapt through the air and tackled the knight with animal strength. Stunned by this violent attack, Yaune fell on his back and lay there on the ground for a few seconds. This was just enough time for Beorf to seize him by the neck.

'Come now, you can't be serious about all this!' said Yaune as he lay there, imprisoned by the bear's powerful jaws. 'I've already paid my debt. I was condemned to wander! You had me tattooed like a farm animal! I've done nothing to you! Release me!'

Amos and Lolya approached him.

'You will never leave us in peace,' said the mask wearer. 'Your desire for vengeance consumes and blinds you. My task is to re-establish the balance of this world and if I'm to do this, you must be stopped!'

'What are you going to do? Are you going to kill me? Imprison me, perhaps?' asked Yaune, sarcastically.

'No,' answered Amos calmly. 'If we lock you up, you'll surely find a way to escape. Besides, there are no prisons in Berrion. But we won't kill you, either.'

'In that case,' Yaune smirked, 'there's not a lot you can do to me!'

Amos smiled and called Lolya over. The girl bent over the knight's body. She was carrying a chicken. Junos and his men, now surrounding their enemy, lit a dozen candles. Lolya started dancing round the knight, chanting strange incantations. The Morgorian warriors stood in a circle, beating their drums to the rhythm of their young queen's dance. Before Yaune's stupefied eyes, Lolya drew out his soul and exchanged it for the soul of the chicken. When the ceremony was complete, the queen of the Morgorians told Beorf to release Yaune.

The fearsome knight instantly stood up – and started clucking! He looked nervously around him then, terrified by the howls of laughter from the onlookers, ran off flapping his arms.

'There, Amos!' said Lolya, exhausted but content. 'That's one knight who will never harm anyone again! If you like, I'll give you the chicken. Better keep it in a cage, though. It's sure to have a very nasty temper!'

'Thank you so much,' Amos answered with a chuckle. 'It can join the big Berrion flock. But I don't think we'll be eating eggs from that chicken in a hurry!'

'Thank you again for everything you've done for me,' Lolya said to Amos. 'You freed me from the draconite and now I can return to my own country. My people are saved! The Morgorians owe you more than we can ever repay. I will always be there for you, Amos, if you ever need me. My powers and my magic are always at your service.'

'Let's get back to Berrion!' cried Amos joyfully. 'You should rest before setting off home. And we have a victory to celebrate!'

'I hope there'll be a big banquet!' exclaimed Beorf hungrily.

'We'll give you so much to eat you'll explode, Beorf!' Junos answered, giving him a friendly slap on the back.

And the happy band set out. As the new day dawned, Amos, Beorf, Junos and the men of Berrion returned to their city with a song on their lips.

CHAPTER TWENTY

THE DRACONITE

In the great forests of the North, a little girl was weeping hot tears. Her parents had sent her to get wood to cook supper and now she was lost in the forest. The sun was setting low on the horizon, and the howling of the wolves sounded dangerously close. The little girl, blue-eyed and as blonde as a sunbeam, was shivering from head to toe. Her dress, torn by brambles, provided little protection from the cold autumn wind. Leaves of every colour were falling all around her, forming a thick carpet under her feet.

As she peered through the branches, the girl could make out a shape. A tall, lanky man appeared, thin as a skeleton and with bronzed skin. His eyes glowed like burning coals. He wore a top hat and a long, black leather coat, and carried a cane with a golden knob in the shape of a dragon's head. He reached out with the cane and stopped the little girl.

'Are you lost, my beautiful fairy of the woods?' the strange man asked her in a fatherly way.

The girl nodded.

'Well then, my dear, today's your lucky day! Let me introduce myself. I'm Baron Samedi and soon, very soon, I shall be your best friend. Come, let me tell you a story.'

Delighted to have found a rescuer, she offered no resistance and climbed onto his lap.

'Don't be afraid of the wolves, my pretty, I'm much stronger than they are,' said the baron, with a sinister smile. 'You're safe now. I've saved you. Just listen to my story…'

Taking a red stone out of his coat pocket, the baron pushed it roughly into the child's mouth. The stone set itself into the back of her throat.

'In ancient times,' the god began, with a satisfied smile, 'the Earth was populated by magnificent creatures. For centuries these animals, great and powerful, were the masters of the world. They slept on enormous piles of treasure in the heart of the mountains. Over time, thanks to the greed of humans, these fantastic creatures disappeared from the face of the Earth. But soon, the great race of dragons will be reborn again, on every continent and in all lands. I have chosen you to become the first! I had placed my hopes in another little girl, but she let me down. Now, instead, you will become my magnificent golden dragon!'

The little girl, now under the draconite's power, hugged Baron Samedi tightly and kissed him sweetly on the cheek. Overjoyed, the god, went on speaking to her tenderly.

'Now I am your family. I am your father, your mother and your spiritual guide, your present and your future! You will become the most beautiful of dragons, the most powerful of all the creatures of this world. In a short time, your body will be transformed! You will fly over great distances, devouring entire flocks of sheep and destroying all the villages you find along the way, just for fun!'

'Will I be able to get back at my big brother, who always teased me?' the girl asked innocently.

The baron gave a loud, sadistic laugh.

'You can start by getting back at him. Then you will avenge your race against humankind,' answered the father of the dragons, flashing a wide smile that showed his white teeth.

'Together we will take the great throne of this world, and we will reign over all earthly creatures. You'll be much better than Lolya! By the way, my little angel, what's your name?'

'My name is Brising!'

'What a pretty name! When you become a dragon, I will give you a brand new name. You shall be called Ragnarök!

'And what does that mean?' asked Brising curiously.

'It means "twilight of the gods,"' answered the baron softly. 'With you, the world will descend into darkness, and it will then be reborn under my control.'

And with that, Brising and the baron disappeared into the forest, while, in the distance, the villagers were anxiously calling for the lost girl.

AMOS DARAGON

BOOK THREE

TWILIGHT OF THE GODS

BRYAN PERRO

Scriba

A division of Book House

CHAPTER ONE

THE BOAR'S HEAD

The first snowflakes whirled around Great Bratel. The kingdom of the Knights of the Light was gradually preparing itself for winter. In the great capital city the inhabitants were chopping logs, draught-proofing their windows and cleaning their fireplaces in readiness for the cold weather ahead. Soot-blackened chimney sweeps ran to and fro in the streets, which bustled with activity at this time of year. The sweeps barely had time to finish one job before they were beckoned by the next customer. They scurried from house to house carrying their long ladders, collecting a few more coins at each.

In the marketplace, women bickered over the last remaining scraps of wool whilst their menfolk, looking at the sky, made predictions about the coming season. They all agreed that it was going to be a hard winter – not much snow perhaps, but definitely very cold.

Nature never lies! The bees had swarmed lower than usual this year. The forest creatures had thicker fur. Even the starlings, who were used to cold weather, had flown off towards the South. The air felt unusually damp and heavy and some of the children had already gone down with flu.

The Knights of the Light of Great Bratel wore wolfskins over their armour, but the cold still got to them. They visibly shivered as they went about their usual rounds of the old city, hunched over their horses as they tried to keep warm.

Ever since the attack by the Gorgons had virtually destroyed the town, there had been a new solidarity amongst its townsfolk. Great Bratel was rising phoenix-like from its ashes. The population had been sorely tested and had closed ranks. The new lord, Bartholomew, ruled over them with honesty and justice. He had helped them to rebuild most of the city. Formerly the crown jewel of the kingdom, Great Bratel was gradually renewing itself to become an impressive capital city once again.

The thick walls that surrounded the city had been repaired and strengthened. New look-out towers that rose from the walls were stronger and higher than before. The guards there, who now enjoyed the best view, looked out contentedly towards the setting sun. As the last rays of sunlight bathed the fertile lands surrounding the city, the sun slowly slipped behind the mountain range in a vivid explosion of colour.

It was on the forest road a few leagues from the city that the Knights at the first checkpoint encountered a strange visitor. A weird-looking old man had arrived. His head was shaved and he wore a thin white knitted cap that, from a distance, looked like lace. He had a high forehead and almond-shaped eyes. He was deeply wrinkled which made his suntanned skin look even darker. The traveller had clearly been baked by the sun and whipped by the wind for many long years. He looked travel-weary from long hours of walking through difficult terrain. His back was slightly bent and he wore his long black beard in a two-metre plait which he wrapped around his neck like a scarf.

His orange robe looked like a monk's habit. His clothes were spotless – not a single stain, tear or even a pulled thread. In spite of the snow covered road, the old man was barefoot. The snowflakes melted around his toes. He carried a simple bag slung over one shoulder and a long staff tipped with a white ivory spiral to help him walk.

'Halt,' shouted one of the guards. 'Tell me your name, where you've come from and your reason for coming to Great Bratel.'

The old man smiled and shrugged his shoulders. His teeth were black and completely rotten. The strong smell of fish from his breath forced the guard to step back briskly, flapping his hand in front of his nose. It was obvious that the old man was a foreigner who didn't speak their language.

'Pass, old man!' said the other guard, waving him through as he spoke.

Turning to his companion he remarked:

'That old fellow shouldn't give the town too much trouble! Look at him limping. His left leg is lame... poor old thing!'

The old man smiled, revealing his rotten teeth yet again. He was pleased to see that he was welcome to enter the city. Thanking the guards profusely in his own language, he went through the checkpoint and set off towards the main gate. Soon he reached the next checkpoint, manned by about twenty knights. A queue of merchants, travellers and citizens were waiting patiently to enter. The citizens of Great Bratel had always thought that their city was impregnable but, since the Gorgon attack, they knew otherwise. The knights kept a close watch over all the comings and goings within the city. They had had a narrow escape and nothing of the kind must ever be allowed to happen again.

It was soon the old man's turn to pass through the gate. A small puny knight stepped forward and demanded:

'Your name, nationality and business in Great Bratel?'

The old man smiled feebly and shrugged his shoulders once more. The guard cursed:

'My God! You've got breath like a horse! Don't you speak our language?'

The old man just smiled again, looking puzzled. He obviously didn't understand what the knight had asked.

'All right then,' said the knight, taking notes. 'Leave your weapon here and you can pick it up again when you leave! Your weapon... yes, that thing... give me your weapon... yes, that's right!'

The old man finally understood and willingly handed over his staff. He was given a small numbered metal disc in return before he set off into the town. He was tired from his long journey so he stopped at the corner of one of the quieter streets, took out a little wooden bowl from his bag and placed it in front of him as he sat down on the ground. He began singing a traditional song from his own country – very loudly and quite off key. Passers-by quickly gave him a few coins – not to encourage him but to bring the dreadful racket to an end! The old man smiled happily at his benefactors, thanking them with a little nod of his head before he moved off, much to the relief of the local shopkeepers.

He soon found himself at the door of an old inn called The Boar's Head. The owner had patched the place up as best he could since it had been partly demolished by the Gorgon attack. The building was habitable but only just. It still had holes in its walls that had been roughly filled and the thatched roof looked rather dilapidated. Attracted by the smell of good soup, the old man entered the inn and sat down at a table. A dozen or so regulars fell silent at the bar and looked at him suspiciously. They began muttering amongst themselves in hostile undertones. The place was dark and miserable and it smelled of damp. Dozens of flies flew around the customers' heads and crawled over the tables. The landlord came up to the old man and said:

'We don't serve foreigners here, so you can clear off!'

The old man beamed back at the landlord and innocently held out his wooden bowl to him. In it were all the coins he had been given in the street.

'You pay good money for your soup, you old devil! Very well, you can have some broth! So you want some nice soup then, scum? Yes, nice soupee!' he sneered at his customer mockingly.

The old man laughed like a child when he heard the landlord say the word 'soupee' and repeated it over and over, enjoying the sound it made. The landlord took the wooden bowl, emptied out all the money and served the old man. As he passed his customers he said:

'The old man's senile! Perhaps he's got more money on him... Make the most of it boys... Times are hard and it's going to be a long winter!'

Three men got up. They all held short sticks. The old

man didn't seem to notice what was afoot behind him. He sat hunched over his soup sipping it peacefully and smacking his lips quietly after each spoonful. Three flies crawled over his table as the assailants approached. Without lifting his head, the old man killed the flies with three sharp blows from the back of his spoon. He moved with such speed and precision that there was no chance of escape. Given a fly's turn of speed it was miraculous. This stopped the assailants in their tracks. The old man wiped the back of his spoon and slowly finished his soup. He appeared to take no notice of the three men standing behind him, unsure now whether they should attack or run as fast as their legs could carry them.

Egged on by the onlookers, one of them lifted his stick. At that precise moment, the old man leapt to his feet to face his attackers. With a slight smile he held up his little finger to the three thugs, as if to tell them that he could take them on with just one finger. This provoked them to launch their attack. The old man easily dodged the first blow and with a tiny movement of his little finger he redirected the stick towards the thug's kneecap. The sound of a loud crack followed by moans and curses rang through the inn. Using his little finger again he poked out the second thug's eye. Then, hooking his finger up the nose of the last one, he spun him round and round until the brute fell to the floor unconscious.

In just three brisk moves the old man had disposed of

three burly young rogues. Glancing briefly at his adversaries lying on the floor, he then raised his head towards the men standing at the bar. As if to invite them to fight, too, he raised both hands to show them… both little fingers! In less than five seconds the inn had cleared. The customers had all fled through doors, windows and down the trap door to the cellar and kitchens. Only the landlord remained, rooted to the spot behind the bar. His teeth chattered as if facing the most dreadful monster. Even the vile, disgusting Gorgons had not had this effect on him.

The old man jumped nimbly over the counter, pressed his forefinger hard against the landlord's forehead, closed his eyes and in a terrifying voice said:

'Amos Daragon…'

An image suddenly took shape in the old man's mind: he could see Amos and his parents sitting at a table in this very inn. By reading the landlord's mind he could see quite clearly how the landlord had tried to cheat the Daragon family, followed by Lord Bartholomew's arrival and Amos' trick to get out of the mess. All these details came from the landlord's soul. Once satisfied, he took his finger off of the innkeeper's scabby forehead, who then fell to the ground exhausted.

'It is difficult to penetrate the mind of a stupid man,' muttered the traveller to himself in his own language.

As he bent over the landlord's lifeless body and

took back his money from his apron pocket, he cried 'Soupee! Ugh...'

Then the strange old man left the Boar's Head Inn unnoticed and headed quickly northwards.

BOOK HOUSE

CHERISHED LIBRARY

HEROES, GODS AND MONSTERS OF ANCIENT GREEK MYTHOLOGY

ISBN: 9781906370923

The Cherished Library – a must for collectors! These editions have been lovingly crafted to recreate the look and feel of original books from the world-class collection of the Cherish family library.

- Black-and-white line illustrations with full-colour endpapers
- Hardback   £6.99
- 155 x 101 mm; 192pp
- Interest 9+
- KS 2/3

Heroes, Gods and Monsters of Ancient Greek Mythology is a collection of classic Ancient Greek myths, including the stories of Jason, Perseus, Odysseus, Heracles, Oedipus and Theseus. These stories, which have had a great influence on thinkers throughout the centuries, inform popular culture even today.

Available from all good bookshops
or order online at www.book-house.co.uk

BOOK HOUSE

AN ILLUSTRATED GUIDE TO
MYTHICAL CREATURES

- Hardback
  £12.99
- Paperback
  £7.99
- 280 x 230 mm;
  48pp
- Interest 10+
- KS 2/3

HB ISBN: 9781906714420
PB ISBN: 9781906714413

Herein lies a magical world of strange creatures and fabulous beasts, where the Cockatrice's glance can turn a person to stone, and the trumpet of the Manticore lures unsuspecting travellers to their doom. Here be knights riding Hippogriffs, heroes battling dragons, Scorpion men guarding the tombs of the dead, and giants fighting gods.

Available from all good bookshops
or order online at www.book-house.co.uk

BOOK HOUSE

WORLD OF MYTHS AND LEGENDS
WORLD OF GODS AND GODDESSES

ISBN: 9781906714826

Fantastic stories from long ago continue to entertain readers round the world. The stories, passed from generation to generation, tell of terrifying monsters, amazing creatures and brave heroes in faraway places and other worlds. This collection includes some of the most fascinating and exciting myths and legends from cultures around the world.

ISBN: 9781906714833

This fabulous celebration of gods and goddesses offers a fascinating insight into how people have tried to make sense of the mystery of life. Through a wealth of myths and stories, discover the most beautiful, the most terrifying and most bizarre beings that humanity has been able to imagine.

Available from all good bookshops
or order online at www.book-house.co.uk

BOOK HOUSE

DRAGONS

ISBN: 9781905638291

- Paperback £4.99
- 282 x 219 mm; 48pp
- Interest 7+
- Full-colour artwork
- Glossary, contents and index

Scaly creatures spewing fire? Terrible beasts spreading clouds of poison? The special emblems of Chinese emperors? Find out the fantastic truth about dragons, the creatures who, from the beginning of time, have haunted the imagination and dreams of almost every culture in the world.

Look out for *Amos Daragon: Twilight of the Gods*, published Jan 2010

Visit the Amos Daragon website:
www.amosdaragon.co.uk
Or visit Book House at:
www.book-house.co.uk

O autorze

MELVIN BURGESS jest jednym z najpopularniejszych brytyjskich twórców literatury młodzieżowej. Były dziennikarz, który imał się różnych zawodów, m.in. pracował jako konduktor i murarz, rozpoczął karierę literacką w 1989 roku. Dziś jego książki ukazują się w ponad 20 krajach świata. Najbardziej znaną powieścią pisarza jest kontrowersyjny *Ćpun* (1996), zdobywca prestiżowych nagród literackich, sfilmowany przez telewizję BBC. W dorobku Burgessa znajdują się m.in. powieści *Więzy krwi* (1999), *Billy Elliot* (2001), *Pierwszy seks* (2003) i najnowsza *Bloodsong* (2005).

Polecamy

ĆPUN
Melvin Burgess

Kontrowersyjna i szokująca powieść dla dorastającej młodzieży. Jej tematyka wiąże się ze sprawami seksu i używania narkotyków. *Ćpun* zdobył w 1997 roku dwie najbardziej prestiżowe brytyjskie nagrody literackie przyznawane w kategorii literatury młodzieżowej. W rankingu popularności literatury obcej w Polsce osiągnął w 1999 roku piąte miejsce. Akcja książki toczy się w latach osiemdziesiątych. Bohaterowie, para czternastolatków, Gemma i jej chłopak Smółka, borykają się z samotnością i niezrozumieniem. W poszukiwaniu szansy na urzeczywistnienie swojej miłości, zniechęceni nudą małomiasteczkowego życia, buntują się, porzucają rodzinne domy i przenoszą do dużego miasta. W Bristolu trafiają do środowiska narkomanów i ludzi żyjących na marginesie społeczeństwa. Stopniowo z dwójki nastawionych idealistycznie do życia nastolatków stają się ćpunami, którzy nie zdają sobie sprawy ze swego uzależnienia. Aby zdobyć pieniądze na narkotyki, Gemma musi uciekać się do prostytucji, a Smółka do kradzieży. Próby uwolnienia się od nałogu kończą się niepowodzeniem...

MELVIN BURGESS

Pierwszy seks

Z angielskiego przełożył
GRZEGORZ KOŁODZIEJCZYK

WARSZAWA 2005

Tytuł oryginału:
DOING IT

Redakcja: Beata Słama

Ilustracja na okładce: Larry Rostant/Artist Partners Ltd.

Projekt graficzny okładki: Andrzej Kuryłowicz

ISBN 83-7359-173-7

Dystrybucja
Firma Księgarska Jacek Olesiejuk
Kolejowa 15/17, 01-217 Warszawa
tel./fax (22)-631-4832, (22)-632-9155, (22)-535-0557
www.olesiejuk.pl/www.oramus.pl

Wydawnictwo L & L/Dział Handlowy
Kościuszki 38/3, 80-445 Gdańsk
tel. (58)-520-3557, fax (58)-344-1338

Sprzedaż wysyłkowa
Internetowe księgarnie wysyłkowe:
www.merlin.pl
www.ksiazki.wp.pl
www.vivid.pl

WYDAWNICTWO ALBATROS
ANDRZEJ KURYŁOWICZ
adres dla korespondencji:
skr. poczt. 55, 02-792 Warszawa 78

Wydanie I
Skład: Laguna
Druk: B.M. Abedik S.A., Poznań

*Z wyrazami wdzięczności
dla Pana Sztywnego-Sękatego*

1
Albo, albo

— No dobra — mówi Jonathon. — Masz do wyboru: albo przelatujesz Jenny Gibson, albo tę bezdomną, która żebrze o drobniaki przed piekarnią Cramnera.

Dino i Ben wzdrygają się ze wstrętem. Jenny słynie jako najbrzydsza dziewczyna w szkole, ale bezdomna aż lepi się od brudu. I te jej zęby!

— Aleś ty obleśny — sarka z odrazą Ben.

Jonathon przyjmuje komplement skinieniem głowy. Jest w swoim żywiole.

— Dobrze chociaż, że obie są płci żeńskiej — zauważa Dino.

— Ja bym wziął tę bezdomną — odpowiada Ben po chwili namysłu. — Nie byłaby taka straszna, gdyby ją umyć.

Jonathon kręci głową.

— Musisz ją wziąć taką, jaka jest.

— Brr! Tylko ty masz takie kosmate myśli — cedzi Dino.

Ale na tym właśnie polegało smakowite zberezeństwo tej zabawy. Trzeba było dokonać wyboru. I wczuć się w sytuację.

Ben aż drgnął, próbując to sobie wyobrazić. To przekraczało granice dobrego smaku. Zatrącało o chorobę.

— Mogę ją przelecieć od tyłu?

7

— Nie, od przodu. Przy zapalonych światłach. Ze ślinką i tak dalej. I musisz jej zrobić dobrze językiem.

— Jonathon! — syczy Dino.

— Nic nie mówiłeś o seksie oralnym — protestuje Ben.

— Liżesz tak długo, aż doprowadzisz ją do orgazmu.

Ben znów wzdryga się na samą myśl, niczym ślimak na soli.

— Jesteś obrzydliwy. Gdybym mógł ją umyć, wziąłbym tę włóczęgę, ale jeśli musi być brudna, to biorę Jenny. Ale... gdyby zostawić Jenny na ulicy przez kilka miesięcy i byłaby taka brudna jak ta bezdomna, zaliczyłbym bezdomną. A wy?

— Ja bym wziął Jenny — odpowiada szybko Jonathon.

— Bo żadna inna by ci nie dała.

— Jest brzydka jak noc, ale założę się, że jej ciało nie jest aż takie złe. Jak już zaczniesz, to później jakoś idzie. A bezdomna ma zepsute zęby, cuchnący oddech i gnijące kawałki kebabu między zębami. No i do tego pewnie odmrożenia, wrzody i tym podobne sprawy.

— Błe.

— No dobra, Ben — mówi Dino. — A gdybyś miał wybierać między... Jenny i panią Woods.

Chłopcy parskają syczącym śmiechem. Pani Woods ma co najmniej sześćdziesiąt lat, ewidentnie nienawidzi każdego przed dwudziestką, a jej oddech cuchnie kwaszoną kapustą, ale kiedyś tam, w jakiejś zamierzchłej epoce, mogła być z niej niezła laska.

Ben waha się chwilę.

— Obie umyte?

— Mniej więcej.

— Pani Woods — rzuca zuchwale.

— Pani Woods? — dziwi się z udanym przerażeniem Dino. — Jenny jest naprawdę brzydka, ale pani Woods to starucha.

— Lepsze to niż brzydota — stwierdza kategorycznie Ben. Dino i Jonathon spoglądają na niego zaskoczeni.

Taki właśnie jest Ben: zawsze dokładnie wie, czego chce.

— Ale z ciebie dziwak, jak pragnę zdrowia — mówi Jonathon. — Nic nie może być gorsze od starości. A osobowość? Jenny jest całkiem spoko, a pani Woods to istny potwór.

— Tak, ale nie byłaby potworem, kiedy bym ją posuwał, no nie? Byłaby...

— Miła? — sugeruje Jon.

— Aha.

— Więc starość jest lepsza niż brzydota, a osobowość w ogóle się nie liczy? — upewnia się Jonathon.

— Mówimy o ciupcianiu, a nie o małżeństwie. Nikt nie wspominał o konwersacji z nimi — zauważa Ben.

Parskają śmiechem.

— Ja tam bym przeleciał Jenny — oświadcza Dino.

— Ja też — mówi Jon.

Ben uśmiecha się i wzrusza ramionami.

— Ja bym przynajmniej zaliczył nauczycielkę. A ona miałaby doświadczenie.

— Taki kaszalot byłby pewnie gotów zrobić wszystko — przytakuje Jonathon.

— Dobra, nie zagłębiajmy się — mówi Ben. — Moja kolej. Pani Woods albo... pani Thatcher.

Dino wzdycha. Nie cierpi tej zabawy. Jego zdaniem to jedna z niewielu rzeczy, w których jest do niczego.

— Umm... Pani Thatcher. Jest brzydsza i starsza...

— I miała lekki zawał — wtrąca Jon.

— ...ale panią Woods musiałbyś widywać co dzień w budzie, a pani Thatcher nigdy więcej nie zobaczyłbyś na oczy. Thatcher, zdecydowanie.

— Nekrozboczek.

Dino uśmiecha się niewinnie.

— Ja bym wziął panią Woods. Thatcher to już praktycznie trup — orzeka Jon.

— Wiem — odzywa się uradowany Dino. — Królowa albo... Deborah Sanderson?

9

— Nie! — woła Jonathon. — Znowu to samo! — Królowa wygląda okropnie i nikt przy zdrowych zmysłach nie poszedłby z nią do łóżka, nawet gdyby miał osiemdziesiątkę i nosił tytuł Księcia Edynburgu, a jedynym grzechem Deborah jest to, że jest trochę za tęga. Jon się z nią przyjaźni. Krążą pogłoski, że za nią szaleje, tylko wstydzi się do tego przyznać.

— Musisz odpowiedzieć — naciska Ben.

— No więc, Deborah.

— Aha!

— Ale tylko dlatego, że każda jest lepsza od królowej.

— Takiego wała — mówi Ben. — Dlatego, że na nią lecisz. Królowa jest o wiele atrakcyjniejsza, to jasne jak słońce. Ja tam bym wolał przespać się z królową. W każdej chwili. A ty, Dino?

— Pewnie, że z królową.

— Łajzy! Ściemniacie tylko po to, żeby mnie podkręcić!

— Też mi coś. No nie, Deborah! Samo sadło!

— Ona jest tylko puszysta! — syczy Jonathon.

— Ale wiecie, co mówią? Grubaski są wdzięczne, kiedy im się to robi — informuje Ben.

— Uhm — zgadza się Dino. — Deborah jest pewnie jedyną żyjącą kobietą, która zniżyłaby się do twojego poziomu. Zawsze wiedziałem, że na nią lecisz.

— No dobra. — Jonathon kieruje palec w stronę Dina. Teraz zabije im ćwieka. Trzymał to na sam koniec. — Możecie się przespać z każdą babką, jasne? Z dowolną babką, w każdej chwili, żadna nie może wam odmówić. Obojętnie jaka, superbombowa laska, wystarczy, że poprosicie. Jest do waszej dyspozycji. I musi zrobić wszystko, czego sobie zażyczycie. Wszystko! Jedno ale. Musielibyście dawać rżnąć się w tyłek. Raz na rok przez dwadzieścia minut. W radiu.

— W radiu? Dlaczego nie w telewizji? — dziwi się Ben.

— Bo w radiu próbowalibyście trzymać buzię na kłódkę,

żeby nikt się nie kapnął, że to wy, ale nic z tego. I tak wymykałyby wam się różne: Och, och, auu. No wiecie. Mmm. Uu. Ach. Niee. A gdybyście się nie zgodzili, wtedy koniec z seksem. Raz na zawsze. Do końca życia.

Dino usiłuje to sobie wyobrazić, ale na próżno. Brak seksu jest wykluczony. Tak samo jak dawanie komuś tyłka.

— Nie odpowiadam na to.

— Musisz.

— Nie ma mowy. Wypadam z gry. Ale ty zapytałeś, musisz odpowiedzieć.

— *No problemo*. Wziąłbym laski bez ograniczeń i dawanie dupy. Byłoby warto.

— Ja tak samo — zgadza się Ben. — Pomyśl tylko o nagrodzie! Każda. S Club 7 *. Kylie. Jackie Atkins...?

— Pedzie — rzuca cicho Dino, ale już wie, że przegrał.

— Teraz ty. — Jonathon wskazuje palcem Bena.

Ben rozkłada z uśmiechem ręce.

— Nie, dzięki. Wygrałeś. Znowu.

— Nie możesz się tak po prostu wycofać!

— Mogę. Wiem, co powiesz. To co ostatnio. Mój ojciec albo matka. Nie biorę ani jednego, ani drugiego.

— Brrr! To nie w porządku. Rodzinkę zostawiamy w spokoju — mówi z naciskiem Dino.

— Takie są zasady. Wolno powiedzieć — przypomina Jon. — Znowu wygrałem. Cieniasy.

— Ja wygrałem — oznajmia Dino — bo wy obaj daliście dupy.

— Mogłoby ci przypasować — zauważa Ben. — Nigdy nie wiesz, jak to jest, dopóki nie posmakujesz.

— Takie same szanse, jak trafić w totka — mówi Jon.

— Wielkie dzięki.

---

* S Club 7 — popularny siedmioosobowy brytyjski zespół pop z czterema urodziwymi wokalistkami.

— To pewnie znaczy, że jesteś kryptohomoseksualistą, bo właśnie tacy najbardziej nie lubią pedziów.

Dino się krzywi.

— Całkiem możliwe.

— Wciąż żadnej seksniani — mówi ze współczuciem Ben.

— Powinieneś sobie znaleźć dziewczynę. Seksniani zwykle nie trzeba szukać daleko. Chyba że wolisz sobie zafundować gumową — podpowiada Jonathon.

— Zamknij się — warczy Dino i Jonathon momentalnie milknie.

— Daj sobie spokój, Dino — radzi Ben. — Ona nie jest zainteresowana.

— Nie o niej myślę — odpowiada z naciskiem Dino. — Po prostu w tej chwili nie ma żadnej innej, która mi się podoba.

— Co za idiotyczne marnotrawstwo — zauważa Jonathon. — Połowa dziewczyn w budzie sika w majtki na jego widok, a on... *mission impossible*: Jackie Atkins albo nikt. Tylko laska numer jeden jest wystarczająco dobra dla naszego Deena.

Dino szura nogami i uśmiecha się.

— Ty pewnie zaliczysz jakąś wcześniej niż ja — mówi i rusza w stronę drzwi.

Jonathon zostaje, uśmiechając się z rozmarzeniem na samą myśl.

Wychodząc z szatni, Dino zatrzymuje się i spogląda w lustro. Podoba mu się to, co widzi. Jackie jest najpiękniejszą istotą w całej szkole — być może z jednym wyjątkiem, właśnie jego, Dina. Dino to jest To. Ma ciemne włosy przetykane pasemkami w kolorze miodowy blond, regularne rysy twarzy z leciutką nutką szorstkości, szerokie, pełne usta i głębokie, złotobrązowe oczy. Dziewczęta wpadają w nie i znikają raz na zawsze.

Lecz Jackie jest nie tylko wystrzałową laską, jest też rozsądna. Ma już chłopaka, parę lat starszego od siebie, i uważa Dina za ćwoka. Ale Dino wie swoje. Oboje zostali oficjalnie uznani za najatrakcyjniejszych w szkole, więc powinni ze sobą być. Zasługuje na nią. Zagiął na nią parol tak dawno temu, że już nawet nie musi tego mówić, lecz nigdy, ani przez chwilę, nie przyjął do wiadomości, że Jackie go nie chce. Pozostaje tylko kwestia, jak długo Dino gotów jest czekać.

2
Niewiarygodna podróż

Trzy dni później, wieczorem, Dino wszedł do sali klubu młodzieżowego Strawberry Hill, ledwie zerknąwszy za siebie, by sprawdzić, czy Jon i Ben też idą. Oparł się o ścianę przy automacie z colą i zaczął żywo konwersować z dwiema dziewczynami, które właśnie podeszły. Jedna z nich postawiła mu colę. Twarz Dina rozjaśnił uśmiech, jak powoli zapalająca się lampa. Dziewczyny wpatrywały się w niego, rozpromienione.

Jon nachylił się do Bena.

— Szmerek sztywniejących sutków, które napierają na bawełniane poduszeczki staników Wonderbras. Cichutki syk pod trójkącikami wilgotniejących fig.

— Zamilcz — rzuca Ben.

— Sorki.

Klub młodzieżowy nie jest miejscem, w którym chłopcy często przesiadują. Dino namówił kolegów na tę wycieczkę, bo Jackie trenuje tam szermierkę. Przyszła o wiele wcześniej, żeby się przebrać. Teraz ukazała się w dużej sali po drugiej stronie. Dino rozpoznał ją od razu, mimo że miała na sobie ochronny strój i drucianą maskę. Zaczęła wykonywać pchnięcia szpadą, trzymając rękę z tyłu za głową. Liczył na obmacywankę po treningu. Nic z tego. Jackie miała rację,

Dino jest ćwokiem. Takim ćwokiem, że nie rozumie nawet, że nie ma szans, mimo że bardzo jasno dawała mu to do zrozumienia. Dino się nie zniechęcił. To Jackie najwyraźniej czegoś nie rozumie. Ma bardzo mocne atuty: urodę, nagle pojawiający się uśmiech, na którego widok supermodelce opadłyby majtki, oraz rozbrajającą i zaskakującą otwartość. No i głos jak lubieżny, pluszowy miś. Magiczny głos. I jest Tym. Nic innego się nie liczy.

— Dziś jest ten wieczór — oznajmił.

— Zapomnij — powiedział Ben. — Mówiłem ci. Ona uważa cię za fajansiarza.

— A ty naprawdę jesteś fajansiarzem — zauważył Jonathon.

Dino roześmiał się i westchnął.

— Mam pietra — wyznał, pociągając łyk coli. Dziewczyna, która mu ją kupiła, stała niezręcznie obok przez pięć minut całkowicie ignorowana. Wreszcie odeszła z gniewną miną. Dino odprowadził ją wzrokiem, myśląc o czymś innym.

— Może powinieneś dać sobie siana — zasugerował Jonathon.

Dino się skrzywił.

— Podobno masz mnie wspierać, a nie dołować — odparł. — Dzięki, druhu.

Jon się obruszył.

— Nie o to mi chodziło...

Dino przewrócił oczami i prychnął, lecz pozostawił to bez komentarza. Jon i Ben spojrzeli na siebie spod oka. Dino szedł przez życie jak ślepiec na skraju urwiska, lecz anioły czuwały nad każdym jego krokiem i nie pozwoliły mu spaść ani się potknąć. To była tylko kwestia czasu. Ten czas nadszedł właśnie teraz, bez dwóch zdań.

Jednym z powodów, dla których Jackie tak bardzo gardziła Dinem, było to, że ona również była Tym. Była Tym od maleńkości, dokładnie tak samo jak Dino. Ale w przeciwieństwie do niego zostawiła tę dziecinadę za sobą. Wiedziała, że ma o sobie o wiele za wysokie mniemanie i wcale się za to nie lubiła, lecz nie mogła uniknąć wniosku, że jest znacznie dojrzalsza niż inni uczniowie, zwłaszcza chłopcy, którzy byli po prostu dzieciuchami. To nie powstrzymywało ich od tego, żeby jej pragnąć, rzecz jasna. Wiedzieli, że zrobiłaby to, wiedzieli, że już to robiła, i wiedzieli, że to robi, ale nie z takimi jak oni. Żeby cokolwiek osiągnąć z Jackie, trzeba było być tak dorosłym, że prawie starym. Jej chłopak, Simon, był od niej o osiem lat starszy. Czasem zabierał ją spod szkoły samochodem. Miał własne mieszkanie, w którym często zostawała za zgodą rodziców. Ufali Simonowi. Przy nim Dino był tylko głupiutkim chłoptasiem. Jackie nie miała najmniejszego powodu, żeby zamienić Simona na Dina.

Obściskiwała się z nim tego wieczoru wyłącznie z ciekawości. W klubie, jak co miesiąc, była dyskoteka. Młodzi ludzie zaczesali włosy na czoło, zatańczyli parę wolnych kawałków, trochę się poprzytulali. Jackie chodziła z Simonem od dwóch lat i była mu wierna, ale zaczynała odczuwać brak takich doznań. Może właśnie dlatego, kiedy Dino poprosił ją do tańca, zamiast przewrócić oczami i znów powiedzieć „nie", wzruszyła ramionami, dała się objąć i powalcowała z nim po parkiecie. Pozwoliła mu wsunąć udo między swoje uda, poczuła na swoim brzuchu jego wzwód, i doznała czegoś w rodzaju łaskotania. Było ono na tyle silne, że dała mu się na koniec pocałować. Z czystej ciekawości.

Pocałunek zaprowadził ją dalej, niż chciała. Przywarła do Dina i zaczęła się o niego ocierać. Rozsunęła nogi. Kiedy taniec się skończył, ona wciąż wisiała mu na szyi z przymkniętymi, zamglonymi oczami. Poczuła się jak pijawka, przedwcześnie oderwana od ofiary. Dino spojrzał jej w oczy, a potem znów ją przytulił i mruknął nad jej głową:

— Jestem taki szczęśliwy!

16

Ale drętwa gadka!, pomyślała Jackie. Lecz w tej samej chwili zrozumiała, że to nie gadka, tylko prawda. On naprawdę tak myśli. Uszczęśliwiła go. Próbowała stać prosto, lecz nogi jej drżały. Poczuła ucisk w dole brzucha. Odetchnęła szybko trzy razy. Dino był jak mrożony lizak, mogłaby go zlizać całego. Odsunął znów głowę, jak gdyby nie mógł uwierzyć w to, co robi Jackie. Twarz mu promieniała. Było tak, jak gdyby złożył w jej ręce świetlistą kulę swojego szczęścia. Czy mogła upuścić ją na ziemię?

Położył dłoń na jej policzku w sposób, który lekko ją przestraszył i sprawił, że poczuła się słaba i krucha.

— Umów się ze mną. Na spacer czy coś takiego. Jutro po południu? Proszę cię.

— Och... No dobrze.

— Dzięki. — Dino znów ją przygarnął.

Czuła na piersiach jego serce, bijące jak serce ptaka. Nie czekał dłużej. Instynkt podpowiadał mu, że powinien iść do domu, zanim Jackie zmieni zdanie. Nagle porzucona, Jackie podeszła chwiejnie do grupki koleżanek.

— Fajnie było? — zapytała któraś.

— Nie miałam orgazmu — odparła chłodno, lecz jej serce już rozpoczęło tę niewiarygodną, zdradliwą podróż w dolne rejony, tam-gdzie-wiesz. A gdy ugrzęzło w tym-co--wiesz, jej los był przypieczętowany. Nie ma nic bardziej upokarzającego niż zadurzyć się w obiekcie powszechnego pożądania równie aroganckim i czarującym jak Dino Lizaczek.

— No i co? — spytał Dino, kiedy szli do domu.

— Ale jak to możliwe? — zachodził w głowę Jonathon.

Nie mógł rozwikłać tej zagadki. Bardzo się bał, że kruche, choć wybujałe ego Dina dozna głębokiego uszczerbku, gdy Jackie go spławi, a to było nieuniknione. On tymczasem promieniał jak latarnia morska, wciąż zlizując z ust jej smak.

— Dała mi poczuć swoje cycki — wyznał.

— Naprawdę? Jakie są? — zapytał Jonathon.

— Ma fajne cycki — odparł Dino.

— Jak on to robi? — głowił się Jonathon. — Myślisz, że zapomniała, z kim ma do czynienia? Może miała chwilowe halucynacje i zdawało jej się, że to Brad Pitt?

— Myślę, że ona leci na jego ciało — odparł Ben.

— Mmm. — Jonathon mógł sobie tylko wyobrażać, jakie to szczęście, kiedy dziewczyna pragnie cię dla twojego ciała. Zwłaszcza taka laska jak Jackie.

— No cóż, on ma osobowość fajansiarza, więc o co innego może chodzić? — spytał Ben.

— Nie chrzań — rzucił Dino. Czuł się jak lew. Gdyby był sam, wydałby w tej chwili głośny ryk.

Jackie dotarła do domu i wciąż nie rozumiała, co się z nią dzieje. Była tak wytrącona z równowagi, że zadzwoniła do swojej najlepszej przyjaciółki, Sue.

— Całowałaś się z Dinem? — powtórzyła Sue z niedowierzaniem. — I umówiłaś się z nim na randkę?

— To nie jest randka — zaperzyła się Jackie.

— Liżesz się z chłopakiem, potem się z nim umawiasz, i to niby nie jest randka?

— Nie bądź starą kwoką, nic się nie stanie.

— Więc po co idziesz?

— A dlaczego nie?

Sue była zaniepokojona.

— Ty go nie lubisz, pamiętasz? Co za sens umawiać się z chłopakiem, którego nie lubisz?

— Tak po prostu. Czemu nie?

— Przestań powtarzać „czemu nie"! Dlaczego?

— Co z tobą? — zapytała Jackie.

— Czuję. Nosem. Kłopoty.

Jackie tylko się roześmiała. Lekko kręciło jej się w głowie.

Patrzcie, patrzcie, Sue odgrywa mamuśkę tylko dlatego, że ona, Jackie, raz pozwoliła sobie na szaleństwo! Sue udziela jej rad. Zawsze było odwrotnie — to Jackie doradzała przyjaciółce. Jeśli chodzi o chłopców, Sue miała najkoszmarniejszy gust pod słońcem. Beznadziejny. Po prostu nie mogła się opanować.

— Jestem ciekawa — oznajmiła Jackie i zirytowała się, słysząc rechot Sue.

— Posłuchaj, laleczko. Faceci pokroju Dina są jak najgorszy nałóg. Zawsze ci się zdaje, że sobie z nimi poradzisz, że właśnie ty jesteś tą, która ich wypróbuje i zobaczy, jacy są naprawdę. A potem połykasz haczyk i całe twoje życie staje się jednym wielkim kretyństwem.

— To ty jesteś kretynką — warknęła Jackie.

Odrzuciła radę dla zasady i poszła do parku. Po trosze na przekór przyjaciółce.

Dino próbował wziąć ją za rękę. Nie pozwoliła mu, ale to go nie zniechęciło. Uśmiechał się od ucha do ucha — do Jackie, do trawy, do psów, do ludzi, do siebie.

— Wyglądasz na uszczęśliwionego — zauważyła.

Dino rozejrzał się, jakby ktoś ich śledził, a potem nachylił się do niej i wyszeptał chrapliwie do ucha:

— Jesteś cudowna, ale ty pewnie ciągle to słyszysz. Mogłabyś być w którymś z tych kolorowych magazynów. Myślę... po prostu czuję... nie wiem, jak to powiedzieć! To dzięki tobie jestem taki szczęśliwy!

To było trochę śmieszne — dziewczyna z kolorowego magazynu! — a trochę bzdurne, ale od początku do końca fantastyczne. Jackie zadrżała w środku. Dino ją ubóstwiał. Nie mógł uwierzyć w swoje szczęście. Gdzie jego ostrożność? Podawał jej serce na talerzu, tak po prostu, mimo że przez ostatnich dziesięć lat powtarzała mu, żeby spadał na drzewo. Mówił dokładnie to, co myślał. Był otwarty jak niebo.

Wciągnął ją w krzaki, chciał się całować. Pozwoliła mu. Później pomyślała: W krzakach? Ma chłopaka, a on ma

19

mieszkanie, do którego mogli pójść. Ale wtedy nawet nie przyszło jej to do głowy. Może nawet tego nie chciała, lecz raptem stała oparta o drzewo, a Dino trzymał rękę w jej majtkach, tak jakby planowała to przez cały tydzień. To była najbardziej odurzająca rzecz, jaką kiedykolwiek zrobiła. Wisiała mu na szyi, jęcząc lekko zaskoczonym głosem: „Dino... och. Och. Och. Dino!". Powtarzała jego imię, jakby podniecało ją to jeszcze bardziej. Robili to w nieskończoność. W końcu musiał przestać, bo zdrętwiał mu nadgarstek. Miała bardzo obcisłe dżinsy. Wytoczyli się na światło dzienne, mrużąc oczy. Jackie była tak otumaniona hormonami, że zgodziła się na randkę w kinie w połowie przyszłego tygodnia.

Nie wiedziała, czy następnych kilka dni spędziła we śnie, czy w koszmarze. Dino wciąż był ćwokiem, ale teraz, uświadomiła to sobie, był ćwokiem uwodzicielskim i czarującym. Podniosła słuchawkę, żeby odwołać randkę, a potem odkładała ją, nie wybrawszy numeru. Myślała: Czemu nie miałabym zafundować sobie odlotu... Ale jakiego odlotu? Nie mogła przestać o nim myśleć. Tak jak prorokowała Sue...

— Przystojny, napalony i arogancki. Nie można mu się oprzeć, co?

— To jest straszne. Czy ja się zakochałam?

— To pożądanie, dziewczyno. Łap pełnymi garściami i upajaj się!

— Ale nie można szaleć za kimś, kogo się nawet nie lubi! — upierała się Jackie.

Sue wzruszyła ramionami.

— Te rzeczy ponoć idą ze sobą w parze, ale nie jestem pewna, czy to zawsze tak działa — odparła.

— I co ja mam zrobić? — spytała błagalnie Jackie, bliska łez.

— Co z Simonem? Podobno to jego kochasz.

— Bo kocham.

— Więc zapomnij o Dinie.

— Nie potrzebuję twoich rad — warknęła Jackie.

— Wzięło cię nie na żarty — orzekła Sue.

— Wcale nie. Pójdę z nim na tę randkę, a potem mu powiem, że nie chcę go więcej widzieć.

— To dlaczego nie powiesz teraz? Dlaczego nie zrobiłaś tego wczoraj, dopóki nie było za późno?

— Nie jest za późno, głupstwa pleciesz.

— Jak często o nim myślisz?

— Non stop — przyznała Jackie. — O tym, co robiliśmy w parku. A on jest takim ćwokiem. To okropne.

Sue parsknęła śmiechem.

— A więc chłopak w sam raz dla mnie. Powiem ci coś, zostaw Dina mnie. Miałam takich od groma. On mnie unieszczęśliwi, a ja przelecę go tak, że mózg mu wyparuje. Kiedy zobaczysz, co zostanie, nie będziesz go chciała.

To była prawda, Sue połykała takich jak Dino na śniadanie, mimo że miała potem ostrą niestrawność. Ale nic z tego.

— Ani mi się waż! — warknęła Jackie i obie uśmiały się do łez, choć to wcale nie było zabawne.

Poszła więc do kina i było to najcudowniejsze doświadczenie w jej życiu. Nie obejrzeli ani sekundy filmu. Kiedy rozbierała się wieczorem, wszędzie miała okruchy lepkiego popcornu, które musiały się dostać pod ubranie, kiedy Dino ją obmacywał. Czuła się jak szuflada po kipiszu. Dino był w siódmym niebie, nie mógł się od niej oderwać. Kiedy ją całował, czuła jego serce, które nie biło, tylko dosłownie fruwało. Po filmie szli ulicą, a on nawijał i nawijał. Wyznał jej wszystkie swoje sekrety, a ona miała wrażenie, że obsypuje ją klejnotami. Sprawił, że poczuła się, jak gdyby była jedyną osobą na świecie, która się dla niego liczy i której oddaje wszystko, co ma. Spacerowali godzinami, bo Dino nie mógł przestać i bardzo się bał, że rano czar pryśnie i nigdy nie wróci. Jackie dotarła do domu wpół do pierwszej w nocy. Ojciec nawrzeszczał na nią, że nie zadzwoniła.

Dopiero gdy stała pod prysznicem, spłukując popcorn, uświadomiła sobie, że przez pięć godzin nie powiedziała mu słowa o sobie, a on nawet nie zapytał.

„O kurde", mruknęła, ale nie przejęła się tym zbytnio. Już było za późno. Jej serce umościło się tuż pod łonem, świeciło i pulsowało, mrucząc radośnie. Nie chciało stamtąd wyjść za żadne skarby świata. Będzie musiała pokruszyć je na kawałeczki i wyłuskiwać jeden po drugim. Jackie wpadła w sidła żądzy.

3

Sekretna historia

Łapiąc autobus pod szkołą w piątkowe popołudnie, Ben czuł się jak bogacz ze szkatułą pełną skarbów. Gorących, wilgotnych klejnotów. Drżących dublonów. Ciepły, złoty oddech i dreszcze przebiegające w górę i w dół, w górę i w dół.

To jednak nie zmniejszało uczucia niepokoju, które dręczyło go, gdy siedział na górze piętrusa, obserwując przesuwające się domy i ogródki. Skarb można stracić, ktoś może go ukraść. A jeśli nie jest twój? A jeśli jest tak kuszący i niebezpieczny, że w ogóle nie powinieneś się nim bawić? A jeśli jest przeklęty?

Pięknie: jeśli tego nie masz, dręczy cię pragnienie, żeby to zdobyć, a jeśli masz, boisz się, że stracisz. Tak czy owak, było absolutnie pewne, że jeśli zostanie przyłapany na dotknięciu palcami, policzkiem, językiem czy czymkolwiek zawartości tej szkatułki, wokół niego rozpęta się piekło. To było nieuniknione. Czuł się tak, jakby mamrotał pod nosem mroczne zaklęcie, które pewnego dnia zadziała i uwolni wszystkie demony, jakie mogłyby się przyśnić Bogu, a one wyskoczą na niego z piekła jak oparzone. I gdzie znajdzie się potem jego dusza. Albo edukacja?

Ale wiecie co? Było to uczucie warte każdej gorącej,

wilgotnej sekundy swego trwania. To była sama esencja edukacji — Ben mógł być prawie pewien, że dostanie szansę podejścia po raz drugi do końcowych egzaminów, ale nie miał najmniejszej pewności, jak często taka szansa się nadarza.

Autobus wywiózł go na przedmieścia, gdzie zaczynały się żywopłoty i pastwiska. Wysiadł i przeszedł się kawałek, a potem wrócił tą samą drogą. Kiedy widział nadjeżdżający samochód, przyspieszał, jakby zmierzał w jakieś konkretne miejsce. Był kwiecień, mokry, jasny dzień. Pokrzywy wyrastały z ziemi w miękkich kępach, w żywopłotach bieliły się małe kwiatki, głogi pokryły się drobnymi zielonymi pędami. Ktoś mu powiedział, że nazywa się to „chleb z serem". Odłamał kawałek i rozgryzł. Jaki chleb, jaki ser? Smak nie przypominał ani jednego, ani drugiego.

Po mniej więcej dziesięciu minutach od strony miasta nadjechało żółte renault i zatrzymało się koło Bena.

— Cześć.

Młoda kobieta w środku przechyliła się i otworzyła mu drzwi. Wsiadł i odjechali.

Tego dnia miała ochotę pogadać. Pytała go o szkołę i co robił w weekend. Ali uwielbiała plotkować. Opowiedziała mu świetną historię o panu Haide (od matmy), którego żona przechodziła kryzys nerwowy. Podobno o drugiej w nocy zaczęła przycinać żywopłot koło ich domu, bo bała się, że zerwie się wiatr i długie gałęzie powybijają szyby w oknach. Ben jak zwykle był zdumiony. Wciąż nie mógł przywyknąć do myśli, że nauczyciele mają domy i prowadzą w nich normalne życie. To było jak coś, co słyszy się na lekcji przyrody. Zerowanie, zwyczaje godowe, wyznaczanie terytorium, tego rodzaju rzeczy. Pan Haide! Biedny stary pierdziel. Żałosny, stary wombat. Ben nie chciał się nad nim litować.

Kiedy dotarli do jej mieszkania, Ali zaparzyła kawę; usiedli na kanapie i pili w milczeniu. Potem wstała, zaciągnęła zasłony, kazała mu stanąć na środku pokoju i rozebrała go.

24

Przeważnie tak robiła. Ben pomyślał, że pewnego dnia chciałby to zrobić jej. Zdejmowała z niego wszystko, jedną rzecz po drugiej, jak gdyby go rozpakowywała, aż stał na środku pokoju, golusieńki, z erekcją jak betonowy słup. Czuł się trochę nieswojo, stercząc tak przed swoją nauczycielką, która krążyła wokół niego, lecz to, co następowało później, było tak niewiarygodnie cudowne, że byłby gotów znieść wszystko. Brała w jedną dłoń jego członek i długo, głęboko całowała Bena w usta. Tym swoim członkiem mógłby przebić morsa jak harpunem. Podciągał jej bluzkę i wsuwał ręce, żeby odpiąć stanik, a ona przyklękała i brała go do buzi.

Ben był prawdziwym farciarzem.

Jego romans z Ali Young wykiełkował ponad trzy lata temu, gdy Ben był w dziewiątej klasie i pracował przy szkolnej inscenizacji *West Side Story*. Zajmował się oświetleniem i dźwiękiem. Ali od początku próbowała się do niego zbliżyć. Kiedy byli za kulisami, zakładając przesłony i ustawiając światła, ciągle usiłowała wyciągać z niego informacje o innych uczniach w zamian za drobne wzmianki o nauczycielach. Ben czuł się wyróżniony i wdzięczny, choć niektóre rzeczy, które mówiła, wprawiały go w zakłopotanie.

W zeszłym roku w maju dyrektor miał operację przepukliny i wiele wskazywało na to, że wcześniej przez kilka tygodni chodził z połową układu trawiennego w mosznie. Pan Collins (od historii) ma kota, który robi w domu, a właściciel zostawia kupy na podłodze przez trzy dni, tłumacząc, że łatwiej je sprzątnąć, kiedy wyschną. Żona pana Collinsa zmarła na raka jelita rok wcześniej. „Myślisz, że to ma jakiś związek?". Pan Wells od historii romansuje z panią Stanton od geografii. I tak dalej, i tak dalej.

„To tylko między nami, Ben, okay?".

Jak mógł na to nie przystać? Nieczęsto zdarza się usłyszeć

informacje od kogoś dorosłego, kto ma możliwość zerknąć w wewnętrzny świat szkoły, zwłaszcza jeśli tym kimś jest atrakcyjna młoda kobieta. Ben chorobliwie za nią szalał. Tak jak wszyscy. Właśnie skończyła studia, to była jej pierwsza praca. Ubierała się tak, jak jego koleżanki z klasy, kiedy były poza szkołą. Po kilku tygodniach czuli się w swoim towarzystwie bardzo swobodnie. Dużo rozmawiali i spędzali razem coraz więcej czasu. Koledzy żartowali sobie z niego. Ben snuł nawet przyjemne fantazje, w których żarty kolegów były prawdą.

Potem zdarzyło się coś, co wszystko zmieniło. Ali stała na krześle, majstrując przy jednej z lamp, przechyliła się i klapnęła na podłogę z nogami w górze. Ben skoczył na ratunek, podekscytowany i zakłopotany, bo zobaczył jej majtki. Wprawił się w jeszcze większe zakłopotanie, próbując obciągnąć Ali spódnicę. To był dobry pretekst. Wiedział, co robi. Nie mógł oderwać od niej rąk.

— Dzięki, Ben, sama sobie poradzę — powiedziała. Uśmiechnął się nieśmiało, jednocześnie oblewając się rumieńcem, bo mocno przeholował. Lecz ona uśmiechnęła się do niego. — Podobało ci się? — zapytała.

— Przepraszam panią. Tak, proszę pani.

— To patrz... — Wykonała przed nim śmieszny taniec, podnosząc spódnicę i kręcąc pupą. Trwało to tylko przez sekundę, lecz Ben omal nie padł trupem. Jej figi były mikroskopijne, a on był wtedy takim szczeniakiem. Ali spiekła raka, uświadomiwszy sobie, co zrobiła. — O Boże, co ja robię... Udawajmy, że to się nigdy nie stało — powiedziała, machając rękami przed twarzą, jak gdyby mogła w ten sposób unieważnić kilka poprzednich sekund.

— Nikomu nie powiem, proszę pani.

Dotrzymał słowa; nawet się o tym nie zająknął. Nie powiedział ani Dinowi, ani Jonathonowi, nikomu. Był zdeterminowany, żeby zachować się lojalnie, lecz ten incydent zepsuł ich kontakty. Długie rozmowy o oświetleniu i dźwięku nagle ustały. Tak samo jak plotki. Ben to rozumiał. Była nauczycielką i pokazała mu bieliznę. To było cudowne, ale zarazem niesamowicie głupie. Gdyby zrobiła to przy Dinie albo Jonathonie, w ciągu kilku godzin wiedziałaby cała szkoła. Ali mogłaby stracić pracę. Miał nad nią władzę i odtąd ich kontakty przygasały. Przegięła, a potem odgrodziła się od niego, żeby wszystko wróciło na swoje miejsce.

Ben pogrążył się w smutku, lecz ogromnie podziwiał spontaniczność Ali. Nie była taka jak inni nauczyciele: uważała uczniów za ludzi, a nie za mięso do przerobienia na kiełbaski. Przez kilka następnych lat obraz jej tyłka kręcącego się w wąziutkich, głęboko wyciętych figach budził w nim szaleńcze pożądanie. Na długo stał się pożywką dla jego fantazji.

Ben wiedział dużo o fantazjach — było ich pełno w wiklinowym koszu w jego pokoju — a wszystkie miały jedną wspólną cechę. Te prawdopodobne: na przykład on przewraca się na nią przypadkowo, oboje wpadają do pojemnika z kostiumami za sceną, a ona zamyka wieko; spotykają się w pubie, wypijają kilka drinków, a potem ho, ho! Te średnio prawdopodobne: na przykład ona prosi go, żeby ściągnął jej figi. Albo te całkiem niedorzeczne: na przykład on ją szantażuje albo ona postanawia zostać zakonnicą, lecz przedtem chce sobie z nim urządzić naprawdę niesamowitą orgię, zanim na zawsze pożegna się z rozkoszami ciała. O wszystkich można było powiedzieć jedno: nigdy nie zmienią się w rzeczywistość. Były tylko fantazjami. I basta.

Stopniowo marzenia zblakły i ustąpiły miejsca innym. Ben miał niewiele do czynienia z Ali. W następnym roku nie brał udziału w przygotowaniu sztuki, a ona nie zapytała dlaczego. Lecz Ben dochował tajemnicy. Nikt nie wiedział i nikt nie miał się dowiedzieć, to było jasne i oczywiste. Było mnóstwo okazji, żeby opowiedzieć, jak podniosła spódnicę i zakręciła przed nim tyłkiem, ale nigdy tego nie zrobił.

Bardzo chciał ją zapewnić, że się nie wygadał, i że rozumie, dlaczego się odsunęła. Wiedział, że Ali wciąż się o to martwi, bo zauważył, jak od czasu do czasu na niego spogląda. Nie oceniała jego gry, żeby postawić mu ocenę z dramatu, to jasne. To było długie taksujące spojrzenie. Nie mógł wiedzieć, że nie miało nic wspólnego z niepokojem. To było pożądanie. Panna Young także snuła swoje fantazje.

Minął kolejny rok. Nawet dziwne spojrzenia się skończyły. Kiedy zaczął się nowy rok szkolny, Ben zaproponował pomoc przy bożonarodzeniowych jasełkach. Od tańca pupy upłynęły trzy lata, wydarzenie to należało już do okresu dzieciństwa. Był na pierwszych próbach technicznych, pomagał ustawiać rekwizyty za kulisami. Dziwne, przeciągłe spojrzenia wróciły i Ben znów pomyślał, że Ali się niepokoi.

Sytuacja odmieniła się na zawsze pewnego popołudnia, gdy Ali musiała wybrać się do sklepu teatralnego po przesłony do lamp. Ben pojechał z nią do miasta, żeby pomóc. Przez dziesięć minut Ali mówiła o wszystkim i o niczym, a potem zamilkła. Ben poszukał w sobie odwagi i rzekł:

— Wie pani, ja nigdy nikomu nie powiedziałem.

Ali odwróciła się w jego stronę.

— Słucham? Co takiego?

— Nikomu nie powiedziałem. Żadnemu z kolegów, nikomu. O tym dniu, kiedy spadła pani z krzesła. Nikt się nie dowiedział.

Ali milczała. Ben parł dalej:

— Chciałem, żeby pani wiedziała, bo myślałem, że może się pani tym martwić. Nie musi pani, nikomu nie powiedziałem. W porządku?

Przejechali w ciszy jeszcze kawałek. Ben się przestraszył. Może powinien był trzymać język za zębami?

— Dziękuję, Ben. Dziękuję, że mi to mówisz. Myślałam, że powiedziałeś przynajmniej kilku osobom.

— Nie powiedziałem.

— Nikomu?

— Nikomu.

— No cóż, wierzę ci. A wiesz dlaczego?

— Nie — odparł Ben.

— Bo sam podjąłeś ten temat. Powiedziałeś, mimo że cię nie zapytałam. Gdybym spytała, czy komuś mówiłeś, oczywiście byś zaprzeczył. Musiałbyś. Dlatego wiem, że to prawda. Rozumiesz?

— Tak, tak, rozumiem — odparł szybko Ben, choć wcale nie był tego pewien.

— Martwiłeś się, że ja się martwię — zauważyła Ali.

— Wiedziałem, że się pani martwi, bo tak pani na mnie patrzyła. Właśnie dlatego chciałem to pani powiedzieć.

Ali się roześmiała. Ben nie miał pojęcia dlaczego.

— Jesteś bardzo dojrzałym chłopcem, wiesz? Bardzo dojrzałym.

— Dziękuję — odparł Ben. Wiedział o tym. Był dojrzalszy niż Dino czy Jonathon, którzy pod takim czy innym względem ciągle byli dziećmi. Ale miło było usłyszeć to od kogoś innego.

— Można powiedzieć, że jesteś dojrzalszy ode mnie — dodała.

— Tego nie wiem — mruknął Ben.

— Ty nigdy nie pokazałeś mi swojego tyłka, prawda? — Po czym dodała: — A szkoda. — Spojrzała na niego kątem oka i uśmiechnęła się.

Ben też się uśmiechnął, a jego serce zaczęło walić w piersi jak dzwon alarmowy.

Panna Young bardzo się spieszyła w sklepie teatralnym Strealers. Błyskawicznie wybierała przesłony, o których tak długo wcześniej rozprawiali, a w drodze powrotnej zaproponowała, że ponieważ mają sporo czasu, mogą wstąpić do niej na kawę.

Ben siedział niepewnie na kanapie, popijając kawę, którą

29

Ali zaparzyła w pośpiechu, a ona wciąż rozwodziła się nad jego uczciwością i lojalnością.

— To kwestia zaufania — powiedziała. — Dochowałeś naszego małego sekretu.

Później Ben godzinami zastanawiał się, ile było wskazówek zapowiadających to, co miało się za chwilę wydarzyć. Ocenił, że było ich co najmniej sześćset tysięcy, a mimo to wciąż był zaskoczony, że do tego doszło. Ali zaczęła mówić o chłopcach i dziewczętach, a potem o nim i o dziewczętach. Usłyszawszy, że nie ma dziewczyny, chciała wiedzieć, jakie ma za sobą doświadczenia seksualne. Ben, który poczuł się rzucony na zbyt głęboką wodę, odparł, że to jego prywatna sprawa, czyż nie? Ali skinęła głową z aprobatą. Potem wstała, wygładziła krótką spódniczkę, i uśmiechnęła się do niego.

— Wybacz, ale od dawna miałam ochotę to zrobić. Od chwili, kiedy pokazałam ci majtki — oznajmiła, po czym schyliła się i pocałowała go długo, nieprzyzwoicie. Ben wysunął język, a Ali prawie się na nim położyła, błądząc dłońmi po jego twarzy i wsuwając je pod koszulkę. Oślepiony nagłym uderzeniem hormonów, położył rękę na jej biodrze, a potem zsunął ją na pośladek. Ali podciągnęła bluzkę, Ben ujął jej pierś. Zdawało mu się, że za chwilę zemdleje z pożądania. Musiał usiąść.

— Panno Young...

— Mów do mnie pani — pociągnęła go z powrotem na poduszki i pocałowała jeszcze mocniej, wydając ciche gardłowe stęknięcia, jak gdyby jadła coś niesamowicie pysznego. Jej ręka pieściła jego udo i głaskała wybrzuszenie pod spodniami. Ben usłyszał swój głos, powtarzający trzy razy: „O Jezu". Wciąż się całowali. Ali rozpięła mu spodnie. Oszalały z pożądania, lecz przerażony autorytetem nauczycielki, Ben zamarł nagle i nie wiedział, co robić dalej, ale to zdawało się Ali nie zrażać.

— Chyba powinnam prowadzić, co? — mruknęła. Sięgnęła za siebie i rozpięła stanik. Ściągnęła sweter, tak że tylko cienki materiał bluzki zasłaniał jej biust. Ben widział prześwitujący ciemniejszy kolor sutków. Wzięła jego rękę i położyła na piersiach.

— No, dalej — powiedziała.

Spełniając polecenie, Ben pomyślał, że właśnie tak muszą się czuć młode dziewczęta, uwodzone przez starszych mężczyzn. Był tak oszołomiony i podniecony, że ledwie mógł myśleć. Nie było mowy o tym, żeby miał jakiś wybór. Kiedy Ali zaczęła ściągać mu spodnie, spanikował.

— Nigdy tego nie robiłem — wyznał. — Myślę, że to nie jest dobry pomysł. Jesteś pewna? — spytał. A może zaczął mówić: „Proszę pani...". Jakoś nie mógł sobie tego przypomnieć.

— Ben — odparła Ali — jestem twoją nauczycielką. Rób, co ci każę.

I Ben zrobił, co mu kazano.

Godzinę później został odstawiony z powrotem do szkoły i zabrał się do zakładania nowych przesłon, Ali zaś, która niczym zła wróżka znów przekształciła się w pannę Young, zajęła się grupą siódmoklasistek, uczących się równego kroku. Ben pomyślał: Właśnie straciłem cnotę, w czasie lekcji. Z nauczycielką. Czuł się niesamowicie dumny i zaszczycony. Ssałem cycki panny Young, myślał. I wiem, jakiego koloru są jej włosy łonowe. Tak bardzo chciał się komuś pochwalić, lecz wiedział, że mu nie wolno, przez wiele, wiele lat, może nigdy. Ale kogo to obchodzi? Mimo że spuścił się trzy razy w ciągu godziny, wciąż czuł się tak napalony jak jeszcze nigdy w życiu. No dobrze, był niezręczny i skrępowany, lecz bez dwóch zdań ma za sobą najprzyjemniejszą godzinę w życiu. Rozpustną, grzeszną i świętą. Zawierała w sobie wszystko.

Cholerny farciarz z ciebie, myślał. Niesamowity, cholerny farciarz.

4
Dino

Chodzenie z Jackie to najlepsze, co mi się kiedykolwiek zdarzyło. Absolutnie. Wiedziałem, że to się stanie. Tak miało być. Zdawało mi się, że czekam w nieskończoność, zanim wreszcie powiedziała „tak".

„Może tobie to pasuje, ale na pewno nie mnie", mówiła kiedyś, zanim zrozumiała, i zaczęła się śmiać razem ze swoimi koleżankami. Ale tak nie może być, prawda? Z uczuciami nie może być tak, że coś jest dobre dla jednej osoby, a dla drugiej nie. To byłoby źle.

Najważniejsza rzecz, jeśli chodzi o Jackie, to że jest taką laską. Wszyscy ciągle się na nią gapią. Kiedy idę, a ona trzyma mnie pod rękę, czuję się, jakbym stąpał po czerwonym dywanie na oczach całego świata. Odkąd pamiętam, zawsze była przede mną, dojrzewała, a ja nie mogłem jej dogonić. Zawsze była tą, która się wszystkim podoba, nawet w podstawówce. A teraz patrzę, jak długimi palcami rozpina guzik swoich spodni, podczas gdy ja głaszczę jej cycki wśród rododendronów przy Crab Lane po drodze do chaty, i czuję się zajebiście.

— Nie wygłupiaj się, nie tutaj — mówi po chwili, ale oboje już dyszymy jak dwie lokomotywy. O rany! No nie! Odsuwam się i patrzę, jak zapina suwak i guzik.

— Powinnaś nosić spódnicę — wyrzucam z siebie. Moja krew chyba zamieniła się we wrzącą zupę. Tak na mnie działa Jackie. Czuję się jak krowa w rzeźni, kiedy strumień prądu przeszywa jej głowę.

— Lepszy dostęp — zgadza się Jackie.

Czasem niezły ze mnie ćwok, sam to przyznaję. Jestem swoim najgorszym wrogiem. Nie mogłem się powstrzymać. Stałem tak, patrzyłem, jak zapina spodnie, prawie obłąkany z pożądania, i myślałem o tym, że Jackie nigdy nie wkłada dla mnie sukienki ani spódnicy. Myślałem sobie, będzie tak: pójdziemy do mnie, rozbiorę ją do pasa, będziemy wkładali sobie ręce w majtki i przez godzinę wiercili się jak para dżdżownic... i to wszystko. Na tym się skończy. Jej dżinsy nie zsuną się poniżej bioder.

I wiecie co? Minął już miesiąc, cały miesiąc, a ja wciąż jestem prawiczkiem. A przecież mogę powiedzieć, że się dla niej oszczędzałem, bo jest masa innych dziewczyn, które mogłem mieć. Każdy wam powie — jest mnóstwo takich, które chciałyby ze mną chodzić, przeleciałyby mnie choćby jutro, gdybym tylko podszedł i poprosił. Tak po prostu. Czujecie? A ona nie chce. Więc o co w tym wszystkim biega?

Nie znacie Jackie. Jest uparta jak cegła w ścianie. Uśmiechnęła się do mnie i wyszła z krzaków na ulicę. Wiedziałem, że powinienem trzymać buzię na kłódkę, ale otworzyłem ją, zanim zdążyłem pomyśleć.

— Mam prezerwatywy — mówię.

— Nie — odpowiada Jackie, a potem dodaje pod nosem: — Znów to samo.

— Ale przecież tego chcesz, więc dlaczego nie? — pytam. Kładę rękę na jej tyłku i łaskoczę w rowek.

— Odwal się! Nie tutaj. — Wyrywa się. — Nie jestem cholerną suką czy czymś w tym rodzaju.

— Co z tobą? Jeszcze przed chwilą nie protestowałaś.

— To było tam.

— Przespałabyś się ze mną, gdybyś mnie kochała.

33

— Dino, przestań!

— Taka jest prawda.

— Co ma z tym wspólnego miłość? Ty mnie nie kochasz.

— Właśnie że kocham.

— Dino!

— Naprawdę cię kocham!

— Ty nie wiesz, co to jest miłość.

Tak właśnie ze mną robi. Jakbym był dzieciakiem. Jakbym miał dziesięć lat, a ona dwadzieścia albo więcej.

— Więc mnie nie kochasz? — pytam.

Przygląda mi się uważnie.

— Bardzo cię lubię.

— I to wszystko? Lubisz mnie? Tylko tyle?

— Nawet gdybym cię kochała, nie poszłabym z tobą do łóżka.

— Co?

— Nie chcę o tym mówić.

— Ale ja chcę wiedzieć. Ciekawi mnie to — jęczę. Słyszę, że jęczę, ale nie mogę się powstrzymać. — Po prostu chcę wiedzieć. To znaczy, czy chodzi o mnie? Czy jest we mnie coś, czego nie lubisz? Coś ze mną nie tak?

— Po prostu mi to nie pasuje.

— Z Simonem ci pasowało, i to całkiem nieźle.

— Przestań!

— Co jest takiego ekstra w Simonie? Czemu już z nim nie chodzisz? Jaka jest różnica między nim a mną?

— Po pierwsze, jest od ciebie o osiem lat starszy.

— Aha, kapuję. Jestem za młody, tak? Jak dla ciebie za mało dojrzały. — Byłem naprawdę wpieniony, ale wiedziałem, że nie powinienem tak gadać, bo marnuję swoją szansę. Po prostu czasem nie umiem się powstrzymać. — Rozumiem. Jestem głuptas. Dzieciuch. Ty jesteś taka dorosła, a ja nie!

— Zachowujesz się jak dzieciuch — stwierdza zimno Jackie.

— Nie zachowuję się jak dzieciuch! To ty się tak zachowujesz! — wrzeszczę.

I to jest koniec. Jackie otula się płaszczem i rusza przed siebie jak burza. O kurwa!, myślę. Dlaczego ja to robię? To znaczy, nie mam nic przeciwko kłótni. Nie przeszkadzają mi wybuchy i dąsy. W końcu to było z jej strony całkiem głupie, że nie chciała się ze mną przespać. Ale dlaczego musiałem zrobić to akurat wtedy?

Biegnę za nią, wołając:

— Przepraszam, nie odchodź! Jackie, nie odchodź!

Ale już jest za późno. Wyrywa rękę i krzyczy:

— Odpierdol się!

Zamarłem. Byłem wściekły. Wrzeszczeć tak na mnie, i to na środku ulicy! Widzę, że ludzie się na nas gapią.

Nikt mi nie będzie mówił, żebym się odpierdolił.

— Ty też się pierdol! — ryczę. Stoję na chodniku i patrzę, wściekły na nią i na siebie też. No bo faktycznie nie chce się ze mną przespać, ale robi prawie wszystko inne. To nie to co ciupcianie, ale nie jest złe, a teraz nie będę miał nawet tego. Ale ze mnie fajansiarz! Po prostu nie mogę nad sobą zapanować. Oszaleję przez nią. Chcę... no wiecie. Po prostu tak bardzo pragnę to z nią zrobić.

* * *

Wlokąc się smętnie do domu, Dino dla rozrywki wyobraża sobie, że z jego skroni wyrastają potężne laserowe promienie, niszczące wszystko, czego dotkną. Wszystko, co za sobą zostawia, obraca się w gruzy. Drzewa, domy, latarnie, nawet niewielkie pagórki, rozlatują się w drobny mak albo pękają równiutko w miejscu, gdzie trafił promień. Staje na palcach, by spojrzeć ponad pożogą i zniszczeniem. Świat pod jego nosem zamienił się w jedno wielkie rumowisko.

Robi tak od czasu, gdy miał sześć lat. To jest bardzo

dziecinne, ale pozwala zająć myśli. A ponieważ nikt na świecie o tym nie wie, komu to może przeszkadzać?

Obraca się powoli i wycina kilometrowy krąg w otaczających domach. Stając na palcach, zerka nad oplecionym bluszczem ogrodzeniem działki, ponad kapustą i fasolką, gdzie stoi jego dom, w cudowny sposób ocalony w morzu zniszczeń. Dom wygląda z okna na drugim piętrze i pyta: „Myślisz, że będzie spoko? Tak myślisz, co? Tak myślisz?".

Zbliżając się do frontowych drzwi, Dino nie zauważa dziwnego samochodu, który na wszelki wypadek został zaparkowany nieco dalej od domu. Podchodzi prosto do drzwi i już chce wsunąć klucz w zamek, gdy nagle zerka w bok i wpada mu w oko efektowny widok mamy, zwartej w klinczu z jakimś mężczyzną w wykuszowym oknie. Całują się namiętnie. Ona ma rozpiętą bluzkę, czerwony stanik zwisa luźno z jej piersi. Mężczyzna wolno podnosi z tyłu jej spódnicę.

— Lepszy dostęp — szepcze do siebie Dino.

Patrzy, jak w zwolnionym tempie spódnica wędruje nad tyłek, a ręka tego gościa zaczyna wsuwać się od tyłu w rajstopy. Nagle, zanim odwrócą głowy i go zobaczą, pada na kolana, kalecząc je boleśnie o twardy plastik wycieraczki. Dusi w gardle okrzyk bólu, wydając tylko cichy jęk. Zerka za siebie, czy nikt nie patrzy z ulicy. Przy samym oknie! Jak mogą? A sąsiedzi?! Ale oni stoją przy ścianie i są widoczni tylko z miejsca, gdzie stanął Dino, koło drzwi wejściowych. Klęcząc, Dino uświadamia sobie, że w ogóle nie spojrzał na twarz mężczyzny. Zauważył tylko usta mamy przesuwające się zachłannie po wargach nieznajomego. Zdawało mu się, że dostrzegł wąsy. Nie wiedzieć czemu fakt, że mama miała w ustach zarost innego faceta, jeszcze pogarsza sprawę.

Dino cofa się błyskawicznie, tak, aby zniknąć z pola widzenia, prostuje się i śmiało podchodzi do drzwi, tym razem patrząc prosto przed siebie. Hałaśliwie wsuwa klucz w zamek i przekręca go. Ignoruje odgłosy pospiesznych kroków w pokoju i rusza prosto do kuchni, żeby się czegoś napić. Z łoskotem ciska teczkę na podłogę.

— Kto tam? — woła matka z pokoju. W jej głosie słychać zaskoczenie.

— Mama? — odpowiada Dino takim samym tonem. — To ja.

— Jak to się stało, że jesteś w domu? — pyta szorstko mama. Dino wyobraża sobie, jak stoi w pokoju i poprawia biustonosz.

— Odwołali historię. A ty, co robisz w domu?

— Odwołali angielski — odpowiada mama i śmieje się, a jej śmiech brzmi jak brzęk porcelany spadającej na podłogę. Dino podchodzi i otwiera drzwi pokoju. Mama jest po jednej stronie stolika, a po drugiej Dave Short, nauczyciel z jej college'u, wygładzając, a może ocierając wąsy. Dino przypomina sobie, że Dave uczy techniki.

— Technikę też odwołali? — pyta i ze zdziwieniem widzi, że Dave Short zarumienił się jak sztubak. Dino także się czerwieni.

Dino przez cały wieczór stara się myśleć o przyjemnych rzeczach, takich jak Jackie, piłka nożna albo jakiś dobry film, lecz mózg podsuwa mu tylko obraz mamy ssącej wąsy Dave'a Shorta w sugestywnym, szczegółowym zbliżeniu. Obraz jest niewiarygodnie obrzydliwy. Co się stanie? Czy jego rodzina się rozpadnie? Czy mały braciszek Dina, Mat, wie, co się dzieje? Matka Dina jest stara, jak ktoś może chcieć się z nią całować? Czy powinien powiedzieć ojcu? Czy matka wie lub podejrzewa, że Dino wie? A może uda mu się wyprowadzić ich w pole?

Jeśli chodzi o Dave'a Shorta, mógłbym go zaszantażować, myśli Dino, i momentalnie uświadamia sobie, że nadarza się doskonała okazja. Dave Short jest łysiejącym typem z gęstymi wąsami koloru borsuka i sporą ilością tłuszczu, niepasującego do jego krępej, niskiej sylwetki. Jest odpychającym facetem, ostatnim, jakiego chciałoby się za ojczyma. Jest tak obleśny, że Dino nie może uwierzyć, że jego matka może chcieć uprawiać z nim seks. To pewnie on szantażuje ją. Więc to tak! Szantaż! A to skurwiel! Mama potrzebuje ratunku.

Nagle przypomina sobie, jak go całowała. Więc może jednak mama chce uprawiać z nim seks?

A to znaczy, że trzyma w garści ich oboje. Czemu nie? Ta suka chce zrujnować mu życie. To, że jest jego matką...

Ale najpierw ten drań Short. Dino siada przy biurku i zaczyna układać list z groźbą i żądaniem. Pisze kilka szkiców i wtedy zostaje zawołany na dół na herbatę.

Noże i widelce brzęczą na talerzach, lecz myśli Dino krążą daleko stąd, wokół pieniędzy. Wkrótce będzie bogaty. Będzie mógł kupić sobie samochód albo coś więcej. Może z powodu romansu mamy życie stanie się lepsze, a nie gorsze?

Kiedy słowo „romans" rozbrzmiewa mu w czaszce, podnosi głowę z poczuciem winy. Wydaje się, że nikt nie zauważa, iż myśli o tym, co nie do pomyślenia. Przez chwilę bardzo wyraźnie uświadamia sobie, że może mieć w głowie coś, o czym nikt inny nie wie. Świadomie zaczyna przywoływać najobrzydliwsze myśli o Jackie. A są one naprawdę obrzydliwe. Wciąż nikt niczego nie widzi. To takie dziwne, że można siedzieć sobie obok młodszego brata, przeżuwając niewinnie ziemniaki purée, a głowa nurza się w najgorszym świństwie, jakie można wymyślić. Było to niepokojące, lecz zabawne, aż do momentu, gdy umysł Dina samorzutnie zaczął mu podsuwać te same myśli, ale o matce. Straszliwy błąd. Dino czuje niepokój i obrzydzenie. Dave

Short, jedząc obiad ze swoją rodziną, może myśleć o niej dokładnie te same rzeczy. I to z przyjemnością! Co gorsza, mama może snuć nieprzyzwoite marzenia o Davie Shorcie. Siedząc w otoczeniu rodziny, całkowicie samotny Dino czerwieni się, ale to bardzo, bardzo mocno.

— Co ci jest? Posikałeś się? — pyta Mat. Brat Dina ma dopiero dziewięć lat. Dino posyła mu szyderczy uśmiech i odwraca głowę.

Znów myśli o forsie, którą niebawem zgarnie, ale przerywa mu głos ojca.

— ...wyjeżdżamy na weekend.

— Co?

— Wyjeżdżamy z mamą na weekend.

— Dokąd?

— Jeszcze nie wiemy.

— Po co? — pyta Dino.

Ojciec się śmieje.

— Jak to, po co? Żeby wyjechać na weekend, po prostu.

— Aleś ty tępy, Dodo — rzuca drwiąco Mat.

— Mat — odzywa się łagodnie matka — od bardzo dawna nie wyjeżdżaliśmy nigdzie sami — wyjaśnia. Dino wlepia w nią wzrok. Mama uśmiecha się czule do ojca. Wygląda jak kobieta niemająca absolutnie nic do ukrycia.

— Mat zostanie z babcią...

— Nie! — wyje Mat.

— Tak dawno u niej nie byłeś. Wszystko będzie dobrze, babcia wypożyczy filmy na wideo.

— Nudy!

— Więc zostaniesz sam, Dino. Myślisz, że dasz sobie radę? Masz już tyle lat, że na pewno jesteś odpowiedzialny.

— Nic mi nie będzie — odpowiada Dino. — Czy wyglądam jak niemowlę? Jedźcie. I dobrze się bawcie. — Z jego głosu przebija niezamierzony sarkazm.

— O co chodzi? — pyta ojciec.

— O nic. Wszystko jest w porządku, prawda?

39

Dino zerka na mamę, która uśmiecha się i — czyżby mu się zdawało? — odwraca wzrok, jakby chciała uniknąć jego spojrzenia. Potem, jak gdyby chcąc mu pokazać, że się myli, spogląda mu prosto w oczy, tak że Dino znów niemal się rumieni. Ale nie robi tego, tylko się uśmiecha. Umiem być tak samo niewinny jak ty, myśli. Trwa to za długo i nagle oboje odwracają głowy, zmieszani.

Mógłbym cię zaszantażować, suko, myśli Dino.

Po obiedzie, wycierając naczynia, Dino gapi się na matkę, schylającą się do zmywarki. Przez bluzkę widzi pasek jej stanika. Nie jest to już czerwony stanik, tylko białawy, taki jaki nosi na co dzień. „Zrobiony dla wygody", mawia mama. Jest całkiem nieźle wyposażona z przodu.

Kiedy Dino spogląda tak na nią z góry, przychodzą mu do głowy różne myśli. Przypomina sobie historyjkę, którą mama często o nim opowiada. Kiedy miał pięć czy sześć lat, zaciekawiło go karmienie piersią i spytał ponoć, czy teraz też jest w nich mleko.

„Nie, teraz nie ma", odpowiedziała mama.

„Może spróbujemy, żeby sprawdzić", zaproponował Dino. Opowiadała to później, żeby wywołać rumieniec na jego twarzy. Druga myśl była taka, że zobaczyć matkę bez ubrania to tak, jakby ujrzeć nieboszczyka obdartego ze skóry. Trzecia zaś, że szkoda, iż nie poczekał przy oknie trochę dłużej, bo wtedy mógłby zobaczyć, czy pan Short zdejmie jej stanik, i lepiej przyjrzeć się piersiom. Czwarta, jak by to było przyjemnie, gdyby mama porozmawiała z nim o tym, co widział tego południa. Akurat tego sekretu zdecydowanie nie chciał.

Nagle bez namysłu schyla się i psotnie pociąga za pasek biustonosza.

— Ptiang!

Matka zrywa się i prostuje, rozpalona oburzeniem.

— Jak śmiesz coś takiego robić! — woła, patrząc mu w oczy z odległości kilku cali. — Jak śmiesz! — powtarza, odgarniając włosy z twarzy.

— Przepraszam — mruczy zdziwiony Dino. Nie rozumie, o co tyle krzyku.

— Nie waż się więcej! — mówi matka tonem nieznoszącym sprzeciwu. Odwraca się i wymaszerowuje z kuchni, lecz w drzwiach zatrzymuje się i spogląda badawczo na syna.

— Przepraszam — powtarza Dino, wzruszając ramionami. — To był tylko taki żart.

Mama nic nie mówi, tylko stoi i uważnie przygląda się jego twarzy, a on wie dokładnie, o czym myśli. Widział czy nie? Wie czy nie wie?

— No co? — pyta i wykrzywia lekko usta w pozbawionym radości uśmiechu. Matka odwraca się i wychodzi. Po chwili Dino rusza na górę. Jest prawie pewien, że mama przyjdzie z nim porozmawiać. Ale ona nie przychodzi.

— Aha! Wiesz, co to oznacza, prawda? — pyta Ben.

— Balanga! — odpowiada Jonathon. Dino musi urządzić prywatkę. Kiedyś nakłonił Jonathona, żeby zrobił imprezę, kiedy jego rodzice wyjechali, a jednym z argumentów było to, że on sam właśnie tak by postąpił. Będzie dennie. Ray i Alan Wicksowie się spóźnią, a potem będą wyrzucali butelki na ulicę. Wieża nawali.

— Nie będzie tak strasznie — pociesza go Jonathon. — Ludziska pomogą ci posprzątać. Dziewczyny potrafią zdziałać cuda. Moi rodzice nawet się nie kapnęli.

— Dopóki mama nie włożyła butów i nie okazało się, że ktoś w nie puścił pawia.

— Powiedziałem, że to ja.

— Powiedziałeś im też, że to ty nasikałeś na kanapę w oranżerii?

— W końcu wspomniałem, że było u mnie paru kolegów.

41

No dobra, wpadłem, ale słuchajcie, imprezka była cacy. Warto było.

To nie ulegało wątpliwości.

— W każdym razie, jest jeszcze jedna możliwość — mówi Dino. — Jackie.

— No jasne — podchwytuje Ben. — Dwa dni w domu, sam na sam. To lepsze niż każda balanga.

— Rodzice aut, Dino wkracza do akcji. Mniam, mniam — dodaje Jon.

— Tylko że ona nie tego, prawda?

— Wolna chata — mówi Dino.

— Czy to coś zmienia? — powątpiewa Ben. — Jak mówi, że jej to nie pasuje, to dlaczego wolna chata miałaby zrobić jej różnicę?

— Ona mnie kołuje od tygodni, to nie w porządku — tłumaczy Dino. — To mogłaby być idealna szansa. Chcecie, żebym został prawiczkiem na wieki?

Udaje mu się przekonać Jona i Bena, ale z Jackie to całkiem inna sprawa. Usłyszawszy o wolnej chacie, głosuje za prywatką. Dino spogląda na nią ponuro.

— No co? — pyta Jackie.

— No wiesz. Wolna chata. Ty i ja...

Jackie zagryza wargi i spogląda na Dina.

— Po paru drinkach dziewczyna robi się łatwiejsza — mówi z uśmiechem.

— A więc impreza — oznajmia Dino.

5
Majtki na tyłku

Dino odkrywał, że mimo iż mieszkał ze swoimi rodzicami przez ponad szesnaście lat, byli dla niego obcy. Co myślą, co czują? Dawno temu czytali mu bajki i ocierali łzy, a on opowiadał im o swoich sekretach. Ale jakie były ich sekrety? Mogli potajemnie uprawiać loty balonem albo być Walijczykami naśladującymi angielski akcent. Zakładał, że całe ich życie emocjonalne kończyło się na nim, jego bracie i nich samych, lecz to krótkie zerknięcie przez okno, za którym jego matka całowała się jak podlotek, rozproszyło tę wizję jak dym nad wodą. Ci ludzie nie byli wyłącznie rodzicami. Byli przyjaciółmi i kochankami, zdradzali się i zakochiwali. Był ich w środku cały tłum.

Czy mają życie seksualne? Jak to robią? Mogą robić wszystko. Czy eksperymentują? Patrzą na siebie w lustrze? Uprawiają seks oralny? Oczywiście, Dino myślał już wcześniej o tych rzeczach, wzdrygając się żartobliwie. Teraz zauważył z odrazą, że ta myśl naprawdę go podnieciła. Jego matka zmieniła się w obiekt erotyczny tylko dlatego, że zobaczył, jak obmacuje ją inny mężczyzna. To było wstrętne, ale nie mógł się powstrzymać. Poczuł się przez to jak dziwna maszyna.

Wcześniej, ilekroć pomyślał o rodzicach i seksie, nasuwał

mu się uspokajający czasownik „kochać się", pod którym krył się miły, ciepły związek dwojga starszych ludzi. Ale wyglądało na to, że nie tego oczekiwała jego matka od Dave'a Shorta. Raczej wyglądało na to, że chodzi jej o porządne rżnięcie.

Któregoś popołudnia, w tym samym tygodniu, zakradł się do ich sypialni, żeby zobaczyć, czy znajdzie jakiś dowód. Zajrzał do szuflad i pod łóżko, szukając pończoch i podwiązek, wibratorów, pornografii, kart klubu wymiany partnerów, klipsów na sutki, fikuśnych staników, olejku do masażu, czegokolwiek. Niczego nie znalazł, nawet prezerwatyw. Opadły mu ręce. Następnym etapem będą osobne łóżka. Wymknął się z sypialni, czując się jak skunks.

A z drugiej strony, co z tego, że matka ma romans? Ludziom się to zdarza. Wystarczy przeczytać gazetę, pooglądać telewizję. Wszyscy to robią, obijają się o siebie, jakby tylko dzięki temu świat się kręcił. Kogo to jeszcze obchodzi? Ale z innej strony, skąd mógł mieć pewność, że w ogóle do czegoś doszło? A jeśli to było jakieś nieporozumienie? Może źle zinterpretował to, co działo się w pokoju, tak jak to bywa w filmach? Mama mogła robić z Dave'em Shortem coś zupełnie niewinnego. Mogła mu pokazywać biżuterię. Oglądać zacięcie na nosie. Może go poprosiła, żeby poprawił jej bluzkę? A on, Dino, był tak napalony z powodu Jacks, że ubzdurał sobie namiętne pocałunki, piersi, niecierpliwe ręce. To była pomyłka od początku do końca. To dlatego mama nie przyszła na górę, żeby z nim o tym pomówić.

Kłopot z tą teorią polegał na tym, że w głowie Dina kłębiły się obrazy. To było niemal jak molestowanie seksualne przez własną matkę. Zastanawiał się, czy jej nie zapytać, lecz to nie wchodziło w grę. Być może mógłby porozmawiać z Jackie, ale nie miał pojęcia, jak o tym mówić. Miała przyjść w piątek, po wyjeździe rodziców Dina, żeby pomóc mu przygotować dom na imprezę. Może wtedy z nią

44

pogada, mimochodem rzucając jakieś słówko. Ona będzie wiedziała, co jest grane. Dino mógł sobie wyobrazić, co powie...

„Pewnie robili próbę szkolnej sztuki/pokazywała mu broszkę/bluzkę... guzik jej się urwał, a on pomagał go przyszyć... A ty naprawdę myślałeś, że się całowali! Ale z ciebie cipol, Dino!".

Coś w tym rodzaju.

A może nie.

Rodzice wyjechali w piątek po godzinach szczytu. Dino wynosił z ojcem bagaże do samochodu.

— Myślisz, że pomogę ci się pakować do wyjazdu na wasz seksweekend? — zapytał Dino. Ojciec uznał to za żart i się roześmiał.

— Taki ze mnie szczęściarz — odparł.

— Tylko we dwoje, czy jeszcze kogoś zabieracie? Znasz to powiedzonko: nie ma jak we dwoje, ale we trójkę raźniej.

— Taki ze mnie szczęściarz — powtórzył ojciec. Za leniwy, żeby wymyślić inną ripostę.

Otworzył bagażnik i włożył do środka walizki.

— To mógłby być niezły pomysł — ciągnął Dino. — Urozmaicenie życia erotycznego. Razem przez tyle lat. Może przydałby wam się jakiś dopalacz. — Ojciec uśmiechnął się blado. Mama szła pospiesznie z butami turystycznymi w ręku.

— Wszyscy gotowi? — spytała.

— Masz romans? — zapytał Dino.

Powiedział to, ot tak, po prostu. Omal nie zemdlał, gdy tylko słowa oderwały się od jego ust. Co, u licha, skłoniło go, żeby zadać takie właśnie pytanie? Wyszczerzył zęby w obłąkańczym uśmiechu, zacząłby się śmiać, ale wiedział, że będzie wyglądał jak doktor Strange.

Rodzice zastygli w bezruchu i wlepili w niego wzrok.

Ojciec był bliski gniewu, że Dino tak sobie pozwala, mama się przeraziła.

— Taki ze mnie szczęściarz... — zaczął ojciec.

— Co takiego?

— Eee... Pytam, czy macie romans... Wyjeżdżacie oboje na seksweekend. Ha, ha!

Matka roześmiała się zbyt głośno i poklepała go po policzku.

— Gdybyś tylko wiedział, chłopcze — wydusiła gardłowym głosem.

Śmiejąc się nerwowo, wsiedli do samochodu i odjechali. Ojciec skręcił. Dino patrzył, jak matka patrzy na niego, a on przyglądał się im obojgu z dziwnym wyrazem twarzy, jak ktoś, kto obserwuje aresztowanie człowieka za zamordowanie całej rodziny. Niezrozumiałe spojrzenie. Dino zamachał im na pożegnanie, kiedy dojechali do rogu, a potem zadzwonił do Jacks.

Przygotowując się do wyjścia tego wieczoru, Jackie zamierzała włożyć dżinsy i koszulkę z rękawem, ale ją poniosło. Zaczęło się od czesania. Miała długie włosy, które lśniły jak miedź, gdy je czesała, i kiedy patrzyła, jak ożywają w lusterku, postanowiła poświęcić więcej czasu na umalowanie się. Wyszło fajnie, ale makijaż nie pasował do rzeczy, które włożyła. Chciała go zmyć, lecz miała jeszcze czas, więc przymierzyła kilka sukienek i spódnic. Obracając się i okręcając przed wysokim lustrem na ścianie, zauważyła, że jest coraz bardziej podekscytowana. Dino uwielbia, kiedy się ładnie ubiera. Transformacja zwyczajnej uczennicy w zjawisko umalowane i pachnące perfumami, w ciasnym podkoszulku z widocznym paskiem brzucha sprawiała, że robiło mu się miękko w kolanach. Więc nie zmyła makijażu, tak dla hecy. Po co go usuwać, skoro zadała sobie tyle trudu? A Dino będzie wniebowzięty.

Zanim poszła się pożegnać z rodzicami, otuliła się płaszczem, ale oni i tak od razu zauważyli.

— O, ktoś wybiera się na bal! — rzucił wesoło tata, ale mama się skrzywiła.

— Myślałam, że idziesz dzisiaj do Dina? — spytała podejrzliwie.

— Po prostu zmieniliśmy zdanie, no i co? — odparła Jackie. Musiała wymyślić, że idą do kawiarni, a potem zamknęła drzwi i gniewnie wybiegła z domu.

— Weź taksówkę, jeśli będzie późno — zawołał tata. — I zadzwoń!

Do domu Dina było pół mili. Jackie czuła niezrozumiałą złość. Mama pewnie przejrzała ją wcześniej niż ona sama. Mocno przesadziła z ubraniem i wyglądała idiotycznie. Szła jak na podryw. Po co włożyła sukienkę? Lepszy dostęp, pomyślała. Może dziś w nocy ziszczą się wreszcie marzenia Dina? Od dłuższego czasu pozwalała sobie z nim na wiele, a potem nagle go stopowała. Udawało jej się to, a efekt był oszałamiający, lecz musiała przyznać, że później okropnie bolała ją głowa.

Jackie nie do końca wiedziała, dlaczego tak się wzbrania przed pójściem z Dinem na całość. Oficjalna wersja była taka, że nie jest pewna jego uczuć i że czeka, aż ich związek okrzepnie. Lecz hormony miały inny, prostszy plan, polegający na tym, żeby pewnego wieczoru dać się ponieść. Dino zaś nie wiedział, że w torbie Jackie od tygodni tkwi, niczym oskarżenie, paczka kondomów na wypadek, gdyby ten wieczór miał się zdarzyć dzisiaj.

To koszmar, powiedział znacząco głos w jej głowie.

Zamknij się, warknęła Jackie. Przyspieszyła, żeby uciszyć niepokorny głos, ale na próżno. Wyglądała jak czek na milion dolarów i była pewna, że Dino spróbuje ją wziąć za piątaka. I uda mu się to.

Dino otworzył drzwi i rozpromienił się na jej widok, tak pięknie wyglądała. Wziął ją w ramiona, pocałował, stanął na piętach, uniósł Jackie w powietrze i mocno przytulił. Kołysał nią na boki, obracając miednicą.

— Ale jesteś śliczna! — zamruczał.

Ciepły, łaskoczący blask popłynął z jej brzucha do rąk i nóg. A biedny, poczciwy Dino tak się zawstydził demonstracją entuzjazmu, że uśmiechnięty, oblał się rumieńcem. Jackie oparła głowę na jego szerokich ramionach, spojrzała na dużą, zadowoloną twarz i poczuła, że zaraz się roztopi. Biedaczysko, nie miał pojęcia, dlaczego jest taka wzruszona. Dino był bowiem jednym z tych, którzy bardzo cenią swoje wady, a wstydzą się zalet. Nie miał ani krzty świadomości, jak pociągająca jest jego otwartość i chęć zrobienia jej przyjemności, które sprawiły, że Jackie kochała go jeszcze bardziej. Już zaczynał się krzywić, próbując ukryć zakłopotanie. Jackie nachyliła się, wciąż wisząc w jego ramionach, i pocałowała go mocno, aż znów się rozchmurzył.

Weszła prosto do kuchni, wyjęła z lodówki butelkę ice heada i zaczęła trajkotać. Miała ochotę rozerwać na strzępy ubranie Dina i ujeżdżać go po całym pokoju, lecz nie zrobiła tego, tylko podbiegła do odtwarzacza, żeby wybrać ulubione utwory. Paplała przy tym bez ładu i składu o mamie, a Dino stał, rozbawiony, zastanawiając się, co zrobić ze swoją wrzącą krwią. Jak tylko się odwróciła i zaczęła manipulować przy kompakcie, podszedł i objął ją od tyłu. Podniósł do góry sukienkę, wtulając się w kark Jackie i przywierając do niej.

— Jesteś taka cudowna. Chciałbym zdjąć ci dzisiaj majtki — wymruczał. Jackie obróciła się i złapała go za ręce, jak gdyby chciał to zrobić w tej chwili.

— Nie, nie, ty niegrzeczny chłopcze — krzyknęła.

Nawet w jej uszach zabrzmiało to jak wrzask jakiejś ciotki cnotki. Nachyliła się do niego z boku, dysząc łaskotliwie prosto do jego ucha. Właściwie czemu nie? Dlaczego nie pozwolić mu zdjąć majtek i wszystkiego innego, do ostatniego skrawka materiału? Dlaczego nie dzisiaj?

Odepchnęła go.

— No dobra, napocznijmy, to znaczy zacznijmy — powiedziała, wskazując gestem na talerze, które matka Dina rozwiesiła dekoracyjnie na ścianie. Trzeba było zabezpieczyć dom przed imprezą i właśnie dlatego Jackie przyszła wcześniej. Odstawiła ice heada. Jak tylko się odwróciła, Dino znów złapał ją za tyłek, musiała więc wlec się do ściany z nim na plecach. Zaczęła zdejmować talerze. Dino czuł się jak coś, na czym usiadła i się przylepiło.

— Jutro możemy zrobić to wszystko — powiedział z wyrzutem, ale Jackie tylko uśmiechnęła się do niego przez ramię.

— Przynieś gazetę — poleciła i po chwili Dino oderwał się od niej.

Matka Dina zawsze kolekcjonowała różne przedmioty. A gdy już zgromadziła pokaźny zbiór, sprzedawała wszystko i zaczynała od nowa. Mniej więcej od roku zbierała talerze z lat czterdziestych z wizerunkami postaci z powieści Dickensa. Przedtem były szpilki do kapeluszy, a jeszcze wcześniej podstawki do jajek. Talerze były warte sporo pieniędzy. Dino nigdy nie zwracał na nie uwagi, lecz teraz, trzymając je w dłoniach, uświadomił sobie, jakie są kruche.

— Może to nie jest dobry pomysł z tą imprezą — mruknął z niepokojem, kiedy owinęli w papier pierwszych kilka sztuk.

— Wszystko będzie dobrze — uspokoiła go Jackie. — Wiem, jak je zapakować.

Przygotowania sprawiały jej przyjemność. Wkrótce wszystkie dwadzieścia pięć talerzy — niektóre małe jak zwykłe talerze stołowe, a niektóre tak wielkie, że można było na nich podać łabędzia — zostało zawiniętych i wpakowanych do kartonowych pudeł. Wystarczyło je zanieść na górę do wolnego pokoju.

Uporawszy się z tym, Dino i Jackie poprzysuwali meble do ścian, żeby zobaczyć, jak będzie wyglądał pusty pokój. Opróżniony, nagle zrobił się ogromny.

— O, patrz, ile miejsca... — powiedziała Jackie.

Dino nacisnął guzik odtwarzacza, wybierając utwór *They Always Do* i Jackie zaczęła kołysać biodrami. Wywijali po całym pokoju. Dino był słabym tancerzem, więc poczuł się lepiej, gdy z głośników popłynął wolny kawałek. Przytulali się w tańcu, całując się powoli, namiętnie. Po chwili spletli się w uścisku na kanapie.

Jackie całowała gorąco Dina, kiedy rozpinał jej sukienkę, odsłaniając piersi. Widziała, że zerka na nie ukradkiem, co jeszcze bardziej ją rozpalało. Poruszyła się, kiedy podciągnął sukienkę tuż nad brzuch i przesunął palcami po jej figach, tak cienkich, że ledwie zasłaniały włosy łonowe. Dino włożył palce pod gumkę i zaczął je zsuwać, najpierw jedną stronę, potem drugą. Jackie uniosła tyłek, żeby ułatwić mu zadanie. Jeszcze chwila, a majtki by się ześliznęły, to było nieuchronne, lecz w momencie, gdy miały przekroczyć punkt bez powrotu, Jackie nagle usiadła, całkowicie wbrew swojej woli, i podniosła palec.

— Majtki na tyłek — warknęła i przechyliła się, żeby wziąć swoje piwo.

— Dlaczego nie teraz? — jęknął Dino. Nie mógł tego zrozumieć. Byli sami. Zżerała ich żądza. Nie wiedział, że Jackie też nie rozumie.

— Ja... coś mi nie pasuje... — zaczęła.

— Nigdy nie będzie pasowało, prawda? — wycedził Dino przez zaciśnięte zęby.

— Będzie! — wrzasnęła Jackie, ale równie dobrze mogłaby krzyczeć ze złości, bo miał całkowitą rację. W pewnym sensie było to najbardziej upokarzające ze wszystkiego: taki ćwok jak Dino, który o niczym nie ma pojęcia, potrafił powiedzieć jej, całkiem poukładanej dziewczynie, co jest grane. Mogłaby go za to zabić. Wstała i zaczęła się ogarniać.

— Jutro — powiedziała. — Po imprezie.

— A dzisiaj?

— Nie mogę, mama i tata spodziewają się, że wrócę, ale myślą, że jutro zostanę u Sue. Będziemy mieli dla siebie całą noc. Całą długą noc.

Jackie sama nie wiedziała, dlaczego składa taką pochopną obietnicę. Może miała dość tego, że jest ciągle obwiniana, może w głębi duszy była przekonana, że za długo czeka, by wszystko poszło jak należy. Po prostu musi zrobić to, co trzeba.

— Ty i ja sami w całym domu, kiedy już wszyscy wyjdą — obiecała. — Wtedy to zrobimy. Dobrze? — Czuła się tak, jakby broniła dziecku dostępu do słodyczy.

— Wiesz, mogę łatwo znaleźć jakąś dziewczynę, która to zrobi. Nie jesteś jedyną rybką w morzu.

Dino skrzywił się lekko. Czy naprawdę to powiedział? Od czasu do czasu, niespodziewanie, potrafił być czarujący. To w nim tak bardzo urzekało Jackie. Ale równie niespodziewanie następowały te zdumiewające napady prostactwa. Dino sam nie wiedział, skąd się biorą. Zerknął na Jackie, żeby zobaczyć, jak niezręczne było to, co palnął. Przypatrywała mu się z bladym uśmieszkiem.

— Jutro też jest dzień — powiedziała.

— Nie zapomnij, że obiecałaś.

Spojrzał na nią podejrzliwie, lecz nagle się rozpromienił. Znów był zakochany i szczęśliwy. Wziął Jackie w ramiona i przytulił ją mocno.

— Nawet nie wiesz, jak się z tego cieszę — mruknął chrapliwie. Jackie poczuła, że rozpływa się jak galaretka. Skrzywiła się, opierając podbródek na jego ramieniu.

— Wiem, Dino, wiem. Naprawdę. — Uszczęśliwiła go i znów go za to kochała. Ale tylko troszeczkę.

Zostanę zraniona, pomyślała. Ale już była.

6
Jackie

Jak można mu uwierzyć? „Nie jesteś jedyną rybką w morzu". Za kogo on się uważa? A ja mu pozwoliłam. To koniec. Jeśli myśli, że pójdę z nim do łóżka po tej jego kretyńskiej imprezie, to żyje na innej planecie. Nie chodzi tylko o to, co mówi. Później owija mnie sobie wokół małego palca. Wiecie? Przytula mnie mocno, uśmiecha się i myśli, że to wszystko załatwia. A najgorsze, że to naprawdę wszystko załatwia, w każdym razie na trochę, na tyle, żeby pooglądać telewizję i dojść do chaty, a ja robię się coraz bardziej zła, więc zanim staniemy przed moimi drzwiami, nie mogę wydusić słowa. A wiecie, co on wtedy mówi? „No, co z tobą?". Co ze mną? Dacie wiarę?

Nie mam żadnej wymówki, od lat wiedziałam, jaki on jest. Pamiętam, jak kiedyś, jeszcze w podstawówce, przyszedł do szkoły w wielkim kowbojskim kapeluszu — w sam raz dla niego — i paradował po placu zabaw, a gromada chłopaków wlokła się za nim, błagając, żeby dał im go ponosić. Kapelusz był ogromny, czarny, ze srebrną lamówką na krawędzi ronda, ze trzy razy za duży nawet na jego łepetynę, wyglądał idiotycznie. Gdyby to był ktoś inny, wyśmialiby go, ale Dino jakoś zdołał sprawić, że wszyscy rozpaczliwie chcieli włożyć ten kretyński kapelinder na głowę.

Powinnam była od razu posłuchać Sue. „Wykorzystaj go, powiedziała. Wykorzystaj jego ciało, a potem wyrzuć. Czemu nie? Simon nigdy się nie dowie". Czy tak zrobiłam? Akurat! A wiecie dlaczego? Bo nie jestem taką dziewczyną! Bardzo głupie? Właśnie tak siebie widzę. Nigdy nie przespałabym się z kimś tylko dla seksu, zdradzając mojego chłopaka. Inne mogłyby to zrobić, ale ja nie, nic z tego. To musi być porządny związek, zanim do czegoś takiego dojdzie. Muszę go lubić i szanować, z wzajemnością, nawet jeśli jest to kompletny ćwok taki jak Dino! On nawet nie wie, co to szacunek. Cały czas myślałam, że nic mi nie grozi, bo jestem rozsądna, a rozsądni zakochują się wyłącznie w rozsądnych. Tylko idioci lecą na idiotów. Ale kiedy rozsądna osoba zakochuje się w idiocie, to właśnie ona cierpi, bo ta, która nie jest rozsądna, popełnia szaleństwa i jej to odpowiada, a ta, która jest rozsądna, ciągle stara się niemożliwej sytuacji nadać jakiś sens. Ależ jestem beznadziejna!

Nie mogę się uwolnić od myśli, że on to dostanie. Wciąż się łudzę, że dorośnie. Ale właściwie dlaczego miałby dorosnąć? Dostaje wszystko, czego chce, zachowując się jak palant. Wszystko oprócz mnie. Po prostu machnął na to ręką.

Pierwszy raz rzuciłam go po filmie. Nie pamiętam, po którym, bo często chodzimy do kina. Siedzimy i przez cały czas się obściskujemy. Jest super. Ale do rzeczy. Wtedy jeszcze ciągle spotykałam się z Simonem. Po filmie poszliśmy na spacer po parkingu i zrobiłam mu... Aż nie chcę o tym mówić. O Boże, czerwienię się. No wiecie. Zrobiłam mu laskę. Pierwszy raz mu obciągnęłam. To brzmi okropnie, ale było naprawdę miło. Spodobało mi się. Jakoś mi to pasowało. Wcale nie było wstrętne. Popłynęłam na cudownej poduszce seksu. A potem, w drodze do domu, on znów zaczął. Znowu mu stanął, od razu, i chciał to zrobić na parkingu, na stojaka, na drżących nogach, ale nie poszłam na to, to byłoby okropne. A on dalej swoje i zanim doszłam do domu, wcale nie czułam się już cudownie, tylko strasznie. Zrzędziłam, byłam sfrustrowana i wkurzona. Można być pewnym na mur, że on wszystko zepsuje. Myślałam, że pójdę do łóżka i pogłaszczę się tam na dole i będę myślała o tym, co robiliśmy, a zamiast tego wzięłam prysznic i poszłam spać, czując się kretyńsko, jak gdyby klęczenie na tym cholernym parkingu i ssanie fiuta Dina było jakimś zgniłym kompromisem.

Pomyślałam sobie, to koniec. Ten facet jest po prostu denny. Następnego dnia zadzwoniłam i powiedziałam mu to. Byłam wściekła. A on zdruzgotany. Wszyscy tak mówili. Błagał, żebym znów z nim chodziła, i co zrobiłam? Zgodziłam się! Dlaczego? Przez kilka tygodni żonglowałam Dinem i Simonem, próbując postanowić, co dalej, ale w końcu nie dało się tego obejść. Musiałam powiedzieć Simonowi, że potrzebuję przerwy. Był naprawdę wstrząśnięty. Wciąż przysyłał mi listy. Przez dwa tygodnie co drugi dzień otwierałam rano kopertę i szlochałam nad śniadaniem. Zadzwoniłam do niego parę razy i powiedziałam, że to tylko na trochę. Naprawdę myślałam, że za parę tygodni do niego wrócę.

— Jasne, kapuję — powiedziała Sue. — Przez kilka tygodni będziecie pieprzyć się z Dinem jak króliki, a potem dasz mu kopa i wrócisz do Simona, żeby kontynuować dojrzały, trwały związek. Nie byłoby prościej zafundować sobie romans z Dinem?

— Nie pieprzę się z nim — odparłam.

— Co to znaczy, że się z nim nie pieprzysz?

— Nie zrobię tego, póki nie będę pewna, że to jest to.

— Pieprzenie się to jedyny możliwy powód, żeby chodzić z Dinem. Jeśli się z nim nie pieprzysz, to po co zawracać sobie gitarę?

— Dam mu szansę. Jak się skiepści, odstawię go z powrotem na półkę.

Sue popatrzyła na mnie zmęczonym wzrokiem.

— To błąd — orzekła. — Przygotuj się na to, że zostaniesz zraniona.

— Nie jestem taka jak ty — powiedziałam. — Albo to jest coś poważnego, albo odpada.

Sue spojrzała na mnie jak na pomyloną, ale Dino ma swoje miłe strony. Jest słodki. Wiem, że to brzmi niewiarygodnie, ale tak jest. Rumieni się jak niemowlę. I jest szczery, naprawdę. Widać, co dzieje się tam w środku, jakbyście obserwowali złotą rybkę w akwarium, nie umie się maskować. Kiedy nie myśli o tym, jaki z niego klawy gość, potrafi być naprawdę czarujący.

Nie chodzi o to, że on tak rozpaczliwie pragnie się ze mną przespać. To ja tego rozpaczliwie chcę. Naprawdę. On doprowadza do tego, że czuję się taka... Och. Czasem chce mi się płakać z frustracji. Kiedy się obmacujemy... Nie chcę o tym opowiadać, nie uwierzylibyście, jak się napalam. Ale nie zrobię tego, dopóki nie będzie mi to pasowało, a jak może pasować, kiedy chłopak jest takim egoistą? Czy to nie idiotyzm?

Ale... sęk w tym, że nie można go winić. Może jesteśmy siebie warci? Wodzę go za nos nie wiadomo od jak dawna. Praktycznie co tydzień albo go rzucam, albo szykuję się do tego, żeby się z nim przespać. Za każdym razem, kiedy go rzucam, wracamy do siebie, a za każdym razem, kiedy próbuję się z nim przespać, w ostatniej chwili się wycofuję. Chyba boję się zranienia. Co jest beznadziejnie głupie, bo i tak jestem zraniona. Tak samo jak Dino.

Może gdybym to zrobiła... No bo jeśli na tym polega problem? Biedak musi być kompletnie skołowany, on nie jest w głębi serca aż takim egoistą, po prostu nie jest dobry w uczuciach. O to w gruncie rzeczy wszystko się rozbija. Może gdybym poszła z nim do łóżka, wszystko by się wyprostowało? Gdybym sprawiła, że poczułby się bezpieczny? A ja naprawdę chcę.

Jutro. Po imprezie. Zrobię to. Nawet jeśli później poczuję się jak szmata. Nie będę mogła ze sobą wytrzymać, jeśli tego nie zrobię. Rano pogadam o tym z Sue. Tak! O Boże, jaka ja właściwie jestem?

7
Presja

W tym samym czasie, gdy Jackie i Dino uprawiali zapasy w dużym pokoju, Ben stał przed niewielkim rzędem sklepów przy ulicy nieopodal domu i dzwonił z komórki do Ali Young. Prawie się kłócili.

— Są moje urodziny — przypomniała Ali.

— Twoje urodziny są dzisiaj — sprostował Ben.

— Wiesz, że wieczorem muszę się spotkać ze znajomymi.

— Aha, a ja muszę się jutro spotkać z moimi.

Pauza. Pani nie jest zadowolona.

— Mógłbyś się postarać.

— Co bym powiedział Dinowi? To jego impreza, a on jest moim najlepszym kumplem. Nie mogę mu powiedzieć, że nie przyjdę na jego balangę, bo są twoje urodziny, prawda?

— Znajdź jakąś wymówkę.

— Nie mogę.

— Oczywiście, że możesz. Ale nie chcesz.

— Nie mogę! Posłuchaj, zobaczymy się w niedzielę...

— Nie mów mi, kiedy się zobaczymy — wtrąciła ostro Ali. Ben odsunął aparat od ucha i przyjrzał mu się podejrzliwie. Za każdym razem, gdy Ali w połowie zdania zmieniała się z Pani Kochanki w Panią Nauczycielkę, czuł się zupełnie zbity z tropu.

— Dobrze — powiedział. — Chciałbym cię zobaczyć w niedzielę.

Następna pauza.

— To jest tak, jakbyś się mnie wstydził — poskarżyła się. Ben nie wiedział, co odpowiedzieć. To stawało się zbyt skomplikowane.

— No?

— Co, no?

— Wstydzisz się mnie?

— Nie w tym rzecz! Nie możemy pokazywać się publicznie, prawda? Nie o to chodzi, że...

— Że co?

— To nie jest tak samo, jakbyś była moją dziewczyną, prawda?

Kolejna pauza, tym razem tak długa, że Ben się przestraszył. Właśnie miał powiedzieć „halo", kiedy Ali się odezwała:

— Muszę kończyć, Ben, ktoś dzwoni na komórkę. A więc do zobaczenia w niedzielę. I nie waż się iść na tę imprezę z jakąś dziewczyną. Dowiem się, wiesz o tym. Cześć. — Rozłączyła się.

Ben schował telefon do kieszeni i wszedł do kiosku po batonik. Zdziwił się, że rozmowa tak bardzo go wpieniła.

O co jej chodzi? Wcześniej myślał, że o seks, ale teraz już nie wie. Ma siedemnaście lat i nie jest pewien, czy chce, żeby ktoś go pragnął z jakiegokolwiek powodu. Jeszcze nie. Jeszcze długo nie.

Posuwanie Pani zawsze wiązało się z lękiem, ale ostatnio zaczęły się wkradać jeszcze inne rzeczy. Nie chodziło wyłącznie o to, dokąd cała rzecz zmierza. Może to była niewdzięczność, lecz Benowi brakowało dziewcząt w jego wieku. Czasem po prostu zazdrościł Dinowi jego problemów z Jackie, bo to wydawało się takie urocze, niewinne i podniecające. Pani nie tylko wszystko wiedziała, ale wszystko już wcześniej robiła, a jeśli było coś, co jej kiedyś przypadkiem umknęło, bardzo pilnie nadrabiała zaległości. W porównaniu z nagim, szeroko rozwartym, rozpasanym seksem bez ograniczeń, obmacywanki w krzakach wydawały się dziecinną zabawą, utraconą przyjemnością, taką jak samochodziki i kije do skakania na sprężynach.

A z drugiej strony, co będzie, jeśli wyczerpał mu się pociąg seksualny? Jeśli spotka jakąś słodką, nieśmiałą dziewczynę, która będzie chciała mu się oddać, a jemu nie stanie, dopóki ona nie wsadzi sobie teleskopu do dziurki i nie założy szpiców na sutki?

Głupota, pomyślał Ben. Czysta pazerność. Jestem gościem z nieprzeliczonymi skarbami, a zazdroszczę im ich bilonu. Jakbym miał powód, by robić sobie wyrzuty.

8
Impreza

Pomysł był taki, żeby na wchodzących gości ryczeli Hand Dogs.

Ale masz glany za kolano,
O jeeee.
Pozwolisz się ze sobą pobujać?
O jeeee.
Postać z tobą,
Położyć się z tobą,
I na tobie trochę też huuu-huuu.
Dili-dili-uuu.

Tylko kiedy oni przyjdą? Chata była gotowa o piątej po południu. Jackie znów wpadła rano, żeby wszystko naszykować, a potem zniknęła na całe popołudnie; chciała odrobić lekcje i się przygotować. Ben przyszedł w porze lunchu, Jonathon koło trzeciej. Popijali colę i patrzyli, jak Dino sprawdza za pomocą komórki, czy wszyscy wiedzą dokładnie, co mają robić wieczorem — czyli być u niego. Jonathon zaczął jęczeć, żeby otworzyli parę browarów i trochę się wstawili.

— Nie ma ich aż tyle — powiedział Dino. — A my nie

59

chcemy nawalić się za bardzo jeszcze przed początkiem imprezy.

— Nie chcemy? — zdziwił się szczerze Jonathon. Ben pogroził mu palcem.

— A laseczki, Jon? Nie chcemy wyeliminować się z gry, zanim przyfruną.

Jonathon, który czuł, że te sprawy go przerastają, skinął głową, wzruszył ramionami i zrobił luzacką minę.

Fasil wpadł o szóstej, żeby podrzucić swoje słynne imprezowe kawałki, a potem wkurzył Dina, zmywając się, by poćwiczyć i odrobić pracę domową.

— Nie możesz tak prysnąć, jest impreza — zawołał Dino, lecz Fasil był niewzruszony.

— Nie ma czegoś takiego jak impreza o szóstej wieczorem — rzucił na odchodnym. Drzwi zamknęły się za nim i znów zaczęło się długie czekanie.

— Mam lekkiego pietra — przyznał Dino pół godziny później, tuż po przyjściu Jackie. — Właściwie — dodał kolejne pół godziny później — to mam potężnego.

— Wyluzuj się — poradził Ben. — To będzie balanga pierwsza klasa.

— Ja już się dobrze bawię — oznajmił Jonathon.

Reszta szkolnej bandy ściągnęła wkrótce potem, lecz Dino rozchmurzył się tylko na trochę. Główna grupa na pewno zjawi się lada chwila; impreza potrzebowała czegoś na rozruch. Dino wbiegał i wybiegał z frontowego pokoju, nastawiając Hand Dogsów, na wypadek, gdyby zjawili się pierwsi goście, lecz zanim nagranie poszło dziesięć razy, wszyscy błagali go, żeby je wyłączył.

Dino śmiał się i błaznował, ale w środku czuł się fatalnie. A jeśli nikt nie przyjdzie? Okazałoby się, że opróżnił chatę dla garstki kumpli i wszyscy by się nad nim litowali. O dziewiątej przyszedł Fasil i zajął się didżejką. Prywatka zaczynała się już tak wiele razy, że Dino miał ataki *déjà vu* i musiał wyjść z Jacks do ogrodu, żeby uspokoić nerwy.

Ruszyli spacerem wzdłuż trawnika w stronę kawałka ogrodu, w którym ojciec uprawiał warzywa. Z tej odległości muzyka brzmiała dennie; Dino czuł się prawie tak, jakby nie miał z nią nic wspólnego. Zaczęli się całować. Jackie nie pozwoliła mu potargać sobie włosów i obiecała, że przyjdzie na to czas później. Po muzyce. Po tańcach. Po drinkach, paleniu i poceniu się. Kiedy ucichnie hałas i szum, będzie pora na miłość. Dino poczuł się raźniej.

— Może lepiej tutaj poczekać, aż się zacznie — zasugerowała Jackie, ale Dino bardzo chciał zobaczyć, jak przemijają bóle porodowe jego imprezy.

O dziesiątej wpadł w rozpacz. Rozmawiał w kuchni z Jackie i Sue, odgrywając luzaka, kiedy zdarzyły się dwie rzeczy. Ucichła muzyka. A potem zapadła długa, napęczniała cisza, którą rozdarł dzwonek do drzwi.

Podekscytowany Dino rzucił się do holu, wyjrzał przez okno i zobaczył mniej więcej sześć tysięcy ludzi, którzy z butelkami w dłoniach stali jak śnieżne bałwany przed dziwnie cichymi drzwiami.

— Czekajcie! Czekajcie! — syknął. — Nie wpuszczajcie ich... — Wpadł do dużego pokoju. Banda najbliższych kumpli podskakiwała obłąkańczo w kompletnej ciszy.

— Pogięło was? — wrzasnął. — Co to ma znaczyć?

— Ogłuchłeś? — spytał drwiąco Snoops. Wszyscy zaczęli udawać, że sprzęt jest nastawiony na cały regulator i Dino jest jedynym, który nie słyszy. Wrzeszczeli jeden przez drugiego, jakby ledwie rozumieli to, co mówią. A Dino — to świadczy, w jakim był w stanie — przez sekundę lub dwie gotów był im uwierzyć.

— Co? Co? — bełkotał, gapiąc się na odtwarzacz i próbując zrozumieć, jak to możliwe, że on ich słyszy, a oni samych siebie nie. Wszyscy pohukiwali na niego jak stado pawianów i po chwili znów zaczęli pogować. Dino zalał się najgłębszą karmazynową czerwienią. Ktoś otworzył drzwi za jego plecami i do środka wlał się długi sznur ludzi. Dwoje czy troje stanęło i ze zdumieniem zaczęło przyglądać się gromadzie czubków, obijających się głowami bez muzyki. Dino usłyszał z holu głosy innych, którzy stanęli zakłopotani w wypełnionym ciszą domu.

Rzucił spojrzenie na rozbawione twarze kolegów i nie musiał o nic pytać. Już im odwaliło. Wszystko na nic! Zanim impreza się rozpoczęła, Dino wydał wyraźne polecenie. „Nie wolno, NIE WOLNO", ale oni już szczytowali jak Linford Christie *.

— Czy wam wszystkim odbiło? — jęknął.

Wtedy do pokoju pewnym krokiem wszedł Fasil, wyglądający na jedynego rozsądnego w promieniu mili, i nacisnął guzik. Rozległ się ogłuszający łoskot gęstej, dudniącej muzyki. Nareszcie! Dino wytknął głowę na korytarz. Wszyscy stali nieruchomo z twarzami zwróconymi w stronę otwartych drzwi, z których nagle buchnęła na nich muzyka.

— Łapać się za drinki! — rozkazał.

Jeśli się urżną albo naćpają, nikt nawet nie będzie wiedział, czy się dobrze bawi, czy nie. Zapędził wszystkich do kuchni, a gdy tylko znalazł się w środku małego tłumku, ktoś podkręcił muzykę. Ryczała tak, że nie był w stanie rozmawiać z gośćmi nawet w holu. Dranie! Ładni koledzy! Dla nich była już druga w nocy, a dla wszystkich innych piąta po południu. Dino był wściekły. W holu było tak gęsto od ludzi, że bez walki nie mógł się przedostać do pokoju, w którym tańczono. Koszmar. Tam powieście kurtki, nie, połóżcie w małym pokoju, drinki i palenie w ogrodzie, proszę. Na litość boską, czuł się tak, jakby zamieniał się w troskliwą mamuśkę! Ludziska przesuwali się w małych grupkach, nie wiedząc, co ze sobą począć, to było żałosne. Dino miał ochotę ryknąć: „Co z wami, nie umiecie się bawić? Trzeba was uczyć?".

---

* Linford Christie, słynny brytyjski sprinter, z pochodzenia Jawajczyk, srebrny medalista olimpijski w 1988 roku, zdobywca Pucharu Świata i mistrzostwa świata w biegu na 100 metrów.

Nagle mu się odechciało. Uciekł z kuchni — a niech się tam kiszą, buce — i dał nura w stronę kumpli. Ukrył się za gęstą ścianą muzyki, wyżłopał szybko butelkę ice heada, pociągnął skręta i próbował się zrelaksować. Nie udało się, więc rzucił się w drugą stronę pokoju, dopadł Jackie i przez pięć minut obściskiwał ją ostro w kącie.

Było super. Rozmowy urwały się, jak nożem uciął. Nikt nie lubi przerywać porządnej, zdrowej przytulanki. Zanim skończył, bo ktoś poklepał go w ramię, czuł się już bosko. Jackie wisiała mu w ramionach z twarzą uniesioną do góry, gotowa na więcej, gotowa na wszystko, sądząc po minie. Dino odpowiedział na czyjeś pytanie o kurtki, a potem znów zajął się Jackie.

— Och, Dino! — Przytuliła się do niego, pogłaskała po twarzy i szepnęła prosto do ucha: — Ale pocałunek. Oooch... — wydyszała, a Dino poczuł się naprawdę pierwszorzędnie.

Kiedy wyszli zaczerpnąć powietrza, był gotów, żeby się rozejrzeć. Impreza się rozkręcała. Ktoś przyciszył muzykę, więc dało się pogadać, krzycząc. Ludzie zaczęli rozmawiać.

Udało się. Przetrwał, obściskując się w kącie z najlepszą laską. Chyba w porzo, nie? Teraz można już było bezpiecznie pochodzić między ludźmi. Ale Jackie miała inne plany. Widziała skrzywioną twarz Sue, która starała się nie patrzeć na przyjaciółkę ponad głowami gości, ale Jackie już była zdecydowana. Dzisiaj. Musi przespać się z Dinem. Miała zamiar zrobić to zaraz. Weźmie go na górę i ujeździ jak...

— Chodź — powiedziała, przyciągając go do siebie. Ale Dino właśnie odwracał się w drugą stronę.

— Tylko trochę...

— Dino! Gdzie idziesz?

— Muszę się rozejrzeć, Jacks. Zaraz wrócę.

— Dino!

63

Ale już było za późno. Dino ruszył, żeby bratać się z gośćmi. Nawet nie przyszło mu do głowy, jak bliski był celu. Wściekła Jackie spojrzała na Sue, która rozmawiała głośno w kącie i unikała jej wzroku.

Dino robił obchód, przybijając piątki, górne i dolne. „Super jest!". „Siemano". Sytuacja rozwijała się nieźle.

— Witajcie w domu gościnnym Dinoroso — szepnął do siebie Dino, wyobrażając sobie, że stąpa w powietrzu, a wszyscy spoglądają na niego nieśmiało kątem oka. Uniósł promień mocy o stopę ponad ich głowy, więc spoko, nic im nie groziło. Fasil świetnie poczynał sobie z muzą, Dino nie musiał się tym przejmować. Niczym nie musiał się przejmować.

A coście myśleli? Taak, Dino zrobił imprezę pierwsza klasa. Wyszedł do holu i zajrzał do kuchni. Pocałował Grace przy tylnych drzwiach — to była prywatka, tak się robi — i chłodno oparł się jej propozycji wyjścia na spacer. W przedpokoju natknął się na Bena, który wlepiał wzrok w coś na szczycie schodów. Zbliżywszy się do niego, Dino zobaczył, na co gapi się jego kumpel. Widok był niekiepski: Jonathon, pogrążony w szale żerowania z Deborah Sanderson.

Jonathon sam nie wiedział, jak do tego doszło. Rozmawiali przy schodach i to było nieco krępujące, bo ilekroć ktoś wchodził albo schodził, musiał przepychać się obok, a Deborah przyciskała się do Jonathona. Nie dało się tego uniknąć, bo Deborah była trochę puszysta. Jonathon czuł się nieco zakłopotany — częściowo z jej powodu, ale głównie dlatego, że nie chciał, by widziano go, jak się do niej przytula. I bez tego dość się nasłuchał kpin z ich przyjaźni.

Pocałowali się ni z tego, ni z owego. Jonathon nawet nie pamiętał, jak zaczęli. Bardzo często zastanawiał się, skąd chłopak wie, kiedy wypada pocałować dziewczynę, i teraz, robiąc to, próbował uprzytomnić sobie, jak do tego doszło, żeby wykorzystać tę wiedzę następnym razem z kimś, kto mu się naprawdę podoba. Ale kiedy to się już zaczęło, nie chciało się skończyć. Deborah westchnęła, zamknęła oczy i przyciągnęła Jonathona tak, że prawie znalazł się na niej. Hormony momentalnie ruszyły do ataku z wściekłą siłą. Deborah poczuła na brzuchu jego wzwód i uśmiechnęła się. Złapała go za pośladki i przesuwała lekko to w jedną, to w drugą stronę, tak że jego tyłek kołysał się na niej, podrygując niczym Frankenstein w elektrycznej burzy. Jonathon przesunął ręce, by móc pieścić jej pierś. Niemal się przewracając, wgramolili się kilka stopni wyżej i osunęli na podłogę. Jonathon wcisnął rękę pod top Deborah i pogładził jej stanik.

Nie wiedząc, jak zaczął, nie miał też pojęcia, jak skończyć, mimo że czuł się zakłopotany, liżąc się namiętnie z grubą dziewczyną na schodach, gdzie nie dość, że wszyscy ich widzieli, to jeszcze musieli się przeciskać obok, jeśli chcieli wejść na górę albo zejść. Obmacał ją całą pod luźnym ubraniem — w każdym razie wszędzie tam, gdzie mógł sięgnąć. Dopiero kiedy zaczął wsuwać palce pod jej majtki, Deborah otworzyła oczy i szepnęła: „Nie tutaj". Uśmiechnęła się do niego ciepło, łagodnie, a jej wzrok powędrował do podnóża schodów. Przerażony Jonathon zamknął oczy i pocałował ją znów, jeszcze mocniej niż przedtem. Nie chciał tego robić. Tylko czy aby na pewno? Jego członek uniósł się podstępnie pod spodniami i stwardniał jak beton. Deborah ukradkiem pocierała go wierzchem dłoni. Jonathon poczuł się tak cudownie, że mógłby w tej chwili umrzeć.

Ale ona mi się nie podoba! — nieświadomie próbował przekonywać samego siebie, lecz Pan Sztywny-Sękaty rozpłynął się cały w lubieżnym uśmiechu i powiedział: Nie? A mnie owszem.

Zdawało się, że trwa to w nieskończoność. Skulony Jonathon prawie leżał na Deborah; przesuwali językami po swoich twarzach, jakby zlizywali z nich ze smakiem słodki syrop. Po schodach nieustannie przeciskał się obok nich strumień ludzi. Jonathon wiedział, że w ciągu pół godziny wszyscy zobaczą, co robi i z kim. Czuł się coraz bardziej nieswojo, ale nie wiedział, jak wyplątać się z tej sytuacji.

— Hej, Jonathonie, widzę, że nieźle imprezujesz.

Jonathon otworzył oczy i zobaczył Dina i Bena u podnóża schodów. Dino uśmiechał się drwiąco. Ben wpatrywał się w Deborah, urzeczony tym nieoczekiwanym widokiem dziewczyny pogrążonej w zmysłowym transie. Jej twarz wisiała pod twarzą Jonathona z zamkniętymi oczami i wilgotnymi, rozchylonymi wargami, rozluźnionymi i głodnymi. Otworzyła oczy i spojrzała z ukosa na Bena. Ten bezgłośnie powiedział z uśmiechem „Cześć", ale Deborah tylko uśmiechnęła się nieznacznie, a potem znów zamknęła oczy i podsunęła Jonathonowi wargi do pocałunku. Jonathon opuścił głowę i znów zaczął żerować. Kiedy po chwili zerknął na dół, kolegów już nie było.

Podjął błyskawiczną decyzję.

— Muszę się wysikać — powiedział i od razu przeraził się na myśl, że Deborah może pójść za nim na górę. — W ogrodzie, bo tu za długa kolejka — dokończył szybko i zsunął się z niej.

Przemknął mu przez myśl obraz małego raptora zeskakującego ze zwłok młodego zauropoda. Krzywiąc się, zbiegł po schodach i wpadł do kuchni.

Deborah wstała i poprawiła ubranie. Szalała za Jonathonem od bardzo dawna, ale nigdy nie myślała, że ma jakieś szanse. Mieli ze sobą tyle wspólnego. W szkole gadali wesoło godzinami, lecz nigdy nie spotykali się po lekcjach. Marzyła o tym, że dojdzie do siebie na prywatce, ale za bardzo na to nie liczyła. Jak on się na nią rzucił! Aż zaparło jej dech ze zdziwienia. To mogła być zwykła imprezowa obmacywanka z języczkiem, ale Jonathon zabrał się do dzieła z takim entuzjazmem, że to musiało coś znaczyć. Nikt jej nie powiedział, że sztywny fiut to sztywny fiut i nic więcej.

— To był tylko pocałunek z języczkiem — rzekł po chwili Jonathon do Dina, gdy znalazł się w kuchni.

Dino się skrzywił.

— Nie wiem, jak mogłeś to zrobić, to było obleśne.

— Jakie?

— Obleśne.

— Co w tym obleśnego?

— Ona jest gruba.

— Nie jest aż taka gruba — zaoponował Jonathon.

— Wystarczająco.

Jonathon próbował wszystko zbagatelizować.

— Obmacywanka to obmacywanka, no nie? — Pomyślał, że mógłby powiedzieć, że Deborah ma fajne cycki — słyszał chłopaków, mówiących to z lekceważeniem o dziewczynach, z którymi byli, a które im się nie podobały — ale nie mógł tego zrobić Deborah.

— Wiesz, ona ma uczucia — zauważył surowo Ben. — Tylko dlatego, że trochę za dużo waży...

— Jest gruba — przerwał mu Dino. — Tłusta.

— Jest puszysta — sprostował Ben. — Niektórzy uważają to za atrakcyjne.

— Tacy jak Jonathon — rzucił Dino, a Ben prychnął rozbawiony.

— Jest lepsza od tyczkowatej Jackie — odparował Jonathon.

Dino przewrócił oczami. Komu on ściemnia?

— Jest miłą dziewczyną i bardzo cię lubi, więc po prostu jej nie obrażaj, to wszystko — rzekł Ben.

— Jak ktoś jest tłusty, to jest tłusty i tyle — stwierdził Dino.

— Ma uczucia.

— Tak, ale ociekające tłuszczem — skomentował Jonathon, który nigdy nie umiał się powstrzymać od kpiny. W tej samej chwili poczuł się okropnie, widząc spojrzenia kolegów. Odwrócił głowę. Jackie i Sue wynurzyły się znacząco z tłumu i osaczyły go z obu stron.

— Ty na serio z Debs? — zapytała Sue.

— Że co?

— Czy naprawdę coś do niej czujesz?

— Co?

— Przestań powtarzać „co"!

— Naprawdę ci się podoba? — spytała surowo Jackie.

Jonathon struchlał. Częścią swojej istoty nie chciał dawać Dinowi satysfakcji i potwierdzać, że Debs nie podoba mu się tylko dlatego, że jest przy kości. Druga część lękała się, że Ben i dziewczyny pomyślą, że wykorzystuje Deborah, a trzecią częścią autentycznie ją lubił i nie chciał jej ranić. Po prostu mu się nie podobała, ale nie był pewien, czy wolno mu tak czuć.

— A więc?

— Nie jesteście trochę za szybkie? — spytał Ben.

— Ona bardzo cię lubi, wiesz? Naprawdę jej się podobasz — powiedziała Sue. — Nie masz pojęcia, jaki z ciebie szczęściarz, Debs jest taką miłą dziewczyną. Chyba sobie z nią nie pogrywasz, co?

— Nie, jasne, że nie...

— A więc podoba ci się?

Jonathon poruszył się nieswojo, uwięziony między Dinem, Benem i tymi budzącymi grozę młodymi kobietami.

— Jasne, że mi się podoba, przecież się z nią całowałem, no nie? — Już miał dodać: „Ale to nie znaczy, że...", lecz jakoś nie mogło mu to przejść przez gardło.

— To fajnie.

— No i masz — westchnął Dino, kiedy się zmyły. — Pewnie poleciały jej donieść, że chcesz z nią chodzić.

— Nie wiedziałem, że coś do niej czujesz — odezwał się Ben.

— Ani ja — rzucił Jon. Przepchnął się przez tłum, marząc

68

o ucieczce. Sytuacja zdecydowanie wymknęła mu się spod kontroli.

— Więc ty też gustujesz w tłuścioszkach — powiedział Dino do Bena drwiącym tonem. Ten uśmiechnął się niewyraźnie i ruszył w stronę tylnych drzwi.

Nie ulegało wątpliwości, że ogarnęła go zazdrość. Nie o samą Deborah, chociaż ją lubił. Był zazdrosny o związek, który mógł ją połączyć z Jonem. Tych dwoje świetnie się dogadywało. Przypomniał sobie, jak swobodnie wyglądali razem tam na schodach. Życzył im jak najlepiej.

A niech to szlag, pomyślał, wysuwając głowę przez drzwi do ogrodu i łapiąc w usta chłodne powietrze. Tyle ładnych dziewczyn. I tylu chłopaków farciarzy, którzy całowali się z nimi, sypiali, obmacywali je — a on nie mógł tego wszystkiego robić. Ali jakoś się dowie i urządzi mu piekło, tak jak zapowiedziała. Ben był lubianym i przystojnym chłopcem, mnóstwo atrakcyjnych dziewcząt chętnie zwarłoby się z nim w uścisku, ale on nie mógł się na to odważyć. Nie było nawet nikogo, z kim mógłby pogadać. To bez sensu, bo mimo że miał pod dostatkiem wysokiej jakości seksu, uprawianego z prawdziwą koneserką, czuł się wykluczony.

Tyle dobrego, że przynajmniej ta stara harpia nie może tu przyjść. Zadrżał na samą myśl.

Widok jednego z kumpli uderzającego w ślinę z tłustą dziewczyną był dla Dina ciężkim przeżyciem, a czekały go jeszcze gorsze rzeczy. Zauważył, że Jackie całuje się w kuchni z Fasilem. Nagle opuściło go całe dobre samopoczucie. Coś nawaliło czy jak?

Dino nie cackał się, tylko przerwał im zabawę.

Fasil zachował się jak trzeba. Uśmiechnął się potulnie, porzucił raz na zawsze nadzieję życia z jedną jedyną kobietą i zmył się w mgnieniu oka. Ale Jackie odwróciła się i spiorunowała Dina wzrokiem.

— Moja dziewczyna, moje przyjęcie — stwierdził Dino. — To ze mną masz się całować.

— Całuję się, z kim chcę.

Dina tak naprawdę wpieniło nie to, że się całowali, lecz to, że całowali się publicznie. Jego dziewczyna szła w ślinę z jednym z jego kumpli na oczach wszystkich. To było bezdyskusyjne. Tylko że...

— Lizałeś się z Grace, ty dwulicowy draniu — warknęła Jackie.

To też była prawda. Dino się zarumienił. Zachował się jak cipa, ale to jeszcze bardziej go rozwścieczyło. Czuć się jak cipa — to była jedyna rzecz, której Dino naprawdę nie mógł znieść. Nachylił się i syknął Jackie do ucha:

— Zamknij się, dobra? Wszyscy pomyślą, że jestem cipa.

— Tylko o to się martwisz? Że możesz wyglądać jak cipa? Ale ty jesteś cipa! Cipa! — wrzasnęła Jackie i ruszyła przed siebie, zostawiając osłupiałego Dina, który czuł się bardziej cipowato niż kiedykolwiek w życiu.

Gotował się w środku.

— Dziwka! — krzyknął za nią. — Zdzira! — ryknął tak głośno, że wszyscy usłyszeli.

Jackie odwróciła się z dziecinną miną i pisnęła:

— Och, Dino, ja tylko ćwiczyłam, żeby później móc cię lepiej całować. Wszyscy wiedzą, że ty tak booosko całujesz. — Powiedziała to w sposób, który wskazywał — dacie wiarę? — że Dino całuje beznadziejnie. A potem odmaszerowała wściekła.

Dino stał jak obnażona pupa. Czuł, że jego policzki robią się coraz czerwieńsze. Wszyscy słyszeli ich wymianę zdań.

— Nie chrzań — zaczął — każdy wie, że całuję jak... — I w tym momencie przerwał, bo dotarło do niego, że pogrąża się jeszcze bardziej. Przechwalać się tym, jak dobrze umiesz całować! Boże, toż to dziecinada.

Nie wiedząc, co zrobić, po prostu odwrócił się i wyszedł. Z pokoju, z holu i z chaty. Był ślepy ze złości i poniżenia.

Niech się bawią! Niech bawią się do upadłego i jak najlepiej, wszyscy. On nie chce mieć z nimi nic wspólnego.

W połowie drogi do domu przypomniał sobie, że właśnie się od domu oddala. Nie miał dokąd pójść. Przez chwilę zastanawiał się, czy nie wrócić do środka i nie wykopać wszystkich z imprezy, lecz w tej samej chwili uświadomił sobie, że takie rozwiązanie nie wchodzi w grę. To byłoby nieklawe.

Wrócił. Z zewnątrz usłyszał, że prywatka toczy się jak burza. Przyczaił się, główkując usilnie, co dalej robić. Dopiero po dłuższej chwili wpadł na właściwe rozwiązanie. Bogu dzięki! To był jego błąd! Wystarczyło się tylko przyznać. Przyznanie się do błędu było klawym posunięciem. W jakiś sposób sprawiało, że jest się bardziej ludzkim. On się z kimś całował, Jackie też. Więc w czym problem? Oczywiście, byłoby lepiej, gdyby nie wypadł z domu jak bomba i nie stracił zimnej krwi, a jeszcze bardziej wolałby, żeby Jackie nie lizała się z Fasem. Ale co się stało, to się nie odstanie.

Pokręcił się jeszcze przez chwilę, zbierając w sobie odwagę, poćwiczył śmiech z samego siebie. Wreszcie skoczył na głęboką wodę i nacisnął dzwonek. W końcu to wszystko było przecież śmiechu warte.

— Chciałem iść do domu — powiedział do Stu i zaczął się śmiać. — Kompletnie mnie pogięło! — ryknął.

Stu się uśmiechnął i Dino już wiedział, że się wykpił. Kiedy przestał się nabijać z tego, jak mu odbiło, poszukał Jackie i przeprosił. Wybaczyła mu od razu.

— W porzo? — spytał.

— W porzo.

Dino nachylił się do niej i szepnął:

— Przepraszam.

— No, ja też.

— Koniec z lizaniem się na boku, co?

— Tak jest, koniec.

Dino pomyślał: nadal się liczę.

— Liczę się jeszcze? Na później? — zapytał.

— Mmm... No dobrze. Jeśli będziesz grzeczny.

Ale niewiele brakowało. Znalazł Fasila i pogadał z nim trochę o niczym w szczególności — to było naprawdę klawe posunięcie — żeby pokazać mu, że nie żywi urazy. Jednocześnie go ostrzegł.

— Chyba jestem umówiony na później z Jackie — oznajmił.

— Uhm — przytaknął Fasil.

Dino zbliżył usta do jego twarzy i wydyszał:

— Dziewicza dziurka.

Fasil odsunął się i spojrzał na niego przerażony. Dino puścił do niego oko i uśmiechnął się lubieżnie.

Impreza, początkowo spokojna, zamieniła się najpierw w swojską, później hałaśliwą, wreszcie zwariowaną. Dino wypalił jeszcze kilka skrętów i wypił parę butelek piwa Ice Head. Stopniowo zaczęła unosić się nad nim cudowna, świetlista różowa mgiełka. Spoko balanga. A on jest święty, bez dwóch zdań. Wszyscy ci ludzie bawią się tak doskonale tylko dzięki niemu. Czuł się jak Jego Świątobliwość Papież Dino Pierwszy, przechodząc od jednej grupki do drugiej i rozdzielając błogosławieństwa. W porównaniu z nim reszta najbliższych kumpli była jak stado podrygujących, rozwrzeszczanych małpiszonów. Zaaplikowali sobie coś znacznie mocniejszego niż parę skrętów. Dino odmówił. Nie chciał, żeby cokolwiek zepsuło jego późniejszą sesję z Jackie. W końcu miał to być gwóźdź wieczoru. Nie mógł pozwolić, żeby jego newralgiczny organ skurczył się jak przestraszony ślimak. Do nocnej akcji potrzebował czegoś dużego i sztywnego.

Rozwrzeszczani goście zbiegali i wbiegali po schodach. Ryczeli na siebie w kuchni i kłócili się o alkohol, którego ilość była ograniczona. Parki wślizgiwały się do sypialń, a jeśli te były zajęte, do ogrodu i pod koce w pokojach na parterze. Cały ich rządek obcałowywał się na schodach.

— Co to jest, kolejka do sypialni? — wrzasnął Jonathon. Stojąca wśród grupki gości trzy metry dalej, oddzielona od niego mniej więcej pięćdziesięcioma osobami Deborah spojrzała w jego stronę i roześmiała się o wiele za głośno. Jonathon udał, że nie słyszy. Tłumek w pokoju stołowym dokonał odkrycia, że jeśli wszyscy jednocześnie będą tupali w tańcu dość mocno, pianino koło drzwi zacznie się do nich przybliżać. Instrument wyglądał groźnie i głupio zarazem; ktoś ochrzcił go „Tatą Dina", bo wyglądało, jakby szedł, żeby ich wszystkich wyrzucić z domu.

Dziewczyna imieniem Sam kochała się w łóżku rodziców Dina z niejakim Robbym, który zwymiotował na pościel tuż koło niej, kiedy tylko skończył. Przykryli pawia kołdrą i poszli do domu. W małym pokoiku obok młodzian nazwiskiem Simon Tiptree udawał, że urwał mu się film na stosie kurtek. Kiedy został sam, zaczął systematycznie przeglądać kieszenie i torebki w poszukiwaniu pieniędzy i kosztowności. Mniej więcej w tym samym czasie w kuchni chuda dziewczyna w malutkiej różowej sukience otworzyła lodówkę. Istne skarby! Serek, zapiekanka wieprzowa, zimne paróweczki! Jak w raju. I torcik kremowy! Co może być lepsze od zimnoparóweczkowego raju? Raj torcikowokremowy, rzecz jasna! Nie tracąc czasu nawet na jęk zachwytu, sięgnęła do środka, złapała soczysty trójkąt rozkoszy i wsunęła do buzi.

W tej samej chwili do kuchni wszedł Jonathon, próbując zejść z oczu Deborah. To stawało się trudne do zniesienia. Co z tego, że poszedł z nią w ślinę? Kurza twarz, nie można się z nią pocałować tylko dlatego, że jest przy kości? Teraz za nim łazi. To straszne. I wszyscy widzą! Jak tylko podniósł głowę, zaraz spostrzegał, że się na niego gapi, idzie w jego stronę, wyciąga szyję, wsuwa głowę między stojących obok ludzi, żeby wyłuskać go z tłumu. Jonathon był ścigany. Szczęśliwym trafem wszedł akurat, kiedy chuda dziewczyna otworzyła drzwi lodówki, zasłaniając go przed wzrokiem Deborah. Nigdy nie chowaj się przed grubaską w lodówce, przemknęło mu przez myśl, ale nie miał dokąd pójść. Schylił się, jakby chciał zajrzeć do środka.

— Mniam, mniam — powiedział do dziewczyny, a ta machnęła trójkątnym kawałkiem kremówki.

— Niezłe — wykrztusiła grubym głosem.

Różowa sukieneczka była tak krótka, że dziewczynie widać było majtki, ilekroć pochyliła się czy podniosła ręce. Ojciec Jonathona nazywał takie kiecki cipokryjkami. Jonathonowi przyszło do głowy, że byłoby dobrze, gdyby Deborah zobaczyła go w zbliżeniu z taką ładną laską. Może coś do niej dotrze.

— Jestem Jonathon — powiedział, przysuwając się do nieznajomej, czego nigdy nie ośmielał się robić, chyba że miał jakiś powód.

— Zoë — odparła dziewczyna.

Machnęła ręką w stronę wnętrza lodówki, łaskawie zapraszając Jonathona na poczęstunek. Jonathon wsunął rękę do środka i wyjął jedną z zimnych parówek, leżących na talerzyku. Przytrzymał ją między palcami i pod wpływem nagłego impulsu — „Można?" — zanurzył koniec parówki w kremie torciku, który trzymała Zoë. Potem przeciągnął kiełbaską tak, że na jej czubku zebrała się duża kulka kremu. W tej samej chwili ogarnęło go nieprzyjemne przeczucie, że będzie tego żałował. Wziął parówkę w palce i czekał.

— Ty wstręciuchu — wykrztusiła Zoë, parskając jednocześnie śmiechem i rozpryskując wokół siebie kawałeczki torciku. Jonathon poruszył kiełbaską w górę i w dół, jak pacynką.

— Pan Wieprzowinka założył dzisiaj biały melonik — powiedział.

Już miał zacząć przedstawienie teatru kukiełkowego, gdy zaskoczona dziewczyna parsknęła i z jej ust trysnęła do

74

wnętrza lodówki fontanna kremowego torciku. Wszystko pokryło się białymi kropeczkami.

— Jezu, narzygać do lodówki — westchnął Jonathon.

Dziewczyna była nim zachwycona i czuł się super. Ale akurat w tym niefortunnym momencie zjawił się Fasil.

— Co jest? Co wy świrujecie? — zapytał. Spojrzał ze zdziwieniem na parówkę, a potem gniewnie na ciastko w ręku dziewczyny.

Nagle zauważył białe kropki, wyglądające jak rozpryśnięty paw. Fasil, mimo że został przyłapany na obcałowywaniu dziewczyny Dina, był facetem z zasadami.

— To jest jego lodówka! Jego żarcie. Nie wolno tak robić.

— Kto to? — spytała dziewczyna. — Czyjś stary?

— Co ty wyprawiasz? — zapytał Fasil Jonathona. Ten uśmiechnął się potulnie.

— To tylko parówka...

— Patrz, to jest połowa jego kremówki — ciągnął Fasil. — Ta dziewczyna zapaskudziła nią całą lodówkę, a ty ją jeszcze zachęcasz.

— To ma być impreza? — spytała Zoë. — Tak się bawicie?

Fasil zamknął im lodówkę przed nosem. Odsłonięty Jonathon rozejrzał się. Oczywiście, Deborah już była. Wystarczyły dwa kroki i stała koło niego.

— Ooo — powiedziała. — Parówka z kremem. Uwielbiam. — Wyciągnęła rękę, wzięła parówkę z ręki Jonathona i zlizała krem z czubka.

— Właśnie widzę — stwierdził Jonathon.

Wykorzystując sytuację, dziewczyna w różowej sukience znikła z pola widzenia; przemknęła obok Fasila, wlepiającego wzrok w Deborah z parówką w dłoni, jakby zobaczył kota znoszącego jajko, oparła się o ścianę i łapczywie dokończyła kremówkę.

Dla Zoë balanga zaczęła się wczoraj wieczorem w barze Kas Włóczęga. Spotkała się tam z grupą znajomych i popijali wódkę z red bullem. Na innej imprezie spędziła większość czasu, pochylona nad sedesem; następnie przez cały dzień oglądała telewizję w domu przyjaciółki, i dopiero potem przyszła do Dina. Jedna z jej koleżanek chodziła z którymś z kolegów Jackie i w ten sposób dowiedziały się o imprezie. Sporo gości nie wytrzymało kondycyjnie i wcześnie zwinęło się do domu, lecz Zoë nie miała lepszego miejsca, do którego mogłaby pójść. Została, żeby się trochę pokręcić i coś skubnąć. Cały dzień nic nie jadła, była głodna i zmęczona. Chłopak z parówką był miły. Zoë lubiła zabawnych chłopców.

Skończywszy jeść, wzięła drinka, zostawionego przez kogoś na parapecie i pociągnęła łyk. Ostre jak ząb węża — cydr z piwem. Odstawiła głośno szklankę i skrzywiła się. Oparła się ręką o parapet. Głowa jej pływała. Postanowiła rozejrzeć się na górze za jakimś miejscem, gdzie można przyłożyć skroń do poduszki, natychmiast. Schody były solidne. Najpierw trafiła na mały pokój, w którym Simon Tiptree musiał szybko udać, że odpłynął na stosie kurtek. Zoë przyglądała mu się uważnie przez minutę i wsłuchiwała w oddech, aż upewniła się, że śpi. Podeszła i dźgnęła go czubkiem buta. Nawet nie drgnął.

Mając pewność, że film urwał mu się na dobre, zaczęła przetrząsać kieszenie kurtek leżących na łóżku. Symulujący odjazd Simon był zbulwersowany: on śpi, a jakaś złodziejka stoi obok i kradnie! Najgorsze było to, że nie mógł nic zrobić. Jeśli się obudzi i ją przyłapie, ona pewnie narobi hałasu, a wtedy ktoś mógłby wejść i znaleźć jego plecak pełen skradzionych rzeczy. Musiał więc leżeć i wszystko znosić.

Dziewczyna była rozczarowana małą ilością kasy. Zrobiła szybki przegląd kieszeni kurtek — nic. Potem zajrzała do toreb, ale dopiero kiedy otworzyła niepozornie wyglądający nylonowy plecaczek, trafiła na żyłę złota. Plecak zabrzęczał jak skarbonka z garściami drobniaków. W środku były zegarki, biżuteria, papierowe pieniądze. Musiało tam być pięćdziesiąt czy sześćdziesiąt funtów w gotówce.

— O, tak — szepnęła. Popatrzyła uważnie na Simona, który leżał na plecach, wściekły, wciąż udając, że śpi. Jego twarz drgnęła lekko.

— Dzięki, cukiereczku — nuciła Zoë i wymknęła się z pokoju.

Wiedziała, że powinna się w tej chwili zmyć, ale była naprawdę skonana. Kawałek kremówki to było wszystko, co zjadła od ponad dwunastu godzin; miała w sobie mnóstwo wódki i cydru, i musiała się położyć. Wsunęła głowę do sypialni obok. Na podwójnym łóżku leżeli obok siebie na kołdrze chłopak i dziewczyna. Zoë nie wiedziała, czy skończyli przed chwilą, czy trochę wcześniej. Pod oknem stała niewielka sofa z cienką narzutą. Zoë położyła się, naciągnęła na siebie kapę i zasnęła.

Simon kipiał ze złości w sąsiednim pokoiku. Tak się napracował! Miał już plany zagospodarowania tych pieniędzy, były dla niego takie ważne. Ale co mógł zrobić? Jak tylko Zoë wyszła, usiadł, jęknął i złapał się za głowę. Podła, chuda suka! To było wkurzające — taka mała zdzira pozbawia łupu kogoś takiego, jak on! Najzabawniejsze, że czuł się skrzywdzony — on, złodziej — bo okradła go z tego, co sam ukradł. Sfrustrowany i zły zerwał się na nogi i zszedł na dół z myślą, żeby pójść za dziewczyną, dopaść ją, sprać i odebrać kasę. Ale już jej nie zobaczył. Wrócił do domu z pustymi rękami i bólem głowy. Uświadomił sobie jednak, że czegoś się nauczył: jeśli zamierzasz kraść, to kradnij złodziejowi. Ten przynajmniej nikomu tego nie wygada.

O drugiej Ray i Alan Wicksowie zaczęli rzucać butelkami na ulicę przed domem — nieomylny znak, że impreza dobiegła końca. Nie zostało nic do picia, nieznajomi wyszli, znajomi i niby-przyjaciele już wkładali kurtki. Wściekli się, gdy odkryli, że ktoś grzebał w ich torbach. Kilkoro nie miało za co wrócić do domu i musiało pożyczać od tych, którzy lepiej zadbali o swoje rzeczy. Podjechały taksówki i zabrały gości na pokład. Grono najbardziej oddanych palaczy uwalało się trawką u podnóża schodów; Dino poczuł się bardzo nieklawo, wykopując ich z chaty. Ludziska z drugiego szeregu przyjaciół pokręcili się jeszcze trochę, szukając resztek na dnie butelek. Potem wyszli, zostawiając Jacks, Bena, Sue i jej chłopaka Dave'a. I Jonathona. I Deborah.

Podjęto słabą próbę sprzątania, ale Jackie najwyraźniej myślała o czymś innym. Popijano kawę, lecz ona siedziała na kanapie obok Dina, opierając głowę na jego ramieniu i wzdychając. Ilekroć się do niej odwracał, całowała go.

— Chyba czas na nas — powiedziała Sue. Wstała i uśmiechnęła się do Jackie. — Chodź, przyniesiemy wszystkim kurtki. Trzeba podkręcić tempo. — Jackie wstała i poszły razem na górę.

Jonathon uśmiechnął się krzywo.

— Nie musisz nas wykopywać, Dino — rzekł. — Nie potrzebujesz na to całej chaty. — Uśmiechnął się niezręcznie do Deborah, która siedziała obok, ściskając go za rękę.

— Taa, taa — mruknął Dino.

— Potrzebujesz dołu na wypadek zalania? — ciągnął Jonathon. — Twój narząd jest aż tak wielki? Musisz mieć dużo miejsca, żeby nim manewrować? Może moglibyśmy pomóc przy zajmowaniu pozycji?

— Przestań kłapać szczęką — rzucił Dino, ale bardzo mu się to spodobało.

Sue i Jackie weszły do sypialni rodziców Dina.

— A więc to jest to miejsce, najświętsze ze świętych. — Sue wypróbowała łóżko ręką. — Nieźle odbija, to powinno ułatwić sprawę...

— Zamknij się!

— Zmieniłaś pościel?

— Zamknijże się wreszcie!

— Nie ma nic gorszego, niż obudzić się i poczuć zapach jego ojca.

— Tak, wiem, wczoraj kazałam mu zmienić.

— Kazałaś jemu?

— Taak — odparła Jackie. Kłamała. Po prostu chciała sobie dodać wiarygodności.

Sue westchnęła.

— Więc w końcu się zdecydowałaś?

— Tak — odpowiedziała Jackie śmiesznym wysokim głosikiem, lecz tym razem była zdeterminowana. Na samą myśl chciało jej się piszczeć z podniecenia.

— Będę o tobie myślała. Wezmę kurtki. A ty kładziesz się do łóżka, co? — Jackie wpadła w nerwowy chichot, ale mimo to zrzuciła pantofle i zaczęła rozpinać top. Znieruchomiała, zauważywszy, że Sue wciąż stoi po drugiej stronie, obserwując ją z uśmiechem.

— Idź już sobie! — fuknęła Jackie, odwracając się.

— Mam nadzieję, że on doceni to, co mu wpada w ręce — powiedziała Sue i wyszła po kurtki.

Podniecona Jackie okrążyła kilka razy sypialnię, niepewna, czy może się już rozebrać. Podbiegła do drzwi, żeby posłuchać, czy ktoś nie nadchodzi, a potem zdjęła ubranie. Naga, spojrzała na siebie w lustrze. Jej wzrok powędrował do miejsc, których nie lubiła. Biodra, sterczące jak półki u rzeźnika. Pośladki trzęsły się, kiedy szła — brrr! Piersi wyglądały ładnie, gdy stała, lecz kiedy się położyła, zsuwały się na boki do pach. Gdy stała ze złączonymi nogami, jej uda nie schodziły się pod równiutkim ciemnym trójkącikiem włosów, tylko zostawiały kończącą się nagle szczelinę. To były sekretne wady, rzecz jasna, które mógł zobaczyć tylko jej kochanek — ale właśnie tego nie chciała.

Skrzywiła usta i postanowiła skupić się na swoich dobrych stronach. Stanęła bokiem i spojrzała na piersi, brzuch i skórę. Nic nie jest doskonałe, lecz...

— Całkiem nieźle — mruknęła do siebie niepewnie.

Znieruchomiała, nie wiedząc, czy poczekać na Dina i pozwolić na siebie zerknąć, kiedy wejdzie — popatrzyła na siebie w najlepszej pozycji, kiedy siła ciążenia działała na jej korzyść — czy wejść pod kołdrę, ryzykując, że będzie musiał szukać jej cycków pod pachami. Zbliżyła się powoli do łóżka. Zgasiła górne światło i zapaliła małą lampkę na szafce. Postanowiła zaczekać. Włożyła nocną koszulę, którą znalazła wiszącą na drzwiach. Zsunie ją z siebie, kiedy usłyszy jego kroki na górze schodów, pokaże mu się z przodu na sekundę lub dwie, a potem wśliźnie pod kołdrę. Stanęła koło łóżka i podciągnęła pomarszczoną kołdrę, żeby móc szybko się pod nią schować.

9

Dino

— Spadamy do domu — zakomenderowała Sue, wróciwszy z kurtkami.

— Jasne, woli dziurkę od kumpli, typowe — jęknął Jonathon, a ja pomyślałem: Stary, jestem gość! Oni idą do domu, a ja co będę robił? Ja i Jacks. Gdybyś ją zobaczył, wiedziałbyś, co tracisz.

Odprowadziłem ich do wyjścia. Wszystkich zżerała zazdrość, jak koty w sklepie z rybkami. Albo inaczej: jak koty patrzące na kota w sklepie z rybkami, a tym kotem jestem ja. Zamknąłem drzwi. Zobaczyłem jeszcze, że Jonathon odwraca się do Debs z dziwną miną. Biedny fajansiarz, pomyślałem. Jackie już pewnie czeka na mnie na górze w łóżku, rozebrana i gotowa.

Ruszam więc na górę z paroma butelkami ice heada na rozgrzewkę, i co widzę? Wiecie, co czekało na mnie w łóżku? Wielka kupa rzygów.

O mało nie wykitowałem ze złości. Kałuża rzygów leżała dokładnie tam, gdzie powinna być Jackie, i przez sekundę zdawało mi się, że moja laska po prostu zamieniła się w wielkiego, spłaszczonego kołdrą pawia. Potem do mnie dotarło — Jackie zwymiotowała! Moje garbate szczęście: urżnęła się, porzygała i znowu ze wszystkiego nici!

Wypadłem na schody i wskoczyłem do łazienki, ale tam jej też nie było. Stanąłem u szczytu schodów i zawołałem: „Jackie!", ale znowu nic. I wtedy do mnie dotarło. Właściwie to wiedziałem już przedtem, jak tylko zobaczyłem tego pawia. Pomyślałem, że może się przede mną schowała albo urwał jej się film i leży gdzieś w kącie na podłodze. Obleciałem całą chatę, zaglądając za krzesła i inne takie rzeczy, ale wiedziałem, że jej tam nie ma.

Chodzi o to, że był zgnieciony na płask. Ktoś się na nim porządnie przekimał, na tym pawiu. Wróciłem biegiem i sprawdziłem łokciem temperaturę rzygów. Wiem, to szajba, ale musicie pamiętać, co przeżywałem. Nie chciałem tego dotykać palcami. Nie miałem pojęcia, w jakim tempie stygnie paw, ale ten był zimny jak kamień.

— To nie moja wina — syknąłem. Nawet położyłem jej zawczasu czystą pościel na łóżku! Jak mogła odwalić mi taki numer?! Stałem tak, gotując się w środku; nagle przypomniałem sobie o jej kurtce w małym pokoiku, wpadłem tam... Ani śladu kurtki. To był ostateczny dowód. Suka wymknęła się, nawet mi nie mówiąc. Pobiegłem do frontowych drzwi, żeby za nią krzyknąć, ale nie odważyłem się głośno pruć; to było zbyt poniżające. Nikt się nie odezwał.

Dalibyście wiarę? Dlaczego ja? Jeszcze kilka minut temu byłem najszczęśliwszym facetem na świecie. To była sytuacja doskonała: odprowadzasz przyjaciół do drzwi, a twoja śliczna dziewczyna leży nagusieńka w łóżku na górze i czeka na ciebie, gotowa. A teraz, patrzcie! Został tylko... wielki paw.

Wlokąc się holem, nagle uprzytomniłem sobie, że w chacie panuje totalny rozpierdol. Wszędzie leżą pogniecione plastikowe kubki. Z niektórych coś się powylewało, w innych pełno było petów i jakiegoś szajsu. Nie mogłem się zmusić, żeby wrócić do dużego pokoju, więc ruszyłem prosto na górę. W każdym kącie czułem obecność tego bajzlu, niby ducha w nawiedzonym domu. Smród piwa, niedopałków i popiołu, błocka i rzygów na dywanach i łóżkach. Przypomniałem sobie, że ktoś narzygał nawet do lodówki. Przy schodach też syf. Na dywanie ciemne kałuże. Jakiś pacan zdarł o listwy ciemną gumę z podeszew butów. Na kilku najwyższych stopniach leżało potłuczone szkło. W moim pokoju, na stoliku przy drzwiach, stał rządek petów jak miniaturowy płot ze sztachet. Niektóre się przewróciły, wyglądały spod nich czarne plamy na drewnie.

A ja wciąż byłem prawiczkiem.

Wróciłem do sypialni rodziców, żeby zerknąć jeszcze raz na pawia, jakbym liczył na to, że tym razem go nie będzie albo że zamieni się z powrotem w Jackie. Ale on wciąż tam był, solidnie ugruntowany. Gapiłem się na niego przez chwilę. Jeśli przelecę tego pawia zamiast Jackie, to czy wciąż będę prawiczkiem? Bo wtedy byłem już gotów przelecieć absolutnie wszystko, byleby tylko nie być dłużej dziewicą. Obróciłem w gruzy chatę moich starych i też na nic. Co muszę zrobić? Zaczerpnąłem głęboko powietrza w płuca i ryknąłem:

— Aaaaaaaaaaaaaaaaaaaaaaaaaaaaaaaaaaaaaaaaaaaaa! — najgłośniej, jak umiałem.

W tej samej chwili ktoś tuż obok mnie wrzasnął równie głośno, a ja chyba wykorkowałem na parę sekund, skacząc jakieś dziesięć metrów w górę.

10
Jonathon

Kiedy Dino zamknął drzwi, Sue i jej facet urwali się do domu. Zostali Ben, Fas i Mendaborah. Po prostu marzyłem o tym, żeby być z Benem, Fasem i Deborah. Albo jeszcze lepiej, z Fasem, Deborah i Benem. A najlepiej z Deborah, Benem i Fasem, a ja po drugiej stronie tego zasranego zdania, ale nie — koło mnie była Mendaborah. Ratunku.

Ben zachowywał się bardzo ładnie. On potrafi być... rycerski. Tak myślę. Fasil mało się odzywał, wiedziałem, że coś mu nie gra. Benowi też się nie podobało, ale dlatego, iż uważał, że zranię Debs. Pewnie miał rację. Fasilowi nie pasowało, bo uważał, że chodzenie z grubą dziewczyną jest moralnie naganne.

Schodziłem. Czułem się tak, jakby mój układ nerwowy został podłączony do karuzeli w wesołym miasteczku. Mieliście kiedyś wrażenie, że wszyscy wyglądają jak roboty? No wiecie. Są maszynami i tylko udają ludzi. Czego chcą? Co knują?

Więc było śmiesznie jak cholera, mówię wam. Właśnie doszliśmy do skrzyżowania, kiedy rozległ się ten niski, zawodzący okrzyk. Zabrzmiał jak wycie napalonego seksualnie wombata, który utknął w rynnie.

— Czy to był Dino? — zapytał ktoś.

Zatrzymaliśmy się i znów usłyszeliśmy to wołanie: „Yaaackeeee...". Jak gdyby Dino — jeśli to był Dino — bał się głośniej krzyknąć z obawy, żeby nie stracić twarzy. — Możliwe — mruknął Ben. Zaczekaliśmy chwilę, ale nie było więcej ryków, więc poszliśmy dalej. Wtedy usłyszeliśmy stukanie butów, klip-klap. Jak w filmie. Jak gdyby lada chwila mieli się wynurzyć zza węgła operator i oświetleniowcy, zajęci kręceniem czegoś, co się do nas zbliża.

— To coś chyba nadciąga ku nam — syknąłem, a Deborah zaśmiała się trochę za głośno.

Było tak późno, że nawet samochody nie jeździły, panowała martwa cisza. Wszyscy, jak na komendę, odwróciliśmy się, żeby obserwować skrzyżowanie.

Klap, klap, klap, klap, usłyszeliśmy. Zerknąłem na Bena, żeby zobaczyć, czy orientuje się, że bierzemy udział w realizacji filmu. Uśmiechnął się do mnie tylko i uniósł brwi.

Klap, klap, klap, klap. To brzmiało jak: tak, nie, tak, nie...? Tak. To była Jackie.

Jak tylko nas zobaczyła, stanęła jak wryta i wlepiła w nas gały, a potem odwróciła się i ruszyła z kopyta w przeciwną stronę.

— Jackie, gdzie pędzisz? Wszystko w porządku? — zawołała Deborah.

Jackie spojrzała na nią i skinęła głową, a potem nią pokręciła. Położyła rękę na murze i oparła na niej czoło. Deborah kazała mi poczekać i ruszyła w tamtą stronę, stukając obcasami, a Fasil, który chronicznie szaleje za Jackie, powlókł się za Deborah.

Ben spojrzał na mnie, ja na niego — i obaj po prostu pękliśmy. Biedny stary Dino! Po tym wszystkim. Musieliśmy się odwrócić, żeby nas nie przyfilowali. Był pewny na bank, że dzisiaj mu się uda. A ona prysnęła! Biedna Jackie czuła się pewnie nietęgo, więc nie mogliśmy jej pokazać, jaka nas ogarnęła głupawka. Nie odezwaliśmy się słowem, tylko staliśmy plecami do nich, próbując nie trząść się za bardzo ze śmiechu.

Wreszcie udało nam się opanować. Debs i Jacks zwierzały się sobie zapamiętale, a Fasil orbitował w pobliżu, jakby liczył, że wpadnie mu jakaś kość. Jakby ich miał za mało.

Ruszyłem w stronę tej gromadki, lecz Ben ani drgnął. Wsadził łapy do kieszeni i powiedział:

— Coś mi się zdaje, że jest tam dość śliwek. Chyba uderzę na chatę. — Uśmiechnął się do mnie ponuro.

— Ty parszywcu — syknąłem.

Spojrzeliśmy w tę samą stronę. Deborah próbowała słuchać wyrozumiale zwierzeń Jackie, jednocześnie mając mnie na oku.

— Dajesz w długą? — zasugerował Ben.

Pauza. Ben zawsze mnie przeraża, bo wali w samo sedno.

— To było tylko lizanie z języczkiem — powiedziałem z naciskiem.

— Nie dla niej. Zdaje się, że jest zabujana — odparł. Potem spojrzał na mnie i dodał: — Ale to chyba fajnie, jak ktoś jest w tobie zabujany, nie? — Nic nie odpowiedziałem, więc zapytał wprost: — No to jak, podoba ci się czy nie?

— Tak — zełgałem. — Jasne, że tak. Ale...

— Ale co?

— Po prostu w tej chwili nie chcę z nikim chodzić.

Ben uśmiechnął się krzywo.

— Więc będziesz musiał jej to po prostu powiedzieć. — Pogroził mi palcem.

W tej chwili byłem gotów udusić skurczybyka. Pewnie dawał mi tylko przyjacielską radę, ale to było jak izba tortur. Dobrze wiedział, że się na to nie zdobędę. Wiedział, prawda?

— Na razie — rzucił i zmył się, machając mi leciutko ręką.

Więc powlokłem się, żeby zobaczyć, co jest grane, jak marionetka w teatrzyku lalkowym. Wolna wola? Pęknę ze śmiechu.

Deborah wyglądała tak, jakby się dobrze bawiła. Ona ma taki dar, że zawsze udaje jej się wyglądać tak, jakby się świetnie bawiła. Może rzeczywiście, kto wie? Ale z drugiej strony, może robiła to dla Jackie, która na przemian chichotała i wybuchała płaczem. Fasil sterczał obok i gapił się na nią jak łasica. Mniej więcej raz na minutę proponował, że odprowadzi ją do domu, aż Debs wrzasnęła na niego, żeby się zamknął. Czy nie widzi, że Jackie jest roztrzęsiona?!

Więc, oczywiście, sama musiała zaproponować, że odstawi Jackie do chaty. I byłoby spoko, bo mogłem powiedzieć: „No dobra, to narazka...". Co za klops! Właśnie coś zaczynało się między nami klarować, a ty musisz ratować przyjaciółkę! Trudno się mówi, jakoś to przeżyję. Może innym razem (czyli nigdy). Ale Deborah powiedziała:

— Możesz dotrzymać nam towarzystwa. — Więc musiałem z nimi pójść.

To akurat było całkiem fajne. Fas też poszedł, więc wlekliśmy się z tyłu jak dwóch rewolwerowców czy coś w tym guście. Próbowałem nawiązać z nim dialog, ale Fas potrafi się tak ujarać, że ledwie był w stanie wybełkotać słowo. Ja coś mówiłem, a on tylko gapił się na mnie tymi wielkimi wodnistymi gałami, więc się przymknąłem i szliśmy w milczeniu. Tymczasem Deborah na przedzie była jak zwykle fantastyczna. Bez pudła dawała sobie radę z Jackie. Śmiały się i nawijały, a Debs pocieszała Jackie i poklepywała ją po plecach. Jest po prostu niewyjęta.

Wreszcie odstawiliśmy Jackie na chatę. Pa, pa, pa, pa, pa, pa. Fasil uderzył w swoją stronę, Jackie zarzuciła Deborah ramiona na szyję, a potem weszła do środka i zostaliśmy sam na sam, ja i Mendaborah. Debs wsunęła mi rękę pod ramię i wyszczerzyła zęby.

— Przez cały wieczór czekałam, aż zostaniemy sami — powiedziała, po czym uniosła brwi i obdarzyła mnie promiennym uśmiechem, więc już wiedziałem, co się święci. A Pan Sękaty, ten mały zdrajca, oczywiście zaraz stanął na baczność.

Ledwie uszliśmy kawałek, Deborah zaczęła puszczać farbę, musiała mi opowiedzieć całą historię. Więc było tak, słuchajcie: Jackie się wykąpała, upudrowała, rozebrała i weszła do łóżka, żeby czekać na Dina jak słodka soczysta brzoskwinia... I nagle widzi, że pod kołdrą leży ogromna kupa zimnych, ściętych jak galareta rzygów. Jackie poczuła się tak ciężko obrażona, że ubrała się w trymiga i prysnęła na dwór. W tym momencie Deborah zaczęła się skręcać — to było po prostu śmieszne jak cholera. I nie było w tym nawet winy Dina. Wypruła z jego chaty — cichaczem, wedle wszelkich znaków na niebie i na ziemi — i była w połowie drogi, kiedy dotarło do niej, że sama sobie zrobiła świństwo, bo miała się przespać z Dinem.

— Więc czemu nie wróciła? — pytam.

A Deborah na to:

— Bo jej się nie chciało! — Uznała to za pierwszorzędny dowcip, bo skręcała się i ryczała ze śmiechu.

Z tego spaceru do jej domu wyszedł niezły czad. Zaczęliśmy świrować, że jesteśmy Jackie i Dinem: ona wręcz dyszy, żeby go przelecieć, a potem wpada w panikę, jak tylko on wyjmuje fiuta. Całkiem mi odwaliło, przyznaję bez bicia. Udawałem, że jestem fiutem Dina incognito i próbuję wyglądać bardzo przyjaźnie i zachęcająco. Znalazłem jakieś róże i posypałem sobie głowę płatkami, a potem okrążałem Deb kołyszącym się, fiutowym kroczkiem, machając na nią i obiecując różne różności, jeśli tylko pozwoli mi w siebie wejść. Deborah pokładała się ze śmiechu. A mnie odbiło na całego — udawać, że jestem fiutem Dina! Boże, gdyby stary Dino się dowiedział, w życiu by się do mnie nie odezwał. Było super. Potem znaleźliśmy się w pobliżu domu Deborah i znów nie wiedziałem, co dalej, przycichłem i strach mnie obleciał. Staliśmy, trzymając się za ręce. Deborah przysunęła się do mnie bardzo blisko i spytała:

— Nie chcesz sprawdzić, czy ucieknę z piskiem przed... twoim?

Coś tam zabełkotałem, sam już nie wiem co. Debs mnie

pocałowała i położyła na nim rękę, tak że podskoczył mi w dżinsach jak rakieta.

— Mniam — szepnęła.

Więc staliśmy za rogiem, tuż koło jej chaty, całując się jak szaleni. To był ogromny, magiczny mamuci pocałunek. Obmacałem ją prawie od góry do dołu. To było jak... czy da się to w ogóle opisać? To było jak picie Wybornego Starego Wina. To znaczy nie całkiem, bo ja nigdy nie piłem Wybornego Starego Wina, tylko raz, i wcale mi tak bardzo nie smakowało. Ale było tak, jak sobie to człowiek wyobraża. Albo jak pływanie w Wybornym Starym Winie czy coś w ten deseń. Czujesz, jak wypełniają się wszystkie twoje zmysły, jest cudownie, gęsto i obficie.

Macałem już wcześniej inne dziewczyny, ale Deborah była taka kobieca. Cycki, brzuch i tyłek. Pachniała jak kawałek owocowego ciasta. Naprawdę mnie to brało; malutka część mojej świadomości obserwowała wszystko, a druga wyobrażała sobie, że ktoś inny nas obserwuje, i to jeszcze bardziej mnie rajcowało. Podciągnąłem jej sweter i wyłuskałem cycki z biustonosza; obróciłem ją tak, że światło padało na nas, i wyobraziłem sobie, że ktoś może zobaczyć, co robimy. A ona dyszała ciężko i patrzyła na mnie, jakby było ogłuszona czy coś. Zerkała na drogę, ale myślę, że się nie przejmowała. Schylałem się, żeby je całować, i zrobiły się całe mokre. Potem spróbowałem ściągnąć jej majtki. Zobaczyłem ją w myślach z cyckami na wierzchu i majtkami opuszczonymi do kolan i o mało nie odpłynąłem, ale Debs nie pozwoliła. Przez cały czas trzymała w ręku Pana Sękatego i pracowała nad nim. Co chwila filowała na to, co robi. I wreszcie — to było super — odsunęła się trochę, żeby lepiej widzieć, jakby to była dla niej wielka przyjemność; głaskała i pociągała tak, że spuściłem jej się na rękę i na spódnicę.

— Przepraszam — jęknąłem, opierając się o ścianę, żeby nie rymnąć jak długi na glebę. Deborah parsknęła śmiechem.

— To było miłe — powiedziała z naciskiem.

— A co z tobą? — spytałem szeptem, gdy odzyskałem oddech. Przez dziesięć minut pracowałem tam na dole i nic.

— Dam sobie radę — odparła i po chwili dodała: — Następnym razem pokażę ci jak.

Spojrzałem na nią z góry. Stała z uniesioną twarzą, jej białe zęby błyszczały w uśmiechu, mimo że panował półmrok. Czy to znaczy, że nie wiem jak?, myślałem. No pewnie. Czy to znaczy, że spodziewa się zobaczyć mnie jeszcze raz? No pewnie.

A czy ja tego chcę?

Wiesz co?, odezwał się głosik w mojej głowie. Naprawdę nie mam pojęcia.

— Lepiej już pójdę — powiedziała Deborah.

— No dobra. Dzięki.

Roześmiała się.

— Nie musisz mi dziękować! — zagulgotała.

— Naprawdę ci się podobało?

— Jasne! — ryknęła, jakby to też był świetny żart. Za cholerę nie wiedziałem, jak mogło jej to sprawić radochę, ale chyba mówiła prawdę.

— Przyjdziesz jutro posprzątać u Dina? — spytała.

— Powiedziałem, że przyjdę.

— A więc do zobaczenia. Koło południa? — Uniosła głowę i pocałowała mnie. Odsuwając się, na krótką chwilę bardzo delikatnie położyła mi rękę na policzku. Potem odwróciła się i weszła do domu. To było cudowne, pomyślałem.

Ratunku!

11

Imprezowa wróżka

— Aaaaaaaaaaaaaaaaaaaaaaaaaaaaaaaaaaaaaaaa!

Co to było? Morderca? Jackie? Wrzask zimnego pawia? O rany, tylko nie to! Dino odwrócił się na pięcie i spojrzał. Dzianinowa narzuta na małej sofie pod oknem podniosła się i wyjrzała spod niej twarz bladej, umorusanej dziewczyny. Obnażone ręce nadawały jej wygląd dziecka. Oczy, wyzierające spod kasztanowych kręconych włosów, wyglądały jak dwa spodki. Miała tak samo przerażoną minę jak Dino i była ładna. W pierwszym ułamku sekundy Dino doznał kolejnej iluzji. Gdy tylko dotarło do niego, że to nie paw na niego wrzeszczy, przemknęło mu przez myśl pytanie, czy nie jest to czasem wróżka.

— Kto ty jesteś? Jezu! Co tu robisz? — zapytał.

— Spałam. Przepraszam, przepraszam.

— Jezu — powtórzył. — Wyglądasz jak jakaś zakichana wróżka. Co ty tu robisz?

— Usnęłam. — Dziewczyna rozejrzała się niepewnie po pokoju i uśmiechnęła. — Imprezowa wróżka, we własnej osobie. Spełnić twoje trzy życzenia? — W tej samej chwili pożałowała tych słów i zarumieniła się. Potem próbowała się uśmiechnąć, jakby chciała je obrócić w żart.

Co?, pomyślał Dino. Serce zaczęło mu walić bum, bum,

bum, bo byli sami w sypialni, nie znali się, a ona zaproponowała, że spełni jego trzy życzenia. Ciupcianie, obciąganie i...
Nad trzecim zastanowi się później. Tak się przeraził tej myśli, że chodził w kółko przez kilka sekund, nie mając odwagi podnieść wzroku na dziewczynę. Oczywiście, tylko żartowała. Ale nigdy nie wiadomo. Kiedy wreszcie na nią spojrzał, miała skrzywioną minę.

— Naprawdę wyglądam jak wróżka? — spytała podejrzliwie.

— Wszyscy poszli do domu — poinformował ją Dino. Dziewczyna wstała. Miała na sobie kusą różową kieckę, która podwinęła jej się nad udami. Wyglądała tak goło w tej balowej sukieneczce, że Dino znów pomyślał, że być może mu coś proponuje. Może tylko czeka, aż on poprosi? Przypomniał sobie, co ktoś powiedział mu kiedyś o dziewczynach: jak nie poprosisz, to nie dostaniesz.

— Co? — spytał z niepokojem.

— Masz szluga?

— Nie palę — odparł Dino. — Ale pewnie coś się znajdzie.

— Poczekaj... — Dziewczyna podeszła do łóżka i schyliła się po paczkę marlboro lights, leżącą na podłodze razem z zapalniczką. Potrząsnęła pudełkiem, coś zagrzechotało. Wyjęła papierosa i zapaliła. Stała, zaciągając się i spoglądając z ukosa na Dina.

— Ktoś musiał zostawić — stwierdziła, machając paczką w jego stronę.

— Taak. — Wtedy Dino z jakiegoś powodu spojrzał na łóżko. Dziewczyna podążyła za jego wzrokiem, a potem popatrzyli na siebie.

— Lepiej już pójdę — powiedziała.

— Ktoś się zrzygał — poinformował ją Dino. — Patrz. Nieznajoma spojrzała ponownie na łóżko.

— Rzeczywiście — przytaknęła.

— Moja dziewczyna... — zaczął Dino. — To znaczy,

ta dziewczyna to zrobiła, a potem sobie poszła. Przed chwilą. Widziałaś ją?

— Spałam — odparła i zaciągnęła się głęboko papierosem.

Wyglądała na zmęczoną, ale na razie nie zbierała się do wyjścia. Stała, obejmując się gołymi ramionami, mocno przypięta do papierosa. Dino zauważył, że nogi też ma brudne. Właściwie wyglądała trochę na kurewkę. Makijaż rozmazany, brudne nogi. Dlaczego miała brudne nogi? Zauważyła, że Dino jej się przygląda, i obciągnęła sukienkę.

— To była długa impreza — wyjaśniła ze śmiechem.

— Całonocna — potwierdził Dino.

— Dla mnie dwudniowa!

— O... Więc nieźle balangowałaś.

— Żebyś wiedział!

Znów zaciągnęła się głęboko papierosem i spytała:

— Która godzina?

— Nie wiem, może trzecia.

Dziewczyna westchnęła i powiedziała:

— Słuchaj, późno się zrobiło. Wolałabym cię o to nie prosić, ale mógłbyś mnie przenocować?

— Moi starzy wracają jutro wieczorem.

— Wtedy już mnie tu nie będzie. Nie sprawię ci kłopotu, mogę się przekimać tutaj.

Ho, ho!, pomyślał Dino. Ale bał się zapytać, czy przekima się z nim.

— Pomożesz mi rano w sprzątaniu?

— Jasne! — Dziewczyna wyglądała na zadowoloną z układu. — Dobra. Dzięki.

— W porządku!

— No, to umowa stoi. — Skinęła głową. — Dzięki jeszcze raz. — Usiadła na sofie i powiedziała: — To do zobaczenia rano.

— Nie, wolałbym, żebyś... — Chciał się zachować jak gospodarz i zaproponować, żeby kimnęła się w łóżku, lecz słowo „łóżko" zastygło mu na ustach. Potem pomyślał: Kurde balans, przecież ona wie, o co mi biega. Tylko ostatni frajer by nie spróbował, gdyby trafiła mu się taka gratka. Co powie kumplom? „No wiecie, pogadaliśmy trochę, a później poszliśmy spać...".

— Chcesz herbaty? — spytał.

— Nie. Położę się.

Dino zmarszczył czoło. Czy ona naprawdę jarzy, o co mu chodzi? Siedzi tak w imprezowej kiecce owiniętej wokół majtek... Więc zrobił to.

— Możesz zostać na noc... Jeśli zostaniesz ze mną.

Nie spojrzała na niego od razu. Jej usta rozchyliły się nieco. Podniosła wzrok. Dino uśmiechnął się lekko i zrobił krok w jej stronę. Nie ruszyła się, kiedy usiadł niezręcznie obok niej na małej sofie. Nagle zrozumiał, sam nie wiedząc jak, że może zrobić z tą dziewczyną wszystko, a ona mu pozwoli. Po prostu wiedział.

Objął ją i pocałował. Jej ramiona były zimne, a usta miały cierpki, papierosowy smak. Pokręciła głową i powiedziała:

— Nie.

— Tak — szepnął Dino.

Było oczywiste, było jasne jak słońce, że nie zamierza go powstrzymywać. Pociągnął ją do tyłu i lekko w bok. Malutka sukienka dziewczyny pojechała w górę i ukazał się mały, biały trójkącik majtek. Pocałował ją i od razu zsunął tam rękę, bez żadnych ceregieli. Poruszyła się lekko i odwróciła głowę. Dino pocałował ją w szyję, rozsunął jej nogi i wśliznął się na nią. Podniósł głowę, żeby zobaczyć jej twarz, i wzdrygnął się, widząc, że jej oczy też są otwarte. Leżała na wznak, wlepiając wzrok w coś po drugiej stronie pokoju. Dino spojrzał w tamtą stronę, przestraszony. Nic tam nie było, tylko szafa. Ale jej gapienie się go zraziło.

— Zimno mi — zakwiliła.

— Możemy pójść do mojego łóżka — odparł Dino. Wstał, podał jej rękę i poprowadził do swojego pokoju. Miała taki dziwny wyraz twarzy, że zapytał: — Nie masz nic przeciwko? Wzruszyła ramionami. Dino pomyślał, że gdyby powiedziała, że jest jej wszystko jedno, byłoby to bliższe prawdy. Niezręcznie było tak stać koło łóżka. Pocałował ją, żeby zamknąć jej usta, gdyby chciała protestować. Ściągnął jej sukienkę przez głowę. Ukazały się małe cycuszki i majtki, ledwie przykrywające zarost łonowy.

— Ojej, ojej... — jęknął Dino.

Pchnął ją lekko na łóżko; poddała się. Zdjął spodnie i wsunął się za nią na posłanie. Poprosiła, żeby zgasił światło, ale zignorował to. Ściągnął jej figi, a ona uniosła nogi, żeby mu pomóc. A potem... a potem...

Dino stracił wzwód.

Dziewczyna leżała, zimna pod jego rękami, jak gdyby przed chwilą wyciągnął ją z lodówki i próbował rozsmarować na chlebie. Znów ją pocałował, mocno, próbując powstrzymać opadanie wzwodu. Zanim fiut zwiądł mu do końca, Dino wtoczył się na nią i rozsunął kolanami jej nogi, jedną ręką pocierając się lekko na dole, a drugą podpierając. Ale wtedy jego instrument był już prawie do cna sflaczały. Potarł nim między jej nogami i nawet pchnął optymistycznie, ale ten tylko się zgiął. Dino znów pocałował dziewczynę. Sięgnął ręką w dół, pogładził ją tam i zaczął ssać piersi, ale na próżno. Pomyślał, że powinien się na nią wkurzyć, bo leżała bez ruchu, jakby nic ją nie obchodziło, ale to było zbyt krępujące. Potarł włosami łonowymi o jej włosy, lecz strach przed klęską był coraz silniejszy, a wraz z nim miękł jego pal, by wreszcie stać się tylko mięsistym, zwisającym wyrostkiem.

To był koniec. Rozpłynęło się. Przerażające było pomyśleć, jak łatwo. Dziewczyna leżała pod nim z półuśmiechem, a Dino jeszcze nigdy nie czuł się tak samotny jak wtedy, z dziewczyną w łóżku i bez erekcji.

— Chyba jestem zmęczony czy coś... Nie wiem. Tyle czasu — mruknął rozpaczliwie, szukając wymówki. — Tyle czasu upłynęło, zapomniałem, jak to się robi. — Spojrzał na nią z jeszcze większym przerażeniem. Naprawdę to powiedział? Czy ona zauważy, jak idiotycznie to zabrzmiało?

Dziewczyna wysunęła się spod niego bokiem, objęła i przycisnęła mocno twarz do jego twarzy.

— Nie szkodzi. — Zachichotała. Był to bardzo przyjemny śmiech, nawet Dino musiał to docenić. — Po tym wszystkim — powiedziała, bo wydawał się taki twardy i zdecydowany, gdy chciał się z nią przespać, a teraz był taki miękki, bezradny i... — Słodki — dokończyła na głos swoją myśl. A potem, chwała jej za to, połaskotała go po żebrach, więc on oczywiście odpłacił tym samym. Poszamotali się troszkę, kołdra zsunęła się z dziewczyny i Dino znowu stwardniał. Czym prędzej zaczął ją całować, zanim wzwód zniknie. — Auu! — powiedziała, kiedy uderzył o jej biodra.

— Przepraszam, przepraszam — wymamrotał.

Tym razem obserwowała z zaciekawieniem jego twarz, gdy przesuwał dłońmi po całym jej ciele, jak pirat po swoich skarbach. I mogłoby się udać — Dino był pewien, że się uda, choć bał się momentu penetracji. Lecz dziewczyna nagle podniosła ręce i ujęła jego głowę.

— Nie — powiedziała. — Proszę.

— Przepraszam — powtórzył Dino.

— Nie szkodzi — mruknęła. — I tak jest przyjemnie, prawda?

— Taak — odparł żałośnie Dino.

Uśmiechnęła się.

— Zostaniesz tu ze mną? — spytała.

— Mmm, tak — powiedział, myśląc, że może zrobi to później. Dziewczyna znów się uśmiechnęła i przytuliła do niego. Miała naprawdę błogą minę, leżąc tak wtulona w Dina. Położyła głowę na jego łokciu i westchnęła.

— Nigdy wcześniej tego nie robiłam — wyznała przytłumionym głosem.

— Co?

— No, czasem przytulałam się tylko do kogoś przez całą noc, wiesz?

— Aha.

— Jakby nie było żadnych trosk. Przytuleni do siebie, ja tutaj, w twoich ramionach — wymruczała.

Dino leżał, słuchając bicia swojego serca i jej oddechu. Tutaj, w jego ramionach. Jakby nie było żadnych trosk. To wydało mu się takie dziwne, niesamowite, że jest przy nim taka odprężona, zwłaszcza że omal... Mimo że zachowywał się dotąd jak skończony ćwok. Odebrał to jako wielki komplement. Dziewczyna czuła się bezpieczna w jego ramionach. Nie upłynęła nawet minuta, a ona już spała. Biedactwo, pomyślał Dino, musi być wypruta. Pogładził ją po włosach. Czuł teraz wyrzuty sumienia, że szantażem próbował zmusić ją, żeby z nim została. Przyjemnie było spełnić jej życzenie, pozwolić spędzić całą noc w jego objęciach i zapomnieć o wszystkich zmartwieniach. Wkrótce on też usnął.

Zbudził się w przedziwnym, porannym świetle. Przez chwilę leżał spokojnie na boku, zastanawiając się, co go obudziło, zanim poczuł ciepłe ciało obok; uderzyło go wspomnienie i nagle zapragnął być sam po katastrofie, która nań spadła. Dziewczyna spała spokojnie, oparta o jego plecy, czuł jej oddech na ramieniu. Nie śmiał się poruszyć ze strachu, że ją obudzi. Jej skóra była ciepła, twarz odprężona i tak spokojna, że Dino pomyślał w uniesieniu, że wygląda jak anioł. Najpierw wróżka, teraz anioł. Jej zapach nie przypominał niczego, co kiedykolwiek wąchał, żadnego zapachu na ziemi. Była tylko zawadą w jego nieszczęściu.

Odsetek moich niepowodzeń wynosi sto procent, pomyślał, choć wiedział, że jest dla siebie niesprawiedliwy. Najbardziej przerażające było to, że nie miał nad tym wszystkim żadnej kontroli. Można mrugnąć okiem, można wyprostować palce u nóg, zakręcić językiem. Niektórzy umieją nawet poruszać uszami. Ale nie swoim fiutem. Można naprężyć każdy mięsień, tylko nie ten. Sam musi ci to zrobić. Dino wiedział, że nigdy nie zazna ukojenia, dopóki nie przeleci jakiejś dziewczyny. Kto wie, kiedy to nastąpi? Jackie dała nogę. I tak poprzysiągł sobie wcześniej, że ją rzuci, jeśli dzisiaj nie stanie na wysokości zadania, a ona zawiodła na całej linii. Ta dziewczyna, leżąca obok niego tak spokojnie, okazała się gwoździem do trumny. Patrzył na jej mały, spiczasty pyszczek wystający spod kołdry i myślał: Musi być z niej niezła kurewka, skoro tak po prostu wlazła ze mną do łóżka. Dino nie znał się zbyt dobrze na dziwkach. Dziewczęta, z którymi się kolegował, były dość wybredne. Było kilka, zwłaszcza w niższej klasie, które prawie każdemu pozwalały się obmacywać, lecz Dino wątpił, czy poszłyby na imprezę i przespały się z kimś, kogo poznały pięć minut wcześniej, tylko po to, żeby mieć gdzie spać. Ale z niej cichodajka! Może to jej wina, że mu nie stanął? Może potrzebuje przyzwoitej dziewczyny, żeby się podniecić? Jeśli tej tutaj jest obojętne, kto jej wsadza, to wstręt jest jak najbardziej na miejscu.

Ale niestety. Dinowi nie zależało szczególnie na tym, żeby zrobić to z szanującą się dziewczyną. Chciał to robić także z cichodajkami, kurewkami i dziwkami. Komu to przeszkadza? Byleby były ładne. Im więcej, tym ciekawiej.

W głębi serca nie uwierzył w żadną z tych obelżywych myśli na temat nieznajomej dziewczyny. Po pierwsze, ślicznie wyglądała we śnie. Tak się cieszyła, że może się do niego po prostu przytulić. Głaskała go i pocieszała, mimo że próbował nią pomiatać. Jak można powiedzieć o dziewczynie, że jest dziwką, jeśli jest dla ciebie miła i czuje się szczęśliwa, będąc z tobą?

A mimo to... Leżała obok niego w łóżku, goła jak ją pan

Bóg stworzył. Nie mógł sobie pozwolić na to, żeby jej nie przelecieć, bo będzie cierpiał przez tygodnie, miesiące, może nawet lata. Musi ją zaliczyć. Wystarczy ją obudzić i wziąć, myślał. Pewnie nawet i tego nie musi robić — ona i tak nie będzie miała nic przeciwko temu. Pozwoli mu zrobić ze sobą wszystko, czego tylko zapragnie. A on po prostu nie może, do jasnej cholery!

Dziewczyna przewróciła się na wznak, z głową przechyloną na jedną stronę i otwartymi ustami. Kurewka czy nie, była naprawdę ładna. Bardzo delikatnie i powoli, Dino podniósł kołdrę, żeby na nią popatrzeć. W półmroku widział cienie na jej ciele, małe piersi, głęboki cień wokół brzucha. Rozróżniał ciemne kręgi sutków.

Sięgnął ostrożnie ręką do małej lampki na stoliku. Pogmerał przy niej chwilę, w końcu się zapaliła. Dziewczyna nie zmieniła pozycji. Teraz widział o wiele więcej. Sutki były ładne, różowe, a w dole ciemniało futerko. Widział też swoje ciało, z wiotkim, zdradzieckim penisem leżącym bez najmniejszego drgnienia o cale od nagiej jaskini rozkoszy. Spoglądał to na siebie, to na nią, ale nic się nie ruszało. Powolutku i delikatnie, żeby jej nie obudzić, zaczął gładzić się pod kołdrą, zerkając raz na swoją rękę, raz na ciało dziewczyny — wszystko po to, żeby się rozbujać. Z początku nie mógł nic wskórać, lecz potem zaczął myśleć o świństwach i wreszcie instrument drgnął. To było takie żałosne — bawić się w Jasia Podglądacza z dziewczyną, która leży obok w łóżku... Ale tak, nareszcie coś się działo! Dino zwiększył tempo: raz, raz, raz. Materac poruszał się pod nim lekko, piersi dziewczyny drgały delikatnie. Co za przyjemność. Jak się ładnie napręży, myślał Dino, to spróbuję jeszcze raz, ale jego pal już zesztywniał. Tak trudno było przestać... jeszcze troszeczkę...

— Mmm?

O Boże, nie.

— Co robisz?

— Hm?

— Co robisz?

— Eee... Chcesz herbaty?

— Która godzina? — Dino uzmysłowił sobie, że nie zna nawet jej imienia. Dziewczyna usiadła i podciągnęła kołdrę pod brodę. Na pewno pomyślała, że ma do czynienia z jakimś szajbusem, który podgląda ją we śnie. I miała rację.

Dino zerknął na zegarek.

— Piąta — odparł. Jego wzwód odchodził w niepamięć.

— Hm?

— Chcesz się napić herbaty? — powtórzył pytanie Dino.

Twarz dziewczyny przybrała wyraz zamyślenia.

— Jestem głodna — odparła.

— Płatki? Sandwicz? Robię świetnego sandwicza z jajkiem.

— Mhm!

— Więc co zjesz?

— Jedno i drugie.

12

Dino

Zwlokłem się na dół i zapaliłem gaz. To się chyba nigdy nie skończy! Najpierw Jackie znika akurat wtedy, kiedy już była gotowa rozłożyć nogi, później rzygowiny w łóżku, a potem fujara nie chce mi stanąć i wpadam na waleniu konia. Z ogiera zmieniłem się w koniobijcę, a później w kelnera, i to w ciągu dwóch godzin. Zostać przyłapanym na trzepaniu kapucyna to najgorsza rzecz, jaka może się przytrafić. Wtedy ważne jest już tylko to, żeby utrzymać tę dziewuchę z dala od kumpli, bo mogłaby mnie sypnąć.

Miałem nadzieję, że pryśnie, zanim wrócę — to może świadczyć, w jakim byłem stanie. Ale ona siedziała w łóżku w swojej małej różowej kiecce, czekając na mnie.

— Super! Po prostu super! — zawołała na widok żarcia.

Postawiłem przed nią tacę, a sam usiadłem na brzegu łóżka i patrzyłem, jak wsuwa, całkiem jakbym był jej starym. Wciąż próbowałem nakłonić mojego fiuta, żeby wziął się do roboty. Ona nie ma pod spodem majtek, myślałem, próbując przypomnieć sobie jej ciało. Ale wszystko na nic.

— Więc ciągle tu jesteś? — zapytałem.

— Co?

— Myślałem, że cię nie zastanę — odparłem.

— Dlaczego?

— Byłem trochę... — Już chciałem powiedzieć „napalony", ale to by mnie zdradziło. Może nie widziała, co wtedy robiłem.

— Napalony? — dokończyła za mnie.

Zaczerwieniłem się. Nienawidzę tego. To najgorsze, co może mnie spotkać.

— Nie to. No wiesz, wczoraj wieczorem zmusiłem cię, żebyś została. I spała ze mną. Normalnie tak się nie zachowuję. Przepraszam.

Dziewczyna wzruszyła wątłymi, chudymi ramionami.

— Chciałam tylko znaleźć sobie łóżko na noc. Słuchaj, stary, ja robię, na co mi przyjdzie ochota, i się nie łamię. Więc nie wyjeżdżaj mi z moralnością. Przynajmniej nie wykorzystuję innych ludzi. Po prostu robię to, co mi się podoba, jasne?

— Nie wyglądałaś na zadowoloną, kiedy ci powiedziałem, że musisz...

— Pewnie, nikt nie lubi, jak mu się rozkazuje. Chodziło mi tylko o łóżko na noc — powtórzyła, zatapiając zęby w sandwiczu, a ketchup spłynął jej po brodzie.

Na chwilę zapadła cisza.

— Jestem Dino — powiedziałem.

— Wiem, słyszałam, jak ludzie do ciebie mówili wczoraj wieczorem.

— A ty? — spytałem.

— Siobhan — odparła. — Siobhan Carey. — Dokończyła sandwicza i zabrała się do płatków. — A w ogóle, to wiem, czego naprawdę żałujesz. Że ci nie stanął.

— Nie!

— Tak.

— No, może — przyznałem. — Co nie znaczy, że nie jest mi przykro z tego drugiego powodu.

— Nie łam się. To wróci. Ale ciągnąć go za ogon... — roześmiała się.

Znów się zarumieniłem. Kompletnie mnie to zdołowało. Musiała zauważyć, że się czerwienię, bo powiedziała:

— Nie przejmuj się.

Zdobyłem się tylko na to, żeby się trochę skrzywić.

Dziewczyna spojrzała na mnie zaciekawiona.

— Podobałeś mi się wtedy, wiesz? Naprawdę. Bardziej mi się podobałeś dlatego, że nie mógł ci stanąć, niż kiedy powiedziałeś, że mam się z tobą przespać albo wynocha.

— Wcale tak nie powiedziałem!

— Ale o to chodziło, prawda?

— Nie — zaprzeczyłem, choć miała rację.

Dziewczyna zastanowiła się chwilę.

— Dzięki temu poczułam się bezpiecznie — szepnęła.

I wtedy stało się coś dziwnego. Jej oczy napełniły się łzami. Nie zdawałem sobie sprawy... Nie wiem nawet dokładnie, z czego, ale tak właśnie było. Nie wiedziałem, co to znaczy. Wyciągnąłem rękę i dotknąłem jej ramienia. Miałem ochotę ją przytulić, ale nie chciałem, żeby pomyślała, że chodzi mi o seks.

— Nie wykopałbym cię, wiesz? — powiedziałem.

— Przystawiałbyś się do mnie przez całą noc. Faceci tak robią. — Skończyła płatki i otrzepała ręce jedna o drugą. — Chodź do mnie... — Nachyliła się nad tacką i objęła mnie.

To było miłe. Po kilku sekundach puściła mnie, postawiła tacę na podłodze i usadowiła się tak, że mogłem się do niej przysunąć. Objęliśmy się, a ona przywarła do mnie mocno. Pewnie znów chce się czuć bezpieczna, pomyślałem.

Siedzieliśmy tak na łóżku, tuląc się do siebie niezgrabnie, aż wreszcie ona powiedziała, że jest jej zimno, więc weszliśmy pod kołdrę. Głaskała mnie z tyłu po głowie. Wtedy ja też poczułem się całkiem bezpieczny, jeśli wiecie, o co mi chodzi. Myślałem: ho, ho!

Pocałowałem ją, a ona odwzajemniła pocałunek. Miała na sobie majtki, więc zjechały w dół, a mała różowa kiecka poszła w górę. Ja ściągnąłem z siebie wszystko. To było super, oboje byliśmy nadzy. Dostałem obłąkańczego wzwodu. Położyłem rękę... sami się domyślcie gdzie. Było cudownie. Rozłożyłem jej nogi naprawdę szeroko, wpuściła mnie. Wsunąłem się na nią... i znów mi oklapł. Czułem, jak odpływa z niego krew, jakby ktoś zakręcił kurek.

— Nie łam się, rano ci się uda. Tak mi się wydaje — powiedziała.

I to „Tak mi się wydaje" sprawiło, że światu odleciało denko jak od puszki. To był koniec. Skoro nauczył się opadać, to tak już mu zostanie, byłem tego pewien. Czekało mnie życie impotenta.

Leżeliśmy do połowy na łóżku, a do połowy poza nim. Z jednej strony czułem lekką ulgę. Czy to jest bardzo pokręcone? Bo widzicie, to oznaczało, że nie muszę więcej próbować. To był taki cholerny ciężar, naprawdę straszna mordęga. Już lepiej walić gruchę. Teraz nie musiałem się martwić. Ale wiedziałem, że to uczucie nie zostanie na długo.

Miałem jednak inny pomysł. W porządku: zero życia seksualnego, zero ciupciania. Byłem skazany na miejsce na szarym końcu ludzkiego rodu. Nawet Jonathon wylądował lepiej ode mnie, a był z grubaską. Ale mimo tego, no wiecie, wciąż żal mi było tracić szansę.

— Mogę luknąć? — zapytałem.

— Co?

— No wiesz... — Skinąłem głową w stronę nóg łóżka.

Jackie dała mi się dotykać, ale nigdy nic pozwoliła mi zdjąć sobie majtek, bo bała się, że sprawy zajdą za daleko. Kiedyś spróbowałem zerknąć do środka, ściągając jej figi na jedną stronę, ale miała na sobie dżinsy i nie mogła rozłożyć nóg. Chciałem zobaczyć porządnie rozłożone nogi.

— Luknąć? — powtórzyła.

— Uhm. No wiesz. Chciałbym... zobaczyć.

Zachichotała i chwyciła za kołdrę.

— Wstydzę się! — pisnęła.

— No dobra — wycofałem się, ale Siobhan z jakiegoś powodu wyglądała na podrajcowaną. Młóciła mnie rękami i wrzeszczała, jakbym ją łaskotał.

— Nie! Nie! — chichotała, odpychając mnie, mimo że nic nie robiłem, więc oczywiście złapałem za kołdrę i spróbowałem ją ściągnąć. — Przestań! — zawołała, więc przestałem. Przycisnęła kołdrę do szyi i zastanowiła się. — To nie jest zbyt ładne — powiedziała cicho.

— Nie szkodzi.

— Co to znaczy, nie szkodzi? — obruszyła się.

— No... nie wiem. — Zrobiłem ruch ręką, jak gdybym chciał ściągnąć kołdrę od spodu, ale Siobhan złapała mnie za uszy i znów zaczęła krzyczeć:

— Nie! Już wiem. Możesz... no przestań. Przestań! Wejdź pod kołdrę i popatrz, jeśli chcesz — powiedziała.

— Mogę?

— Tak. Jeśli chcesz.

— Niczego nie zobaczę... — Zacząłem i w tej samej chwili mój wzrok powędrował do małej lampki na nocnym stoliku

— Nie! — wrzasnęła Siobhan, sięgając do mojej ręki, ale odsunąłem jej dłoń.

— Przecież to bez sensu, jeśli niczego nie będę widział!

— Nie!

— Tak!

— Ale ja będę w ciemności — zapowiedziała.

— Ja nie.

Puściła moje uszy i położyła się na łóżku. Wsunąłem się pod kołdrę. Nie powstrzymywała mnie, kiedy rozsunąłem jej nogi i zgiąłem kolana.

— I co, dobrze? — spytała nieśmiało.

Ale ja nie mogłem wydusić słowa. To było po prostu... No bo wiecie, oglądałem zdjęcia, ale to nie to samo. Teraz widziałem prawdziwą! Była większa, niż myślałem, czerwieńsza, bardziej włochata i po prostu niesamowita. Miała ten niezwykły leciutki zapaszek siuśków. Czysty seks. Rozsunąłem ją i mój fiut zaczął pulsować jak uzbrojona bomba atomowa.

— O kurde — jęknąłem. To było coś fantastycznego. Zdjęcia niczego nie pokazują, naprawdę. Wciąż wlepiając w nią wzrok, ukradkiem wyciągnąłem rękę w stronę nocnego stolika.

— Co robisz?

— Szukam kondoma.

Roześmiała się, ale to mi nie przeszkadzało. Pewnie myślała, że jestem pokręcony, kiedy tak patrzyła na mnie, jak oglądam z lampką jej cipkę. Ale wiecie co? Myślę, że ją to kręciło. Znalazła prezerwatywę i podała mi. A ja szamotałem się pod kołdrą — jedną ręką trzymałem lampę, a drugą wciągałem kondom na mojego ogromnego, sztywnego fiuta, przez cały czas gapiąc się na cipkę.

Podniosłem kołdrę jak namiot i wysunąłem głowę, żeby zaczerpnąć powietrza.

— Jeszcze nigdy czegoś takiego nie widziałem — powiedziałem.

Objąłem Siobhan i pocałowałem ją, jedną ręką podnosząc jej nogę. Uśmiechnęła się do mnie, sięgnęła ręką w dół i poprowadziła mnie, a ja wśliznąłem się do środka.

13
Ben

Dochodziła jedenasta, kiedy zwlokłem się z łóżka, więc po pierwsze, byłem spóźniony. Wziąłem prysznic. Na śniadanie nie mogłem spojrzeć. Zabrałem strój piłkarski i prezent urodzinowy dla niej, kompakt Handsome Cult. Zamierzałem też dać jej coś jeszcze — mój stary szkolny mundurek.

Przygotowałem wszystko wcześniej. Bluza była w tylnej części szafy — mama trzymała ją na wypadek, gdyby potrzebował jej mój brat Neil, ale chociaż robił tyle rabanu, że chce go po mnie dostać, nigdy go nie włożył. Koszulka i podkoszulek były w szafce Neila — również po mnie (dobrze, że nie jestem młodszym bratem) — i spodnie też. Buty znalazłem w samiutkim kącie szafy, całkiem suche. Wyczyściłem je kilka dni temu wieczorem, wciąż na mnie pasowały. Wmawiałem sobie, że urosłem przez ten rok, ale najwyraźniej stóp to nie dotyczyło.

Ale w końcu ich nie wziąłem. Zbyt kiepsko się czułem. Na samą myśl robiło mi się niedobrze. Brrr. Wcisnąłem rzeczy do plecaka i ruszyłem w drogę.

— Cześć!

— Gdzie idziesz? — zawołał tata.

— Pograć w piłkę.

— Jadłeś śniadanie? Trzeba zjeść śniadanie, kiedy się idzie uprawiać sport — krzyknęła mama.

— Tak — zełgałem i wyszedłem.

Mdliło mnie i kręciło mi się we łbie. Marzyłem tylko o tym, żeby wrócić i walnąć się do łóżka.

Z tym mundurkiem to było tak. Ona ciągle mnie o to męczy. Kiedyś przebrała się za służącą. Posadziła mnie w fotelu z piwem w ręku i pląsała po pokoju, odkurzając. Schylała się nade mną, żebym zaglądał jej za dekolt i zginała się wpół nad stołem, tak że króciutka spódniczka podjeżdżała do góry. Była bez majtek. Wyobrażacie sobie? Potem musiałem ją skrzyczeć za niedociągnięcia. Miałem kazać wykonywać jej różne prace i podglądać, ale nie byłem w tym zbyt dobry. Za bardzo się wstydziłem. Jej to nie przeszkadzało. Pokrzątała się jeszcze trochę, a później zdjęła ze mnie wszystko, tak jak zawsze, tylko że tym razem, robiąc to, zwracała się do mnie „sir". Bóg jeden wie, co wymyśli, kiedy przebierze mnie za uczniaka.

Istna szajba. Mundurek, zabawy i te inne rzeczy mi nie przeszkadzają, ale czasem dostaję dreszczy. W budzie też to robi. Czy to również kwalifikuje się jako szajba? Z początku nie było źle. Zabierała mnie do magazynku, całowała, a ja miętosiłem jej cycki. Było całkiem fajnie, chociaż trochę strach. Kiedyś wzięła mnie za scenę, ściągnęła mi koszulkę, zdjęła top i stanik i pocałowała bardzo mocno, z języczkiem, a połowa obsady Ropucha była tuż-tuż za kurtyną. Myślałem, że wykorkuję. Ale było niesamowicie.

Tylko że to wymyka się spod kontroli. Sęk w tym, zdaje się, że ona lubi ryzyko. Zawsze robiła takie rzeczy, jak łapanie mnie za spodnie, kiedy stałem za nią, a wokół było pełno ludzi. No wiecie, zasłaniała mnie sobą, tak że nikt inny nie widział. Potem zaczęła mi dawać kary — musiałem zostawać po lekcjach w budzie. To było obciachowe, bo działo się przy całej klasie. Mówiła, że coś przeskrobałem, a ja nawet nie kiwnąłem palcem. To było takie czytelne. Myślałem, że każe mi się przelecieć, ale okazało się, że wymyśliła coś jeszcze gorszego. Wzięła mnie za kurtynę, ściągnęła dżinsy i zrobiła laskę. Najgorsze w tym było to, że kazała mi stać przodem do kurtyny, żebym mógł zerkać i widzieć ludzi, którzy wchodzili i wychodzili z sali.

„Musisz uważać, na wypadek gdyby ktoś przyszedł", ostrzegła. Próbowałem się sprzeciwić, ale nie wiem, ja chyba nie umiem powiedzieć nie. Ona zawsze dostaje to, co chce. To nie jest w porządku.

14
Matka-miłość

Z początku myślał, że nie usłyszała dzwonka, lecz w chwili, gdy jego palec wędrował znów do przycisku, usłyszał takie szuranie za drzwiami, że serce zaczęło mu walić ze strachu, choć wiedział, że nie jest to, dajmy na to, zraniony wodny bawół czy wygłodniały tygrys, który się do niego zbliża, tylko Pani. Otworzyła drzwi, ukazując mu kompletnie potargane włosy i twarz jak po kataklizmie. Powietrze cuchnęło zwietrzałym alkoholem, dymem papierosowym i pastą do butów.

— Ben — mruknęła, po czym podniosła rękę do głowy i odwróciła się.

Wszedł za nią do środka.

Wszystko było nie tak. Przez chwilę myślał, że za sprawą jakiejś niewytłumaczalnej pomyłki trafił do niewłaściwego mieszkania, w którym ona też akurat się znalazła... czyżby z nowym kochankiem?... Ale to nie było to. Mieszkanie było to samo, tyle że zwariowało.

W mieszkaniu Pani zawsze panował bałagan. Trzymała czyste i brudne rzeczy w osobnych stertach na podłodze i nie dotykała prania, dopóki nie zebrało się go tyle, żeby warto było zawracać sobie głowę. Nie przepadała za odkurzaniem i ciągle szukała kogoś do mycia okien. Ścierkę brała do ręki tylko wtedy, gdy coś lepkiego nie chciało wyschnąć, a podłogę w kuchni myła dopiero, kiedy przyklejały się do niej pantofle. Co jakiś czas robiła generalne sprzątanie, lecz teraz to było coś innego. Mieszkanie było nieskazitelnie czyste. Więcej: było sterylne.

— Co się stało? — zapytał Ben, choć znał już odpowiedź. Ali z rezygnacją machnęła ręką, nieokreślonym gestem wskazując otoczenie.

— Matka wparadowała na moje przyjęcie urodzinowe. Wstaw wodę — rzuciła i poczłapała z powrotem do sypialni.

Istnieje wiele różnych rodzajów matek, w zależności od tego, co każą ci robić albo w jakie wpędzają cię uczucia. Jest matka-miłość i matka-nienawiść, matka-wina i matka--smutek, matka-gniew, matka-zadowolenie, matka-sen, matka-mania, matka-śmiech, matka-strach, matka-cios, matka--płacz, matka-nuda, matka-choroba, matka-praca i matka--bezpieczeństwo, by wymienić tylko niektóre. Z ojcami jest podobnie. Alison Young miała matkę-lobotomię. Ilekroć ją odwiedziła, Ali przez cały dzień chodziła jak naćpana zombi.

Ben widział to już wcześniej. Przyszedł do Ali parę miesięcy temu w niedzielę i zastał ją w takim właśnie stanie; w łóżku, z czymś w rodzaju ogromnego kaca, będącego następstwem wizyty matki. Z początku odniósł wrażenie, jakby miała trunkową matkę, ale to nie było to. Matka Ali sprawiała, że córka czuła się jak ostatnia szmata.

Poszedł do kuchni zaparzyć kawę i zobaczył, że tak jak poprzednio, wszystko w mieszkaniu zmieniło miejsce.

— Gdzie się podziały filiżanki? — zapytał.

— Tam, gdzie je schowała ta tłusta suka — odparła Ali. I rzeczywiście. Filiżanki były tam, gdzie wcześniej były konserwy, konserwy tam, gdzie miski, a miski... kto wie, gdzie mogą być miski?

— Ona udaje, że robi to niechcący — mruknęła Ali,

sącząc kawę kilka minut później. — Wywala wszystko, żeby móc posprzątać w szafkach, a potem wkłada rzeczy w jakieś lepsze miejsce. — Ali schyliła się po chusteczkę.

Ben znał już całą serię opowieści o pani Young. Między innymi o tym, jak namówiła Ali na przyjęcie z okazji czternastych urodzin, przysięgała, że nie będzie się wtrącała, a potem zmuszała wszystkich do gier towarzyskich. „Ciuciubabka. Listonosz puka! Wyobraź sobie, że masz czternaście lat, a matka zmusza cię do gry w listonosz puka. Siedzisz zamknięty w szafie..." — gorączkowała się Ali.

O pierwszym okresie Ali. Matka zabrała ją do łazienki, zajęła się nią, a potem zeszła na dół i obwieściła nowinę całej rodzinie siedzącej przy herbatce. I przez cały tydzień zawiadamiała o tym każdego, kto przyszedł do domu. „»Właśnie ma pierwszy okres!«, oznajmiała, wskazując na moje krocze. Przysięgam. A ludzie, rzecz jasna, spoglądali tam, gdzie pokazywała palcem. Czułam się tak, jakby to widzieli!", zawodziła Ali.

Tym razem pani Young przyjechała, żeby zrobić córce urodzinową niespodziankę. Ali zaprosiła paru znajomych. Wypili kilka drinków w pubie, a potem przyszli do niej na dalszy ciąg.

Pani Young wtargnęła bez uprzedzenia. Ali nie miała pojęcia, że matka dorobiła sobie klucze. Nie wyglądała na uszczęśliwioną widokiem gości, ale starała się robić dobre wrażenie, podając drinki i przekąski. Nie wdawała się w pogawędki. Zostawiła „młodych ludzi" w spokoju, a sama poszła do kuchni i zajęła się rytualnymi porządkami. Po opróżnieniu wszystkich szafek na podłogę — przez co kuchnia stała się nie do sforsowania — matka Ali zmieniła zdanie i zajęła się dużym pokojem: najpierw zaczęła odkurzać w kątach, a potem stopniowo przesuwała się na środek. Osiągnęła swój cel, bo goście szybko zaczęli znajdować wymówki i znikać.

Ali zapytała, czy o to jej chodziło — rozpętała się strasz-

112

liwa kłótnia, którą Ali wytrzymała przez jakieś pięć minut, a potem rozpłakała się i histerycznie uciekła do sypialni. Matka tymczasem sprzątała bezlitośnie dalej, wrzeszcząc na nią przy akompaniamencie odkurzacza. „To było takie upokarzające. Dlaczego nie umiałam jej powstrzymać? Dlaczego tak bardzo mnie to dotyka? Czyż nie jestem żałosna? Dlaczego musiało mi się to przytrafić?".

Ben słuchał z pełnym współczucia zdumieniem. Był trochę zbulwersowany, a trochę rozbawiony. Ali sprawiała wrażenie osoby, która potrafi sobie nieźle radzić, więc dlaczego jest taka bezbronna wobec matki? Nic tu do siebie nie pasowało. Wypiwszy kawę, rzuciła się w poprzek na łóżko, przykryła kocem i schowała twarz w poduszce. Ben stanął niezręcznie koło łóżka.

— Wszystko w porządku?

— Dam sobie radę — odparła, lecz wcale nie zabrzmiało to przekonująco.

— Chcesz spać? — spytał z nadzieją.

Ali zerknęła na niego.

— Możesz mnie przytulić, jeśli chcesz.

Ben się zawahał. Chciał powiedzieć, że ma różne rzeczy do zrobienia, lecz ona wiedziała, że tak nie jest, więc zrzucił buty i podszedł do łóżka.

— Nie — powstrzymała go Ali. — Chcę zobaczyć kawałek ciała.

Ben ściągnął dżinsy i koszulkę i wśliznął się obok niej. Ali przytuliła się do niego plecami, a on objął ją mocno.

— Hmm — mruknęła. Ben nie wiedział, czy ma się z nią kochać. Chociaż po drodze czuł się wyczerpany i marzył tylko o tym, żeby się położyć, teraz był całkowicie rozbudzony. Miał ochotę wstać i czymś się zająć. Po chwili Ali odwróciła się i oparła głowę na jego ramieniu. — Mmm — westchnęła i zamknęła oczy.

Przyglądając się jej, po raz pierwszy zauważył dwie proste białe blizny przecinające nadgarstki. Potem zasnął.

15

Gwiazda Nemezis

Dziewczyna, która przedstawiła się Dinowi jako Siobhan, przez uwielbiających ją rodziców, którymi pogardzała, była nazywana Zoë. Zbudziwszy się po przyjęciu w łóżku z Dinem, uśmiechnęła się na myśl, że spędziła noc z chłopakiem, który uważa ją za kogo innego. Przy śniadaniu, bez zastanowienia i beztrosko, zaczęła opowiadać mu kolejne kłamstwa, ot tak, dla hecy.

Jej ojciec jest weterynarzem specjalizującym się w leczeniu gadów. Zoë ma siedemnaście lat i jest najmłodszym z pięciorga dzieci. To był przypadek, rodzice jej nie chcieli. Nienawidzą jej i kontrolują we wszystkim, co robi. Gdyby się dowiedzieli, że uprawiała seks, dostaliby szału. Pewnie zabiliby tego chłopaka. Lepiej, żeby Dino nigdy nie trafił do jej domu.

Dino we wszystko uwierzył. W rzeczywistości Zoë miała tylko czternaście lat, lecz od dawna z upodobaniem pakowała się w kłopoty. Kochała je, żyła nimi, była nimi. Ojciec, którego wymyśliła dla Dina, uprawiał zapasy z aligatorami cierpiącymi na ból zęba i olbrzymimi pytonami, próbując podać im lekarstwo. Prawdziwy ojciec nadzorował linię produkcyjną w wytwórni jogurtów. Ręce utrzymywał w takiej czystości, że skóra popękała od zbyt częstego mycia. Umknąłby na milę na widok jakiegokolwiek stworzenia z łuskami. Wymyśliła gady po trosze dlatego, że ojciec był gadem, a po trosze dlatego, że wpadł w szał tylko raz: kiedy próbowała wymknąć się z domu, ubrana tylko w top i obcisłe spodnie ze skóry węża.

„Wyglądają jak wąż, który cię połknął", warknął, tarasując frontowe drzwi.

Zoë pobiegła z powrotem na górę, krzycząc: „Oczy wyłażą ci na wierzch z wściekłości czy z pożądania?". Włożyła różową sukienkę, zeszła na dół i cisnęła spodnie do kominka.

„Już nigdy ich nie włożę", wrzasnęła. Spodnie skurczyły się w ogniu i spłynęły na węgle w cuchnącym dymie, a Zoë wymknęła się z domu. Biegła ulicą, nasłuchując cichnącego krzyku ojca, a potem skręciła za rogiem. Była na siebie wściekła, że dała się ojcu złapać w swoich najbardziej zabójczych ciuchach, a potem wyrzuciła spodnie. Była tak rozgrzana do czerwoności żądzą życia i niebezpieczeństwa, że aż się dziwiła, że chodnik nie topi się pod nią, skwiercząc i otwierając aż do samego piekła.

Tego ranka Dino bardzo jej się podobał. Kiedy już przestał się ciskać, był niezaprzeczalnie słodki. I śliczny. Przystojniak z niego bez dwóch zdań. Wszystko ma ładne, ale Zoë nie zapomniała ani tego, że wcześniej naprawdę się ciskał, ani że, nie wiedzieć czemu, pozwoliła mu na to. Kiedy byli w łóżku, bez przerwy się zastanawiała, czy ugryźć go mocno albo kopnąć nagle w jaja, czy też nie. Była zdolna i do tego, i do tego. Wiedziała jedno: Dino będzie cierpiał, bez względu na to, jak bardzo jej się podoba. Wciśnięcie mu ogromnego steku bujd było zabawną zemstą, lecz niewystarczającą. Myślał, nieborak, że ją wykorzystuje. Prędzej czy później przekona się, że jest inaczej.

Tymczasem Zoë dobrze się bawiła. Przez cały ranek dokazywali w łóżku niczym para dzieciaków na wielkiej dmuchanej poduszce. Z przyjemnością zostałaby u niego na cały dzień. Nie miała lepszego miejsca, do którego warto byłoby pójść, bo na pewno nie do domu. Ale jak tylko usłyszała, że przyjaciele mają przyjść pomóc mu sprzątać, przypomniała sobie, że umówiła się na kręgle. Wyskoczyła z łóżka i była ubrana, zanim Dino się połapał. Ledwie zdążył ustawić się z nią na randkę w weekend, kiedy znikła za drzwiami i już jej nie było.

Złapała autobus do miasta, podeszła do budki i zadzwoniła.

— Cześć, Sam.

— Jak impreza?

— Zostałam całą noc.

— Zoë!

Roześmiała się, słysząc oburzony ton przyjaciółki.

— Zostałam z chłopakiem, który tam mieszka.

— Jaki on jest?

— Śliczny. Pamiętasz tego, który miał ciemne włosy ze złotymi pasemkami?

— To on? Uuu, palce lizać.

— Ale głupi. Mam się z nim spotkać. Przynajmniej tak mu się wydaje! — Zoë ryknęła śmiechem.

Sam też roześmiała się niepewnie.

— Jesteś niedobrą dziewczyną, Zoë Trent.

— Nie, posłuchaj. Naopowiadałam mu potwornych głupot. Nie uwierzyłabyś. Nazwisko, imię, wiek... wszystko poprzekręcałam.

— Dlaczego to zrobiłaś?

— Nie wiem, po prostu zrobiłam! — ryknęła Zoë, która nigdy by się nie przyznała, że ktoś zmusił ją, żeby poszła z nim do łóżka. — On myśli, że mój stary jest lekarzem od gadów. Naprawdę! Uwierzył, że mam na imię Siobhan. Myśli, że mamy w domu basen i że rodzice ufają mi tak bardzo, że dają mi chatę do dyspozycji w weekendy, kiedy ich nie ma. — To nie była prawda. Tych dwóch ostatnich rzeczy nie powiedziała Dinowi, ale Zoë była chorobliwą, pełną inwencji kłamczuchą. Łgała na zawołanie. — To jeszcze nie wszystko — ciągnęła. — Mam pełną torbę forsy.

— Zoë!

— Jakieś sześćdziesiąt funtów.

— Skąd?

— A jak myślisz?

Sam nawet nie chciała o tym słyszeć.

— Zoë, ci ludzie przyszli na imprezę w dobrej wierze.

— Nie marudź. To były same tłuste, wychuchane dzieciaki, nawet tego nie zauważą.

— Tłuste, wychuchane dzieciaki. Ty jesteś tłustym, wychuchanym dzieciakiem.

— Nie jestem ani tłusta, ani wychuchana i dzieciakiem też nie jestem. Pomożesz mi je puścić?

— Nie.

— No, przestań! Sześćdziesiąt funciaków!

— Dzisiaj nie mogę. Po co ci to, Zoë? Poza tym mam masę pracy domowej.

— Praca domowa!

— No cóż, niektórzy z nas chcą mieć jakieś życie, wiesz.

— Sześćdziesiąt funciaków, Sam.

Sam się zastanowiła.

— Sześćdziesiąt funciaków to mnóstwo kasy.

— Nie daj się prosić. Możemy wydać wszystko co do pensa. Dzisiaj. Za jednym zamachem.

— No dobrze.

— Grzeczna dziewczynka! Więc do zobaczenia w mieście. Za godzinę w Stredzie?

— Najpierw muszę skończyć pracę domową.

To potrwa co najmniej parę godzin.

— Daj spokój, Sam. Ja płacę.

— Dwie godziny, dobra?

— No dobra — zgodziła się niechętnie Zoë.

To nie w porządku. Przecież ona płaci, prawda? Nie była pewna, czy Sam miała prawo odmawiać, ale taka już jest

Sam. Gotowa na wszelkie szaleństwa, ale dopiero kiedy przestaje być rozsądna i tylko jeśli ma pewność, że nie zostanie nakryta. Cała Sam — mistrzyni kamuflażu.

Zoë odłożyła słuchawkę i rozejrzała się po ulicy. Dwie godziny do zabicia. Nuda. Nuda, nuda i jeszcze raz nuda! Czemu życie jest tak potwornie nudne?

Kiedy Zoë wróciła do domu, była niedziela po ósmej wieczorem. Nieźle zaszalały z Sam. Wydały wszystko co do pensa. Obejrzały film, pograły w kręgle, zjadły górę chrupków i słodyczy, i każda kupiła sobie płytę. Zoë musiała zostawić swoją u Sam, bo rodzice regularnie przeszukiwali jej pokój. Nie była w nim od piątku wieczorem.

Rodzice wyskoczyli na korytarz jak para nastroszonych borsuków, nim zamknęła frontowe drzwi.

— Nic cię nie obchodzi, co? — ryknął ojciec. — My jesteśmy chorzy ze zmartwienia, a ciebie to nie obchodzi.

— Żebyś wiedział.

— To nie w porządku! — zapiał.

— Kochanie, dlaczego się tak zachowujesz? — krzyknęła płaczliwie matka; wodociągi już pracowały. Oczy jej lśniły, ale ojciec wyciągnął rękę, żeby ją uciszyć.

— Nic przejmujesz się absolutnie nikim. O nikim nie myślisz, dla nikogo nie masz żadnych uczuć. Jesteś tylko ty, ty, ty i nic poza tym. Mam rację?

Co mogła powiedzieć? To była prawda, co do słowa. Sęk w tym, że jej to nie obchodziło. Naprawdę nie obchodziło. Czuła się jak księżniczka w bajce, wychowana przez obcych ludzi. Po prostu nie pasowała. Rodzice nie byli dla niej tacy źli. Mieli swoje wady, to jasne. Ojciec był apodyktyczny i wyraźnie nie lubił dzieci; matka nie rozumiała córki, ale nigdy nie przestała próbować, co było dość żałosne. Nawet kiedy Zoë była mała, matka chowała się za drzwiami, godzinami słuchając, jak bawi się lalkami ze swoimi koleżankami.

Wszystko po to, by rozgryźć swoją dziwną, podobną do elfa córkę. Starała się, trzeba jej to przyznać. Tak, to nie ulegało wątpliwości, problemem była Zoë, nikt inny. Czuła się jak szmata, postępując w taki sposób. Ale po prostu nie mogła się powstrzymać.

Matka stała, gapiąc się na nią i rozsiewając łzy jak klejnoty koronne, lecz Zoë nie dopuszczała do siebie żadnych wyrzutów sumienia. Czy to jej wina, że ma rodziców, którym na niej zależy? Nie. Ruszyła na górę.

— Powinnam mieć rodziców drani, szkoda was na mnie — krzyknęła z piętra. Weszła do swojego pokoju i po chwili znów wyszła. — Przestańcie wpędzać mnie w poczucie winy! — zawołała.

— Zoë, chcemy tylko, żebyś mówiła nam, dokąd wychodzisz. Masz dopiero czternaście lat, musimy wiedzieć, że nic ci nie jest. Jesteśmy odpowiedzialni... — zawodziła matka.

— Właśnie tak, odpowiedzialni! Wiesz, co oznacza bycie odpowiedzialnym? — ryknął ojciec. — Ale to słowo pewnie nie znaczy dla ciebie wiele, prawda?

Zoë trzasnęła drzwiami.

— Mięczaki — warknęła.

To była prawda. Ojciec się pieklił, a matka lała łzy, ale żadne z nich nie miało zielonego pojęcia, jak utrzymać córkę w ryzach. Rozejrzała się po pokoju. Dlaczego nie ma żadnego innego miejsca, do którego mogłaby pójść? Dlaczego jest taka samotna i porzucona w swoim własnym domu? Dlaczego ojciec nie przyjdzie i nie złoi jej skóry, jeśli ona traktuje ich jak popychadła?

— Łachudry! Szmaty! Zasrańcy! — krzyknęła w ich stronę, ale nie usłyszała żadnej odpowiedzi. Zeszła po cichu na dół. Rodzice oglądali teleturniej i jedli orzeszki, jakby nie znali żadnych trosk na tym świecie. Zoë miała ochotę ich zamordować, lecz tylko wbiegła z powrotem na górę, rzuciła się na łóżko i zaczęła płakać. Nie była w stanie ich zabić, ale ktoś musi umrzeć, i to niedługo. Nie wiadomo tylko kto.

16
Szczęście to kosz pełen śmieci

Seks? Spoko, brachu! Mam do tego wrodzony talent. Jestem w tym dobry, myślał Dino. Ta dziewczyna... prawie doprowadził ją do szaleństwa. Jackie nie wie, co ją ominęło. Był tak zadowolony z siebie, że właściwie mógł jej wybaczyć. W gruncie rzeczy zrobiłby to, gdyby nie fakt, że nie musi. Ma teraz nową dziewczynę.

Mniej więcej pół godziny po wyjściu Siobhan, Jackie zadzwoniła do niego z przeprosinami. Była przerażona swoim zachowaniem. Nie mogła zrozumieć, jak ani dlaczego uciekła. Wymiociny w łóżku tak ją obraziły, że wybiegła z domu, zanim dotarło do niej, co robi.

— Musimy porozmawiać — powiedziała.

— Myślę, że nie ma o czym.

— Ja naprawdę chcę się z tobą przespać.

— Ktoś już to zrobił tej nocy, więc... nie zawracaj sobie głowy — rzucił i odłożył słuchawkę.

Jackie była już historią.

Dino czuł taką ulgę z powodu straty dziewictwa, że sam nie wiedział, jak bardzo ta nowa sytuacja unieszczęśliwiła go na wiele sposobów. Po pierwsze, nie ufał Siobhan ani ciut--ciut. To, że zmusił ją szantażem do uprawiania z nim seksu, zostawiło mu w ustach bardzo przykry posmak i mocno nadszarpnęło jego samoocenę. Jackie znów go odrzuciła, co było naprawdę bolesne. I wreszcie, mimo iż gratulował sobie, że ją rzucił, przerażała go myśl o jej utracie. Był w niej zakochany i nawet o tym nie wiedział. Uciąwszy w pół słowa rozmowę z Jackie, Dino zszedł na dół, żeby zjeść śniadanie. Próbował wyobrazić sobie, że robi z Jackie to, co robił ze Siobhan, lecz poczuł się z tym dziwnie i nieswojo. Chwilę później spojrzał na zegar i przeraził się, widząc, że nie wiadomo kiedy, zrobiła się pierwsza. A kumple mieli przyjść koło południa! Rodzice...! Dom wyglądał tak... jakby ktoś urządził w nim imprezę.

Mocno już zaniepokojony Dino rzucił się do telefonu i po kolei obdzwonił kolegów, ale wszyscy byli zbyt zajęci leżeniem w łóżku, żeby z nim rozmawiać. Zaczął biegać z pokoju do pokoju, wrzucając śmieci do worka, ale minęła godzina i nic się nie zmieniło. Już żałował, że powiedział Jackie o Siobhan, mimo że zasłużyła na to z nawiązką. Dopiero po drugiej rozległ się dzwonek do drzwi. Popędził otworzyć: to była Deborah. Uśmiechnęła się do niego promiennie jak święta z obrazka.

— Jest już Jon? — spytała.

— Prędko! — zapiał Dino. — Musimy posprzątać!

Ku jego zdziwieniu Debs jakby nie złapała sensu tych słów. Pierwsze, co zrobiła, to zadzwoniła do Jona, lecz nikt nie odbierał, a jego komórka była wyłączona. Chciała do niego iść i go obudzić, więc Dino musiał pilnować frontowych drzwi, żeby się nie wymknęła. A co z resztą? Nie zjawił się ani jeden z tych fałszywych, obłudnych drani. Dom wyglądał jak po kataklizmie. Pety w dywanie, plastikowe kubki wdeptane w kałuże zwietrzałego, cuchnącego piwska. Należało rozpakować wszystkie kruche rzeczy, a kałuże rzygów czaiły się w nieodkrytych jeszcze zakamarkach. Rodzice mieli wrócić za kilka godzin, a roboty zostało na tydzień dla dwudziestu chłopa.

Kiedy o trzeciej zjawił się Ben, Dino nie wiedział, czy go uściskać, czy mu przywalić za to, że się tak spóźnił.

— Gdzieś ty, kurwa, był? — zapiszczał.

— Kac — odparł Ben. — Nie łam się, wszystko zrobimy. Gdzie Jackie?

Pół godziny później znów rozległo się pukanie do drzwi. Dino rzucił się do nich razem z Deborah. Stały tam Jackie i Sue.

— Deborah! — Jackie aż się zachłysnęła. Czyżby to z nią Dino spędził noc? — Ty?

— Widziałyście gdzieś Jonathona? — spytała szybko Deborah. — Co? Co ja takiego zrobiłam? — dodała po chwili, widząc przerażoną minę Jackie.

Wyjaśnienie sytuacji zajęło dłuższą chwilę. Deborah, która już spędziła godzinę sam na sam z gospodarzem, miała dość i wyszła. Jackie, widząc, że popełniła błąd, przeprosiła ją i chciała się pogodzić z Dinem, lecz on był zbyt pochłonięty sprzątaniem, by zdać sobie sprawę, że Jackie znów proponuje, że się z nim prześpi. Zaczęła się kłótnia. Sue była na siebie wściekła, że w ogóle przyszła. Jackie zadzwoniła do niej w niedzielę o godzinie, której istnienia Sue nawet nie przeczuwała. Miała ciężkiego kaca, a to nie był jej problem. Wszystko to bzdety i tyle. Ani przez chwilę nie wierzyła w bajeczkę Dina o tym, że się z kimś przespał.

„Nikogo innego tam nie było, no to co zrobił, zadzwonił do agencji towarzyskiej?", spytała, gdy Jackie zadzwoniła do niej na komórkę. To było chyba oczywiste, że jak tylko dotrą na miejsce, Jackie i Dino zaczną się na siebie wydzierać, a ona będzie musiała uganiać się po domu i sprzątać.

To kwestia zasad. Sue nigdy nie pomagała w pracach domowych.

— No dobra — warknęła. — Posprzątam jeden pokój, a potem spadam. Mam lekcje do odrobienia.

— Ty też byłaś na imprezie! — ryknął Dino. — I podobało ci się!

— Gówno warta była ta impreza — odcięła się Sue i stukając butami na schodach, wbiegła na piętro do dużej sypialni. Dopiero wtedy przypomniała sobie o monstrualnym pawiu w łóżku.

Jackie była na granicy histerii.

— Musimy pomówić — wydukała, gdy Sue ruszyła na górę.

— Musimy posprzątać — sprostował Dino.

— Jak mogę sprzątać, jeśli ty spędziłeś noc z inną? — wrzasnęła Jackie.

Jedno krótkie spojrzenie na jej twarz powiedziało mu dobitnie, że jeżeli będzie się trzymał swojej historii, nie będzie mógł liczyć nawet na to, że Jackie kiwnie palcem choćby przy odkurzaniu. Nawet poczucie winy z powodu ucieczki przed nim nie pomoże mu przemówić jej do rozumu. Rodzice wrócą za parę godzin. Deborah wyszła, na Sue nie można liczyć, a Ben jest facetem. Co ma począć?

— Łgałem — zełgał.

— Łgałeś?

— Taak.

— Chciałeś mnie tylko zranić?

— Jacks, zwiałaś przede mną. A obiecywałaś. Obiecałaś też, że pomożesz doprowadzić chatę do porządku. Spójrz, jest wpół do czwartej, a lokal wygląda jak śmietnik. Przykro mi, że bujałem, ale czy możemy wreszcie posprzątać? Proszę!

Jackie zerknęła przez łzy na panujący wokół chaos. W końcu to ona zbłądziła. Dino był zakłamanym draniem, ale przynajmniej kłamał, że z kimś nie spał, a nie odwrotnie.

— Dobrze — zgodziła się. — Ale potem porozmawiamy. Dobra?

— Kocham cię! — krzyknął Dino, porwał Jackie w ramiona, uściskał i ucałował.

Znów był szczęśliwy, a biedna, skołowana dziewczyna uśmiechnęła się z radości. To był jeden z wielkich darów Dina: umiał zarażać innych swoimi uczuciami. Nadawał je na wszystkich falach. Jeśli czuł się źle, wszyscy inni też się tak czuli. Jeśli się śmiał, świat uśmiechał się wraz z nim. Wszystko szło doskonale. Stracił dziewictwo! Nie rzuci Jackie, a ona pomoże mu sprzątać! Objął ją mocno i przytulił, promieniejąc radością. Jackie poddała się temu zalewowi uczuć. Podniosła na niego wzrok, poczuła, że jego radość rozpala iskry w jej oczach, budzi wibracje w kręgosłupie i brzuchu. Ben, stojący w drugim końcu pokoju z workiem pełnym puszek po piwie, roześmiał się na ich widok. Na górze Sue zmarszczyła czoło, czując przyjemne łaskotanie w stopach. Co to?, zdziwiła się. A Deborah, która powstrzymywała łzy, człapiąc do domu, wyobraziła sobie, że Jonathon obudził się w łóżku, pełen niepokoju, nie wiedząc, co do niej czuje, i nagle mu przebaczyła, zupełnie bez powodu.

17

Dino

Wejście Jacks podziałało jak czary. W domu po prostu samo się posprzątało. Rany! Tak po prostu. Nawet Sue do tego wciągnęła, spodobało im się. Sue nuciła sobie pod nosem, odkurzając schody. Jak to dziewczyny. A ja nie wiem nawet, jak utrzymać jaki taki porządek w moim pokoju.

Kiedyśmy się tak uwijali, zacząłem rozmyślać o moim położeniu i wiecie... Przyszło mi do głowy, że jest całkiem niezłe. To znaczy, wszystkim mogło wyjść na dobre, ale mnie w szczególności. Siobhan jest w porządku, ale nie wiem, czy chciałbym, żeby była moją dziewczyną. Rozumiecie, co mam na myśli? Jest trochę puszczalska. Nie taka jak Jackie. Z drugiej strony, Siobhan się pieprzy, Jackie znów nie — a pieprzenie to jest coś, co bardzo mi odpowiada, i to w dużych ilościach.

Więc może obie? Bo niby czemu nie? Mógłbym chodzić z Jackie i pieprzyć się ze Siobhan. To długo nie potrwa, ona i ja, ale co mi szkodzi spotkać się z nią jeszcze parę razy, tak żeby Jackie o niczym nie wiedziała? Idealny układ. Nie będę naciskał na Jackie, żeby mi dała, a kiedy już to zrobi...

„O rany, Dino, gdybym tylko wiedziała! Zrobiłabym to kilka miesięcy wcześniej...".

Będę miał już sporą praktykę! Niezłe, co?

Ale mówiąc poważnie, to fakt, że nie będę jej truł bez przerwy o seksie, bo będę go miał gdzie indziej... A ona będzie myślała, że jestem taki wrażliwy i wyrozumiały! Klawo, nie? Bo właściwie to czego ona się spodziewa? Wpuszczała mnie w maliny od tygodni, więc prędzej czy później musiałem sobie tego poszukać u innej. Wpół do czwartej pożegnałem się ze wszystkimi. Sue ma samochód, więc pojechała wyrzucić dodatkowe worki ze śmieciami na wysypisko. To był jej pomysł. Robiła to już kiedyś. Co by się stało, gdyby mama i tata zajrzeli do kosza na kółkach i znaleźli te wszystkie kubki, pety, puszki i tak dalej, no wiecie...

A ja byłem sam w ładnym, czyściutkim domu, czekając na powrót mamusi i tatusia.

* * *

Lecz gdy tylko Dino został sam, poziom jego niepokoju znów zaczął się niebezpiecznie podnosić. Ogarnął go lęk, że przedobrzyli. Co ten Ben myślał, polerując tak dokładnie stół? Ten stół nigdy nie był czyszczony, a teraz patrzcie, błyszczy jak w reklamie. Jackie wyczyściła gąbką zasłony w miejscu, gdzie ktoś rozlał piwo, i na jednej stronie zrobiła się wielka czysta plama. Sue skoczyła do sklepu i kupiła butelkę aerozolu i innych pachnideł, żeby zneutralizować smród zwietrzałego piwa i fajek, który unosił się w całej chacie. Czy tutaj kiedyś tak pachniało? Zorientują się jak nic!

Zadzwonił do Jackie na komórkę, żeby mu coś doradziła, ale ona wyłączyła telefon, egoistyczna krowa. Pewnie wlazła z powrotem do łóżka, akurat wtedy, gdy jej potrzebuje. Wziął się do niwelowania efektów sprzątania. Starł gąbką tę część zasłony, która wciąż była brudna, a potem zabrał się do stołu, próbując usunąć ostry połysk i przywrócić meblowi naturalną nijakość. Wytarł o niego spocone ręce, lecz wtedy stół wyglądał jak wypolerowany do połysku mebel, w który ktoś wytarł ręce. Wziął więc na szmatkę trochę tłuszczu z piekarnika i energicznie natarł lśniącą powierzchnię. Blat pociemniał, lecz teraz wyglądał na zatłuszczony.

Wtedy rozległ się szczęk klucza w drzwiach i mama zawołała wesoło:

— Już jesteśmy!

I właśnie w tej sekundzie w głowie Dina eksplodował ciemny błysk, przypominając mu o tym, o czym nie myślał przez całe dwa dni. Wbiegł do połowy schodów, chcąc uciec. Ale dokąd? Jego mama miała romans z jakimś przydupasem ze swojej szkoły. Dino właśnie stracił dziewictwo, to powinien być jeden z najwspanialszych dni jego życia. Miał nie jedną, lecz dwie dziewczyny, powinno być cudownie, ale czy tak się czuł? Nie. A dlaczego? Przez swoją głupią, pieprzoną matkę.

Rodzice weszli do holu, rozszczebiotani jak para dzieciaków. Gdyby ojciec wiedział to, co wie Dino, nie miałby tego uśmiechu na gębie. Zatrzymali się u podnóża schodów, spoglądając w górę na syna. Dino wlepił w nich wzrok.

— Hm, miłe powitanie — rzekł ojciec. Matka, która stała za jego plecami, przestała się uśmiechać. Jej zdaniem Dino był nieco zdołowany.

— Witajcie w domu — powiedziała cicho.

Dino uśmiechnął się pogardliwie i ruszył na górę. Ale szambo! Był wściekły. Jakim prawem psują mu tę chwilę? Rzygać mu się chciało na myśl o pożyciu rodziców w dniu, w którym jego życie seksualne właśnie się zaczęło! Nie mogło być gorzej. Jacy oni egoistyczni. Jak obsesyjnie pochłonięci sobą. To był JEGO dzień, JEGO chwila, a zamiast kroczyć dumnie jak król, pocił się z niepokoju.

Rzucił się na łóżko i próbował sobie przypomnieć, jakie jest to życie seksualne — jego ręce na piersiach Siobhan, gorący dotyk jej ciała, poruszającego się pod nim — lecz mógł myśleć tylko o tym, że Dave Short robi te same rzeczy jego matce.

Usłyszał, że wchodzi po schodach, i serce zaczęło mu

łomotać. Ona chce o tym rozmawiać! Wie, że on wie! Zapukała, wsunęła głowę w drzwi i spytała, jak to się stało, że stół pachnie kiełbaskami? Dino nie mógł wyjść ze zdumienia. To wszystko? Tylko tyle umie powiedzieć, mimo że on od tygodnia wie o wszystkim? Władczym gestem kazał jej odejść, a ona — dacie wiarę? Ta suka zezłościła się na niego, że jest niegrzeczny. Ona zezłościła się na niego! Nagle Dino zaczął się na nią wydzierać i wtedy ojciec wszedł na górę, żeby zbesztać go za odzywanie się w taki sposób do matki. Wyobraźcie sobie! Stali tak razem w rogach łóżka, tłumacząc mu, jaki to z niego gnojek, a on przez cały czas myślał: Ludzie, co wy wiecie? Gdyby tylko umieli sobie wyobrazić, co może zrobić, otwierając usta i wypowiadając sekretne słowo. Był bombą z opóźnionym zapłonem. Był zajebistym pociskiem Cruise, który w każdej chwili może rozwalić wszystko wokół. Nie mógł pojąć, dlaczego musi znosić ten szajs.

Ojciec pojechał odebrać Mata, a mama zaczęła szykować herbatę. Dino stwierdził, że jedyne wytłumaczenie może być takie, że to, o czym wie, nie ma znaczenia. Najwyraźniej spędzili razem miłe chwile. Sprawiali wrażenie, że się lubią. Czemu on, Dino, miałby się martwić? Różne rzeczy mogą się dziać. Może zgodzili się na otwarty związek? Albo uznali, że ich małżeństwo jest skończone, ale muszą ze sobą zostać ze względu na dzieci? To mogło być to. Mogli się nawet wymieniać partnerami! No cóż, to się zdarza. Jacyś rodzice musieli to robić. Może właśnie oni, czemu nie?

— No więc dobrze się bawiliście? — spytał tego wieczoru przy kolacji, puszczając oko do mamy. Popatrzyła na niego pustym wzrokiem.

— Świetnie. Dzięki, że zapytałeś — odparł sarkastycznie tata.

— Tylko we dwoje, co?

— Trudno byłoby spędzić romantyczny weekend w więcej niż dwie osoby, prawda? — zapytał ojciec.

— Nieprzyzwoity weekend, chciałeś powiedzieć — sprostował Mat, lecz wszyscy go zignorowali.

Dino uśmiechnął się kpiąco. Chciał dać im do zrozumienia, że wie, co się dzieje. Gapił się na matkę tak długo, aż skierowała na niego wzrok, a wtedy posłał jej lubieżne spojrzenie.

— Chyba się zaczerwieniłaś — powiedział do niej ojciec.

— Tak! To musi być menopauza czy coś w tym rodzaju! — odparła matka, wachlując się gorączkowo ręką. Wszyscy na nią popatrzyli.

— Co to jest menopauza? — spytał podejrzliwie Mat.

— Nie mogę powiedzieć, żebym zauważył jakieś objawy — stwierdził ojciec.

Dino stracił cierpliwość. To było jak głupia gra, w której uczestniczą wszyscy. Idiotyzm. Więc powiedział to wprost!

— No to jak, Dave Short też był z wami? — W tej samej chwili wiedział, że nie powinien był tego robić. Szczęka opadła mu z przerażenia, jak tylko słowa wydostały się z jego ust.

Matka wciąż była zaczerwieniona, ale teraz krew odpłynęła z jej twarzy.

— Dave Short? Dave Short? — zapytał nerwowo ojciec. — Dave Short?

Zdesperowany Dino parsknął śmiechem, jak gdyby udał mu się świetny żart. Ha, ha, ha! Zabrzmiało to jak szczekanie przeziębionego psa.

— Ach, więc jednak nie należycie do klubu wymiany partnerów — powiedział.

Nagle rozpaczliwie, ale to bardzo rozpaczliwie zapragnął ratować matkę. Tak bardzo próbował się śmiać, że się zakrztusił. Wtedy ona także zaczęła się śmiać, pustym śmiechem jak kiepska aktorka... Ha, ha, ha, ha, ha! Mat się przyłączył. Nie miał pojęcia, co się dzieje, ale śmiech innych ludzi zawsze go bawił. Może to była histeria, a może odgłos prawdziwego śmiechu na tle ich udawania, lecz za sprawą Mata, Dino i mama zaczęli śmiać się naprawdę, i zrobiło się jeszcze śmieszniej. Po chwili wszyscy troje zarykiwali się ze śmiechu i ocierali łzy z twarzy. Tylko tata siedział z nożem i widelcem w dłoniach, gapiąc się na nich, jakby był sam w tłumie obcych ludzi.

Późnym wieczorem, kiedy Dino leżał w łóżku, zaczęły się krzyki.

18
Jonathon

— Wyjaśnijmy to więc — powiedziałem. — Jackie zwymiotowała w twoim łóżku, a potem się zmyła. Może to była jakaś obrzydliwa odmiana perwersji. Jak się nazywa takie zboczenie? Rzygofilia? Pawiofilia?

— Taak, taak, taak — mruczał Dino, przewracając oczami.

— Niezupełnie tego się spodziewałeś — zauważył Ben.

— Myślałem, że pierwsza zasada balangi brzmi: szkło w górę, majtki w dół. Jesteś pewien, że nie było to nieudane podejście do seksu oralnego, o którym nie chcesz nam opowiedzieć?

— Wyprowadziło mnie to z równowagi — odparł posępnie Dino.

— Bo jeśli tak, to nie dziwię się, że sobie rzygnęła. Na samą myśl...

— Zamknij się — syknął Dino i posłał mi to spojrzenie. To nie w porządku. Powinienem przecież zagadać go tak, żeby portki mu zleciały z tyłka, a on tylko na mnie spojrzy i już się kurczę.

— Wybacz, Deen — bąknąłem, ale było za późno, już pogrążyłem się w niebycie.

Ben pokiwał na Dina palcem i uśmiechnął się do niego czule.

— Mówiłeś, że to jej ostatnia szansa.

Twarz Dina się wydłużyła.

— Nie można kogoś zmusić, żeby uprawiał z tobą seks — zauważyłem, ale mnie zignorował.

— A więc? — spytał Ben.

— Nie wiem, jak bardzo ona naprawdę mnie lubi — poskarżył się Dino.

— Chyba nie ma wątpliwości, że jest po uszy zadurzona — powiedziałem. Dino lekko się uśmiechnął. Z Landrynkiem już tak jest, że pochlebstwem zajedziesz tam, gdzie chcesz. Tak właśnie go nazywam. Dino Landrynek. Nie pamiętam dlaczego. Pewnie w jakiś nieokreślony sposób przypomina mi cukierek od bólu gardła.

— Jon ma rację — potwierdził Ben. Dino był tak uszczęśliwiony, że wymieniliśmy się z Benem czułymi spojrzeniami. Zabawne, prawda? Czemu, do jasnej ciasnej, cieszymy się, kiedy Dino jest z czegoś zadowolony?

Zmarszczył lekko brwi.

— Myślicie, że wyjdę na dupka, jeśli znów zacznę z nią chodzić? Po tym wszystkim?

— To zależy — odparł Ben. — Jak bardzo ją lubisz?

Nastąpiła pauza, w czasie której Dino patrzył na niego tak, jakby właśnie zapytał, jakiego jednorożca dzisiaj nosi.

— Co do niej czujesz? — sprecyzowałem. Dino wyglądał na zmieszanego, a potem się zarumienił. Ach! Cóż za szczęście.

— Nigdy się nad tym nie zastanawiałem — odparł nieśmiało.

Czy to możliwe? Dziesiątki razy opowiadał nam o Jackie, i nigdy nie myślał, co do niej czuje?

— Ani razu? — zapytałem.

— Pewnie, że myślałem — odburknął Dino, wciąż zaczerwieniony. — Ale...

— Aha — mruknął Ben. — Coś mi się zdaje, że nasz stary Dino lubi ją bardziej, niż chce przyznać.

Dino uśmiechnął się nieśmiało i skinął głową.

— To prawda — powiedział. — Jest śliczna.

Miły chłopiec, no nie? Poza tym, że drań, oczywiście.

— Więc może lepiej próbuj z nią dalej, chyba że masz do tego kogoś lepszego — zasugerowałem. To był tylko żart, chciałem go wyciągnąć z zakłopotania, ale on spojrzał na mnie, jakbym wypowiedział straszne bluźnierstwo.

— Nie, pewnie że nie — warknął. Więc znowu siedziałem po uszy w szambie, tym razem nie wiedząc dlaczego. I właśnie wtedy, gdy byłem na samym dnie, spojrzałem i zobaczyłem ją przy szafkach.

Deboraaaaaaaaaaaaaah!

Rozmawiała z Sue i Lesley. Odwróciła się, spostrzegła mnie, uśmiechnęła się i machnęła energicznie ręką. Spojrzałem w drugą stronę i udałem, że jej nie widzę. Ale o wiele za późno. Au, to musiało zaboleć! Biedna Debs. Kątem oka widziałem, że odwraca się do koleżanek.

— Chcesz o tym pogadać? — spytał Ben. Popatrzyłem na niego. Skinieniem głowy wskazał Debs.

— Nie, nie, nie — odparłem. Po chwili uświadomiłem sobie, że zaprzeczyłem zbyt gwałtownie, więc wzruszyłem niedbale ramionami. — O czym tu gadać? To był tylko pocałunek i tyle.

— Założę się, że one tak nie uważają. — Ben wskazał brodą grupkę dziewcząt przy szafkach.

Dino nachylił się do mnie.

— Sutki twojej kobietki trzęsą się z podniecenia — szepnął.

Uśmiechnąłem się słabo, ale wystraszył mnie tymi słowami. To jedna z moich słabości! Żyję w ciągłym strachu, że ktoś okaże się dla mnie tak okropny, jak ja dla innych.

Chodzi o to, że biedna Debs jest przedmiotem strasznej masy żartów, a większość z nich wymyślam ja. Nigdy ich nie słyszy, rzecz jasna. Nikt, a zwłaszcza ja, nawet by nie pomyślał, żeby zranić jej uczucia. Jest za bardzo lubiana. Po prostu żarty są... no, po prostu śmieszne. Przecież wiecie? A ja lubię sobie pożartować jak mało kto.

Dam przykład. Deborah może się obwiązać cyckami w pasie. Sutki zawinęły jej się za głowę. Ma więcej skóry niż słoń. Ma na sobie tyle fałd i zwisów, że trudno znaleźć właściwy bez mapy. Gdyby stopić Deborah i wlać ją do baku pojazdu napędzanego tłuszczem, można by dojechać do Londynu i z powrotem bez tankowania. Niektórzy mówią, że to nie jej wina, że ma problem z gruczołami.

„Jasne, odpowiadałem wtedy. Za dużo kanapek na jeden gruczoł".

Widzicie? Naprawdę podły ze mnie skurczybyk. Skamieniałbym, gdyby usłyszała któryś z tych żarcików, oczywiście, ale za jej plecami jestem okrutny!

— Więc jak to jest, być uwięzionym w grobowcu jej potężnych ud? — zapytał Ben. Widzicie? To też ja wymyśliłem.

— Daj spokój.

— Wytarłeś już plamy od tłuszczu? — spytał Dino, podnosząc głos. Nie było szansy, żeby Deborah to usłyszała, ale miało się wrażenie, że może usłyszeć. Drań. To też był mój żart. Gdyby dotarł do niej któryś z nich, umarłbym ze wstydu.

I tak to trwało przez cały ranek. Wszyscy w szkole wiedzieli. Zdziwiłem się, naprawdę się zdziwiłem reakcjami niektórych ludzi. No dobrze, w porządku, jestem okrutny i podły, wiem, ale to wszystko dla śmiechu. Jestem gruboskórny. Przeginam. Jestem niewrażliwy. Ale to wszystko jest przypadkowe. Niektórzy goście naprawdę tacy są. Zawsze myślałem, że o grubych dziewczynach się mówi, bo to jest śmieszne. Nigdy mi nie przyszło do głowy, że niektórzy ludzie naprawdę uważają, że jest w tym coś moralnie złego.

— To jak pieprzenie owcy czy coś w tym rodzaju — stwierdził Snoops.

— Nie bądź śmieszny — warknąłem.

Snoops to drań, ale niektórzy równi goście jak Fasil, też wydziwiali.

— Wybacz, Jon, ale nie mogę pojąć czegoś takiego — rzekł.

Czegoś takiego? Niby czego? Nawet Ben, który jest bodaj najporządniejszy z nas wszystkich, powiedział:

— Ja osobiście nie przepadam. Ale są gusty i guściki, co, Jon?

— Taak, trzymaj jej się mocno — powiedział Dino.

— A jest za co się trzymać — dodałem.

Widzicie? Nawet ja się do tego przyłączyłem. Och, wszyscy dobrze się bawiliśmy moim kosztem.

Jestem takim samym draniem jak oni. Zawsze byłem zdania, że nie ma znaczenia, jakiego kształtu i rozmiaru jest dziewczyna. Liczy się osobowość. Więc jak to jest, że nie chcę Deborah? Przecież ją lubię. Moje gonady bez wątpienia uważają, że jest świetna. Ilekroć pomyślę o tych dwudziestu minutach koło garażu, o Panu Sękatym i jej cyckach na wietrze, czuję, że spodnie zaraz same mi opadną. Więc na czym polega mój problem? Czy to możliwe, że oszukuję samego siebie, i po prostu wstydzę się?

Ale spójrzmy prawdzie w oczy, poniżeniom nie będzie końca. Ludzie będą o tym gadać, gadać i gadać. To takie beznadziejnie głupie. Ona nawet nie jest taka gruba. Jest pulchna. Po prostu miała takie głupie szczęście, że kiedyś tam została mianowana szkolną grubaską, i tyle.

Ze mną tak zawsze. To znaczy, lubię dziewczyny. Dobrze się z nimi dogaduję. I lubię seks. Nie, żebym miał duże doświadczenie — w każdym razie nie z kimś, kto jest w pokoju w tym samym czasie. Jakoś nie mogę złożyć tego w całość. Bo jest tak: Idzie mi całkiem nieźle z dziewczyną, ale jak tylko pojawi się przeczucie, że może do czegoś dojść, po prostu drętwieję. To straszne. Seks jest... jest taki niegrzeczny, prawda? Trudno sobie wyobrazić, że dziewczyny mogą lubić seks. Wydaje się, że jest dla nich zbyt niegrzeczny. Uprawiać seks z dziewczyną to trochę tak, jak wrzucić jej żabę za kołnierz, straszyć martwą myszą czy rzucać robakami. One są takie rozsądne, takie dorosłe. A jak się zdaje, nawet te miłe lubią, kiedy wsadzasz najniegrzeczniejszą część swojego ciała w najniegrzeczniejszą część ich ciała! To wszystko zdecydowanie mi do siebie nie pasuje.

Sęk w tym, że nie mogę poskładać ze sobą tego, co czuję, kiedy walę zajadle gruchę, z tym, co czuję, kiedy z kimś przyjemnie rozmawiam. Jakoś to do siebie nie pasuje. A tymczasem Deborah, z którą świetnie mi się gada, zdaje się chcieć, żebym robił te rzeczy. To brzmi zbyt pięknie, żeby było prawdziwe, no nie? Więcej, ona chce te rzeczy robić mnie. No właśnie. Odmówić jej — to wydaje się po prostu głupie.

Może mam stracha? Może muszę powąchać prochu i jej też trochę dać? Wtedy poczuję się lepiej.

Katastrofa przyszła następnego dnia. To była chyba najbardziej krępująca sytuacja, w jakiej się kiedykolwiek znalazłem.

Rozmawiałem z Benem i Dinem i paroma innymi draniami. Ben się czepiał.

— Nie powinieneś dawać jej nadziei.

— To nie jej wina, że jest gruba — zauważył Fasil. — Myślisz, że jej z tym dobrze? Przez ciebie pomyślała, że to nie ma znaczenia.

— Bo nie ma — warknąłem. — Niektórzy lubią grube dziewczyny.

— No jasne, wiedziałem — odezwał się Snoops. — To znaczy, że ona ci się podoba. Zgroza.

— Nie podoba mi się! Mówię o innych. Chryste!

— Jak na ciebie patrzyłem na imprezie, to wydawało mi się, że masz niezły ubaw — dorzucił Dino.

Chyba powinienem był zauważyć, że zaczęli spoglądać

nad moim ramieniem. Później Ben mówił, że ruchem brody próbował mnie ostrzec, co się kroi. Nie do końca mu wierzę. Mógł powiedzieć: „O, cześć Sue, Jenna i Jackie, co słychać?", zamiast ruszać podbródkiem. A te trzy harpie wynurzyły się tuż za mną, akurat kiedy to chlapnąłem...

— Robiłem jej uprzejmość.

Naprawdę wcale tak nie myślałem. To był żart. Ale jak im to wytłumaczyć?

— Ty chamie! — wrzasnęła mi do ucha Jenna.

Aż podskoczyłem. Zdawało mi się, że zemdleję w powietrzu.

— Jesteś wstrętny — syknęła Sue. — To ona robiła ci uprzejmość, jeśli chcesz wiedzieć.

— Nie chciałem powiedzieć, że to była uprzejmość, to nie tak wyszło. Chodziło mi o to, że... Jezu! To było tylko całowanie! Mógłbym to zrobić z każdą inną.

— Nic tylko chuć. Fuj — rzucił Snoops.

— Zamknij się — warknąłem.

— Nie każ mu się zamykać, nie jesteś lepszy od niego — zgasiła mnie Sue.

— To wy wszyscy jesteście uprzedzeni — stwierdziłem, bez zastanowienia przechodząc do kontrataku. — Gdybym się całował ze szczupłą dziewczyną, wszystkim by to zwisało.

— Przez ciebie pomyślała, że ma szanse, i to właśnie jest niedobre — oznajmił obłudnie Fas.

— Wszyscy jesteście wstrętni — wysyczała Sue. — Deborah ma „szans" na pęczki. Niedawno z kimś chodziła. I to ona zerwała, a nie on.

— Widzicie? — powiedziałem.

— Jest smutna — stwierdziła poważnie Jackie i ruchem głowy wskazała na drugą stronę świetlicy.

Debs siedziała przy stoliku, trochę bokiem. Musiała wiedzieć, że ją obgadujemy. Jak mogła to znieść? Czy wiedziała, że mówimy tylko o tym, ile waży?

— Ja tylko żartowałem, mówiąc, że robiłem jej uprzejmość — powtórzyłem żałośnie.

— Musisz z nią pogadać. Tyle na pewno jesteś jej winien.

— No, już dobrze, porozmawiam z nią — zgodziłem się potulnie. A wszystkie trzy dziewczyny zapytały jednocześnie: — Kiedy?

* * *

Jestem błogosławiony wśród śmiertelników. Wiem, że trudno w to uwierzyć, kiedy się na mnie popatrzy, pewnie uważacie mnie za przeciętnego fajansiarza. Nie śmiejcie się. Trochę się wstydzę. Bo widzicie, mam stadko niewidzialnych, magicznych pomocników, gotowych na każde moje skinienie.

Wiem, że to brzmi idiotycznie. Pokręcony ze mnie gość, to jasne. Ale przypuśćmy, że to prawda. Bo kto wie? Nie można niczego udowodnić, tak naprawdę. To kwestia wiary. Dokładnie tak samo jak z tym cholernym staroświeckim Bogiem, nie? Jego też nie można zobaczyć. Nie wiadomo, czy istnieje, czy nie. Bóg i magiczni pomocnicy mają taki sam kolosalny problem z wiarygodnością. Coś z poruszaniem się w tajemniczy sposób albo niewidzialnością, jak to na własny użytek nazywam.

I wszystkie te istoty mają jakieś kretyńskie zasady. Są takie moralne, co z góry wyklucza większość rzeczy, na których by mi zależało. Są na tym punkcie strasznie drażliwe. Gdyby, na przykład, poprosić je, żeby dały Tadż Mahal albo dwunastocalową pytę, albo zamieniły w milionera czy kogoś podobnego, w kogoś super i pierwsza klasa, nie zrobiłyby tego, nawet gdyby mogły, i to bez najmniejszego trudu. To byłoby dla nich zbyt oczywiste. To byłoby coś takiego, jakby poprosić o dowód ich istnienia, co oznaczałoby, że nie wierzy się w nie, jak należy... A jeśli chociaż ciut-ciut poczują, że się w nie wierzy, jak trzeba, zaraz zaczynają się boczyć i dąsać. Trzeba prosić je o rzeczy, które mieszczą się w granicach prawdopodobieństwa. Takie, o których nigdy nie wie się na pewno, czy dostało się je przez przypadek, czy dzięki czarom. Na przykład: „Proszę, zróbcie coś, żebym przestał podobać się Deborah".

Właśnie w taki sposób moi magiczni pomocnicy mogą mi pomóc. Muszę tylko odgadnąć dokładnie, o co dokładnie mam ich poprosić.

Ale „Proszę zróbcie coś, żebym przestał podobać się Deborah" nic nie da, bo to oznaczałoby wtrącanie się w uczucia innych ludzi, a tego magiczni pomocnicy nigdy nie robią. To niemoralne. Więc może: „Zróbcie coś, żeby Deborah była chuda, bardzo, bardzo proszę... ale niech ma duże cycki, żebym mógł się nimi bawić, i nikt nie będzie się ze mnie nabijał, że chodzę z grubaską".

Przyjemna myśl, ale to też na nic, bo nie można sobie tak po prostu kogoś zmienić, żeby ci pasował. Kombinacje z ciałem są tak samo niedobre, jak zmiana uczuć. Moi magiczni pomocnicy jak nic by się obruszyli. Nawet gdyby Deborah chciała być chuda i mieć duże cycki — co jest dość prawdopodobne — to i tak byłoby to niemoralne, jako oszustwo. Moi magiczni pomocnicy woleliby, żeby przeszła na dietę, tak jak każdy inny człowiek.

Więc może: „Zróbcie coś, żeby ona mnie zaczęła się podobać". Co wy na to? Może one już to zrobiły? Pan Sękaty z pewnością tak uważa. Ale w takim razie, dlaczego robienie z nią tych rzeczy wpędza mnie w taką panikę? Jest miło, kiedy to robię, bardzo miło, ale jak o tym pomyślę, to czuję się okropnie. O co w tym biega? A w ogóle, to też jest niemoralne. Jak większość rzeczy, jeśli dobrze pomyśleć. Zmieniać siebie, żeby przypasować komuś innemu, jest tak samo złe, jak zmieniać kogoś, żeby pasował tobie. Prawie.

Więc może tak:

„Proszę, dajcie mi odwagę powiedzieć jej, że bardzo, bardzo ją lubię, ale mi się nie podoba".

Ale do tego też nie przyłożą ręki, bo, oczywiście, sam

mogę to doskonale zrobić. Czary są tylko do tych rzeczy, z którymi samemu nie daje się rady. A ja, taki jaki jestem, na pewno tego nie zrobię. Wiecie dlaczego? Bo tchórz ze mnie, oto dlaczego. Więc jestem ugotowany. Dziwicie się pewnie. Jaki z nich pożytek? Nic nie zrobią, żeby ułatwić mi życie, a trudne rzeczy każą robić samemu. Nie umiałbym zranić jej uczuć. Naprawdę. Po prostu bym tego nie zniósł.

Najłatwiejszą rzeczą byłoby po prostu zacząć z nią chodzić. Czemu nie? Choćby dlatego, że naprawdę bardzo ją lubię. To już coś na początek, no nie? Po drugie, jest rodzaju żeńskiego. To nie byle co, bo oznacza, że ma cycki i dziurkę między nogami. Tak, wiem, że to kosmicznie powierzchowne myślenie, ale co zrobić. Cycki i dziurka są dla mnie bardzo ważnymi elementami, jeśli idzie o chodzenie z dziewczyną. Właściwie są to najważniejsze rzeczy u dziewczyny. Marzę o nich. Myślę o nich. Spędzam masę czasu przed komputerem, patrząc na nie — cycki, dupy i cipki, aż mi uszami wychodzi. A Deborah ma to wszystko. Prawdę mówiąc, ma najlepsze cycki, jakie można sobie wyobrazić. Duże, śliczniutkie, kobiece cycuszki, z dużymi ciemnymi sutkami... o la la, mniam, mniam.

Może powinienem wziąć to, co mi wchodzi w ręce? Żebracy nie powinni wybrzydzać. Może to za mocno powiedziane, ale jeśli ograniczę pole widzenia tylko do ładnych lasek, całkiem możliwe, że na zawsze zostanę prawiczkiem. Zauważyłem to. Te ładne aż tak bardzo na mnie nie lecą. Nie jestem przystojniakiem. A jej się podobam. Jesteśmy kumplami. Mogłaby być moim najlepszym przyjacielem, a najlepszy przyjaciel, który pozwala ci uprawiać ze sobą seks, a nawet chce uprawiać z tobą seks, to ktoś, kogo warto mieć, jak na mój gust. Ja i Debs. Czemu nie? Jest bystra i zabawna. Lubimy te same rzeczy. Mamy podobne poczucie humoru. Godzinami ze sobą gawędzimy. Ona ma talent. Powinienem czuć się wyróżniony, szczerze mówiąc. Debs rysuje niesamowite karykatury. Wystarczy jej minuta: po prostu siada, spogląda na ciebie, robi kilka kresek i gotowe. Wychodzi naprawdę śmieszna karykatura. Jakbyś patrzył na jakieś czary. Śmieje się z moich żartów i liczy się z moim zdaniem. Wiecie co? Wydaje mi się, że dzięki mnie jest szczęśliwa. Czy to nie jest coś? Uśmiechała się do mnie bez końca, kiedy pod koniec imprezy siedzieliśmy obok siebie na kanapie, trzymając się za ręce. Czy to nie jest coś warte? A do tego cycki i dziurka między nogami. Ale to by długo nie potrwało. Jak tylko by mnie poznała, ulotniłaby się raz-dwa. Bo dziwak ze mnie, jakich mało. Jeśli jestem dla kogoś miły, to tylko wtedy, kiedy chcę, żeby on był miły dla mnie. Strasznie powierzchowne, co? Mam o sobie zbyt wysokie mniemanie. Jestem całkiem niezły, jeśli chodzi o słowa, ale to wszystko i nic poza tym. Stopnie — w kratkę. Wobec ludzi — nieśmiały. Przygadywanie dziewczyn — beznadzieja. Wyczucie, kiedy przestać — zero. A to jeszcze nie wszystko. Moja głowa — nie uwierzylibyście, jakie rzeczy chodzą mi po głowie. Moja łepetyna to coś strasznego, jakbym nosił na karku ruchome piaski. Jak mógłbym się z kimś związać na dłużej, skoro mam taką masę sekretów? Walenie gruchy, na przykład. Bez przerwy! Jestem jak małpiszon. I moi magiczni pomocnicy. Dziecinada, no nie? I te inne rzeczy. Myśli, które wypełniają mi czachę! Czasem leżę sobie w łóżku i godzinami wymyślam najgorsze okropności, jakie można sobie wyobrazić. Najgorsze klątwy. Najbrutalniejsze akty przemocy, najbardziej niegodziwe myśli, najbardziej odrażające perwersje. Po prostu nie dalibyście wiary.

A mimo to ona zdaje się mnie lubić. Jest bystra, urocza i mądra, i mnie lubi.

Ale to Deborah! Jako kumpelka jest super, lecz jako dziewczyna — czysty żart. Czy właśnie z tego powodu włosy stają mi dęba? Bo ma nadwagę? Wiem, że szmaciarz ze mnie, ale to byłoby zbyt niskie, nawet jak na mnie. Lecz jeśli nie, to co innego? Mój mały ją lubi, ja ją lubię, ale coś się we mnie kurczy i umiera ze wstydu na samą myśl, że to z nią robię.

* * *

O siódmej wieczorem Jonathon dotarł do pomnika Ofiar Wojny w Scofield Park i wciąż nie miał pojęcia, co począć. Jeszcze jej tam nie było. Chodził, kopiąc beton wokół pomnika. Pragnął i miał nadzieję, że nie przyjdzie, a jednocześnie bał się tego. Z pragnieniami jest tak, że się spełniają, lecz tylko, jeśli pragnie się właściwej rzeczy. Pragnienie, które może się spełnić, jest jak kawałek układanki — wystarczy go dołożyć i obrazek gotowy. Jakie było właściwe pragnienie w tym wypadku?

Krążył dookoła ławki, mamrocząc do siebie, kiedy nagle się zjawiła. Aż podskoczył. Uśmiechnęła się z niepokojem.

— Bałam się, że nie przyjdziesz — powiedziała.

— Powiedziałem, że przyjdę.

Stali, patrząc na siebie i uśmiechając się.

— Spacer? — zaproponowała.

— Dobra.

Ruszyli przez trawnik, a potem wokół klombu z różami. Wzięła go za rękę. Obeszli cały niewielki park, rozmawiając o szkole, o Dinie, o tym, dlaczego, do licha ciężkiego, Ben nie trzyma z nikim, skoro wszyscy dosłownie ustawiają się do niego w kolejce. Ani słowa nie powiedzieli... o różnych rzeczach. Kiedy znaleźli się znów koło pomnika, oparła się o cokół i powiedziała:

— Pocałuj mnie.

Jonathon objął ją i pocałował. Jej usta miały smak przypraw i owocowych żelków. O mało się nie roześmiał. Gruba dziewczyna = żelki owocowe. Przycisnął się do niej całym ciałem i pocałował w usta. Trzymała go mocno, poczuł na sobie jej bujne łono. Pan Sękaty od razu stanął na baczność.

Deborah przycisnęła do niego brzuch, Jonathon przytulił ją jeszcze mocniej.

— Świetnie nam się gada.

— Tak.

— Więc w czym problem?

Co mógł powiedzieć? Tak, lubię cię i bez wątpienia mi się podobasz, ale nie mogę znieść towarzyskiej kompromitacji, której bym nie uniknął, gdyby regularnie widywano mnie z grubą dziewczyną? Pokręcił głową i odparł:

— Nie wiem. Nie wiem. Muszę... muszę się nad tym zastanowić.

Deborah odwróciła głowę, a potem znów na niego spojrzała.

— Czy chodzi o moją tuszę? — spytała.

— Boże drogi, nie! To mi nie przeszkadza!

Zmarszczyła brwi.

— Nie wiem — upierał się Jonathon.

— Ja rozumiem, naprawdę.

— Co? — zapytał z przestrachem.

— Nie muszę ci się podobać. Wiem, że jestem gruba.

— Nie jesteś gruba! — zaprotestował gwałtownie Jonathon. — Nie pozwól im tak myśleć.

Deborah rozśmieszyła jego zapalczywość.

— Nie jesteś gruba, wiesz, że nie. Żeby być grubą, musiałabyś... musiałabyś mieć o wiele więcej ciała.

— Więc jestem przy kości.

— Może pulchna?

— Pulchna. — Deborah się uśmiechnęła.

— Nie podoba ci się pulchna?

Wzruszyła ramionami.

— Podoba. Ale wszystkie inne dziewczyny... — machnęła ręką na park, miasto, cały świat — chcą być chude, zgrabne, mieć odpowiednie cycki i wszystko inne. Jednak nie zamierzam się tym przejmować. Chciałabym być chuda, nic na to nie poradzę, ale to jest takie głupie. To tylko moda, prawda?

A mnie moda nie obchodzi. To tak, jak... pozwolić sobą pomiatać, wiesz. Postanowiłam zadowolić się tym, że będę pulchna.

— To niesamowite. Myślę, że to coś niesamowitego — powiedział z zapałem Jonathon.

Kto inny pomyślałby w ten sposób? Czy ona nie jest wyjątkowa? I chce być jego dziewczyną.

Deborah uśmiechnęła się i poruszyła brzuchem, ocierając się o wdzięcznego Pana Sękatego.

— Więc nie obchodzi cię, co ludzie myślą? — zapytał Jonathon.

— Pewnie, że obchodzi. Nie cierpię tego. Jasne, że mnie to wkurza. A co myślałeś, że jestem wesołą, zadowoloną z siebie grubaską?

— Nie, nie. Zawsze wydawało mi się, że jesteś taka... no, nie wiem. Dobrze przystosowana.

— Jak na mnie patrzą. I te wszystkie kpiny...

Zarumienił się. Czyżby wiedziała?

— Nikt nie chce ze mną tańczyć na szkolnych zabawach.

— Ja z tobą tańczyłem.

— Ty jesteś inny.

— Ben też z tobą tańczył.

— On jest fajny.

— Wszyscy cię lubią — przypomniał Jonathon.

— Kto nie chce być miły? — zapytała Deborah. — Wszyscy mnie lubią, ale nikomu się nie podobam. No, niezupełnie — sprostowała. — To nie do końca prawda. Poza szkołą podobam się wielu chłopakom. Tylko nie wam. — Spojrzała Jonathonowi prosto w oczy. — Ale oni mnie nie obchodzą. Tylko ty. Bardzo cię lubię.

Jonathon uśmiechnął się ponuro.

— Ja też cię lubię. — Z ulgą powiedział wreszcie coś, co było prawdą.

— Więc jak będzie? — spytała Deborah.

A on stał, nie wiedząc, co powiedzieć, i nie mając pojęcia,

144

co czuje. Może oprócz tego, że czuł się skołowany i wystraszony.

— Nie musisz się od razu decydować — powiedziała.

Znów wzięła go za rękę i spojrzała na niego smutno.

— Może tak być? — zapytał.

— Może. Tylko że byłoby miło, gdybyś się zdecydował od razu. Ale kilka dni mogę poczekać. Chodź, postawię ci lody.

Poprowadziła go przez park do miejsca, gdzie na drodze pod topolą stała furgonetka z lodami. Jonathon chciał zapłacić, ale mu nie pozwoliła. Uśmiechnęła się, kiedy czekali na swoje porcje. Lody spływały spiralami do rożków.

— To wygląda jakby pies robił kupę — skomentował Jonathon.

— Ale ty jesteś! — wykrzyknęła Deborah. To było super.

Podobały jej się nawet jego najbardziej nieapetyczne żarty.

Wrócili do parku i usiedli obok siebie na ławce, liżąc lody. Po zjedzeniu rożków Deborah wstała i wygładziła dżinsy.

— Będziesz mi musiał powiedzieć przed weekendem — oznajmiła.

— Tak jest.

— Pocałuj mnie jeszcze — rozkazała.

Jonathon posłusznie wstał i wykonał polecenie. Czuł się bezradny. Pan Czerwony Kapelusz znów nie pozostał w tyle. Deborah sięgnęła w dół i wzięła go w rękę. Potem odsunęła się i przyjrzała dokładnie Jonathonowi. Był tak podniecony, że nie bardzo mógł się skupić. Jej słowa płynęły do niego jak przez sen.

— Przy tobie jestem taka napalona — powiedziała.

— Co?

— Chcę być twoją kochanką. Chcę to z tobą zrobić... Wszystko — dodała. Potem puściła go i odeszła, zerkając na niego przez ramię, bez uśmiechu.

Członek Jonathona osiągnął twardość hebanu i nie było

to zbyt wygodne. Jakby ktoś wstrzyknął w niego litr testosteronu. Jonathon zatoczył się na ławkę, otumaniony żądzą.

— Ty zdradziecki draniu — mruknął do Pana Sękatego, ale tak bardzo chciał zacisnąć na nim dłoń, że czym prędzej ruszył do domu, żeby sobie ulżyć. Jak ktoś, kto mi się nie podoba, może mnie tak nakręcać?, pytał siebie Jonathon. Czy to możliwe? Hormony buzowały w nim jak oszalałe. Zdawało się, że jest w nich zanurzony, jeszcze jeden składnik gęstej zupy pożądania. W domu musiał się zobaczyć z Panem Sękatym aż trzy razy. Potem leżał i gapił się na swój fatalny organ.

„Nie wiesz, kiedy zacząć, i nie wiesz, kiedy skończyć", rzekł surowo.

Pan Sękaty tylko się uśmiechnął.

„Kogo to obchodzi? — odparł. — Słyszałeś, co ona powiedziała".

„Powiedziała wszystko. Chce zrobić wszystko".

„A wiesz, co mówią?".

„Grube Dziewczyny Są Za To Wdzięczne, wyrecytował posłusznie Jonathon. Grube Dziewczyny Zrobią Wszystko".

„To życiowa szansa", podkreślił Pan Sękaty.

19

Sue

Wielki problem Jackie polega na tym, że racja musi być po jej stronie. Jeśli ktoś się z nią nie zgadza, to jakbyś ją ciężko obraził. Gada o tym godzinami i w końcu mówię: „No już dobra, w porzo. Ty masz rację, ja się mylę, ale mi to wisi, i tak będę robiła/nosiła to albo próbowała tamtego. Co złego w popełnianiu błędów? Więcej rzeczy się zrobi". Ktoś by pomyślał, że wszystko jej wychodzi. Tak powinno być, no nie? Bądź rozsądna, pracuj ciężko, snuj plany, a wszystko przyjdzie samo: dobre stopnie, fajna praca, wspaniałe dzieci, wspaniały mąż. A tu nagle — Dino! O co w tym biega? Tyle lat starań, żeby wszystko było jak należy, i potem co? No bo można być nieodpowiedzialnym, jeśli się musi. Ale Dino?!

Po imprezie myślałam, że nawet ona zauważy, co jest grane. Jeśli potrzebowała kolejnego dowodu, że w głębi, tak naprawdę, to NIE chce się z nim przespać, to pryśnięcie o drugiej w nocy z jego łóżka musiało być tym dowodem. Wzięłam ją do siebie, posadziłam w saloniku, powiedziałam mamie, że potrzebuję trochę miejsca, i spróbowałam raz jeszcze.

Zabrałam się do tego bardzo ostrożnie, w bardzo prosty sposób. Każde uczucie po kolei. Wyliczyłam wszystkie rzeczy, które mają dla niej znaczenie, a które układ z Dino kompletnie rozkłada. Jej nauka na tym cierpi. A ona tego nie znosi. Jackie jest z tych, które muszą być na samym szczycie. Robi z siebie idiotkę. Straszne! Traci pewność siebie. Aż się skrzywiła, słysząc to. Zawsze rządziła, a teraz jest jak marionetka na sznurku. I wreszcie — i to był mój superinteligentny argument — powiedziałam jej, że wykorzystuje Dina.

Spojrzała na mnie, jakbym ją spoliczkowała. Bo widzicie, Jackie jest nie tylko rozsądna, jest też dobra.

— Dino jest chłopakiem — wyjaśniłam jej. Zdaje się, że zapomniała o tym podstawowym fakcie. Niektórym się to zdarza. Myślą, że chłopaki to dziewczyny, tylko z fiutami. A tak nie jest.

— I co z tego? — spytała wojowniczo.

— Chce sobie pociupciać, tak? Ale to coś więcej. Wszystkie jego uczucia mieszczą się na końcu. Spróbuj sobie wyobrazić, że właśnie tam jest jego serce. A więc Dino chce ci oddać swoje serce.

Jackie skrzywiła się podejrzliwie, ale ja brnęłam dalej:

— Całe to naprowadzanie go, to było nie w porządku. Ty nie powstrzymujesz go od ciupciania, ty go odrzucasz. Jak myślisz, jak on się z tym czuje?

Nie wiedziała tego.

— Skąd nagle ta cała troska o Dina? — warknęła.

— On mnie gówno obchodzi, ale skoro nie umiesz nic zrobić dla siebie, może uda ci się zrobić coś dla niego.

— Chcesz, żebym przespała się z Dinem dla niego?

— Nie, posłuchaj. Chodzi o to, że rozmawiałyśmy o Dinie, jakby był wielkim, egoistycznym kawałem mięcha, które pali się do ciupciania. Ale to coś więcej. Jemu na tobie zależy. Po prostu nie możesz go traktować tak, jakby mógł to włączać i wyłączać jednym pstryknięciem.

— Zmieniłaś melodię — zauważyła. — Według ciebie, Dino nigdy nie dbał o nikogo prócz siebie.

Wzruszyłam ramionami.

— Może mimo wszystko jest ludzką istotą.

Przez sekundę zdawało mi się, że przeholowałam, ale Jackie była chyba gotowa uwierzyć we wszystko. Zaczęła powoli kiwać głową.

— Więc co musisz zrobić? Zacząć traktować go uczciwie. Musisz spróbować być z nim szczera. — Widziałam, że zaczyna się jeżyć, ale to była prawda. — Jest oczywiste, że nie jesteś gotowa, żeby się z nim przespać. Zgadza się? Więc powiedz mu to. Bądź szczera. Powiedz, że chcesz z nim chodzić, ale bez seksu.

— Ale to właśnie robiłam!

— Nie. Ciągle przymierzaliście się do seksu. A to jest różnica. Seks miał być jutro, za tydzień... Podsuwałaś mu konfitury. Czas je odsunąć.

Jackie się zastanowiła.

— Rzuci mnie — stwierdziła w końcu.

— Jesteś mu to winna i sobie też — odparłam. — To znaczy, powiedz tak lub nie, ale nie rób tak jak dotąd, to nie w porządku.

Przez sekundę myślałam, że pośle mnie do diabła, ale ona nagle się rozpłakała. To było niesamowite, naprawdę. Wiecie, że jak się różne rzeczy planuje, to nigdy nie wychodzą? A tu nagle coś wskoczyło w swoje miejsce — to było jak czary. Raz w życiu musiało mi się coś udać. Albo Jackie rozpaczliwie szukała jakiegoś wyjścia.

Usiadłam obok i przytuliłam ją, a ona zaczęła szlochać na moim ramieniu.

— Masz rację — powiedziała stłumionym głosem. — Muszę to z nim wyprostować. Muszę mu powiedzieć. Nie ma mowy o seksie.

A ja pomyślałam: Tak! Mam ją! Udało się. Nie było szans, żeby Dino na to poszedł.

20

Ben

Wiecie, czym jest niebo? Powiem wam. Leżysz na wielkim, miękkim królewskim łożu, tak wielkim, że możesz się rozciągać we wszystkie strony i nie wystajesz za brzeg. Wszystko jest ciepłe — powietrze, twoja skóra, pościel ciepła i pognieciona. Na szafce koło łóżka stoi zimne jak lód piwo, a na prześcieradle, tuż obok twojej głowy, leży paczka rodzynków w czekoladzie. W telewizji leci dobry film. Otwierają się drzwi i wchodzi Ali Young z miską piw Frostie, nagusieńka, tylko w skarpetkach. Patrzysz, jak skaczą jej cycki, gdy idzie przez pokój.

„Patrzysz na moje cycki?", pyta, a ty odpowiadasz: „Tak, proszę pani".

Ona stawia miskę z piwami na pościeli obok ciebie, kładzie ręce pod cyckami i kołysze nimi. „Dzyń-dzyń, dzyń-dzyń--dzyń", mówi, a potem nachyla się nad tobą tak, że wiszą ci nad twarzą jak... Jak para cudownych cycków.

„Mmm", mówię. I to jest właśnie niebo.

„Co?", pyta ona.

„Cudowne", odpowiadam.

To było tydzień po imprezie u Dina. Właśnie odchorowała matkę i wszystko wróciło do normy. Czasem we wtorek wieczorem chce się tarzać po dużym pokoju — po podłodze, po stole, wszędzie. Jest super, oczywiście. Ale ja tak naprawdę lubię po prostu przewracać się w jej wielkim łóżku, ja na górze, ona na górze, ja z tyłu. A potem, po ciupcianku, lata z cyckami tu i tam, gotowa zacząć w każdej chwili, kiedy tylko przyjdzie mi ochota. To jest najlepsze.

Weszła obok mnie do łóżka i spojrzała w telewizor. Szedł fajny film — *Dublerzy* — ale było mnóstwo ciekawszych rzeczy do roboty niż oglądanie telewizji. Znów uśmiechnąłem się czule do jej cycków i czekałem, kiedy spojrzy na mnie i zauważy, że patrzę.

— Raz, dwa, raz, dwa — powiedziała, kołysząc piersiami.

— Mniam, mniam — mruknąłem, pochylając się i całując je po kolei, a potem westchnąłem z zadowolenia.

— Zostań — poprosiła.

— O Boże, gdybym tylko mógł — odparłem, ściskając głowę rękami. Za godzinę lub dwie będę musiał wrócić na terytorium rodziców i znów spać w moim wąskim wyrku, w domu pełnym ludzi, którzy w tej chwili wydawali mi się obcy.

— Więc nie idź.

— Muszę.

— Dlaczego?

— Czekają na mnie, przecież wiesz.

— Zadzwoń do nich. Powiedz, że chcesz zostać na noc u kolegi.

— Znają wszystkich moich kolegów. Będą chcieli numer. Mogą oddzwonić. Poza tym, w tygodniu nigdy nie zostaję na noc poza domem.

— Biedactwo! — Uśmiechnęła się trochę ponuro, jak mi się zdawało. — Więc taki duży chłopiec musi być na czas w domciu? Ben, masz już siedemnaście lat, oni nie muszę wiedzieć, gdzie spędzasz każdą sekundę dnia.

— Daj spokój — mruknąłem. Nie cierpię, kiedy wstawia mi taką gadkę. I bez tego jest dość beznadziejnie.

— Po prostu zadzwoń do nich i powiedz, że w szkole

jest nowy kolega. Albo koleżanka! — Uśmiechnęła się do mnie. — Pozwalają ci uprawiać seks? Może powinnam wysłać ci do domu formularz na wyrażenie rodzicielskiej zgody.

— Nie wydurniaj się. Pooglądajmy film.

Czułem, że na mnie patrzy, zastanawiając się, czy to ciągnąć. Jeszcze przed chwilą było pewne jak śmierć, że za godzinę albo jakoś tak pójdę do domu, a teraz znów wszystko się chwiało. Poczułem się, jakbym był w jakiś sposób nieuczciwy. Ona tak robi. Wyciąga ci grunt spod stóp i nawet nie wiesz dlaczego.

A w ogóle, powiedzmy to sobie szczerze, ja chciałem iść do domu. Nie zamierzałem spędzać nocy w jej łóżku. Czułem się nieswojo.

— Powinniśmy robić to częściej — powiedziała, zsuwając się i przyciskając do mojego ramienia.

— Mmm. — Objąłem jej ramiona.

— Może w czwartki?

— W czwartki?

— Czemu nie? Jeśli nie możesz zostać...

Może, ale... tego też nie chciałem. To pewnie zabrzmi głupio. W jednej chwili jest jak w niebie, a w następnej chcę wracać do domu, do mamy i taty. Może pomyślicie, że zachowuję się jak drań, ale to śliska sprawa, robić to z Panią. Pewnie chciałem zachować dystans. Leżałem chwilę, próbując wymyślić jakiś dobry powód, dla którego nie mogę przychodzić w czwartki. Chodzę na trening, jest dobry program w telewizji, muszę odrabiać lekcje. Nie, nie, nie, nie.

— Nie mogę się wymknąć.

— Dlaczego?

— Czepiają się. Ciągle mnie nie ma. Dzisiaj wyszedłem, jutro wychodzę z kolegami, z tobą w niedzielę. No wiesz.

Cisza.

— Czuję się tak, jakbym musiała prosić — powiedziała wreszcie.

152

To było coś nowego, ta cała sytuacja. Do tej pory bardzo jej zależało, żeby spotykać się dwa razy w tygodniu, a więc nie za często. Mogła stracić pracę — w gruncie rzeczy mogłaby sobie zrujnować karierę zawodową, gdyby ktoś się o tym dowiedział. Nikt nigdy by jej nie zatrudnił w szkole, gdyby się dowiedział, że robiła to z uczniami.

Robiła to z uczniami. Mówiłem do niej kiedyś w ten sposób i zawsze ją to gniewało.

„Robię to z tobą, odparła z naciskiem. Tylko z jednym uczniem, gdyby przyszło ci do głowy, że z resztą klasy też. Nie robię tego i przyjmij to do wiadomości".

„Przepraszam, proszę pani".

Skąd ta zmiana?

— O co ci chodzi? — zapytałem.

— O co mi chodzi w związku z czym?

— Z tym, że chcesz się częściej spotykać.

— Próbuję znaleźć sposób, żeby to częściej robić — odparła naburmuszona.

— Naprawdę?

— Ale okazuje się, że ty masz paranoję!

— No bo... Przecież zgodziliśmy się, że trzeba uważać i nie spotykać się za często.

— Tylko dlatego, że podoba mi się pomysł z jeszcze jednym wieczorem?

— Przepraszam — powiedziałem.

— Wpadasz w paranoję.

Spojrzałem na nią.

— Wiesz, ja naprawdę chciałbym robić to częściej, ale to jest niezręczne.

— Dlaczego?

— Po prostu. No wiesz, wychodzenie z domu. Nie żeby mnie nie puścili, ale to jest trudne. Muszę z nimi gadać i tłumaczyć się z tego, co robię. To jest niezręczne. Jak romans, tak mi się wydaje — powiedziałem wreszcie.

153

To chyba do niej trafiło. Skinęła głową i zrobiła smutną minę.

— Pewnie tak. Będziemy musieli wymyślić coś innego.

Nic nie mówiąc, usiadłem, wziąłem piwo i spróbowałem się skupić na filmie. Bałem się, że będzie obrażona, ale nic takiego nie nastąpiło. Wypiłem browar, obejrzałem film, a potem, zanim wyszedłem, daliśmy sobie wielkiego, słodkiego buziaka na progu. Pychota. Powrót do domu też był całkiem pyszny.

21

Sześć cali od domu

— Masz pewność, że jesteś gotowa przez to przejść? — zapytała Sue.

— Przejść przez to po raz drugi.

— Bardzo go lubisz.

— Fakt.

— Ale z jakiegoś powodu — Sue westchnęła niecierpliwie — nie możesz się zmusić do tego, żeby pójść z nim do łóżka.

— Ale wciąż chcę z nim chodzić.

— Tak, ale bez seksu.

— Na razie.

— Nie, nie na razie! To brzmi jak „może za tydzień", czyli tak samo jak zwykle. Nie chcesz nawet brać tego pod uwagę w dającej się przewidzieć przyszłości.

— On mnie rzuci! — jęknęła Jackie.

Przecież taki jest plan, no nie?, syknęła do siebie bezgłośnie jej przyjaciółka, lecz powiedziała:

— Może tak, może nie, kto to wie? Może jest tak, jak mówisz, że jest porządniejszy, niż myślisz. Ale jeśli straci zainteresowanie tylko z tego powodu, to go nie chcesz. Prawda?

Jackie posmutniała, ale wiedziała, że Sue ma rację. Nie

może obiecywać seksu, w którym, kiedy już przyjdzie co do czego, nie jest w stanie uczestniczyć.

— Albo jest gotów to wytrzymać, albo nie. Jeśli chce cię dla ciebie samej, powie tak. A jeśli nie, to koniec. Wtedy będziemy mogły zakończyć tę rozmowę i pogadać o czymś ciekawszym. Na przykład o mnie — dodała z nadzieją.

Jackie przećwiczyła swoje kwestie, nałożyła makijaż, popłakała się, i znów nałożyła makijaż. Sue ją uspokajała, poklepywała po plecach, podsuwała chusteczki i kazała być silną. Była całkiem pewna, że Dino ją rzuci. To nie potrwa długo, rzecz jasna, przed upływem tygodnia znów ze sobą będą, ale przynajmniej Jackie zyska parę dni bez Dina. Lecz w końcu nawet tego nie zdołała zrobić. Rozwój sytuacji okazał się dla Jackie kompletnym zaskoczeniem i dopiero z perspektywy czasu uświadomiła sobie, jak bardzo to wszystko pasowało do Dina — jak bez najmniejszego wysiłku ominął jej plany i skandalicznie ją zmanipulował, niczym mężczyzna jedną ręką manewrujący skomplikowaną marionetką, a tak naprawdę zajęty skakaniem pilotem po kanałach telewizyjnych.

Wszystko zaczęło się doskonale. Rodzice wyszli i mieli wrócić późno. Dino przyszedł wczcśnicj, zgodnie z umową, tak żeby mieć kilka godzin, jeśli okaże się to konieczne, choć Jackie nie spodziewała się, że to tak długo potrwa. Zaparzyła mu filiżankę kawy i przeszła do rzeczy. Powiedziała, że bardzo go lubi, lecz z jakiegoś powodu nie jest na tyle pewna ich związku, żeby pójść z nim do łóżka. Spanie z kimś, wyjaśniała, to coś bardzo szczególnego, bardzo bliskiego, bardzo intymnego. Oczywiście, szaleje za nim, nie może utrzymać rąk przy sobie, ale coś ją powstrzymuje. Nie jest pewna, co to takiego, ale uznała, że musi to uszanować, i chce, żeby Dino też to uszanował.

— Tak, chyba masz rację — zgodził się Dino.

— Słucham?

— Powiedziałem, że się z tobą zgadzam.

— Zgadzasz się?

— Tak. Dajmy temu trochę czasu. Nie ma pośpiechu. Może masz jakiś problem w tej kwestii? Może masz jakieś doświadczenia...

— Nie sądzę, żeby o to chodziło — odparła ostrożnie.

— Musiałaś to głęboko zakopać. Nie wiem. Ale tak, masz rację. Odłóżmy na razie seks. Czy tego chciałaś? — spytał z niepokojem.

— Tak, tak, właśnie tak — zawołała Jackie. Ręka trzęsła jej się tak, że musiała postawić filiżankę na stole, żeby nie rozlać kawy.

— O Boże! — Dino złapał się za serce. — Ale mi napędziłaś stracha. Już myślałem, że chcesz mnie rzucić na jakiś czas.

— Nie, nie, nie.

Dino pokręcił głową. Jackie naprawdę go wystraszyła. Przyjrzał jej się uważnie.

— Nie wyglądasz na zbytnio zadowoloną — poskarżył się.

— Ależ jestem. Naprawdę.

Lecz prawda była taka, że jej pierwszym odruchem było rozczarowanie. Myślała sobie: to koniec. Dość zamartwiania się, zmagania ze sobą i swoim trzeźwym osądem. Koniec bzdur. Dino zachowa się jak palant i po sprawie. A on tymczasem przeraził się, że zostanie przez nią rzucony.

— Jesteś tego pewien? — spytała.

— A więc jednak mnie rzucasz!

— Nie, ale...

— Co?

— Po prostu... Myślałam, że nie będziesz chciał mnie znać.

— Za kogo ty mnie uważasz? Za jakiegoś palanta? Nie, jeśli tak czujesz, to jasne. To znaczy, oczywiście.

— Och, Dino! — Rozczarowanie znikło bez śladu.

Jackie była tak uradowana, że wskoczyła mu na kolana i oplotła rękami. Nie doceniła go! Więc jednak ją kocha! Widzicie? Nagle znaleźli się w klinczu na kanapie, rozpinając sobie nawzajem spodnie.

— Ooo, jak cudownie — mruknęła Jackie.

Była tak wdzięczna, tak szczęśliwa, że Sue nie miała racji. Jakby sobie odpuściła. Po chwili któreś z nich potrąciło stolik i jedna z filiżanek spadła na podłogę. Jackie wstała, żeby posprzątać, a Dino zaszedł ją od tyłu i objął. Popychał ją, aż utknęła na oparciu sofy. Pochyliła się, a on zaczął obijać się o jej tyłek. Spoglądał w dół, wyobrażając sobie, że cienkie warstwy dżinsów i majtek znikły, ale wciąż dzieliło go dobrych sześć cali od miejsca, gdzie pragnął się znaleźć. Jackie czuła, że zrobiło jej się mokro w spodniach. Gdzieś w głębi jej ust utkwiły wielkie robaki.

No dobrze, zdejmij je. Czuła, jak to zdanie kołacze się w środku. Wyszeptała je bezgłośnie, żeby zobaczyć, jak się z nim poczuje, i było tak cudownie, tak seksownie nieprzyzwoicie i prawdziwie, że pomyślała, iż wbrew wszystkiemu, mogłaby je wypowiedzieć.

— No dobrze, zdejmij je — usłyszała swój głos.

Dino przestał obijać się o jej tyłek i znieruchomiał.

— Jesteś pewna?

— Tak. Zrób to.

Uniosła się lekko na sofie, podczas gdy on wymacał suwak, który zsunął się z jękiem. Dino pociągnął. Dżinsy i majtki zjechały nagle w dół i Jackie poczuła na pupie powiew zimnego powietrza.

— Nie! — wrzasnęła. Podskoczyła, odwróciła się i wciągnęła z powrotem dżinsy. — Nie rób tego! — warknęła.

— Ale pozwoliłaś... — poskarżył się Dino.

Przez sekundę stali, patrząc na siebie.

— Widzisz? Jestem pomylona. Trzeba się mną zająć. Kiedy następnym razem powiem ci, żebyś to zrobił, nie rób, dobrze?

— O Boże — jęknął Dino. Jackie podniosła dłoń do ust i zaczęła chichotać i trząść się. Dino tymczasem stał i patrzył na nią. Pożądanie walczyło w nim z frustracją i pragnieniem bycia miłym. Ilekroć spojrzała na jego twarz, śmiała się coraz bardziej. Spodziewała się, że on też zacznie się śmiać, lecz Dino stał tylko z krzywym uśmiechem, podczas gdy Jackie trzęsła się histerycznie. Trwało to bez końca, aż wreszcie miał tego dość i powlókł się do kuchni. Zostawiona sama sobie, Jackie opanowała się, obeszła trzy razy pokój i pobiegła przepraszać Dina. To niesamowite, ale nie przejął się zbytnio. Kolejny dowód! Naprawdę źle go oceniła.

Usiedli z powrotem przy kawie. Jackie była uszczęśliwiona. On jest taki słodki! Naprawdę uroczy. Nie miał pojęcia, przez co ona przechodzi, ale uszanował to, bo go poprosiła. A ona wciąż zachowuje się jak kretynka! Niezły numer, co? Instynkt dobrze jej podpowiedział — było w nim więcej niż to, co się widzi na pierwszy rzut oka. Pod skorupą szajsu krył się dobry, miły chłopak.

Dino rozparł się na kanapie, pławiąc się w jej aprobacie. Pod wpływem chwilowego impulsu opowiedział Jackie o mamie i Davie Shorcie. Nie zamierzał tego robić. Nie miał pojęcia, dlaczego to zrobił. Po prostu usłyszał, że o tym mówi.

— Właśnie sobie przypomniałem — zaczął. — Moja mama ma romans z kimś ze swojej szkoły. Przyłapałem ich na tym parę dni temu we frontowym pokoju.

— Co takiego?

— No wiesz... — Spojrzał z ukosa na Jackie. — Ma romans. — Uśmiechnął się do niej.

Chciał wyglądać na rozbawionego, ale wyszedł mu straszliwy grymas. Nagle te słowa zabrzmiały koszmarnie, dokładnie tak, jak nie chciał, żeby zabrzmiały. Przestał się uśmiechać i zrobił zmieszaną minę. Spodziewał się, że ona też będzie wstrząśnięta.

Jackie się skrzywiła.

— Kiedy to się stało?

— Tuż przed imprezą — odpowiedział Dino, uważnie obserwując jej twarz.

— Czemu mi nie powiedziałeś?

— Nie wiem. Impreza i w ogóle... Tak czy owak, to bez znaczenia.

— Bez znaczenia? — Jackie rozpaczliwie próbowała to rozgryźć. Czy ta nieoczekiwana spolegliwość miała z tym coś wspólnego? Wstała i podciągnęła dżinsy, jak gdyby wciąż były spuszczone. Potem znów usiadła. — No dobrze. Mów dalej.

— Właściwie nie ma o czym — mruknął. A potem powiedział jej wszystko. Wszystko oprócz tego, że od tamtej chwili szamocze się między kompletną amnezją i wewnętrznym wrzeniem.

— Pewnie nawet nie wie, że ich widziałem — skłamał.

— Jeśli nie wiedziała, to już wie, od chwili, gdy zaproponowałeś ojcu, żeby Dave Short pojechał z nimi na weekend.

— To nic nie znaczyło — zaperzył się Dino.

Typowe! Okazał tyle zrozumienia i dojrzałości, i masz ci los. Zamiast go pokrzepić, Jackie próbuje zrobić z tego jakąś katastrofę.

Jackie postanowiła ocenić sprawę tak, jak wygląda na pierwszy rzut oka, i się oburzyć.

— Jak mogła zrobić coś takiego twojemu ojcu? I tobie! W waszym domu! I nawet nie przyszła z tobą porozmawiać. Dino, musisz się czuć okropnie.

— Niezupełnie — rzekł z chłodną obojętnością. — To ich sprawa, no nie?

— Twoja też! Jeśli ona z tobą nie porozmawia, to ty powinieneś pogadać z nią.

— Nie pleć głupstw.

— Co, nie mógłbyś? To straszne.

— Nie jest aż tak źle.

— Nie jest? — Jackie popatrzyła na niego uważnie. Teraz zaczynał się na nią złościć, naprawdę. Zerkał spod oka, krzywiąc się na jej zatroskanie. Widziała, co się dzieje. Dino był gotów wszystkiemu zaprzeczać.

— Dino?

— Dupa — mruknął i się odwrócił.

Jackie złapała go za rękę i obróciła twarzą do siebie. To było ważne. Potrzebował jej, a tymczasem znikał na jej oczach.

— Zależy mi na tobie — syknęła. — Jak śmiesz się przede mną chować. Dino! Spójrz na mnie!

Dino popatrzył na nią i zamierzał zrobić szyderczą minę, ale nim skończył, jego oczy wypełniły się łzami. Bardzo go to zdziwiło. Łzy? Skąd się wzięły? Czym on ma się przejmować?

— Och, Dino. — Jackie delikatnie położyła rękę na jego policzku.

Cała jego twarz zadrżała ze smutku i zdziwienia. Potem wziął ją w ramiona, ukrył twarz w jej włosach i się rozpłakał.

Mniej więcej godzinę później, gdy zamknęła za nim drzwi, przejrzała się w lustrze we frontowym pokoju. Włosy wciąż miała mokre z tej strony, z której się przytulał. Gdzieś w głowie jakiś malutki głosik, pewnie Sue, mamrotał, że, no właśnie, on znów to zrobił. Myślała, że jest pełen zrozumienia i współczucia, a on tymczasem miał swoje sprawy. Może i tak, ale Jackie to nie obchodziło. Przytulał się do niej jak duże dziecko wypłakujące duszę. Dał jej swoje serce, całe skrwawione. Potrzebował jej.

„Nigdy tak nie płakałem, powiedział do niej później. Pewnie przy nikim innym bym nie umiał". I tak zamknął ją w sercu mocniej niż kiedykolwiek.

Wkrótce potem zadzwonił telefon. Sue musiała się dowiedzieć, jak jej poszło.

— To było niesamowite — powiedziała Jackie. — On to przyjął!

— Co takiego?

— Przyjął to! Zgodził się na układ!

— Jesteś pewna?

— Jasne, że jestem! Powiedział, że rozumie.

— Rozumie? — spytała z niedowierzaniem Sue. Odkąd to Dino cokolwiek rozumie? — Co mu dokładnie powiedziałaś?

— To co mówiłyśmy. Powiedziałam mu. Powiedziałam, że potrzebuję więcej czasu, żeby być pewna, co do siebie czujemy, a on powiedział, że się ze mną zgadza.

— Zgodził się?

— Tak — potwierdziła z naciskiem Jackie. — Powiedział, że uważa, iż na jakiś czas powinniśmy zapomnieć o seksie.

— Dino tak powiedział?

— Dino.

— On coś kombinuje.

— Dlaczego jesteś taka podejrzliwa.

— A ty nie jesteś?

— Nie — odparła Jackie obrażonym tonem. — To znaczy, wydaje odpowiednie odgłosy, no nie? Taki miał być układ, prawda?

— Pewnie, można powiedzieć, że przynajmniej wie, jakie odgłosy wydawać. Wcześniej nawet o to bym go nie podejrzewała.

Czy to możliwe, że Dino jest bystry? Chyba nie. Ale nawet ta mało prawdopodobna ewentualność wydawała się bardziej wiarygodna niż to, że jest naprawdę wrażliwy.

— On coś kombinuje.

— Nie bądź cyniczna. Był słodki.

— Pewnie rzeczywiście wydawał przyjemniejsze odgłosy niż to swoje chrząkanie — zgodziła się Sue. — Ale to do niego niepodobne, prawda? A może zaczniesz mi wciskać kit, że to był prawdziwy Dino, który tylko czekał, żeby wydobyć się na powierzchnię?

162

— Nie bądź protekcjonalna — warknęła Jackie.

Lecz mimo że nigdy nie przyznałaby się do takiej głupoty, naprawdę miała nadzieję, że tak właśnie jest. Nie miała pojęcia, do jakich głębin oszustwa Dino jest gotów zstąpić. Odkładając słuchawkę, Jackie zawahała się. Nie powiedziała wszystkiego, ale wiedziała dokładnie, jak zareagowałaby Sue, dowiedziawszy się, że mama Dina ma romans, a on ją w gruncie rzeczy sypnął przy kolacji w zeszłym tygodniu. Odłożyła słuchawkę, zachowując sekret Dina, ale słyszała w uszach dźwięczący głos Sue:

„Frajerka! Dlaczego to sobie robisz?".

On mnie potrzebuje, pomyślała w odpowiedzi Jackie. Jest jak pluszowy miś wysoki na sześć stóp, nawet gdy mruczy jej zmysłowo do ucha. Potrzebuje jej. Ale czy ona potrzebuje jego?

22
Dino niszczyciel

Wróciwszy do domu, Dino poszedł prosto do swojego pokoju. W środku czuł się spokojny, lecz całe ciało miał rozwibrowane, jak gdyby w jego wnętrzu z wielką prędkością obracał się idealnie wyważony mechanizm. Jeden wstrząs i pęknie na kawałeczki. Był wściekły na Jackie, że narobiła takiego zamieszania. W jakiej sytuacji się przez to znalazł! Usłyszał, że matka wchodzi na schody. Bardzo chciał z nią o tym pomówić, ale jaki pożytek z gadania? Porozmawiał z Jackie, i patrzcie. Rozmawianie tylko pogarsza sprawę.

Schody zatrzeszczały. Po chwili trzeszczenie ustało, a potem znów się zaczęło. Zatrzymało się. Wreszcie kroki rozległy się zdecydowanie i mama weszła na górę. Puk, puk. Dino rzucił się bokiem na łóżko i zamknął oczy. Drzwi się otworzyły.

— Dino?

Cisza.

— Dino? Nie śpisz?

— Mm. Nie. A co, mamo?

— Dobrze ci minął dzień?

— Taak. W porządku. Dlaczego?

— Wyglądasz...

— Zmęczony jestem. — Zerknął na nią bokiem zmrużonymi oczami, jakby nie był przyzwyczajony do światła, i zobaczył, że matka patrzy na niego, jak na coś, co można otworzyć, pudełko albo portmonetkę, i wyrzucić rzeczy, które, jej zdaniem, nie powinny być w środku.

— Może... Czy jest coś...?

— Nie.

— Co cię niepokoi...? O czym...

— Nie.

— ...chcesz porozmawiać?

Nagle Dino nie był w stanie poruszyć ustami. Leżał i patrzył na nią z beznadzieją w oczach, aż wreszcie dała za wygraną.

— Chcesz kanapkę? — spytała.

— Tak! — Teraz lepiej. Jak matka.

Uśmiechnęła się do niego i przez sekundę lub dwie połączyło ich wspólne udawanie — matka i syn zachowujący się tak, jak przystało na matkę i syna.

— Jajko sadzone?

— Z keczupem.

— Dobrze.

— Dzięki, mamo! — krzyknął za nią.

Naprawdę jej dziękował. Czuł taką ulgę, matka sprawiła mu taką przyjemność. Nic od niego nie chciała, zapytała tylko o kanapkę z jajkiem. Położył się na wznak, był zmęczony.

— Sprawy nie są tak proste, jak się wydają — mruknął do siebie. — Ty nie żartujesz.

Zamknął oczy i spróbował odciąć się od wszystkiego.

Dziesięć minut później Kath Howther zapukała cicho do drzwi i weszła z kanapką z jajkiem na małym talerzyku. Dino leżał na łóżku, pogrążony w twardym śnie.

— Dino? — Cisza. Podeszła bliżej, postawiła talerzyk na

stoliku obok łóżka i spojrzała na bladą twarz syna. — Dino — wypowiedziała imię jak zdanie, jak gdyby próbowała, czy wciąż pasuje do przystojnego, wysokiego mężczyzny, który jeszcze kilka lat temu był jej małym synkiem. Jak to jest być matką dorosłego człowieka? Czy będzie w tym dobra? Kiedyś myślała, że teraz będzie o wiele łatwiej, ale patrzcie, wypuściła sprawy z rąk i zajęła się sobą, i nagle znalazła się na zbyt głębokiej wodzie. Tak bardzo chciała, żeby wszystko potoczyło się jak trzeba — rodzina, dzieciństwo, mama i tata. Tak bardzo go kochała, a on tymczasem już się jej wymykał, jej uczucia okazały się nagle za wielkie. Tak szybko...

— Przykro mi — szepnęła i wyszła na palcach. Poczekała za drzwiami, żeby sprawdzić, czy naprawdę śpi, ale panowała cisza.

Jedną z najgorszych rzeczy w tym wszystkim było to, że nie wiedziała, jak długo potrwa to całe zamieszanie, lecz dowiedziała się o tym bardzo prędko, gdy nazajutrz rano Dino zniszczył swoją rodzinę przypadkowo, jak człowiek mierzący do kogoś ze strzelby i ulegający chwilowemu złudzeniu, że tak naprawdę trzyma w rękach miotełkę do kurzu. Zaczęło się od strasznej awantury z matką. Potem nie pamiętał, o co chodziło, dopóki mu nie powiedziała, znacznie później. A poszło o skarpetki. Nie miał czystych skarpetek. Zawołał z góry, gdzie one są, a ona odkrzyknęła:

— Chwileczkę, Dino, zajmuję się kotem.

Dino już pędził na dół jak huragan.

— Kot, kot, oczywiście, że kot, cholerny kot na pierwszym miejscu. Masz kręćka na punkcie tego parszywego kota, może byś za niego wyszła.

Wpadł do kuchni, wściekły, z przekrwionymi oczami.

— Nie odzywaj się w taki sposób do matki — krzyknął ojciec. Rano, sam początek dnia, nieodpowiednia pora na zwady.

Usta Dina otworzyły się, zanim zdążył się pohamować, i stało się.

— Może wyjść za kota i tak jest tylko dziwką. Chodźcie, bierzcie, cip, cip, cipka!

W ciszy, która nastąpiła, Dino patrzył, jak zmienia się twarz ojca. Nawet nie miał świadomości, że powiedział coś strasznego. To była prawda, nie? Matka stała z puszką Katkins w ręku i otwartymi ustami. Mat spojrzał na brata, z kawałkiem tosta w połowie drogi do ust, jakby Dino był postacią z horroru.

— Tylko dziwką — powtórzył Dino piskliwym głosem. Cip, cip, cipka. Nie mógł zrozumieć, dlaczego są tacy zbulwersowani. Matka wiedziała, ojciec wie, czyż nie? Kłócili się od chwili, gdy powiedział o Davie Shorcie. Tylko przed nim trzymano wszystko w tajemnicy. Czego oczekiwali?

Ojciec wstawał, odsuwając od siebie stół. Dino miał za chwilę zarobić. Usta napełniły mu się mokrą, słoną cieczą. Oblizał się, jakby wiedział, że za chwilę poczuje smak krwi. Ojciec otworzył usta, popłynęła z nich rzeka gniewu.

— Karmiona gównem! — wrzasnął Dino.

Był przygotowany do ucieczki, ale przypomniał sobie, jaki mały wydaje się ostatnio ojciec. Często sobie wyobrażał, że daje mu wycisk. Może właśnie nadszedł czas? Był młody i sprawny, a ojciec był starym, ponurym draniem, który nie wie nawet, że żona rżnie się z takim pajacem jak Dave Short w jego własnym pokoju, może nawet w jego łóżku. Jeśli Jackie miała rację, a zwykle ją miała. Dino zgiął kolana i wysunął ręce. Ojciec usuwał sobie krzesła z drogi. Jedno po drugim. Mleko rozlało się po stole. Mat odskoczył w tył.

Wszystko działo się jak w zwolnionym tempie, lecz nagle coś wyłamało się z kadru. Matka. Później zdawało mu się, jakby przeskoczyła nad stołem, żeby się do niego dostać. Rzuciła się na Dina, chwyciła go mocno, oplotła ramionami i ścisnęła tak, że aż zabolało.

Dino zauważył, że zbliżający się z morderczymi zamiarami ojciec zmienia nagle kierunek, macha rękami, żeby utrzymać równowagę i nie zderzyć się z nim i matką. Ona zaś mocno wtuliła twarz w jego szyję, tak jak czasami robiła to Jackie. Ojciec odbił się od krawędzi blatu i wściekle rąbnął pięścią w pojemnik na chleb. Matka zbliżyła usta do ucha Dina i wyszeptała słowa, które przyprawiły go o dreszcz w kręgosłupie, aż zadrżał:

— Nie rób mi tego.

— Aa, aa, dobrze — ryknął, wyrywając się i podskakując od łaskotania w uchu.

— Porozmawiam z tobą o Davie. W porządku?

— Dobrze — powiedział spokojniej.

Puściła go.

Kuchnia ocalała o włos. Mat wybiegł nagle i popędził schodami na górę. Krzesła na podłodze, rozlane mleko i herbata, wszędzie tosty i okruchy. Powietrze zamieniło się w popiół. Niesamowite, ile szkód można wyrządzić w ciągu kilku sekund, jeśli przestanie się uważać, żeby nie przewracać rzeczy. Mama już stawiała wszystko na stole, ale tata wciąż stał. Wydawał się starszy, bardziej pomarszczony, mniejszy i jeszcze bardziej bezużyteczny niż kiedykolwiek. Wydawało się, że się skurczył, a matka urosła.

Otrzepała się i rzekła:

— Ale lepiej będzie, jeśli najpierw powiem tacie, nie sądzisz?

— Myślałem, że wie — mruknął Dino.

— Co mi powiesz? — spytał ojciec.

— Miałeś rację. Przepraszam.

Pokręcił głową i jeszcze zanim skończyła, powiedział:

— Nie mów, mogę się domyślić. — Usiadł przy stole, i ku zawstydzeniu wszystkich, zaczął szlochać żałośnie, z głową w dłoniach, krusząc łokciami kawałki pieczywa. — Wiedziałem, wiedziałem, a ty ciągle zaprzeczałaś. Dlaczego zaprzeczałaś? — łkał.

— Przykro mi — powiedziała. — Czy możemy najpierw wyprawić dzieci do szkoły?

— Krzyczała na mnie, że jestem podejrzliwy — wyjaśnił synowi łamiącym się głosem. Jego oczy błyszczały od łez. Zamilkł, otarł oczy i spojrzał na zegar. — Muszę jechać. Mam spotkanie. — Wstał. — Ważne spotkanie. Boże, dopomóż, nie mogłem się go doczekać. A teraz patrzcie. Co za sytuacja! — Wlepił wzrok w żonę i Dina, próbując przełknąć to wszystko, co chciał powiedzieć.

Chodził po kuchni, wciąż łkając. Zbierał rzeczy i wkładał marynarkę. Dino, obserwując go zza stołu, pomyślał, że wygląda jak aktor w filmie.

— Musisz teraz jechać? — zapytała Kath.

— Ile miałaś czasu, żeby mi powiedzieć, no, ile? Tygodnie? Miesiące? Ile?

— Później porozmawiamy — rzekła, odwracając się w drugą stronę.

Ojciec spojrzał na Dina.

— Dino. To wszystko nie twoja wina. W porządku?

— Co ma być w porządku? — spytał Dino, ale zabrzmiało to niegrzecznie, więc dodał: — W porządku, tato.

— W porządku jak diabli, co? Muszę iść. Chryste, co za sytuacja!

— Weźmy dzień wolnego, Mike. Możemy pomówić teraz — zaproponowała Kath.

Mąż stał na środku kuchni i zastanawiał się.

— Nie — odparł. — Nie w ten sposób. Nie dlatego że mówisz to właśnie teraz po... po tylu kłamstwach. Wezmę wolne po południu. Wtedy się zobaczymy, dobrze?

— Zbyt ważne dla ciebie jest to spotkanie, tak?

— Nie bądź złośliwa.

— Przepraszam. — Odwróciła się i zagryzła wargę. — Przepraszam.

— Do zobaczenia później. — Klepnął Dina w ramię i wyszedł.

169

Dino wstał.

— Lepiej już pójdę — mruknął.

— Nie. Musimy pomówić.

— Szkoła...

— Weźmiemy sobie rano wolne, oboje.

— Parówki — zadrwił Dino.

Chciał powiedzieć, że matka potraktowała jego i ojca jak parówki: jego rano, a męża po południu. Ale ona wiedziała, co miał na myśli.

— Nie, ważni ludzie, których długo zaniedbywałam. To potrwa chwilę. Muszę wysłać Mata do szkoły. Musimy porozmawiać.

Poszła na górę za Matem. Dino zignorował jej polecenia. Czemu miałby bawić się w takie fajansiarstwo? Wszystko się zatrzyma, tylko dlatego, że ona tak sobie życzy? Nic się nie zatrzyma! Wszedł na górę, wziął książki i wymknął się, kiedy matka pakowała w kuchni teczkę Mata. Był w połowie drogi do drzwi, kiedy uprzytomnił sobie, że jeśli wyjdzie, będzie musiał czekać cały dzień, zanim się dowie, co jest grane. A już nie mógł się doczekać. Odwrócił się i ruszył do kuchni, żeby wysłuchać, jaką piosenkę zaśpiewa matka.

Kath wysłała Mata do szkoły, stanęła w holu i zawołała Dina.

— Jestem w kuchni — odkrzyknął.

— Już do ciebie idę, tylko się wysikam.

Wbiegła na górę do sypialni i stanęła przed lustrem, poprawiając makijaż, jakby syn był szefem firmy, w której ona stara się o pracę, kochankiem albo kimś, dla kogo musi dobrze wyglądać. Co mu powie? Biedny Dino nawet nie wie, co myśleć o takich sprawach. To była kwestia tego, w jakim jest nastroju.

To wobec niego nie w porządku, pomyślała.

Ile widział? Auu, nawet nie powinna o tym myśleć. Co za bajzel. Nie miała pojęcia, jak się do tego zabrać. Przygładziła włosy i zeszła na dół.

— Wszystko jest nie tak, najpierw powinnam porozmawiać z ojcem, nie z tobą — zaczęła.

— Pójdę do szkoły, co? — zaproponował Dino.

— O Boże, nie. Proszę cię, Dino. Nie jestem w tym dobra, prawda?

— Parę dni temu w pokoju wyglądało, że jesteś w tym całkiem niezła.

— Ile widziałeś? — spytała, zanim zdążyła pomyśleć.

— Dosyć — wymamrotał i odwrócił się, żeby nie widzieć, jak matka się czerwieni.

Przeszła się dwa lub trzy razy po kuchni, odwróciła się i nastawiła wodę.

— Herbata.

— Dzięki. — Nagle zniecierpliwiony, Dino poruszył się na krześle i spytał: — Co chcesz mi powiedzieć? Powinienem być w szkole.

Matka potarła oczy.

— Już dawno powinnam była z tobą pomówić. Nie wiedziałam... Nie byłam pewna, czy nas widziałeś.

Dino wzruszył ramionami.

— Chociaż chyba wiedziałam, bo zachowywałeś się w taki sposób... Dałeś to do zrozumienia dość jasno, zwłaszcza że prawie nie sposób skłonić cię do mówienia o czymkolwiek.

Dino parsknął śmiechem.

— W każdym razie, dzięki, że na mnie poczekałeś.

— Nie ma za co.

Patrzył, jak odwraca się, żeby zaparzyć herbatę. Jest kobietą, prawie jej nie zna. Jest jak maleńkie pudełko, które trzymał w dłoni przez całe życie. Teraz nacisnął jakiś przy-

171

cisk, a ona otworzyła się i okazało się, że jest wielka jak niebo. Była jak cholerny internetowy zegar, którego nie sposób wyłączyć. Ogarnęła go fala niechęci na myśl, że matka ma w sobie tyle życia.

Odwróciła się do niego.

— Przepraszam. To chcę powiedzieć. Przepraszam, że przyprowadziłam Dave'a do domu. Przykro mi, że nas przyłapałeś. Przepraszam, że nie porozmawiałam z tobą, dopóki nie było za późno. Wiesz, kiedy chodzi o sprawy sercowe, wszyscy mamy mniej więcej po szesnaście lat. Ale jest mi naprawdę przykro.

Dino odchrząknął i, ku swemu zdumieniu, zadał jedyne istotne pytanie, które pozostało.

— A czy jest ci też przykro z powodu pana Shorta?

Mama spojrzała w bok, a potem znów na niego.

— Jest mi przykro właściwie z każdego powodu. Ale nie sądzę, żebym chciała za to przepraszać.

— Będziesz z nim mieszkała?

— O Boże, nie! Nie, ja go nie kocham, Dino.

— Nie kochasz go i nawet nie jest ci przykro.

— Dino. O Boże. Rozmawiać z tobą w taki sposób! Ale... Ja go nie kocham. Sęk w tym, że twojego ojca też nie kocham. On mnie doprowadza do szału. Nie znaczy to, że go nienawidzę, ale on jest jak, jak... — Wzięła głęboki oddech. — Jak ktoś, z kim nie mogę dłużej żyć.

— Jesteś tego pewna?

— Jestem.

Powiedziawszy to do syna, była pewna. Miała dość. Kath Howther już tam nie było.

— Wiem to od dawna — skłamała.

— To dlaczego nie odeszłaś?

— Pewnie miałam nadzieję, że coś się zmieni.

Dino wzruszył ramionami.

— Więc odejdź teraz — rzekł.

Zachłysnęła się. Ona ma odejść? Ona?

— Jeśli to się stanie, nie wiem, kto odejdzie, ale w tej chwili jest jeden duży problem.

— Jaki?

— Pieniądze. — Wzruszyła ramionami. — Wiesz, że nie mamy ich teraz za wiele.

— Nigdy nie mieliście.

— Nie możemy sobie pozwolić na dwa domy. Prosty rachunek. Najgorsze, że teraz, kiedy wszystko wyszło na jaw, to może być absolutnie nieznośna sytuacja.

— Więc i tak zostaniemy wszyscy razem.

— Chyba tak.

— Więc będziecie musieli jakoś to rozwiązać?

— Tak mi się wydaje...

Dino poczuł, że znad jego głowy odpływa chmura. Wszystko będzie w porządku. On już za to nie odpowiada. Nie ma już mocy. Super! Uśmiechnął się, a potem spojrzał na matkę i zdziwił się, że tak się na niego gapi.

— Mogę już iść do szkoły? — zapytał.

— Chyba tak — odparła.

Zanim zdążyła powiedzieć następne słowo, miał torbę na ramieniu i był już przed domem.

23
To jestem ja

Tydzień po prywatce w klubie młodzieżowym w szkole odbyła się dyskoteka dla jedenastej klasy. Dino, Ben, Jonathon i inni nieczęsto chodzili na te imprezy, lecz tym razem stawili się wszyscy.

Szkoła w Wood End stała między główną ulicą prowadzącą do Wood End i ruchliwą szosą wiodącą do wjazdu na autostradę i pobliskich miasteczek. Ulica Crab Lane łączyła szkołę z tymi dwiema drogami. Była to spokojna uliczka, zamknięta z jednej strony, żeby nie można jej było używać jako skrótu. Wzdłuż popękanego asfaltu rosły rododendrony, za którymi przycupnęło w głębi kilka dużych willi. Pod osłoną drzew znajdowało się sporo zakątków i zakamarków, w których pokolenia uczniów Wood End paliły papierosy i skręty, piły piwo, cydr i inne lekkie napoje wyskokowe, całowały się i obściskiwały. To właśnie tam Dino po raz pierwszy naprawdę się całował, i tam, razem z Benem, pierwszy raz zobaczyli cipkę. Należała do Julie Samuels z niższej klasy. Był ciemny wieczór, więc Dino zapalił zapalniczkę Zippo; trzymał ją tak blisko, że Ben przez chwilę myślał, że zajmą się włosy łonowe.

Jedna z tych kryjówek, nieopodal końca alejki, powstała w miejscu po ściętych przed laty cyprysach. Konar jednego z rododendronów wyciągnął się niczym wąż z jednego końca placyku do drugiego, tworząc sprężyste siedzisko, pnie ściętych cyprysów stanowiły dwa pozostałe. Dino, Ben, Jonathon poszli tam z Fasilem, żeby zapalić trawkę przed zabawą. Dino i Fasil usadowili się na sprężynującej gałęzi, a Ben i Jonathon przycupnęli na niskich pniakach, sterczących z suchej, pylistej ziemi. Był początek lata, wciąż było widno, lecz rododendrony przechwyciły większość światła i chłopcy siedzieli w cienistej ciszy. Fasil skręcał jointa. Błysnął płomień zapalniczki i czerwony koniuszek rozjarzył się jak węgielek.

— Dobre — szepnął Ben, głośno wciągając dym w płuca.
— Amerykańska trawa, skunk — poinformował Fasil.

Ben podał skręta Dino, który sztachnął się i podał Jonathonowi.

— Skunk — syknął Jonathon.
— To skunk — szepnął Ben.
— Skunk — powiedział Dino.
— Skunk — powtórzył Fasil.

Wszyscy roześmieli się cicho przez nos, a potem jeszcze raz, słysząc, jaki wydają odgłos. Jonathon oddał skręta Fasilowi. Pień, na którym siedział, nagle przyspieszył. Podróżował teraz z prędkością około siedemdziesięciu tysięcy mil na godzinę.

— Spotykasz się dzisiaj z Deborah? — spytał szeptem Dino.

— Taak.
— Jak idzie?
— Nie wiem.
— Powodzenia, stary.
— Dzięki. — Czubek jointa jarzył się w miękkim półmroku. Ledwie widzieli zarysy swoich postaci. — A ty spotykasz się z Jackie?
— Taak.
— Jak idzie?

— Super.

— Super.

— Hej — szepnął po chwili Jonathon. — Spójrz na tych dwóch. Oni są nieposuwający.

— Faktycznie, Fas i Ben są nieposuwający.

— Ja kogoś posuwam — odparł Ben.

— Kogo?

— Pannę Young.

Odpowiedziały mu z mroku pełne rozbawienia parsknięcia.

— Ja też kogoś posuwam, wszystkie posuwam — powiedział Fasil, po czym nagle podskoczył i zaczął tańczyć. Kręcił się z ręką poruszającą się w tył i w przód przed spodniami. Trzej pozostali chłopcy parsknęli śmiechem, trzymając się za boki i sycząc w ciemności. Nie mogli się głośno śmiać, ale to jeszcze bardziej ich bawiło. — A ja miałem je wszystkie, taak. Patrzcie! Wszystkie posuwam, właśnie tak! Posuwam królową, brachu, załatwiłem królową i żonę premiera, tak jest. Jeeee!

— Uuuu — zarykiwali się chłopcy.

— Taak, miałem wszystkie, a jak! Carol Vorderman, Geri i Posh, Zoë Ball. Miałem wszystkie wasze siostrzyczki i mamusie, wszystkie! — Fasil wirował na piętach, wypychając biodra i rękę na wszystkie strony niczym demon, posuwający pół królestwa.

To było niesamowicie zabawne. Dino, Jonathon i Ben stoczyli się ze swoich siedzisk i powstrzymywali się, żeby za głośno nie ryczeć.

— Patrzcie... patrzcie, co to jest! — Jonathon poderwał się, zwinął wpół, jakby był rozciągnięty na tyłku słonia, i zaczął poruszać tułowiem.

— Co to jest? Co to jest? — syknął.

— No co?

— To ja posuwam Deborah.

Zanosili się ze śmiechu. Dino dostał kolki.

— Przestań!

— Ciszej! Ktoś usłyszy!

— O kurwa, ale jaja!

— Patrzcie, co to jest? — Dino poderwał się, położył jedną rękę za głową i poruszył biodrami. — To ja posuwam Jackie na stojaka!

Znów ryknęli śmiechem. Dino upadł na ręce i kolana.

— Co to jest? Co to jest? — Ben podskoczył i położył się płasko na ziemi, z rękami sztywno przy ciele. — To ja leżę i gapię się w cipkę panny Young, a ona robi mi laskę!

— Ty świntuchu! Co za świństwo, ty łajzo!

— Co to jest? — Dino wstał i udał Jonathona zataczającego się z głową w cipce Deborah, ale Jonathon zaprotestował.

— Każdemu wolno pokazywać tylko siebie!

Więc Dino pokazał siebie, próbując uklęknąć, nie brudząc sobie spodni, wyrzucając w przód biodra i jednocześnie idąc.

— To ja posuwam Jackie od tyłu, a ona próbuje się odczołgać! Wracaj! Wracaj! Wracaj! — syknął.

Potem Jonathon pokazał, jak załatwia Deborah najpierw z przodu, potem od tyłu; musiał zatoczyć wielkie koło, żeby tego dokonać. Następnie Ben zademonstrował siebie, przywiązanego za ręce i nogi do łóżka, podczas gdy panna Young po nim skacze. Dino pokazał, jak posuwa Jackie, stojąc oparty o drzewo i jedząc batonika Twix. To było takie niegrzeczne i zabawne.

— Wszyscy jesteście chorzy. Banda mizoginów, oto czym jesteście — orzekł Fasil.

— Sam zacząłeś! — sprzeciwił się Jonathon.

— Ale nie z własną dziewczyną! Powinniście mieć więcej szacunku dla swoich lasek. Patrzcie! To ja posuwam wszystkie trzy wasze dziewczyny naraz! — Poruszył biodrami w trzy strony świata.

— Musisz pokazywać swoją! — powiedział Dino.

— Nie, to nie w porządku, on nie ma swojej!

— Ben też nie ma...

— Ja sobie tylko wyobrażam, że posuwam pannę Young — wyjaśnił Fasil. — Robię to dwóm pozostałym.

— Daj spokój Jackie — powiedział Dino i wszyscy spojrzeli na niego, żeby zobaczyć, czy mówi serio. Patrzył na nich beznamiętnie w półmroku.

— I wiecie co? — ciągnął Fasil. — Powiem im. Powiem, że patrzyliście, jak je posuwam, i nic was to nie obchodziło!

— Nie zrobilibyśmy tego, gdyby tutaj były. Chryste! Wyobraźcie sobie, że one tu były!

Na samą myśl o tym wszyscy czterej znów zaczęli rechotać. Zwijali się ze śmiechu.

— Tak czy siak, zgadzam się z Fasilem — rzekł Ben. — Jesteście wstrętni. Powinniście okazywać więcej szacunku.

— Łajza — mruknął Dino.

— Chodźmy — rzucił ktoś i poszli, mrużąc oczy w świetle i witając się z kolegami na drodze, wciąż nie wiedząc, co się wokół nich dzieje.

Jonathon szedł powoli po parkiecie. Deborah jeszcze nie było. Sączył piwo z puszki po coli i oddychał wolno. Jego żołądek zwolnił tempo z siedemdziesięciu tysięcy mil na godzinę do jakichś trzystu czy czterystu.

— I wyluzuj się — powiedział do siebie Jonathon.

Parkiet wyglądał jak cienista rafa koralowa z jaskrawymi rybami ukazującymi się i znikającymi w blasku słońcu. Nauczyciele krążyli na obrzeżach niczym barrakudy. Szkoła włożyła wystrzałową sukienkę. Za dużo obrazów!, pomyślał Jonathon, ale nie mógł się zatrzymać. Spójrzcie na dziewczyny! Wyglądały jak setki gatunków egzotycznych motyli, które zrzuciły z siebie szare, szkolne osobowości. Żadnych swetrów i dżinsów — topy z głębokimi dekoltami, spódniczki mini, błysk, wszystko piękne i egzotyczne. I skóra — Jonathon widział wokół siebie tyle gołej skóry! Nigdy by nie pomyślał, że dziewczyny z jego klasy mają tyle skóry! Całe partie ich ciał były całkiem nagie.

Wcześniej nie zdawał sobie z tego sprawy, lecz prawie każda dziewczyna, z którą chodził do szkoły, była absolutnie godna pożądania. Kiedy zrobiły się z nich takie laski? Dlaczego? Czy na tym polega ta zabawa? Czyżby pragnęły, żeby jakiś piegus, może nawet taki jak on, podszedł i poprosił je do tańca? Albo pocałował? Albo dotknął, przesuwał rękami po nich i pod... Jonathon pomknął przez parkiet i raptem stanął twarzą w twarz z Susan Mallary. Miała szerokie ramiona i głębokie wcięcie między piersiami. Na jego widok Jonathon stanął jak przygwożdżony.

— Rany — wydyszał. — Susan! Nie wiedziałem. To znaczy... wyglądasz niesamowicie. Zwykle tak nie wyglądasz. Co ze sobą zrobiłaś?

Susan zaśmiała się, rozłożyła ramiona i zatrzęsła piersiami. Zanim Jonathon się spostrzegł, wpadł w jej ramiona i przylgnął do piersi. Zamarł, uświadamiając sobie, że być może przeholował.

— Zatańczymy? — wykrztusił.

— Dobrze — odparła. Na szczęście szedł wolny kawałek. Zaczęli walcować niezręcznie. Jonathon był zdumiony, że udało mu się tak zbliżyć do tych dużych, pięknych cycuszków.

Chryste, poprosiłem dziewczynę do tańca, pomyślał. Nigdy wcześniej nie miał odwagi, by to zrobić. Przytulał się do niej i starannie omijał jej stopy.

Dwa kawałki później wciąż nie wymyślił niczego, co można by powiedzieć. Susan wysunęła się z jego objęć, mówiąc:

— Możemy się trochę od siebie odsunąć?

Jakiś czas podrygiwali, lecz fascynacja się ulotniła. Jonathon przeprosił i umknął, żeby utrwalić sobie, co powiedział, na wypadek gdyby jeszcze kiedyś zebrał się na odwagę, by poprosić jakąś dziewczynę do tańca. Podszedł do kolumny i westchnął głęboko. To było bardzo przyjemne, ale czuł się zakłopotany, że nie miał nic do powiedzenia.

Deborah stanęła przed z nim, lekko się uśmiechając.

— O, cześć — bąknął.

— Widzę, że nie dochowałeś mi wierności — powiedziała.

— To był tylko taniec.

Przyjrzał jej się, ale nie mógł odczytać, czy jest urażona, czy nie ma to dla niej znaczenia. Przez minutę stała i patrzyła na parkiet, a potem zaproponowała, zbyt poważnie:

— Wyjdziesz ze mną na spacer?

— Dobra.

— Tylko wezmę kurtkę. Zobaczymy się w holu?

Jonathon próbował wymknąć się niepostrzeżenie i prawie mu się udało, lecz przy drzwiach czatował Ben.

— Co ty tu robisz? — spytał Jon.

— Odpoczywam. A ty?

Jonathon nie odpowiedział, lecz w tej samej chwili u jego boku zmaterializowała się Deborah.

— Wychodzicie? — zapytał Ben.

— Taak.

— Bawcie się dobrze.

Deborah ruszyła przodem, a Jonathon rzucił przyjacielowi tak zaniepokojone spojrzenie, że Ben aż dał mu znak rękami... No idź, nie bój się, wszystko będzie dobrze. Jonathon przystanął na chwilę, żeby się obejrzeć. W środku było gorąco, ciemno i jaskrawo. Mógłby zataczać się od jednej dziewczyny do drugiej, gdyby tylko...

— Wolałbyś zostać?

— Nie, nie, oczywiście, że nie.

Wyszli na zewnątrz i zniknęli w ciemności. Ben wszedł do szkoły i ostrożnie ruszył w stronę parkietu. Marzył o tym, żeby zatańczyć parę razy, ale nie było na to szans. Pani krążyła wokół parkietu z włączonym radarem, mając go na oku.

Deborah i Jonathon wyszli z budynku i skierowali się do alejki rododendronów, nic nie mówiąc. To było okropne.

Jonathon przebąkiwał coś o szkole, kolegach, ale słowa padały między nimi martwe. W końcu Deborah odwróciła się i zapytała, czy już się zdecydował.

— Prawie — odparł.

Spojrzała smutno.

— Za długo to trwa — powiedziała.

— Wiem, wiem.

— Już raczej wolałabym, żebyśmy się przyjaźnili. Jeśli nie chcesz, po prostu powiedz.

— Tak, wiem.

— Więc o co chodzi?

Jonathon pocałował ją, choćby po to, żeby powstrzymać ją od mówienia. Deborah odwzajemniła pocałunek, przytulając się do niego. Pan Sękaty podniósł się momentalnie.

— On chyba mnie lubi — stwierdziła Deborah.

— Och, Pan Sękaty zdecydowanie mówi tak.

Poszli trochę dalej, aż dotarli do następnego zakątka ukrytego wśród krzaków. Jonathon wprowadził ją do środka, delikatnie pchnął na pień drzewa i pocałował, opierając się o nią. Znów zalał go potok hormonów. To było tak, jakby dostał od tyłu w głowę patelnią. Cofnął się i spojrzał na ziemię.

— Mokro — stwierdził z żalem.

Deborah ściągnęła swoją lekką kurtkę i położyła na ziemi.

— Powinniśmy użyć mojej... — zaczął Jonathon.

— Nie szkodzi. — Wzięła go za ręce, usiedli razem na kurtce i znów zaczęli się całować. Jonathon rozpinał jej ubranie. Jedną ręką gmerał przy staniku, więc Deborah wyprostowała się i rozpięła go sama. Potem z westchnieniem położyli się na kurtce Deborah i mocno pocałowali.

— Jesteś piękna — szepnął Jonathon.

— W ciemności.

— Moje ręce uważają, że jesteś piękna — powiedział.

— Bardzo ładnie powiedziane — odparła. Po chwili ujęła go za ręce i wsunęła je sobie w rajstopy.

— Zobacz, czy tam też jestem piękna — wyszeptała.

Była piękna.

— Chcesz? — zapytał Jonathon.

— Z tobą, tak, ale nie tutaj.

— Nie, nie tutaj.

— Gdzieś, gdzie będzie wygodniej... Wciąż mi nie odpowiedziałeś.

— Zdaje mi się, że to musi być tak, prawda? — odparł Jonathon. Pocałowali się, powoli, z rozkoszą, i tam, w ciemności, Jonathon poczuł, że się odpręża.

— Jesteś pewien?

— Taak.

— Na pewno jesteś pewien?

— Na pewno, na pewno.

— Długo trwało, zanim się zdecydowałeś.

— Po prostu... nie wiem, czy chcę mieć dziewczynę. Ale teraz, kiedy ją mam, cieszę się, że to ty.

Znów się pocałowali. Próbował pędzić dokądś językiem, lecz Deborah przytrzymała jego twarz i bardzo powoli przesunęła wargami po jego ustach.

— Więc kiedy? — wycharczał.

— Zwolnij trochę, tygrysie — roześmiała się. — Niedługo. Zobaczymy.

— Pocałuj mnic tak jeszcze raz — poprosił.

— Jak?

— No tak. Powoli...

To było takie cudowne, Jonathon chciał, żeby ta chwila trwała bez końca, lecz usłyszeli zbliżające się głosy i zamarli, zwarci ze sobą w ciemności.

— No chodźże — nalegał chłopak.

— Powiedziałam, że nie — odparła dziewczyna.

W swojej liściastej kryjówce Debs i John spojrzeli na siebie i uśmiechnęli się konspiracyjnie. To byli Dino i Jackie.

— Dlaczego nie?

— Dino! Myślałam, że mieliśmy z tym skończyć.
— Chodzi o ciupcianie. Ja nie mówię o ciupcianiu. Chcę...
— Dzisiaj nie będziemy tego robili.

Dino się roześmiał. Jackie mówiła zwięźle, ale nie było jasne, czy Dino się z nią drażni, czy namawia. Pewnie jedno i drugie.

— No chodź, nie chcesz?
— Powiedziałam nie.
— A może paluszkiem?
— Nie bądź wulgarny.
— Zwykle to lubisz.
— Nie mówię, że tego nie lubię. Powiedziałam, że nie chcę tego robić dzisiaj.
— No chodź do mnie...

Nastąpiła chwila ciszy, w czasie której Dino pewnie całował Jackie. Potem znów się odezwali.

— Powiedziałam nie.
— No chodź. Pomacam ci cycuszki.
— Nie.
— Włożę paluszek.
— Nie!
— Tylko jeden.
— Nie! — roześmiała się Jackie. — Ty erotomanie.
— No zobacz, jakie to przyjemne — mruczał Dino.

Deborah i Jonathon mogli tylko zgadywać w ciemności, co się dzieje. Jackie zachichotała.

— Dosyć tego. Odprowadź mnie z powrotem. Przespacerujemy się.

Poszli sobie. Jon i Deborah słuchali ich oddalających się głosów i kroków, a potem znów zaczęli się całować. Ale Deborah zrobiło się niewygodnie. Leżeli w wilgotnym zagłębieniu.

— Zaczyna przemakać — powiedziała.

Wstali. Otrzepała spódniczkę i włożyła kurtkę; Jonathon patrzył na to ze smutkiem.

— To było takie przyjemne. Możemy to zrobić jeszcze raz? — zapytał.

— Jestem trochę mokra.

— Tym razem możemy użyć mojej katany.

Deborah się uśmiechnęła.

— No dobrze. Skoro ze sobą chodzimy...

Ściągnął kurtkę i rozłożył ją przed nią zamaszystym gestem. Położyła się, a on przysunął się do niej, zakrywając ją połową ciała.

— Tak dobrze?

— Przygniatasz mnie — zachichotała.

Przesunął się trochę.

— Teraz lepiej?

— Cudownie.

— Rozepnij stanik tak jak przedtem — poprosił.

— W ten sposób?

— Tak. I ten drugi guziczek...

— Ten?

— Cudownie. Cudownie. Cudownie.

24

W porzo, no nie?

W ten weekend Dino miał pierwszą randkę z Zoë. Trochę się bał, bo nikomu o niej nie powiedział, i martwił się, że ktoś go może zobaczyć. Ta zabawa na dwa fronty pochłaniała mnóstwo energii psychicznej. Cieszył się, że znów uda mu się z nią przespać, ale w końcu do tego nie doszło. Najdziwniejsze, że wcale nie żałował.

Zoë brała to, co chciała, nie dbając, co myślą inni, ale miała swoją dumę. Dino musiał udowodnić to i owo, zanim raczyłaby znów go wykorzystać. Spotkali się w mieście, Dino zaproponował spacer nad rzeką. Szli, trzymając się za ręce i pocałowali się pod mostem Caversham. Krew Dina zaszumiała jak szampan.

— Chodźmy gdzieś — powiedział. — Zróbmy to.

— Raczej nie — odparła. — Ostatnio sprawy zaszły trochę za daleko. — Dino się uśmiechnął. Pozwoliła mu na chwilę wsunąć rękę pod top, ale nie w dżinsy. W pewnej chwili prawie uległa i mógł odpiąć guzik, ale potem wzięła jego rękę i trochę się rozzłościła. Dino uśmiechnął się z zadowoleniem. Dobrze się bawił. Mógł poczekać, nie za długo.

— Twardy orzech z ciebie — wycharczał jej do ucha. — Nie wiesz, co ze mną robisz!

Zoë zawisła na jego szyi i spojrzała na niego pustym wzrokiem. Nawet nie mając takiego zamiaru, sprawił, że się rozpłynęła. Nie przywykła do tego. Gdyby w tej chwili wsunął jej rękę w dżinsy, nie powstrzymywałaby go.

Poszli wzdłuż rzeki, a potem z powrotem do miasta, gdzie Dino postawił jej kawę i ciastko. Pocił się w swojej grubej kurtce. Zoë drażniła się z nim na temat jego gustu, nie wiedząc o tym, że włożył tę kurtkę po to, żeby miała się na czym położyć. W sumie spędzili naprawdę przyjemne popołudnie. Zostawił ją na dworcu autobusowym. Pocałowali się, a później, po podwieczorku, Dino wyruszył na randkę z Jackie.

Dwie dziewczyny. W porzo, no nie? Jak mu się wszystko poukładało! To jak czary. Nie musiał o tym myśleć. Nic nie musiał robić. Po prostu poczekał z założonymi rękami i wszystkie kawałki wskoczyły na swoje miejsce. A to, jego zdaniem, była sama esencja „w porzo".

Powinienem sobie bardziej ufać, stwierdził Dino.

Nie dość, że miał kogo ciupciać, to jeszcze nie musiał wywierać presji na Jackie. Z jakiegoś powodu przechodziła trudne chwile, a to dało mu sposobność okazania wyrozumiałości, poczekania trochę, aż Jackie się pozbiera, a jednocześnie mógł dać Zoë posmakować lepszych rzeczy.

Ta ostatnia myśl przyprawiła go o lekki rumieniec, ale spójrzmy prawdzie w oczy — to była prawda. Trzeba mieć odwagę trzymać się swoich przekonań. On był Tym. Gdyby była liczba wyższa od jedynki, nazywałaby się Dino. Zoë była w porządku, lecz w normalnej sytuacji on był klasą samą dla siebie, poza jej zasięgiem.

Nawet kiedy coś spieprzył, wychodziło na dobre. Na przykład ta sprawa z mamą. Wtedy, ględząc od rzeczy w obecności ojca, czuł, że popełnia błąd, a teraz patrzcie. Jaki skutek! Romans wyszedł na jaw. Zamierzali to jakoś rozwiązać. Matka tak powiedziała. Małżeństwo zostało ocalone. Dzięki niemu.

Podczas gdy Dino leżał w niedzielę wieczorem w łóżku, gratulując sobie, że ocalił małżeństwo rodziców, oni byli na dole, robiąc rachunki. Sytuacja nie przedstawiała się tak źle, jak Kath początkowo sądziła. Pieniędzy nie było zbyt wiele, lecz przy oszczędnym gospodarowaniu wynajęcie mieszkania nie było poza ich zasięgiem.

Kath uśmiechnęła się na tę myśl; Mike obserwował ją chłodno.

— Albo spróbujemy to jakoś rozwiązać — rzekł.

— Sprawy zaszły za daleko — stwierdziła z naciskiem. — Nie będzie tak źle.

— Nie mów mi, że nie będzie tak źle — warknął Mike. — Źle dla kogo? Dla tego, które tu zostanie, czy dla tego, które będzie musiało odejść, wynająć norę i dostanie prawo odwiedzania dzieci w co drugi weekend?

— Zgodziłeś się, Mat jest za mały, muszę z nim zostać.

Mike odwrócił głowę.

— Załatwienie wszystkich spraw potrwa kilka miesięcy — zauważył.

— Kilka miesięcy? Wystarczyłoby kilka tygodni.

Mike milczał przez chwilę.

— Jeszcze nie wyraziłem zgody.

— Wyraziłeś, do cholery, nie wycofuj się teraz!

Spojrzał na nią wymownie.

— Tak jest dobrze dla ciebie. Z czego rezygnujesz? Z domu? Nie. I nie mów, że z małżeństwa, bo nie chciałaś go już od lat.

— A ty chciałeś?

— Tak, w gruncie rzeczy chciałem.

Kath przyjrzała mu się. Miał romanse, w każdym razie wiedziała o jednym.

— Nie domyśliłabym się — rzekła.

Mike zrobił smutną minę.

— Właściwie czym jest, twoim zdaniem, miłość? Wspólnym kontem w banku? Wszyscy z biegiem lat robimy głupie

187

i egoistyczne rzeczy, ja tak samo jak ty. Ludzie przez to przechodzą.

Lecz Kath była zdeterminowana.

— Ale my nie przeszliśmy.

— To nie jest jedyny sposób. Moglibyśmy spróbować to jeszcze rozwiązać.

— Nie, Mike.

— Poza tym, są dzieci.

— Możemy się postarać, żeby wyszło dla nich dobrze. To jest lepsze rozwiązanie niż to drugie.

— To znaczy jakie?

— Mieszkanie z rodzicami, którzy się nie kochają — odparła Kath, wpatrując się nieruchomo w oczy męża i wypowiadając magiczną mantrę, na którą liczą wszyscy rozchodzący się rodzice.

— Ale ja cię wciąż kocham.

— Ale ja cię nie kocham. Przykro mi.

Mike odwrócił głowę, zraniony.

— Na razie nieźle sobie z tym radzą, mimo że najwyraźniej nie kochasz mnie od lat, więc nie oszukuj się, że to dla nich, proszę cię. To jest tylko dla ciebie, Kath, dla ciebie i nikogo innego.

Oboje podnieśli głowy i spojrzeli w górę, tam gdzie niczym bomby w sercach rodziców, leżeli Dino i Mat.

Dino pomylił się również w ocenie sytuacji z Jackie. Przestał wywierać na nią presję? Gadał o tym bez przerwy. Rzecz jasna, on tego tak nie postrzegał. Tylko się z nią drażnił. Traktował temat lekko. Prawie nie było godziny, żeby nie nawiązał do tego, jaki jest grzeczny. Nie było końca żarcikom o tym, czy nie chciałaby wziąć w rękę albo pozwolić sobie włożyć palec, o tym, jaka jest oziębła, jakim jest smacznym kąskiem i tak dalej. Doprowadzało ją to do obłędu.

Jeśli chodzi o Zoë/Siobhan, Dino nie wiedział absolutnie nic. Zoë była bestyjką nieskupiającą się za dużo na jednej rzeczy i był bezpieczny dopóty, dopóki umiał ją zabawiać, a to nie mogło potrwać dłużej niż parę tygodni. Gdyby zdołał robić to dłużej, mogłaby stracić zainteresowanie i po prostu pozwolić mu zsunąć się poza krawędź jej uwagi. Ale jeden fałszywy krok i była gotowa spaść na niego z góry jak jastrząb.

W ten weekend Zoë zobaczyła Dina w najlepszym wydaniu. Przez kilka godzin stanowiła centrum jego wszechświata. Czy to dlatego, że chciał ją przelecieć, czy dlatego, że chciał potrzymać ją za rękę, rozbawić, czy udobruchać, przez całe popołudnie nie myślał o nikim i niczym innym. Sprawił, iż poczuła, że jej potrzebuje. Po imprezie był facetem, który ją przeleciał, ale tego popołudnia wiedziała, że coś dla niego znaczy. Złapała się na haczyk. Myślała: Miałam rację. Naprawdę miły z niego facet, a do tego mnie uwielbia. Może naprawdę mogłabym z nim chodzić, kto wie?

Zoë rozgrywała to na chłodno. Nie spieszyła się. Miała ochotę przekręcić do niego w tygodniu, ale nie chciała sprawić wrażenia zbyt chętnej, więc zaczekała do weekendu, tak jak się umówili. Był ciepły majowy dzień. Dino nie chciał iść do miasta, więc zaproponowała piknik nad rzeką. Piknikowanie nie należało do ulubionych zajęć Zoë, ale czekała na niego z niecierpliwością. Zrobiła nawet kanapki, kupiła zapiekane jajka — Dino powiedział, że takie lubi — i wzięła butelkę kradzionego wina. Było im ze sobą wspaniale. Dino przez cały dzień nie spuścił z niej wzroku. Spacerowali w słońcu nad rzeką, trzymając się za ręce, i znaleźli spokojne miejsce, w którym mogli się wykąpać. Zdjęli z siebie wszystko oprócz bielizny. Było lodowato zimno. Słońce schowało się za chmury zaraz po tym, jak wyszli z wody, i musieli biegać, żeby się rozgrzać i wyschnąć. Potem ukryli się w trawie, wciąż w mokrej bieliźnie. Wyszło słońce; Dino podciągnął Zoë stanik na szyję, a majtki zsunął na uda, trzymała w dłoni jego członek, aż wytrysnął obficie na jej biodro. Chichotali jak opętani. Dino wytarł ją szczawiem, a potem był bardzo smutny, kiedy trzeba było wracać do domu.

Była jeszcze jedna randka w tym tygodniu, w kinie. Z filmu nie widzieli prawie nic. Zoë kompletnie zapomniała o szantażu. Była z siebie dumna. Trzymała go na dystans przez trzy tygodnie, mimo że sama aż dyszała z pragnienia. Miała też politykę dwuletniego okresu próbnego i nie dała mu ani swojego adresu, ani numeru telefonu, ani nie podała prawdziwego imienia; lecz powiedziała sobie, że w ten weekend, jeśli wszystko pójdzie zgodnie z planem, zabierze go do siebie do domu, kiedy nie będzie rodziców, i będzie się z nim kochała na kanapie w salonie.

I mogłoby się tak stać, gdyby jej przyjaciółka Sam nie wbiła pazurów. Zoë nie powiedziała jej ani nikomu o szantażu — takie rzeczy jej się po prostu nie zdarzały — ale przyjaciółka, rzecz jasna, wiedziała wszystko o Dinie. To właśnie jedna z koleżanek Sam zabrała je na przyjęcie u niego. Ta koleżanka wiedziała o Jackie. Musiało do tego dojść.

— Ten gnój spotyka się z tobą na zmianę — powiedziała rano w szkole Sam.

— Co to znaczy?

— Ona była na przyjęciu. Chodzi z nią nie wiadomo od jak dawna. Ciągle się schodzą i rozchodzą.

— Jesteś pewna? Teraz są ze sobą?

— Tak. Byli razem na imprezie. Podobno prawie się po niej rozstali, a wiesz dlaczego? Bo ona nie chce się z nim przespać. Obiecuje mu i obiecuje, ale nigdy tego nie robi.

— Skąd o tym wszystkim wiesz?

Sam opisała źródło informacji. Było nieskazitelne.

— Możesz sama sprawdzić, jak mi nie wierzysz. Zadzwoń do tej Jackie. Mam tu jej numer.

Zoë pokręciła głową. Sam bez wątpienia miała rację, ale mogłaby być trochę delikatniejsza, gdyby wiedziała o zauroczeniu przyjaciółki.

190

— Kapujesz, co się dzieje? On ma dziewczynę, która nie chce z nim spać, ale ty to zrobisz. Wykorzystuje cię.

Zoë pobladła.

— Rzucisz go?

— Rzucić go? — zdziwiła się Zoë. — Ja mu tak dopieprzę, że się nie pozbiera.

25

Ben

Trochę tego za dużo. Właściwie o wiele za dużo. W zasadzie od samego początku było za dużo, jeśli o tym pomyślę, ale zdaje się, że między innymi właśnie dlatego było to przyjemne. W zeszły wtorek, kiedy zszedłem rano na śniadanie, a tata siedział przy stole z listem w ręku, pomyślałem, że to wymyka się spod kontroli.

— Co to ma znaczyć? — spytał, machając listem w moją stronę. — Matematyka — dodał.

— I co z matematyką?

Podał mi list. Był od naszego nauczyciela matmy, pana McGratha. Podobno mam zaległości. Pan McGrath się martwi. Proponuje, żebym w czwartki zostawał w szkole po lekcjach i nadrabiał rzeczy, z którymi mam trudności.

Od kiedy to mam zaległości z matmy? Nikt mi nawet słowem nie wspomniał. Ale wszystko się zgadzało. Szkolny papier, wszystko.

— Przecież dostał szóstkę z końcowego egzaminu — zauważyła mama. — Jak to się stało, że narobiłeś takich zaległości?

— Pan McGrath nic mi o tym nie mówił.

I wtedy mi zaświtało.

— To jest... — zacząłem, ale nie dokończyłem. Co miałem powiedzieć? Że to fałszerstwo?

— Eh, to pewnie pomyłka. Chyba wiem, co to jest. Okólnik. Cała klasa ma trochę zaległości, więc dlatego chce, żebyśmy zostawali. Wiecie, jacy oni są... — Wzruszyłem ramionami. — Średnia ocen i tak dalej.

— Szkoła Wood End jest bardzo dobra, jeśli chodzi o matematykę — zauważył tata.

— Taak, i chcą, żeby tak zostało. Porozmawiam z nim o tym. Być może nie chodzi mu o mnie.

To było kretyństwo. Dlaczego akurat matma, przecież ona wie, że z matmy jestem mocny. Przecież właśnie dlatego zdaję z niej maturę, na miłość boską.

Osaczyłem ją na korytarzu w czasie lunchu.

— Dodatkowe lekcje matmy — rzuciłem.

— Sprytne, co? — zaświergotała. — Chciałabym zobaczyć twoją minę!

— A gdyby sprawdzili?

— Nie wątpię, że dałeś sobie radę, Ben. Urodzony kłamczuszek z ciebie. — Uniosła brwi, uśmiechnęła się i znikła, zanim zdążyłem powiedzieć jeszcze jedno słowo.

To ona jest kłamczuchem. Wszystkie te sekrety, to spiskowanie, nie cierpię tego. Myślę, że właśnie to jest dla niej najważniejsze. Strasznie ryzykuje, ale może chce zostać przyłapana? Może to ją podkręca czy coś. Wybrała matmę, bo to przedmiot, z którego jestem najlepszy. Większe ryzyko.

A te zabawy za kurtyną? Ryzykowne czy nie? Ciągle próbuje wpuszczać mnie w śliskie sytuacje. Jej to wisi, podoba się, ale ja wariuję. W zeszłym tygodniu kazała mi się przelecieć w schowku na rekwizyty. Brzmi bosko? Nie wierzcie w to. Czułem się tak, jakby cała szkoła słuchała za drzwiami. A ona wścieka się jak diabli, kiedy próbuję ją powstrzymać.

— Co z tobą? — syczy.

— Nie chcę.

— Chcesz, jesteś sztywny jak wałek do ciasta. O...

— Nie!

— Dlaczego?

— Ktoś może wejść.

— Nikt nie ma powodu tutaj wchodzić.

— Może wejść bez powodu.

Podparła klamkę szczotką.

— Już.

I dostała to, czego chciała, jak zwykle. Powinienem powiedzieć „nie", ale jakoś... ona jest Panią, wiecie, co mam na myśli?

— Wyrzuciliby mnie — powiedziałem.

— Ze mną byłoby gorzej. Nigdy więcej nikt nie chciałby mnie zatrudnić w żadnej szkole. To byłby koniec. Kariera, zarobki z głowy. Praktycznie uznano by mnie za pedofilkę. Nie wiem, o co robisz tyle hałasu.

A to jeszcze nie wszystko. W ciągu ostatnich dwóch tygodni cztery razy zostawałem za karę po lekcjach. Wszyscy widzą, jakie to dziwne, drażnią się ze mną, że ją pukam. Gdyby tylko wiedzieli! Za którymś razem kazała mi nawet usiąść i pisać jakieś zdanie, linijka pod linijką. No i co to ma być?

To. Musi. Się. Skończyć.

Poza tym, że to wymyka się spod kontroli, jest jeszcze jeden powód. Dziewczyny w moim wieku. Wiecie? Ktoś, z kim mógłbym pogadać. Ktoś, na kogo naprawdę mógłbym polecieć. To znaczy, seks z Ali jest super, ale to nie jest to, o co chodzi, prawda? To tylko porno z pulsem. A ja chcę... no wiecie. Chcę się zakochać.

Czy to brzmi głupio? Może trochę za dużo oczekuję? Po prostu z Ali nie mogę być sobą. To jest jak jedna wielka gra. Nie jest prawdziwe.

No dobra, szczerze mówiąc, jest jedna dziewczyna, która mi się naprawdę podoba, i to jest głupie, bo nawet za wiele z nią nie rozmawiałem. Ma na imię Marianne i naprawdę myślę, że się w niej zabujałem albo przynajmniej zacząłem.

Nawet pamiętam dokładnie tę chwilę. Chodziła z chłopakiem z naszej klasy, Tobym. Jest gruby i wysoki, a ja jestem raczej niski, i pomyślałem, że są trochę niedobrani, bo ona też jest dość niska, i Toby wyglądał przy niej, jakby był o dwa rozmiary za duży, taki niezgrabny.

W każdym razie staliśmy wszyscy i rozmawialiśmy, ja, paru chłopaków i kilka dziewczyn, a ona była z tym Tobym, stała koło niego i rozmawiała z kimś z naprzeciwka. Było coś w tym, jak stała blisko Toby'ego, ale słuchała tej drugiej osoby. Było coś w tym, jak słuchała. Trzymała przy piersi kilka książek, przechyliła głowę. Musiałem się na nią gapić, bo spojrzała na mnie. Uśmiechnąłem się i ona też się do mnie uśmiechnęła.

Zabawne. Nic a nic nie robiła. Może nawet wymyślam to wszystko ze słuchaniem i tym, że stała tak opiekuńczo koło Toby'ego, ale naprawdę poczułem do niej miętę. Jest miła, to wszystko. I ładna. Nie w taki typowy sposób jak Jackie, ale naprawdę ładna i schludna.

Później poczułem się tym zakłopotany i nie mogłem się zdobyć na to, żeby z nią porozmawiać, ale przyglądałem jej się, ilekroć ją widziałem. Potrafi być całkiem ożywiona i rozmowna, ale wydaje mi się, że umie słuchać. Często widzę, jak słucha kogoś innego. Ja też potrafię słuchać. Wielu ludzi tego nie umie, wiecie?

Ona jest całkiem zwyczajna, tak naprawdę, ale może właśnie tego chcę po Ali. W gruncie rzeczy, jak się nad tym zastanowię, to zauważyłem ją wcześniej, w czasie zawodów gimnastycznych. Trochę ławe, co? Tańczyła na macie, wiecie, jak to wygląda. Zajęła chyba drugie albo trzecie miejsce, więc jest w tym niezła. Ja uważałem, że powinna wygrać. Wyglądała naprawdę dobrze. Skakała i pląsała po całej macie, ale umiała to robić tak, że wyglądała naprawdę zwiewnie i beztrosko, jak gdyby nie wymagało to żadnego wysiłku. Dopiero później poczerwieniała i spociła się, jak gdyby zdołała to powstrzymać tak długo, jak chce, a ja pomyślałem: super. To znaczy pomyślałem, że jest naprawdę miłą osobą, a do tego ma takie świetne ciało. To było w zeszłym roku. Wspomniałem o tym w końcu Dino i Jonowi.

— Poproś ją, żeby z tobą chodziła — poradził Dino.

— A jeśli odmówi?

— Lepsze to, niż żyć w strachu — stwierdził Jonathon, jakby chodziło o to, że czegoś nie zrobisz i zrujnujesz sobie życie.

Trochę zaszarżował, mówiąc tak, bo Jonathon za nic nie ośmieliłby się poprosić dziewczyny o cokolwiek, ale dało mi to do myślenia. Więc za jakiś czas poszedłem i poprosiłem. Zabrałem ze sobą Jona i Dina jako moralne wsparcie, poszedłem do jej klasy i poprosiłem. Zachowała się bardzo ładnie. Powiedziała, że jestem szalenie miły i że czuje się wyróżniona, ale chodzi z Tobym, więc nie może. Nie mogłem rozgryźć, czy to wymówka, czy nie. I wiecie co? Złamała mi serce. Lecz na krótko, więc to pewnie wcale nie było zakochanie.

Od tej pory niewiele miałem z nią do czynienia, chociaż chodzimy do tej samej szkoły. Pewnie trochę mnie onieśmielała. Toby przeszedł do wyższej klasy liceum, jednak o ile było mi wiadomo, wciąż się z nim spotykała. Ale parę dni temu spotkałem ją na korytarzu. Rozmawiała z jakimś koleżankami, a kiedy przechodziłem, szeroko się do mnie uśmiechnęła. Zaskoczyło mnie to, też się uśmiechnąłem i poszedłem dalej. Ale wydaje mi się, że to coś znaczyło, no wiecie. Popytałem trochę i wygląda na to, że jakiś czas temu przestali się spotykać z Tobym. Więc może... skoro zmieniły się okoliczności, mógłbym ją poprosić jeszcze raz?

Chłopaki bez przerwy się mnie czepiają, żebym znalazł sobie dziewczynę, nie mogą pojąć, dlaczego z żadną nie chodzę. Przedwczoraj Dino zaczął o tym nawijać — czy wciąż podoba mi się Marianne — a ja musiałem powiedzieć, że już nie tak bardzo.

Nie mam odwagi, żeby coś z tym zrobić. Po pierwsze, założę się, że Ali uprzykrzyłaby życie Marianne. Zakład? Marianne na końcowy egzamin wybrała dramat. Co świadczy o tym, że nie mam o Pani zbyt wysokiego mniemania, bo to byłoby prawdziwe świństwo. Wiecie, co myślę? Myślę, że ona zrobiłaby wszystko, żeby dostać to, czego chce. Tak właśnie sobie przedwczoraj myślałem. Mniej więcej rok temu oddałbym prawie wszystko, żeby robić te rzeczy, które robiłem z panną Young. I muszę powiedzieć, że było super, ale było takie tylko dlatego, że tak bardzo chciałem to robić. Nie miało żadnego znaczenia z kim. A niektórych nie chciałbym robić z nikim. Te ryzykowne zabawy w miejscach publicznych — to nie dla mnie. Ja jestem bardziej prostolinijny, tak myślę.

Jeśli kiedyś uda mi się jej pozbyć i chodzić z Marianne, będę się starał robić wszystko bardzo powoli. Nie będę próbował się z nią przespać na którejś z pierwszych randek. Spróbuję ją pocałować i może wsunę jej rękę pod bluzkę, ale jeśli nie będzie chciała, to w porządku. I nie będę o tym opowiadał, ale nie w taki sam sposób, w jaki nie opowiadam o Ali. To jest sekret nieprzyzwoity i niebezpieczny, tamto byłoby sekretem intymnym. Niektórzy z moich kolegów wygadują o swoich dziewczynach naprawdę okropne rzeczy. Najgorszy jest Dino. Bez przerwy nawija o Jackie, w każdym razie, nawijał. Chyba wiem o jej ciele tyle samo co on. Znam rozmiar i kształt jej cycków, wiem, jaki kolor mają sutki, jak wyrywa szczypczykami włoski wokół nich i syczy z bólu, kiedy je wyciąga. Wiem, że jęczy i popiskuje, kiedy dochodzi. Wiem nawet, że Dino może wsunąć jej do cipki trzy palce, ale ona za tym nie przepada. To są osobiste sprawy, brachu! Nie powinno się mówić tego nikomu, nawet najlepszemu kumplowi! Założę się, że biedna Jackie byłaby mocno wkurzona, nie sądzę, by wyobrażała sobie, że to się rozchodzi po całej szkole. Ale może wie? Nie jest idiotką.

Jonathon jest jeszcze inny. Świntuch z niego, zawsze taki był, ale tylko na pokaz. Nie mówi ani słowa o sobie i Debs. Ani słowa. Jest naprawdę dyskretny. Są bardzo różni, ale zazdroszczę im obu, bo w sumie wolałbym całować się z dziewczyną i słyszeć od niej, żebym się wynosił z jej majtek niż godzinami tarzać się po podłodze z Panią i patrzeć, jak wymyśla nowe sposoby robienia w kółko tego samego. W szkolnym mundurku. Na stole. Na kanapie. To jest tak, jakbyś został uwięziony w pornochu. Powinienem zapuścić wąsy. Powinienem się jej pozbyć. Ale nie wiem jak.

26

Jonathon

A więc naprzód i w górę. I do środka. Deborah znalazła okazję. Jej rodzice wyjeżdżają na weekend za dwa tygodnie. To jest to. Wreszcie stracę mój kwiatek.

Tylko że to nie jest kwiatek — to duża gruba łodyga. Właśnie trzymam ją w dłoni.

„Ho, ho, ho!", mówi Pan Sękaty.

„Właśnie o to ci chodziło przez cały czas, ty obleśny ochłapie nabrzmiałego mięsa?".

„Aha".

Więc Pan Sękaty jest szczęśliwy. Myśli sobie: aż po pachy w gorącym mięsie. Myśli, że się dobrze zabawi. Cicho, sza, ale są rzeczy, o których Pan Sękaty nie wie. Sekrety, o których kutas nie powinien wiedzieć. Ciii! Bo wiecie, za nic bym nie chciał, żeby zaczął się martwić. Rozumiecie mnie? No właśnie. Zmartwiony kutas to obwisły kutas.

Pan Sękaty mówi: „Jak mi to spieprzysz, to nigdy ci nie wybaczę".

Mam powody przypuszczać, że Pan Sękaty sprawi się w seksie śpiewająco. Widzicie, on za tym wprost przepada. Wystarczy wolna chwila, a on zaraz prosi, żeby mu podać

199

rękę. A ponieważ jest moim najlepszym kumplem, zawsze z przyjemnością spełniam jego prośby. W wannie, w łóżku. Przed monitorem. Żyję w ciągłym strachu, że komputer się popsuje i ktoś wyśle go do naprawy. „Panie Green? Podczas przeglądu znaleźliśmy na pańskim twardym dysku całą masę świństw, która nie dość, że wiele mówi o pańskiej moralności, to jeszcze jest nielegalna. Za wiele rzeczy, które robią ze sobą te kobiety, je także będziemy ścigać. Pański syn, powiada pan? Prawie nie używa pan komputera? To dla pana nowość? Ach tak. Teraz pan rozumie, dlaczego syn narobił takiego rabanu, kiedy upierał się pan, żeby zabrać sprzęt do naprawy? No dobrze, ogłośmy to wszem wobec, i to jak najprędzej...".

Tak będzie. Wiem o tym.

Chciałbym, żeby zostało odnotowane, iż większość pornografii, którą oglądam, oglądam z czystej ciekawości. Widok kobiety skutej łańcuchem, ze spinaczami na sutkach i suką w ciąży wcale mnie nie podnieca. Po prostu zdumiewa mnie, że coś takiego istnieje i bywa oglądane przez zboczeńców takich jak ja, którzy chcą się tylko poślinić na widok zdrowych lasek.

O mój Boże.

Ciii! Pan Sękaty śpi twardym snem. Nachylcie się bliżej. Zdradzę wam, że...

Nie. Jeszcze nie teraz.

Sekrety! Mam ich tysiące, kotłują się w czarnej dziurze mojej psyche, choć żaden nie jest tak okropny jak ten, którego Pan Sękaty nie może poznać. To ciekawe, założę się, że masa ludzi ma taki sekret, ale w życiu by się do tego nie przyznali. Kiedy miałem czternaście lat i chodziłem z moją pierwszą dziewczyną, nie mogłem znaleźć jej cipki. Co wy na to? Wiem, wiem, jak można nie znaleźć czegoś takiego? Przecież ma pewnie ze dwie stopy długości, jeśli spojrzeć z bliska. Nie da się nie zauważyć, pomyślelibyście. Ale ja nie zauważyłem. Nazywała się Lucy Small, była w tej samej klasie i poderwała mnie — jedyne, co ja podrywam, to tyłek z łóżka — w czasie szkolnej wycieczki geologicznej do Walii. Pierwsza dziewczyna i poznałem ją w Walii. Samo w sobie dość upokarzające, no nie? Poszliśmy wysłać jakieś listy, a potem zaszyliśmy się wśród drzew z myślą o ostrej obmacywance. Lucy polowała na mnie od jakiegoś czasu, ale ja byłem zbyt nieśmiały. Poprzedniego wieczoru wyszła z Alanem Noble'em, a potem on wrócił do domku i dał powąchać palec, żeby pokazać, że tam wsadził. Zrobiła to tylko po to, żebym był zazdrosny. A więc, obmacałem jej cycki — widzicie, nie jestem kompletna gapa, wiedziałem, gdzie są — a potem ona rozpięła dżinsy, włożyłem tam rękę i... niczego tam nie było. Niczego. Oniemiałem ze zdziwienia! Co jest? Czy ona jest zdeformowana? Czyżbym miał takiego pecha, żeby trafić na dziewczynę bez cipki? Może powinienem wyrazić współczucie, powiedzieć: O rety, brak cipki, co za niefart. A może popełniam jakiś błąd? To wydawało się bardziej prawdopodobne, więc pobłądziłem ręką po jej zaroście, w górę i w dół, ale nie mogło być wątpliwości: ani śladu cipki. Niesamowite.

To była oczywiście szajba, nawet ja o tym wiedziałem. A palec Alana Noble'a? Może już ją znalazłem, tylko była całkiem inna, niż sobie wyobrażałem. Może był jakiś sekretny sposób otwierania jej. Sezamie, otwórz się! No wiecie. Albo guzik, klapka czy coś. Cokolwiek. Musiało być jakieś wytłumaczenie.

Wróciłem i dałem kumplom powąchać palec z mglistą nadzieją, że jakoś się tam dostałem, nawet o tym nie wiedząc, ale wszyscy byli jednomyślni. Nic z tego.

Nie zmartwiłem się tym szczególnie, prawdę powiedziawszy. To musiało być coś absolutnie oczywistego, o czym po prostu nie pomyślałem. Wiecie, o co mi chodzi? Te białe dziury ignorancji. Człowiek ciągle w nie wpada. Trzeba po prostu poczekać i zobaczyć co dalej. A później, oczywiście, odpowiedź sama się znajduje i jest tak prosta, że trudno uwierzyć, że się ją przeoczyło, choć jeszcze wczoraj w nocy za nic nie można było jej znaleźć. To musiał być właśnie taki przypadek.

Więc następnego dnia wieczorem znów poszliśmy z Lucy na spacer w krzaki i... znów to samo. Ani śladu cipki. Drapałem i drapałem. Przecież nie mogłem jej zapytać, prawda? Przepraszam, gdzie właściwie jest twoja cipka? Wiem, że ją masz, Alan Noble nie pozostawił co do tego wątpliwości, ale muszę wiedzieć, gdzie ona jest. Wykluczone.

I wtedy naprawdę się napaliłem i zacząłem szukać odważniej, sięgać niżej. Ona nie miała nic przeciwko temu, co było dla mnie lekkim zaskoczeniem. To przecież okolice pupy, jeśli mam wyrazić swoje zdanie. Wiedziałem, że dziewczyny lubią ponoć, kiedy maca się je po cipkach, ale nawet to brzmiało ciut wątpliwie — chociaż pomyślałem, że skoro Lucy nie posiada cipki, to zadowolę się pupą. W każdym razie wsuwałem rękę coraz niżej i znalazłem: kawałeczki. Mięsiste kawałeczki. Dotykałem, obmacywałem i nagle, na samym dole, to znaczy prawie na tyłku, znalazłem. Lucy westchnęła lekko, kiedy wreszcie trafiłem do środka. Bingo, pomyślałem... Aa, więc tam ją schowała! Jakie to musi być krępujące dla tych biednych dziewczyn, że mają swoje intymne części jakieś pół cala od pojemnika na brudy. Kwestia planowania! To znaczy, kto wymyślił coś takiego? To nawet nie jest higieniczne.

Tyle lekcji nauki o człowieku, a nikt mi nawet nie powiedział, że kobiety trzymają swoje cipki prawie na plecach. Myślałem, że to jest na przodzie. Przecież tam mamy małego, no nie? A nie między nogami. Wystaje z przodu. Kiedy facet puka dziewczynę, to tyłek lata mu w górę i w dół, a nie tu i tam. To było logiczne założenie, że cipki są w tym samym miejscu.

Jasna sprawa, że kiedy patrzę wstecz, wydaje się to oczywiste. Te wszystkie ilustracje, które pokazują na biologii —

to jest nisko, bardzo nisko. Ale to tylko obrazki, kto by je brał na serio. No bo gdyby człowiek patrzył na ilustracje, to nie miałby zielonego pojęcia, jak naprawdę wygląda cipka. Cała ta czerwień. I te kawałeczki. A wszystko sięga od tyłu prawie do pępka. Na podstawie rysunku nie można wyrobić sobie zdania, jak to wygląda.

Ale wiele mi to wyjaśniło. Na przykład, dlaczego mój korzeń sterczy do góry. Bo sami pomyślcie: gdyby cipki naprawdę były z przodu, to twój fajfus powinien sterczeć prosto przed siebie. Tym też się zamartwiałem. Próbowałem go naginać, żeby sterczał do przodu, ale on, oczywiście, odskakiwał z powrotem. Tego dnia z Lucy Small odkryłem podstawy fizjologii cipki i już nigdy nie patrzyłem wstecz.

Więc już wiem, co to jest cipka. I gdzie się znajduje. Teraz muszę tylko wsadzić w nią Pana Sękatego.

To jest naprawdę tragiczne, ale i niewiarygodnie głupie. Tylko ktoś taki jak ja mógł tak się zamotać w takiej idiotycznej kwestii. No dobra. A więc. Gotów? Hmm...

A teraz, cicho, sza! To sekret. Pan Sękaty nie może się dowiedzieć. Jeśli się dowie — klapa. Absolutna, kompletna klapa i dno. Koniec z seksem raz na zawsze. To dlatego że... O Boże, to takie głupie, obciachowe i straszne jednocześnie.

Ale niech już będzie. Powiem. Pan Sękaty ma... Ja mam... raka.

No i macie. Spójrzcie. Teraz tego nie widać, bo Pan Sękaty twardo śpi, ale kiedy dostanę wzwodu, pokazuje się, w połowie długości. Duże, miękkie obrzmienie. Rak. To jasne... Że co?... Nie śmiejcie się, nie tak głośno, bo się obudzi. Nie mówcie tego słowa, jeśli je usłyszy, nie wytrzyma, to go zniszczy. Róbcie, co chcecie, tylko nie powtarzajcie słowa: RAK!

„Co?".

„Nic, nic!".

„No co!".

„Nic!".

„Naprawdę nic?".

„Absolutnie nic!".

„Co to miało być, to o raku?".

„Tak! Tak! To prawda! Nie mogę tego dłużej przed tobą ukrywać. To obrzmienie, o tam. Właśnie to!".

„Aaaa!".

„Tak!".

„Myślałem, że to żyła. Zabierz mnie do lekarza, prędko!".

„Nie!".

„Nie? Co to znaczy, nie?".

„Bo jeśli pójdziemy do doktora i okaże się, że to rak...".

„O mój Boże!".

„No właśnie!".

„Chcesz powiedzieć...".

„Będą musieli cię odciąć!".

Otóż to. Mam raka korzenia. Na szczęście do tej pory był uśpiony, ale jeśli będę robił coś głupiego, na przykład raz po raz wsuwał go i wysuwał z Deborah, tarcie ani chybi spowoduje, że się uaktywni. I wtedy... Wtedy będę musiał dokonać najgorszego wyboru, przed jakim mężczyzna kiedykolwiek może stanąć. Albo śmierć, albo zero fiuta.

Pewnie uważacie, że żartuję. Nie żartuję. To głupie, mówicie? Tak, wiem. Prawda jest oczywista. To wcale nie rak tylko żyła. Fiuty są przecież sękate. Właśnie dlatego obrzęk się powiększa, kiedy mały sztywnieje. Nabrzmiewa, tak jak cała reszta. Rak nie zachowywałby się w ten sposób, prawda? Ale kto tak mówi? Kto to może wiedzieć? Wy? Naprawdę? Wy to wiecie? Jesteście specami od fiutów? Skąd ta pewność? No dobra, może tak jest, a może nie. Nie wiadomo.

Najprostszą rzeczą byłoby, oczywiście, zabrać Pana Sękatego do lekarza. A wszyscy wiemy, co powiedziałby lekarz. Powiedziałby. „Nie łam się, Jonathon, to tylko żyła, wszystko

204

jest w najlepszym porzo. Ale. Ale? Chociaż prawie na pewno
by tak powiedział, mógłby nie powiedzieć. Mógłby, choć to
szansa jedna na tysiąc, popatrzeć długo i powiedzieć: „Hmm.
Taak. Jakiś guz, nie ma się czym przejmować, pewnie
niezłośliwy, ale żeby się upewnić, powinniśmy zrobić kilka
badań...".
A potem: „Przykro nam, panie Green, ale obawiam się,
że ma pan paskudnego raka fiuta. Jedynym rozwiązaniem
jest amputacja".
No dobrze, to głupie, ale mnie dopadło. A poza tym, to
takie krępujące. Moglibyście to zrobić? To znaczy pokazać
innemu facetowi swojego fiuta i poprosić, żeby go zbadał?
Co gorsza, chodzę do tego lekarza od lat. Mógłbym pójść na
pogotowie i poprosić o badanie tego, który akurat tam
będzie. Ale to mogłoby się okazać jeszcze gorsze. To mogłaby być baba.
I pod tym względem dziewczyny mają fart. Lekarze bez
przerwy badają cipki. To pierwsza rzecz, jaką się robi, kiedy
już masz dorosłą cipkę: zabierasz ją do lekarza i każesz
obejrzeć. Jeśli jesteś dziewczyną i idziesz do lekarza z bólem
stopy czy czymś w tym guście, lekarz ogląda ci nogę i mówi:
„Dobrze, w porządku, maść, bandaż, srata tata. Aha, skoro
już tu jesteś, może chciałabyś, żebym zerknął na twoją
cipkę?". A dziewczyna mówi: „Tak, jasne, czemu nie",
i jazda. Zawsze tak jest. Dziewczyny są do tego przyzwycza-
jone. Ale z fiutami jest inaczej. Nikt nigdy nie pokazuje
lekarzowi swojego fiuta. Wymieńcie kogoś. Założę się, że
znacie mnóstwo osób, które miały badane cipki. No wiecie,
wymazy i tak dalej, to się robi prawie co tydzień. A wymieńcie chociaż jedną osobę, która pokazała lekarzowi swój
korzeń. Nie można tego zrobić, prawda? Jest nawet specjalny
zawód polegający na oglądaniu cipek: ginekolog. Słyszeliście
chociaż o jednym lekarzu, który specjalizuje się we fiutach?
Fiutolog? Nie istnieje. Więc gdyby facet poszedł do lekarza
i powiedział: „Chcę, żeby zbadał pan mojego fiuta", po

prostu wyleciałby z gabinetu na zbity pysk. „Ty zboku jeden, chcesz mi pokazywać swojego fiuta? Siostro, proszę wezwać policję. A ja wpiszę to zaraz do pańskiej karty...". O właśnie. Pacjent próbował pokazać fiuta. Ten fakt już na zawsze zostanie w kronikach i odtąd będzie o nim wiedział każdziutki jeden lekarz. Próbuje pokazywać ludziom fiuta. Praca z kobietami i dziećmi — wykluczona. A gdyby to była lekarka, byłoby jeszcze gorzej. Oskarżenie o ekshibicjonizm. Zaczęłaby piszczeć, drzeć się. Proszę to zabrać, ratunku, pomocy. I to byłby koniec. Wsadzają na dziesięć lat do paki i kona się na raka fiuta.

Tak czy inaczej, jestem nieśmiały.

To koszmarna pułapka, w którą wpakował mnie mój własny umysł. Najdziwniejsze dla mnie jest to, że najbardziej ze wszystkiego boję się wstydu. Wolałbym umrzeć, niż pozwolić lekarzowi spojrzeć na mojego fiuta. Uwierzylibyście? Ale możecie sobie wyobrazić, jakie byłoby życie bez fiuta? Nie mógłbym mieć kumpli, za cholerę. Wszyscy bez przerwy by się na mnie gapili. Widzicie tego gościa, co tam stoi? To właśnie on nie ma fiuta. Tak, wiem. Widziałem w szatni. Istny horror. Nawet rodzinę trudno byłoby znieść. Matka bez przerwy okazywałaby mi współczucie, porzygać się można, a ojciec nie wiedziałby, co powiedzieć. Byłbym jakimś koszmarnym wybrykiem natury.

Zamartwiam się tym z przerwami od lat. Opracowałem technikę omijania ręką rakowatej narośli, unikałem myślenia o niej, wmawiałem sobie, że to nic. Czasem na długo udawało mi się o tym zapominać. Potem, od czasu do czasu to wraca, martwię się, a później znów zapominam. Ale teraz, gdy nadszedł wreszcie czas ciupciania, nie potrafię myśleć o niczym innym.

„Proszę, proszę, zróbcie coś, żebym nie miał raka fiuta". Nie, to na nic, za bardzo przypomina cud. A może: „Zróbcie coś, żebym przestał się martwić tą kretyńską żyłą". Albo:

„Zróbcie coś, żeby rak, jeśli to faktycznie jest rak, zniknął".
Albo: „Niech moja żyła znów będzie mała". I wreszcie,
a wiem, że to jest właściwe życzenie, bo jedyne możliwe do
spełnienia: „Proszę, dajcie mi odwagę, żebym poszedł do po-
rządnego specjalisty".
Już prędzej skonam.

27

Dino

A potem, oczywiście, kiedy wszystko układa się idealnie, nagle rozlatuje się w drobny mak. Dodajesz jeden do jednego i wychodzi Dino. Za chwilę robisz to samo i wychodzi ci największa kupa szajsu, jaką w życiu widziałeś. Najpierw rodzice. To dziwne, ale wyglądało na to, że sprawa rozejdzie się po kościach. Wszystko było niby całkiem normalnie. Skarpetki w szufladzie, śniadanie na stole. Nie, to źle zabrzmiało, ale wiecie, co chciałem powiedzieć. Może w ten sposób: jeśli jesteś wobec niej niegrzeczny, to cię ochrzania. Normalna sprawa. Wychodzili na drinka, całowali się na pożegnanie, uśmiechali się, żartowali i śmiali się z siebie, wiecie?

Ale jak spoglądam wstecz, to było parę rzeczy, które się zdarzyły, pojedynczych rzeczy, które wpadały mi do głowy i znów znikały. Kiedyś obudziłem się w środku nocy, w kompletnej ciemności, a ze schodów dochodziło histeryczne szlochanie. To było okropne. Biedna mama, pomyślałem. Leżałem i słuchałem, a potem znów usnąłem. Ale najgorsze było, jak wstałem rano, a Mat szepnął mi do ucha:

— Słyszałeś, jak tata płakał w nocy?

Wszystkie włosy na plecach stanęły mi dęba. Słowo. Nawet

nie wiedziałem, że mam tam włosy, ale wtedy wszystkie się najeżyły.

— Tata? To była mama — odparłem.

— Naprawdę? — spytał z nadzieją.

— Pewnie. — Ale wiedziałem, że ma rację. To był tata.

— Och, a ja myślałem, że to tata — powiedział gnojek i odwrócił się, wyraźnie pocieszony.

Bo wiecie, jest źle, kiedy mama płacze histerycznie za waszymi drzwiami. Ale tata? Szlocha tak jak matka? Aaaa! Mat czuł się gorzej ode mnie, bo wiedział, że to tata, ale teraz ja wiedziałem, że to tata, a on myślał, że mama, a więc przerzucił ten dodatkowy ciężar na mnie. Tak się tym przejąłem, że musiałem dać mu kopa. Zawył, mama zaraz się zjawiła.

— Za co to było? — syknęła.

— Za to, że jest gnojkiem — rzuciłem i wyszedłem, a oni wrzeszczeli na mnie oboje.

Rozumiecie, o czym mówię? A potem tata schodzi na śniadanie w garniturku, cały słodki, kręci się tatusiowato po kuchni, siorbie herbatę, żartuje ze wszystkimi, a potem wychodzi drzwiami, jak na tatusia przystało, jakby nigdy nic. Całkiem normalnie. Wieczorem też byli normalni, nazajutrz tak samo, i następnego dnia, tak że w końcu ja też poczułem się normalnie.

Rzecz jasna musieli sobie wybrać akurat tamtą sobotę rano, kiedy wszystko inne też miało się rozlecieć w drobny mak. To właśnie mnie załamuje, że wszystko dzieje się naraz. Dopadli mnie zaraz po śniadaniu. Mat poszedł grać w piłę w Beadles, a oni weszli do mojego pokoju jak para gliniarzy, zabrali do stołowego i posadzili przy stoliku do kawy. Sami też usiedli.

— Wiesz, że między nami nie układa się najlepiej — zaczęła mama.

Czyżby?, pomyślałem. A czyja to wina?

— Więc?

Zerknęła na tatę, a on powiedział:

— Doszliśmy do wniosku, że najlepiej będzie, jak znajdę sobie jakieś lokum i... wyprowadzę się. Na jakiś czas.

— Na jak długo? — zapytałem. Serce waliło mi jak oszalałe.

— Na tak długo, ile będzie trzeba, żeby to wszystko uporządkować — odpowiedziała za niego mama.

— Niezbyt długo, mam nadzieję — dodał tata i posłał mi głupawy uśmieszek, a ja pomyślałem: Ty kretynie. Dlaczego ty masz odchodzić? No, dlaczego? Kto się puszczał we frontowym pokoju?

Walnąłem prosto z mostu.

— Dlaczego akurat ty się wyprowadzasz? To mama była niewierna. — Widziałem, jak się na mnie krzywi. Ale to była prawda, no nie? — Dlaczego ty masz tu mieszkać, a tata zostaje wykopany? — spytałem. Zobaczyłem, że spogląda na nią, a ona szturcha go łokciem. Wyobrażacie sobie? Jakby mówiła: „No, powiedz mu, WSPÓLNY FRONT PRZEDE WSZYSTKIM".

— To nasza decyzja. Jakieś lokum... czas na przemyślenie różnych spraw, oczyszczenie atmosfery... — mamrotał.

— Znaczy co, chcesz się wyprowadzić?

— Ależ skąd.

— Nie widzę powodu, dla którego tata miałby się wyprowadzać — powiedziałem do mamy.

Strasznie byłem wkurzony! To nie w porządku.

— Tak postanowiliśmy — oznajmiła zwięźle.

— Ty postanowiłaś! — sprostowałem. — Dlaczego on ma się wynosić? To ona robiła to z Dave'em Shortem...

— Dino!

— Nie wyrażaj się o matce w ten sposób! — krzyknął ojciec.

— Ale to prawda, robiła to. Przecież o to właśnie chodzi, prawda? Spodobał jej się ktoś inny, więc stary się wynosi? To nie w porządku. Jeśli chcesz mieć trochę miejsca dla

210

siebie, to ty powinnaś się wyprowadzić, a nie kazać jemu, skoro on nie chce.

— Dino, ja muszę się wyprowadzić.

— Więc ja odchodzę z tobą — powiedziałem.

— Nie możesz — warknęła mama.

— Nie możesz mnie zatrzymać — odparłem.

— Powiedz mu — rzekła do ojca, a on powiedział:

— Ale my jeszcze o tym nie rozmawialiśmy, prawda?

— Nie musieliśmy, bo było wiadomo, że dzieci zostają tutaj.

— Dlaczego tata ma odejść? Dlaczego nie ty, przecież to właśnie ty... narobiłaś bagna — powiedziałem.

— Dino, twój ojciec pracuje na cały etat...

— Dlaczego miałabyś dostać dom, nas i wszystko?

— Bo twoja matka jest głównym opiekunem. Spełnia wszystkie obowiązki matki.

— A ty spełniasz wszystkie obowiązki ojca.

— Tak, ale... — Biedny palant spojrzał na nią, żeby pomogła mu wyjaśnić, dlaczego jest palantem.

— Dino, to nie jest dyskusja — zaczęła. — My przekazujemy ci naszą decyzję. Rozmawialiśmy i doszliśmy do wniosku, że tak będzie najlepiej. Jesteś wystarczająco dorosły, żeby zrozumieć. Takie rzeczy się zdarzają, choć bywają trudne. Nasz związek... potrzebuje przerwy...

— A mój związek z tatą? I Mata? Dlaczego twój związek z tatą jest ważniejszy od naszego?

— Tak postanowiliśmy. Mówimy ci wcześniej niż Matowi, bo jesteś starszy i myśleliśmy, że lepiej zrozumiesz...

— Skoro to ma być przerwa — wszedłem jej w słowo — to na jak długo?

— Niedługo — odparł tata.

— Nie wiemy — powiedziała mama.

— Wyznaczmy jakiś limit czasowy — zaproponowałem.

— Nie da się wyznaczyć limitu czasowego w takich sprawach... — zaczęła mama, ale znów jej przerwałem:

— Przynajmniej będziemy wiedzieli, że to nie będzie się ciągnąć bez końca. Wyznaczmy limit. Żeby było wiadomo, na czym stoimy. Żebyśmy mogli planować — powiedziałem, i dobrze trafiłem, bo mama zawsze tak mówi. Trzeba sobie planować różne sprawy. Taak, jasne. Chyba że jej to nie pasi. Spojrzała na tatę.

— Czemu nie? — odparł. — Może trzy miesiące, powiedzmy. Przez ten czas miałabyś... trochę swobody. Powiedziałaś, że o to ci chodzi.

Mama wytrzeszczyła na niego oczy. Dopadłem ją.

— Sześć miesięcy — powiedziała krótko.

— Cztery — powiedzieliśmy prawie jednocześnie z tatą.

Mama zagryzła wargi i skinęła głową, a ja pomyślałem: Taak? Widzicie? Od początku wiedziałem, że to ona. Najpierw się z kimś pieprzy, a potem próbuje zmusić ojca, żeby się wyniósł z domu. A on, głupi, się na to godzi.

Na ojca też byłem nieźle wpieniony. Dawać sobą pomiatać w taki sposób. Trochę to żałosne, żeby syn musiał stawać w twojej obronie, nie? Ale byłem naprawdę zadowolony, że udało się wyznaczyć ten limit. Gdyby to od niego zależało, zrobiłby potulnie wszystko, co by mu kazała.

— No dobra, jeśli tak ma być, ale nie podoba mi się to — powiedziałem im. Widziałem, że mama gapi się na mnie, jakby chciała powiedzieć, no wiecie: „A co to ma do rzeczy, czy ci się podoba, czy nie?". — Ale nadal chcę się wyprowadzić z tatą. Zgoda?

Tata naprawdę się ucieszył, to było widać, a mama wyglądała na kompletnie wkurzoną.

— No cóż — rzekł. — Porozmawiamy o tym.

— Nie mamy dość pieniędzy — przypomniała mama. — Musiałbyś wynająć duże mieszkanie, żeby było dla niego miejsce. Dwie sypialnie i tak dalej...

— Ach tak? Więc o jakim mieszkaniu dla mnie myślałaś? O kawalerce? — spytał. Nic nie odpowiedziała, a on ciągnął: — Mój Boże, więc tak właśnie chciałaś, co? Żebym się wyniósł i gnieździł w najtańszej dziurze, jaką można znaleźć. Co miałbym jeść w tej norze? Chleb z margaryną?

— Nie o to mi chodziło.

— Więc o co?

— Nie ma sensu... Nie ma sensu za dużo wydawać — dokończyła po chwili i wzdrygnęła się.

— O! Nie ma sensu za dużo wydawać? Żebyś ty nie musiała obywać się bez różnych rzeczy, tak? Żebyś nie musiała kupować dzieciom tańszych tenisówek? Żebyś...

— Przestań, Mike!

— Przestań, tak? — krzyknął. Mama też coś krzyknęła... Wstałem i zostawiłem ich samych.

I tak zaczął się ten gówniany dzień. Parka kretynów. Dopiero za rok z kawałkiem miałem wyjechać na uniwerek, więc mogli tyle poczekać. Chodziło o Mata, rozumiecie. Gdybym był tylko ja, wyniosłaby się w cholerę, ale Mat, rzecz jasna, musiał mieć swoją zakichaną mamuśkę. Więc wzięła pod uwagę pragnienia swoje i Mata, a ja i ojciec musieliśmy się dostosować, a dlaczego? Bo jest za głupi, żeby się postawić.

Wypadłem z domu jak z procy. Dzień był gówniany, ale ja miałem swoje życie. Byłem umówiony na randkę ze Siobhan.

28
Pułapka

Spotkali się w Arndale Centre — Siobhan i Violet nazywały to Aardvark Venture*. Dino był podenerwowany. Wiele słyszał o przyjaciółce Siobhan, Violet. Siobhan najwyraźniej ją uwielbiała.

Kręcili się przy ruchomych schodach, co bardzo deprymowało Dina, bo po pierwsze bał się, że ktoś go zobaczy ze Siobhan, a po drugie, ze względu na miejsce. To było miejsce dla biedaków. Siobhan trzymała starą foliową torebkę z książkami i kilkoma rzeczami do ubrania. Rodzice, jak się zdaje, dawali jej pieniądze na ubrania, a ona wydała trochę, zanim zjawił się Dino.

— A książki? — zapytał.

— Lubią, jak czytam książki. Jeśli zamiast na ubrania, wydam kasę na książki, oddają mi tyle, ile wydałam.

Dino zerknął na książki. Ciężkie, grube cegły.

— *Picasso. Biografia ilustrowana* — przeczytał. — Nie wiedziałem, że interesujesz się sztuką.

— Bo się nie interesuję. To jest tak, jakbym dostawała je za darmochę, kumasz?

---

* Aardvark Venture — skojarzenie słowne z nazwą Arndale Centre; *aardvark* — mrownik, *venture* — przedsięwzięcie.

214

— Jasne. — Odwrócił książkę. — Trzydzieści dwa funty — przeczytał. — Rany boskie, szczodrzy ci twoi rodzice, co?

— Weterynarze zarabiają masę pieniędzy, zwłaszcza kiedy wykonują niebezpieczne zlecenia dla ogrodów zoologicznych — odparła Siobhan. — Parę dni temu tata wycinał migdały hipopotamowi w Woburn. Trzeba się nieźle nagimnastykować: musisz włożyć całą głowę do środka, a jeśli hipcio ziewnie, można stracić życie.

— Nie stosują znieczulenia?

— Tylko miejscowe. Hipopotamy źle reagują na utratę przytomności.

Dino wziął kolejną książkę.

— *Stalingrad* — przeczytał. — O rany, ty naprawdę coś takiego czytasz?

— Książki o wojnie mnie fascynują, wiesz? Hitler i tak dalej.

— Aha. — Dino aż się zachłysnął. Nie miał pojęcia, że spotyka się z taką inteligentną dziewczyną.

Siobhan i Violet parsknęły śmiechem.

— Ty matołku, to prezent dla mojego ojca. W przyszłym tygodniu są jego urodziny.

— Jasne. — Dino bardzo się starał, żeby się z siebie śmiać, ale wypadło to raczej blado. Pogrzebał w reklamówce i wyciągnął kompakt.

— To prezent.

— Dla kogo?

— Dla ciebie.

— Naprawdę? — To było Spangles The Movie. Szukał tej płyty. — O, dzięki, to naprawdę miło z twojej strony.

Dino poczuł się podle, bo w końcu chodziło mu tylko o seks. Otoczył Siobhan ramieniem, a ona przytuliła się do niego i poruszyła w sposób raczej niepasujący do centrum handlowego.

— Co dzisiaj robimy? — wyszeptał jej do ucha.

215

— Później — odparła, odsuwając się. — Najpierw musimy jeszcze coś kupić.

Wjechali schodami na piętro i ruszyli w stronę Debenhams. Dino się przeraził. Miał nadzieję, że dobrze się zabawi, a tymczasem czekały go nudy na pudy.

— Musimy to robić teraz? Nie można z tym poczekać? Myślałem, że gdzieś pójdziemy — poskarżył się, lecz Violet zgromiła go wzrokiem, więc tylko westchnął i zamknął buzię.

— Ona chce robić zakupy — syknęła.

— To nie potrwa długo — obiecała Siobhan.

Dziewczęta weszły do Miss Selfridge i zaczęły przetrząsać półki z ciuchami, a Dino kręcił się na obrzeżach, czując się jak część zamienna. Trwało to godzinami. Violet i Siobhan naradzały się, coś przymierzały, znów się naradzały, pytały go o zdanie, wracały do przymierzalni i znów się naradzały. Dino myślał, że oszaleje z nudów. Wreszcie skończyły. W każdym razie, tak mu się zdawało. Wyszli ze sklepu, ale w drogerii powiedziały mu, co się stało.

— Jest jeden świetny top, muszę go mieć, ale nie stać mnie na niego.

— Ile kosztuje?

— Osiemdziesiąt funciaków.

— Uuuh! — zawołał Dino. — Przykro mi — dodał, odgadując po ich spojrzeniu, że czegoś od niego oczekują. Osiemdziesiąt funtów to była suma całkowicie poza jego zasięgiem.

— Nie kupimy tego topu. Ty go zwiniesz.

— Co? Nie ma mowy! — Zaczął się śmiać, lecz dziewczyny ani myślały się przyłączyć. — Poważnie? Nie ma mowy! — Ruszył do wyjścia. Siobhan i Violet poszły za nim, marszcząc brwi i naciskając dalej.

— No daj spokój, co z tobą?

— Nie bądź mięczakiem — syknęła Violet.

— Niczego nie będę zwijał.

— Dlaczego? Chyba się nie boisz, co?

— Nie. Tak. To idiotyzm. A jak mnie przyłapią?

— Nie przyłapią. Tylko zrób, co ci powiemy.

— Jeśli jesteście takie cwane w te klocki, same to zróbcie.

— Och... no dobra. Ale to niefajnie z twojej strony — powiedziała Siobhan.

— Naprawdę zamierzasz to zwinąć?

— Tak, jasne, że tak. Możesz obserwować, zobaczysz, jak to się robi.

— Eee...

— Może będzie lepiej, jak zaczeka na zewnątrz — zasugerowała Violet. — On się chyba do tego nie nadaje.

— Więc dobrze — zgodziła się Siobhan. — Masz. — Wręczyła mu reklamówkę. — Weź to i poczekaj na zewnątrz. Zobaczymy się przed Marksem, dobra?

— Jasne.

Dino z wdzięcznością wziął torbę i szybko się ulotnił. Tym dziewczynom chyba odbiło! Kradzież w sklepie! Prędzej czy później zawsze się wpada. Wyobraźcie sobie to upokorzenie, szum, wyprowadzanie ze sklepu, policję, sąd, rodziców, którzy się dowiadują! Istny koszmar.

Szybko przemykał wśród ludzi kręcących się po galerii. Zbliżała się pora lunchu, więc w centrum nie było zbyt wielu ludzi. Drogeria znajdowała się niedaleko wyjścia. Dino nie marudził. Nie chciał być w pobliżu, kiedy Siobhan i Violet będą przechodziły przez bramkę przy akompaniamencie dzwonków alarmowych i tupotu nóg strażników.

Przecisnął się przez drzwi i wtedy zadzwonił dzwonek. Dino zastygł bez ruchu. Czyżby już wyczaili, że jest wspólnikiem? Ktoś złapał go za rękę.

— Przepraszam pana, sir, czy mógłbym zajrzeć do pańskiej reklamówki?

Strażnik z ochrony. Potężny chłop. Wziął torbę z bezwładnych palców Dina. Zjawił się drugi ochroniarz i stanął tuż koło niego, z drugiej strony. Pierwszy rzucił okiem do

217

torby. Dino się rozejrzał. Wokół niego zmaterializowało się jeszcze paru strażników.

— Będziemy musieli poprosić, żeby wszedł pan do sklepu, sir. Jeśli nie ma pan nic przeciwko temu.

Akurat w tej chwili nikt Dina nie dotykał, ale był osaczony. Ochroniarz się odsunął, Dino wszedł z powrotem do sklepu, a wchodząc, usłyszał z daleka głos. Nie był pewien, czy to krzyczała Siobhan, Violet czy może obie: „Och, Dino, jesteś taki seksowny!".

Zostałem wrobiony, uświadomił sobie.

— Zostałem wrobiony — powiedział do strażników.

— Wszyscy tak mówią, synu — odparł jeden z nich.

Potem niekończące się poniżenia. Upokarzający marsz przez sklep w eskorcie strażników. Patrzcie! Oto on! Złodziej. Alarm się włączył i go złapali. Więc tak wyglądają ci młodzi złodzieje. Doprowadzenie do szefa ochrony i rewizja. Kolejne rzeczy wyjmowane jedna po drugiej z reklamówki.

— Wyrafinowany z ciebie złodziejaszek, co? — Mężczyzna wyjął stanik, ozdobny, koronkowy. Podwiązki. — Lubisz oglądać nóżki, co? — Figi z rozcięciem w kroczu. Wielkie nieba. — Ładnie, ładnie.

Kompakt. Książki, jedna po drugiej. *Picasso. Stalingrad.* Jaki wykształcony. A może to dla taty?

— One nie są kradzione, one są... — Ale nie dokończył, bo przecież rzeczy były kradzione, prawda? Musiały być.

— Chyba lepiej będzie, jak zadzwonimy do Waterstones i HMV.

Poniżenie niekończącego się oczekiwania na policję. Bielizna leżała na biurku niczym obnażone genitalia (jego), wystawione na widok publiczny. Potem policja. Rozbawienie funkcjonariuszy, gdy opowiedział im swoją absurdalną bajeczkę. Znów wydziwianie nad bielizną; jeden z policjantów przyglądał mu się z zaciekawieniem, jakby chciał utrwalić sobie Dina jako punkt odniesienia dla innych zboczeńców, z którymi zetknie się w przyszłości. Potem szybkim ruchem wrzucił je do reklamówki.

— W takie rzeczy bawią się stare pryki, synku.

Kolejne poniżenie, gdy zawiadomiono rodziców i wezwano ich, żeby zobaczyli się z synem. Długie, nudne, pełne lęku oczekiwanie. Ich twarze, kiedy wchodzili do sali, blade i przestraszone, jak gdyby to oni popełnili przestępstwo. Jazda samochodem do domu, wszyscy w szoku, wreszcie nieuniknione przesłuchanie.

— Dino, czy chodzi o mnie i o ojca? Czy to jest powód?

— Powiedziałem wam, że tego nie zrobiłem.

— Dino...

— Nie zrobiłem tego!

— Wiem, że to było bardzo stresujące. Wiem. Ale coś takiego... To naprawdę nikomu nie pomoże.

— Ja tego nie zrobiłem!

— Zaprzeczanie niczego nie unieważni.

— Kurwa jego mać.

— Dino!

— Jak śmiesz!

— O Boże. Przepraszam, ale ja tego nie zrobiłem! Nie jestem wstrząśnięty z waszego powodu. To znaczy, oczywiście, że byłem wstrząśnięty, ale tego nie zrobiłem. W porządku?

Długa pauza.

— W porządku — westchnęła matka.

— Co? — zdziwił się ojciec.

— Jeśli Dino tak twierdzi, musimy to przyjąć. To nasz syn i jest dość dorosły, żeby wiedzieć, co złe, a co dobre.

— Nie, jest sklepowym złodziejem, właśnie przyłapano go na gorącym uczynku. Jest wstrząśnięty. Jest zestresowany. Ma zaburzenia!

— Nie mam zaburzeń!

— Nigdy wcześniej się tak nie zachowywałeś.

— Musimy mu zaufać. Musimy pokazać, że potrafimy mu zaufać.

— Zaufać?

— Tak, zaufać. Nie jesteś w tym zbyt dobry — rzuciła Kath.

— Co? — Ojciec spojrzał, jakby go coś ukąsiło. — O to chodzi? Jesteś pewna, że nie mówisz w tej chwili o sobie?

— Nie bądź śmieszny!

— A jestem?

— Tak!

— Więc co miałaś na myśli, mówiąc, że nie jestem dobry w okazywaniu zaufania?

Dino słuchał z niedowierzaniem. Właśnie przeżył najgorszy koszmar w życiu, a jego rodzice już zdążyli zmienić temat.

— Zawsze musisz mi przypisywać niejasne motywy wszystkiego, co robię. Tu nie chodzi o mnie. Chodzi o Dina.

— Ty zostałaś przyłapana na gorącym uczynku i chcesz, żeby ci ufać, a teraz on został przyłapany i chcesz, żeby ufać jemu? Zdaje mi się, że przydałoby się w tym wszystkim trochę uczciwości.

— Na miłość boską, nie wszystko, co robię, musi mieć związek ze mną i Dave'em Shortem!

— No dobrze! — Dino zerwał się na nogi. — Zrobiłem to! Przyznaję się! W porządku? Jesteście zadowoleni? Robię to od miesięcy. A teraz... zostawcie mnie w spokoju!

Czując z przerażeniem, że z oczu leją mu się łzy, Dino rzucił się biegiem na górę, a matka ruszyła za nim. Stanęła przed zamkniętymi drzwiami, waląc w nie i prosząc, żeby ją wpuścił. Bez skutku. Wróciła na dół, skąd po chwili popłynęły wypowiadane szeptem słowa złości i oskarżenia.

Siobhan jeszcze z nim nie skończyła.

Kiedy szok trochę zelżał, Dino pomyślał, że zadzwoni do Jackie i usłyszy wyrazy współczucia — lecz w tym samym ułamku sekundy uprzytomnił sobie, że to niemożliwe. Wisiała nad nim jeszcze jedna błotna lawina. Jackie! Co jej powie? „Słuchaj, Jacks, spotykałem się z tobą i z tamtą dziewczyną, a ona wrobiła mnie w kradzież sklepową". Nic z tego. Ale jeśli się o niczym nie dowie? Jego jedyna nadzieja w tym, że wszystko pozostanie tajemnicą. Czemu nie? To możliwe. Mama i tata nie wypaplają. A jeśli ktoś znajomy widział, jak strażnicy wprowadzali go do sklepu? To byłby wyrok śmierci. A jeżeli nikt nie widział? Jeśli to nigdy nie trafi na łamy gazet? Jeśli nigdy nie piśnie o tym nikomu ani słowa. Jeśli mama i tata nie puszczą pary z ust... Wówczas możliwe, że nikt ważny się nie dowie. Może to nawet prawdopodobne. Musi tylko zagryźć wargi i liczyć, że wszystko ułoży się po jego myśli.

Miał zobaczyć się wieczorem z Jackie w jej domu. Musiało być widać, że coś jest nie w porządku, bo raz po raz pytała: „Co z tobą? Nic ci nie jest?". To była istna droga przez mękę, ale jakoś przetrwał, unikając katastrofy. Lecz kiedy wstał w niedzielę rano, na macie przed drzwiami czekał na niego liścik.

„Będziesz miał nauczkę, jak to jest grać na dwa fronty, ty gnoju. I nie myśl sobie, że panna Jackie Atkins, zamieszkała przy Canton Road 17, pozostanie zbyt długo w nieświadomości. Chuj ci w dupę. Siobhan. (To nie jest moje prawdziwe imię)".

Dino stał przez chwilę, czując, jak treść listu powoli do niego dociera. Jackie, myślał. Jackie, Jackie, Jackie. Błagam, tylko nie Jackie.

Pomknął do pokoju i zadzwonił do niej na komórkę.

— O, cześć Dino.

— Jak się masz? — spytał.

— Świetnie. Jakoś dziwnie mówisz.

— Sprawdzałaś już pocztę?

— Na komputerze? Nie, czemu pytasz?

— Żółwią pocztę. Listy.

— Jest niedziela, prawda?

— No jasne!

Przez chwilę myślał: super! Ale potem dotarło do niego: on dostał pocztę. Bez znaczków. Doręczoną przez kogoś osobiście. To Siobhan wsunęła kartkę przez drzwi. Pod drzwiami domu Jackie mogła leżeć dokładnie taka sama karteczka.

— Dino? Dobrze się czujesz?

— Taak.

Nastąpiła pauza, w czasie której Dino próbował wymyślić coś, co mógłby powiedzieć. Już otwierał usta, by zapytać ją, co ma zadane do domu, kiedy ona zaczęła dochodzenie.

— Dlaczego miałabym sprawdzać pocztę? Wysłałeś mi coś?

— Nie! Posłuchaj...

— Chwileczkę...

— Nie odchodź, nie odchodź, posłuchaj, posłuchaj, mam ci coś ważnego do powiedzenia!

— Dino, co jest grane?

Była tam, a jakże. Leżała na macie jak ohydne śmierciononośne psie gówno. Dino musiał się z nim rozprawić.

— Wczoraj przyłapano mnie... na kradzieży w sklepie.

— Na kradzieży? Ciebie?

— Zostałem wrobiony.

— Przez kogo?

— Przez dziewczynę.

— Jaką dziewczynę?

— Taką jedną. Poznałem ją w Arndale.

— Jak to? Tak po prostu?

— No, niezupełnie...

— Czemu wczoraj nic mi o tym nie powiedziałeś?

— Zostałem przyłapany na kradzieży w sklepie, a nie kradłem. Co mam zrobić?

— Ale kim jest ta dziewczyna?

— To bez znaczenia — jęknął. Próbował się zaśmiać, ale zabrzmiało to demonicznie.

Nastąpiła cisza.

— Powiedz mi, co się dzieje, Dino.

To, co dotyczyło kradzieży, w ogóle jej nie interesowało, podobnie jak to, że Dino trafił do policyjnych akt. Chciała wiedzieć tylko o dziewczynie. Kim była, dlaczego z nią przebywał, czy znał ją wcześniej? I nagle...

— Chwileczkę.

— Nieee! — ryknął, ale było za późno. Słyszał łomot jej kroków na schodach. A potem długą ciszę. — Proszę, proszę, proszę — szeptał jak w gorączce. Nie słyszał kroków wchodzącej Jackie, ale dobiegał go szelest papieru, kiedy podnosiła słuchawkę.

— Jackie, posłuchaj mnie, to nie jest tak, jak się wydaje, ta dziewczyna jest jak zaraza, naprawdę. Ona...

— Ty draniu — wysyczała. — Grałeś na dwa fronty. Przez cały czas! Nic dziwnego, że okazywałeś tyle zrozumienia! Pieprzyć. Pieprzyć, pieprzyć, pieprzyć! Pieprzyć cię!

— Jackie...!

— Ty gnoju!

— Dlaczego wierzysz w to gówno, Jackie? Dlaczego wierzysz jej, a nie mnie?

— Pierdol się!

— Ty też się pierdol! — ryknął, nagle eksplodując. Był wściekły, wszystko sprzysięgło się przeciwko niemu. — Wszyscy niech się pierdolą! Pierdolić wszystko! — wrzasnął, ale Jackie już się rozłączyła.

Dino odłożył słuchawkę i siedział przy telefonie, próbując zebrać się w sobie, żeby znów do niej zadzwonić. Ale co mógł powiedzieć? Prawda o Siobhan była równie absurdalna i nieprawdopodobna, jak najbardziej wymyślne kłamstwo. Była niewiarygodna, ale jakoś tak się stało, że nosiła znamiona prawdy. Wpasowała się w swoje miejsce idealnie. Nie było sposobu, żeby ją wytłumaczyć i unieważnić.

223

Siedział przy telefonie i czekał, aż coś się wydarzy. Trwał w tej pozycji godzinami, prawie się nie ruszając, tylko krzyżując nogi i przesuwając się nieznacznie. Siedział tak długo, że wszyscy w domu zapomnieli, gdzie jest, i mama weszła do jego pokoju, nie wiedząc o jego obecności. Stanęła w drzwiach, absolutnie nie zdając sobie sprawy z tego, że ktoś na nią patrzy; Dino mógł długo i dokładnie przyjrzeć się jej twarzy. Myślała. Wsunęła palec w usta i zagryzała skórkę koło paznokcia, gapiąc się w przestrzeń. Nieczęsto zdarza się widzieć, jak ktoś tak stoi i duma. Dino nawet nie myślał o niej jako o swojej matce. Co się dzieje w jej głowie? Co planuje? Co zamierza zmienić tym razem?

Nagle spostrzegła go i wyskoczyła w powietrze.

— Chryste! Dino! Co ty tu robisz?

— Siedzę.

— Dobrze się czujesz?

— Świetnie — odparł. — Naprawdę świetnie.

I zostawił ją z tym.

29

Ben

— To gnój — stwierdziła Sue.

— Ale jest też naszym kumplem — odparłem.

— Powinieneś lepiej wybierać sobie przyjaciół — powiedziała Sue.

Cóż, znam Dina od lat. Ja go nie wybierałem. Przytrafił się. Jonathon zaczął się rozwodzić nad tym, że nie ma sensu go odcinać, że niby jak może się zmienić, jeśli zostawimy go samemu sobie i tak dalej.

— On się nie zmieni — szydziła Sue. — Czemu miałby to robić? Dostaje wszystko taki, jaki jest.

Parę dni temu bym się z tym zgodził. Taki jest Dino. Patentowany człowiek z teflonu. Bez względu na to, jaki jest głupi, nigdy na głupiego nie wygląda. Nikt nigdy nie nabrał Dina. Jon jest mistrzem w nabieraniu i to mu się nie udało. Tylko się ośmieszył. To dziwne. Ale tym razem coś się zmieniło. Dino wygląda żałośnie. Zawsze zachowywał się żałośnie, ale wyglądał git, a teraz nagle wygląda po prostu jak dupa.

Nie żeby nikt naprawdę nie wiedział, co jest grane. Krąży cała masa plotek, zwłaszcza o tej dziewczynie, Siobhan, Violet, Zoë czy jak jej tam. Dino mówi, że ma siedemnaście lat, a wszyscy inni, że czternaście. Kto wie? Dino nie do końca zasługuje na zaufanie. Przeleciał ją na imprezie? Nie powiecie mi, że tego nie zmyślił, ale z drugiej strony jest list, który Jackie podobno dostała. Kradzież w sklepie? Dino? Nie można sobie wyobrazić, żeby Dino coś takiego zrobił. A jego starzy się rozchodzą. Tajemnica poliszynela. Wszyscy o wszystkim wiedzą.

Połowa dziewczyn się do niego nie odzywa. Jackie nie chce nawet na niego spojrzeć. Trudno ją winić, chociaż nie rozumiem, dlaczego inne tak się zawzięły. Nie jest pierwszym, który grał na dwa fronty. Najbardziej wkurzają mnie jego kumple. Jest tak, jak ludzie mówią; właśnie w takiej chwili naprawdę dowiadujesz się, kim są twoi kumple. Nagle Dino został gnojem. Nagle okazuje się, że zawsze był gnojem i wszyscy o tym wiedzieli.

No dobra, to prawda. Dino zawsze był gnojem. Trzeba być palantem, żeby tak szpanować. Jak ważne jest to, żeby cię podziwiano? Te wszystkie zabiegi. I z dnia na dzień przemienia się w kretyna z taką masą problemów, że nijak nie może sobie z nimi poradzić, próbuje wyglądać szpanersko i mu nie wychodzi. Myślałbyś, że w zeszłym tygodniu był najbardziej lubianym facetem w szkole, a teraz ma tylko Jona i mnie. Bęc! I wszyscy zniknęli, co do jednego.

— Pracował na to od dawna — oznajmiła Sue. — On uważa, że jest Tym, nie?

— Pozer — stwierdził Snoops.

Fasil wykorzystał okazję, żeby palnąć mu krótkie kazanie.

— Nie wiesz, jak się zachowywać — powtarzał.

Nawet Jonathon wtrącił swoje trzy grosze, ale oczywiście nie prosto w oczy.

— Tym, których bogowie najbardziej chcą zniszczyć, dają ego wielkie jak całe miasto — powiedział. A ja powiedziałem coś jemu.

— Nie było go przy tym, nie słyszał mnie.

— A jeśli ktoś mu powtórzy? — spytałem. Jon spojrzał na mnie z przerażeniem.

— Myślisz, że mu powiedzą?

— A ty?

Widać było, jak świta mu w głowie.

— Łajzy.

— Myślę, że starym Dinem trzeba się trochę zająć — mówię. Więc postanowiliśmy z Jonathonem trochę się nim zająć. Zaglądamy do niego parę razy w tygodniu, odprowadzamy go do domu, trzymamy się z nim w szkole, kiedy potrzebuje towarzystwa, i znikamy, kiedy widać, że go nie potrzebuje. Przybiegamy w te pędy, kiedy ktoś przymierza się, żeby na niego naskoczyć. Jesteśmy regularną, emocjonalną ochroną osobistą, my dwaj. Biedny stary Dino! Nie żeby to coś zmieniało, ale myślę, że dobrze jest mieć obok siebie kumpli. A on jest taki wdzięczny. Można czytać w nim jak w książce, taki jest otwarty. Dzięki temu czujesz, że... że cię docenia. I wiecie co? Siedzi po uszy w szambie, a ja i tak mu w jakiś dziwny sposób zazdroszczę. Nawet nie dorastam mu do pięt na tym froncie. Spójrzmy prawdzie w oczy, wpakowałem się w niezłe bagienko. Mnie też przydałoby się nieco wsparcia w kłopotach.

Porozmawiajmy o sekretach, dobra? Porozmawiajmy o rozmawianiu. Dino to ma, nawet teraz, kiedy wszystko inne stracił. Potrafi siedzieć i nawijać o tym, co zrobił, co ona zrobiła, jakie budzi to w nim uczucia, co jego zdaniem czuje ona, i tak do bladego świtu. No dobra, większość tego gadania to egoistyczne bzdety. Wciska przy okazji masę kitu, to pewne jak w banku. I wpada w zakłopotanie, rumieni się przez cały czas, kiedy o tym gada. Ale mimo to gada. Ja tak nie umiem. Jonathon też. Weźmy na przykład całą tę aferę z Deborah. No dobra, nie wiem, może mu z tym dobrze i to wszystko, co można na ten temat powiedzieć. Ale co byście myśleli? Dlaczego wygląda, jakby miał gorącego ćwieka w tyłku, ilekroć padnie jej imię? Co jest właściwie grane? Spróbujcie go zapytać. Praktycznie bierze zaraz nogi za pas i tyle go widać.

To było wstrząsające, ta sytuacja przedwczoraj z Dinem.

Był na samym dnie. Plotki sięgnęły zenitu, wszyscy traktowali go jak trędowatego. Dziewczyna miała trzynaście lat, on zgwałcił ją na własnej prywatce, grożąc, że wyrzuci ją z chaty, jeśli się z nim nie prześpi, a ona uciekła z domu, i tak dalej, i tak dalej. Jackie rzuciła go dwa dni wcześniej i nie chciała z nim gadać. A on najwyraźniej stwierdził, że muszą ze sobą porozmawiać, więc próbował ją złapać. Odeszła, tak jak zwykle, ale tym razem Dino za nią poszedł. Nagle Jackie odwróciła się i wrzasnęła, żeby się odpierdolił, publicznie, na oczach wszystkich. To było straszne. Wszyscy się obejrzeli. Myślałem, że Dino się rozryczy. Zrobił dobrą minę, no wiecie, wzruszył ramionami, jak gdyby mu to wisiało, i odszedł, ale twarz miał jak popiół. Próbowałem z nim pogadać, ale nie mógł nawet rozmawiać, po prostu uciekł i schował się w kiblu.

Wyglądał naprawdę okropnie, więc po lunchu osaczyliśmy go z Jonem i powiedzieliśmy, że zabieramy go ze sobą. Dino prawie rzucił się na nas z pięściami.

— O co wam, kurwa, chodzi?

— Wyluzuj się. Jesteśmy twoimi przyjaciółmi — powiedziałem.

— Też mi przyjaciele. Dajcie mi spokój.

— Przestań, Dino — rzekł Jonathon. — Potrzebujesz drinka. No chodź, postawimy ci browar czy coś. Jesteśmy kumplami, zapomniałeś o tym?

Dino gapił się na niego dziko.

— To jest ci potrzebne — dodał Jonathon.

Dino dał za wygraną i poszedł z nami.

Nie miał ochoty na pub, więc ruszyliśmy alejką Crab Lane i wylądowaliśmy u mnie. Otworzyłem kilka piw, usiedliśmy przy stole w kuchni... i wtedy poleciało. Wszystko. O rodzicach. Krążyły już jakieś plotki, które pewnie rozsiewała Jackie, ale Dino puścił nam wtedy farbę po raz pierwszy. To wiele wyjaśniało. O Siobhan, o Jackie, o wszystkim, od początku do końca. Zwalało z nóg. Rany, on naprawdę dostaje w kość. Mniej więcej w połowie zaczął płakać, naprawdę, rozpaczliwie szlochać. Nieczęsto się coś takiego widzi. Siedzieliśmy przy nim, ja z jednej strony, Jon z drugiej, i trzymaliśmy go za ramiona. Pękłoby wam serce, gdybyście to zobaczyli.

— Czyżby odwiedził nas Pan Mazgaj? — spytał Jon, a ja miałem ochotę dać mu kopa, bo właśnie coś takiego mogło wkurzyć Dina, ale on tylko zachichotał i wysmarkał nos, więc wszystko było w porzo.

Trwało to bez końca. Coś powiedział, znów pękał i zaczynał płakać, potem się czerwienił, że jest cały mokry, a potem znów szlochał.

Potem poszedł do domu. Chcieliśmy z nim iść, ale powiedział, że chce być sam. Zostaliśmy, ja i Jon. Spojrzałem na niego, a on na mnie.

— I co ty na to? — spytałem.

— No cóż, to był zaszczyt — odparł Jon i trafił w sedno.

Obaj go za to kochaliśmy. Za to, że tak się przy nas zapomniał. Bardzo się stara być git facetem, *Numero Uno*, ale pod spodem jest naprawdę miły. Gdzieś tam, w głębi. Gdyby tylko wiedział. Nie potrafię wam powiedzieć, jak bardzo chciałbym umieć to zrobić — po prostu usiąść i opowiedzieć im wszystko, co się stało, a potem pęknąć i wypuścić z siebie cały ten brud. A nie trzymać ten parszywy sekret w środku.

Sekrety. Jaki mają sens? Mój sekret doprowadza mnie do szału. Gdybym o tym opowiedział, to by było coś, no nie? Ona bez końca się nad tym rozczula. „Och, Ben, nikomu nie powiedziałeś, nie chełpiłeś się, nie pisnąłeś ani słowa. To świadczy o twojej wielkiej dojrzałości". Co jest takiego dojrzałego w tym, że odcinasz się od wszystkich? To, co robimy, nie jest wbrew prawu, skończyłem już szesnaście lat. Chcę tylko zasięgnąć czyjejś rady. Jona, Dina albo kogoś. Przyjaciela. Ale ona przedstawia to tak, jakby to była zdrada stanu.

Tak właśnie ludzie robią z dziećmi, prawda? To nasz sekret, twój i mój, nikomu nie możesz wygadać, bo stanie się coś strasznego. Więc co jest grane?

Sekrety są groźne. Podkręcają cię. Myślisz sobie, że jest miło i przytulnie, tylko ty i ja, nasze intymne gniazdko, a potem nagle okazuje się, że nie możesz się wyrwać. Chcecie usłyszeć najnowszy? Ona mnie kocha. Co wy na to? Szczęściarz z tego starego Bena.

Byliśmy właśnie po długiej, słodkiej sesji i przysypialiśmy. Ali powiedziała:

— Uwielbiam się z tobą kochać, Ben.

To było trochę dziwne samo w sobie, bo ja wcale nie myślałem o tym jak o kochaniu się. To było rżnięcie. Różnica, nie? Teraz, jak o tym pomyślę, to ostatnio uprawialiśmy mniej ostrych, lubieżnych zabaw, a więcej tych powolnych, spokojnych. Co mi odpowiadało, bo takie wolę. Może nawet to była moja wina, bo chyba sam coś takiego zasugerowałem. Tak czy siak, nastąpiła dłuższa pauza, a potem ona mówi:

— Kocham cię. Wiesz o tym?

Zapanowała cisza jak makiem zasiał. A może to tylko ja znieruchomiałem? Chyba nie chciałem, żeby wiedziała, jaki jestem wstrząśnięty. Bałem się. A jednocześnie czułem tę idiotyczną, naglącą potrzebę powiedzenia jej, że ja też ją kocham. Prawie jej to powiedziałem, co byłoby kompletną katastrofą, bo to absolutna nieprawda. Po prostu grzecznie byłoby tak powiedzieć. Myślicie, że tak się dzieje w prawdziwym życiu? Myślicie, że ludzie spędzają z kimś całe życie, udając miłość tylko dlatego, że tak nakazują dobre maniery?

Zaczekałem trochę, a ona mówi:

— Słyszałeś? Powiedziałam, że cię kocham.

A ja na to:

— Od kiedy miłość ma z tym coś wspólnego?

Usiadła i spojrzała na mnie z krzywym uśmieszkiem.

— Nie na taką reakcję liczyłam.

— A na jaką?

— Miałam nadzieję, że poczujesz się wyróżniony. Albo nawet sprawi ci to przyjemność. — Skrzyżowała ręce na piersiach i nadąsała się.

— Nigdy wcześniej nie mówiłaś, że mnie kochasz.

— Więc teraz mówię. Fakt, że ja jestem nauczycielką, a ty uczniem, nie zmienia moich uczuć do ciebie.

— Nie o to chodzi... — I wtedy wsadziłem głowę w lufę armaty. — Po prostu... no cóż. Wydaje mi się, że ja cię nie kocham.

Spojrzałem na nią. Wpatrywała się we mnie, jakbym ją spoliczkował. Przez chwilę myślałem, że mi przywali, ale ona tylko odwróciła się i z powrotem wsunęła do łóżka.

— A więc kiepsko ze mną, prawda? — szepnęła.

Zapadła okropna cisza. Taka jak wtedy, gdy się kogoś zrani, wiecie? Straszna. Nie chciałem jej ranić.

Odwróciłem się do niej.

— To nie powinno zajść tak daleko. — Zastanowiłem się chwilę, a potem dodałem: — Chyba będzie lepiej, jak sobie pójdę. — Odchyliłem kołdrę i zszedłem z łóżka. Ali leżała tyłem do mnie.

— Nie wybiera się tego, w kim się zakochujesz, Ben. To ci się po prostu przytrafia. Miałam nadzieję, że tobie też się to przytrafi w tym samym czasie.

— Przykro mi, naprawdę, naprawdę przykro — powiedziałem.

Ubierałem się, myśląc: No i to by było na tyle. To znaczy, sprawy rzeczywiście zaszły za daleko. Wyglądało na to, że powiemy sobie koniec, to było oczywiste nawet dla mnie. I wiecie co? Ucieszyłem się z tego. Serce latało mi jak kołatka, ale cieszyłem się. Koniec. Już mnie tu nie ma.

Ali odwróciła się i spojrzała na mnie.

— Nie musisz wychodzić — powiedziała.

— Myślę, że powinienem — odparłem.

Właśnie szedłem do drzwi, kiedy usłyszałem jej głos:

— A więc do zobaczenia we wtorek.

Zatrzymałem się. Serce mi stanęło. Nie chciałem się z nią spotykać we wtorek! Ale nie powiedziałem tego. Właśnie ją zraniłem, jak mógłbym to zrobić po raz drugi? Po prostu nie byłem w stanie.

— Okay — rzuciłem.

Poczekałem chwilę i wyszedłem. Czułem się fatalnie. Nie widziałem Ali nazajutrz w szkole i we wtorek też, ale znalazła mnie na korytarzu, kiedy wchodziłem do klasy. „Do zobaczenia", powiedziała bezgłośnie. Wyglądała całkiem pogodnie, co wydało mi się dość dziwne. Chyba powinna mieć złamane serce czy coś w tym rodzaju... a może to tylko moje romantyczne wymysły? Poczułem się lepiej, widząc, że jest wesoła. To było straszne, że ją zraniłem. Więc poszedłem tam... i było w porządku. Pogadaliśmy trochę, tak od serca. Powiedziała, że rozumie. Że nie będzie mnie naciskała, że jestem jeszcze bardzo młody i tak dalej. Wciąż chciała się ze mną widywać. Najbardziej denerwujące było to, że poszedłem do niej zdecydowany, żeby powiedzieć: „To koniec", ale kiedy się tam znalazłem, nie potrafiłem. Nie wiem dlaczego, zawsze uważałem się za otwartego. Pewnie po prostu bardzo się cieszyłem, że Ali się na mnie nie gniewa.

— Wciąż chcę się z tobą spotykać — powiedziała.

— Mimo że cię nie kocham? — spytałem.

— To się stanie — odparła. — Pewnego dnia coś zaskoczy i już. — Jak gdybym był tępym uczniem, któremu udziela lekcji.

Wygładziła spódniczkę.

— Nie mów o tym nikomu, dobrze? — poprosiła.

— A mówię? — spytałem.

— Polegam na tobie — odparła. Potem nachyliła się i pocałowała mnie.

Parę dni temu dostałem radę. Z innego źródła, niż moglibyście przypuszczać. To tak głupie, że aż krępujące. Naprawdę beznadziejne. Coś takiego zdarza się, kiedy nie masz naprawdę z kim pogadać. Pamiętacie, jak Ali powie-

232

działa, że zakochanie się to coś, co się przytrafia, jest jak kamień spadający z urwiska, wypadek samochodowy albo porażenie gromem? Wypadki chodzą po ludziach. Zawsze mówiła takie rzeczy. Na przykład, że miała kiedyś aborcję, i że to się po prostu przytrafiło. Ale jak to? Ona nie chciała ciąży, jej chłopak nie chciał, więc trzeba było się pozbyć, nie miała wyboru.

— Mogłaś mieć to dziecko, gdybyś wystarczająco chciała — powiedziałem.

— Nikt go nie chciał, nie można mieć dziecka, którego nikt nie chce, to jest straszne — odparła.

Fakt, ale nie w tym rzecz. No bo przecież mogła, no nie? Gdyby chciała. Gdyby chciała chcieć. Wiecie, o co mi chodzi? Jest wybór. Wybrała dramat jako swój przedmiot, bo dobrze rozumiała się z nauczycielem w szkole, a chodzenie ze mną zaczęło się pod wpływem chwilowego impulsu. Tak jakby całe jej życie było czymś, co się jej przytrafiło, co w ogóle mi nie pasowało, bo, na mój gust, to Ali robi dokładnie to, czego chce. Spróbujcie ją powstrzymać. Więc niby dlaczego czuje się taka bezradna?

No dobra, przejdźmy do tej kłopotliwej sprawy. To naprawdę straszne, ale prawdziwe, więc zaczynajmy. To było w urodziny mojego brata, wszedłem do sklepu po kartkę dla niego. Taki duży sklep z masą kartek i karteczek, kubkami i różnymi drobiazgami. Było też stoisko z tabliczkami do wieszania na ścianie. No wiecie. „Nie trzeba być szalonym, żeby tu pracować, ale to pomaga". Albo: „To, że jesteś paranoikiem, wcale nie znaczy, że oni nie chcą cię dopaść". Bzdury, ale czasem zdarza się coś fajnego. Czemu nie? Tak mi się wydaje, że wydrukowanie czegoś prawdziwego nie kosztuje więcej niż wydrukowanie szajsu, ale dla tego pierwszego rynek jest pewnie mniejszy. W każdym razie to szło tak: „Miłość nie jest czymś, co ci się przytrafia. To decyzja, którą podejmujesz".

I co wy na to? Jakbym dostał prosto między oczy. Stałem

tam i się gapiłem. Wydawało się takie... Nie wiem, czy to prawda, czy nie, ale pasowało idealnie do tego, co myślałem wtedy o Pani.

„To się po prostu przytrafia", mówiła ona, a tam stoi napisane, czarno na białym: Nie. Ty to robisz. A teraz najważniejsze: nie było mowy, żebym się w niej zakochał. Koniec, kropka. Musiałoby mi odwalić, żebym się w niej zakochał. Ale ona postanowiła się we mnie zakochać. Jarzycie? To jej się nie przytrafiło. Ona sama to zrobiła. Niekoniecznie celowo, nie to chcę powiedzieć. Ale to zrobiła i nie zrobiła tego ze mną. Zrobiła to mnie.

Może to oczywiste, ale dla mnie to było jak odkrycie. To pokazuje, w jakim byłem stanie. Wcześniej nie dotarło do mnie, że mogę powiedzieć „nie".

No i widzicie? Mówiłem, że to kretyństwo. Jak nie ma z kim pogadać, to znajduje się radę w sklepie z kartkami. Prawdziwe dno.

— Nie — powiedziałem do siebie. Pasowało mi to. Pasowało świetnie. Szedłem do domu, powtarzając to. „Miłość to decyzja, którą podejmujesz". „Nie, panno Young. Nie, Alison. O, nie. Dziękuję bardzo, ale nie". Brzmiało doskonale.

Nigdy mnie o nic nie zapytała, ani razu. Kiedy uprawialiśmy seks w tych różnych dziwnych miejscach, no wiecie, w magazynkach, na zapleczu sceny, w pustych klasach, ani razu nie spytała mnie, czego chcę.

— Nie — powtórzyłem jeszcze raz. Wtedy zacząłem sobie wyobrażać, że mówię to do niej, i wiecie co? Od razu zabrzmiało słabiej.

30

Jonathon

Jest wieczór, wigilia Wielkiego Dnia. Pan Sękaty w wyśmienitej formie, czyści główkę do połysku, zawadiacko układa kołnierzyk na szyi.

„Ach, ty farciarzu", mruczy, oglądając się w lustrze pod różnymi kątami. Jako osobisty trener i fizjoterapeuta Pana Sękatego aplikuję mu mnóstwo masażu i ćwiczeń, ale nie za dużo, oczywiście, żeby go nie zmęczyć. W sam raz, żeby utrzymać go w formie, że się tak wyrażę.

W każdym razie tak powinno być.

Zaczął boleć. To wygląda na ostateczny dowód, ale oczywiście nie jest. Ból może być psychosomatyczny. Spędzam wiele godzin dziennie, koncentrując się na miejscu dotkniętym bólem, próbując wybadać, czy ból jest prawdziwy, czy nie, a to najgorsze, co można zrobić. Wiedzieliście, że rak jest najwyższym, krańcowym stadium neurozy? Gdzieś to przeczytałem. Umysł i ciało to jedno. Jeśli czujesz się ze sobą dobrze, jesteś zdrowy. Jeśli masz depresję, dostajesz krost, grypy i różnych innych świństw. A jeśli za dużo się martwisz, to też czekają cię problemy — ataki serca, wrzody i wreszcie rak.

Widzicie? Neurotyczna siła niepokoju, godzina po godzinie skoncentrowanego na moim małym doprowadzi go w końcu do raka, nawet jeśli go w ogóle nie miał! Jeszcze jedna zakręcona pułapka. Każda minuta, którą spędzam, zamartwiając się nim, przybliża go do choróbska. Prawie nie śmiem o tym więcej myśleć. A jeśli już myślę, to staram się myśleć pozytywnie, lecz nie jest to łatwe. Próbowałem wizualizacji, tak jak niektórzy, no wiecie, trzeba sobie wyobrazić, że w dotkniętą chorobą część waszego ciała uderzają strzały, pociski Cruise i tym podobne diabelstwa albo padają na nią promienie łagodnej, uzdrawiającej energii. Ale to nie działa. Nie może zadziałać, bo jestem neurotykiem, więc moja uwaga jest równie uzdrawiająca jak kubeł plutonu.

Widzicie? Zamartwiam się tym, nawet jeśli staram się nie martwić. Podejrzewam, że zmartwienia tych ostatnich kilku tygodni już pogorszyły sprawę. Niedługo będzie tak spuchnięty od guzów, że nie wydobędę go ze spodni. I wtedy zaczną się te wszystkie świństwa: fiutotomia, chemia i tak dalej. A oni będą biegać i powtarzać: „Czemuś ty nic nie mówił? Rak fiuta to jedno z najłatwiejszych do wyleczenia schorzeń, jeśli się go wcześnie zdiagnozuje. Gdybyś powiedział parę tygodni temu, moglibyśmy ocalić ci fiuta, godność i życie".

Doszedłem do takiego punktu, w którym nic innego już się nie liczy. Po prostu odbębniam program obowiązkowy. Deborah wciąż pyta, co jest grane, a ja nie mogę jej powiedzieć. Zacząłem zazdrościć Dinowi, wyobraźcie sobie, zazdrościć Lizaczkowi! To świadczy o tym, jak nisko upadłem. Próbuję go pocieszać, a myślę sobie: Przyłapany na kradzieży? Pestka. Wyobraź sobie, że obcinają ci fiuta, koleś, to się nazywa cierpienie. Rodzice się rozchodzą? Bułka z masłem. Straciłeś dziewczynę? Trudno. Spróbuj, jak to jest stracić fiuta, to zobaczysz.

Farciarz z niego. Przynajmniej jego problemy są realne. Rzuciła go dziewczyna, rodzice się rozchodzą. Wpadł na kradzieży w sklepie. A u mnie wszystko dzieje się w wyobraźni. Co gorsza, wiem dokładnie, jak sobie z tym poradzić, ale nie potrafię tego zrobić. Dosłownie umieram z zakłopotania. A to tylko żyła! Nie rozumiecie? To największa malutka żyłka na świecie. A co z biedną Debs? Będę musiał ją rzucić. To wobec niej nie w porządku. Mógłbym jej powiedzieć, że jestem gejem czy coś, cokolwiek, byleby go tylko nie wsadzić, bo wtedy rak stanie się naprawdę złośliwy. Albo to, albo ona mnie rzuci. W tej chwili naprawdę ją wkurzam i nie można jej za to winić. A już zaczynało mi się podobać, że jest moją dziewczyną! Właściwie, to ja powinienem ją rzucić dla jej dobra. A jeśli rak jest zaraźliwy? Kiedy kropla spermy spadnie na jej skórę, Debs może się zarazić. Moja sperma musi być okropnie rakotwórcza. Albo gdyby dostała się do ust. Debs zapadłaby na raka buzi i byłaby to tylko moja wina. Jeśli naprawdę uda mi się jej włożyć, zarażę biedaczkę rakiem cipki. Widzicie, jaka ze mnie szmata? Udaję, że wspieram Dina, a tymczasem nic mnie to nie obchodzi. Nie mówię Debbie, że już może mieć wczesne stadium raka — przez ostatnich kilka tygodni spadło na nią wystarczająco dużo tego, bez dwóch zdań. A mnie nawet jej nie żal. Żal mi siebie!

* * *

W Wielki Dzień nie mogło być mowy o zapominaniu. Jonathan był na stanowisku, kiedy się obudził, i został tam aż do chwili, kiedy o dwunastej zadzwoniła Deborah, żeby powiedzieć, że droga wolna.

Nie opuszczała go nadzieja. To było strasznie zawstydzające, wchodzić po schodach, rozbierać się i siedzieć obok siebie na podwójnym łóżku, drżąc lekko w chłodnym powietrzu. Chciał ją zobaczyć nagą, ale za bardzo się bał. Pan Sękaty schował się w sobie. Pod kołdrą pocałował ją, przytulił i spróbował sobie przypomnieć, jak jej pragnął. Chciał ją rozłożyć, pogłaskać, odbijać się od niej, przetaczać i połknąć jak wielki smakołyk, którym była. Ale nic się nie ruszało. Pan Sękaty zapadł w śpiączkę i zawisł niczym ochłap odrzucony przez kiepskiego rzeźnika jako niegodny nawet najtańszej kiełbasy. Zdobył się tylko na to, żeby przyciskać się bezradnie do jej piersi jak marynarz z rozbitego żaglowca. Po jakimś czasie Debs przyniosła dmuchawę, żeby rozgrzać nieco atmosferę, i zrobiła mu masaż relaksacyjny. Najpierw rozmasowała plecy, a potem brzuch. Jonathon z przeraźliwą ostrością uświadamiał sobie istnienie swojego mikroskopijnego członka. Próbował zerkać ukradkiem na jej ciało, lecz ilekroć spojrzał jej w oczy, z zawstydzeniem odwracał głowę.

— W porządku, możesz patrzeć — powiedziała, ale on chciał tylko schować twarz w dłoniach.

Wreszcie dali za wygraną. Deborah zeszła na dół i wróciła w szlafroku, z herbatą i grzankami, które smakowały jak tektura. Potem przeprosił i wyszedł, mimo że planowali spędzić tę noc razem.

— Nic się nie stało, to nie jest koniec świata, zdarza się wielu chłopakom. To wróci — powiedziała.

Jonathon skrzywił usta w bladym uśmiechu.

Odprowadziła go, wyrozumiała, lecz rozczarowana, i bardzo zraniona, że nie chce zostać. A on nawet nic mógł jej powiedzieć, co jest nie tak.

31
Odwilż

W ciągu kilku tygodni po katastrofie Dina otaczała mgła nieszczęścia i niezrozumienia. Był złotym chłopcem, takie rzeczy w ogóle mu się nie zdarzały, a jeśli już, to nie miały znaczenia. Zawsze wynurzał się jakoś na powierzchnię wśród błysku fajerwerków. Jednego dnia stracił dziewczynę, rodziców i szacunek dla samego siebie. Jackie złamała mu serce, bo naprawdę ją kochał na swój sposób, czuł się bezradny i skołowany tym, co działo się w domu, i zwyczajnie wykorzystany przez Siobhan. Jeśli zapominał o jednym nieszczęściu, momentalnie nadlatywało drugie, żeby go użądlić. Być może najtrudniejsze do zniesienia było to, że poczuł się jak gamoń, jeden z tych zahukanych, pryszczatych wyrostków, którzy kręcą się gdzieś na obrzeżach i do niczego nie pasują. To było okropne.

Upłynęło trochę czasu, zanim dotarło do niego, że między nim i Jackie naprawdę wszystko skończone. Myślał, że do niego wróci, tak jak zawsze. Dąsał się przez kilka dni — to było trochę za dużo, że rzuciła go po tym wszystkim, co przeszedł. Kiedy nie okazywała żadnych oznak wyrzutów sumienia, spróbował z nią porozmawiać i został odrzucony jak brudne majtki.

Ben i Jon zachowywali się fantastycznie. To była jedyna

dobra rzecz, która wynikła z całego tego zamieszania. Dino nie zdawał sobie sprawy, jakich dobrych ma przyjaciół. Poradził się ich, co powinien zrobić z Jackie, i był wściekły, gdy obaj stwierdzili, że powinien dać sobie z nią spokój. Naciskał dalej i usłyszał, że może spróbować błagać o wybaczenie i zapewniać o swojej miłości, więc bombardował Jackie e-mailami — za pierwszym razem odpowiedziała, że będzie kasowała wszystkie następne, a potem Dino nie dostawał już żadnych odpowiedzi. Próbował do niej dzwonić. Nie odbierała telefonów na komórkę, a usłyszawszy kilka wysyczanych odpowiedzi jej matki, Dino zrezygnował także z tego. Nie umiał strawić dalszych upokorzeń.

Zaczynało do niego docierać: Jackie już go nie chce. I nie tylko ona. Cała szkoła zwróciła się przeciwko niemu. Nagle czar prysł. To było jak oślepnięcie. Nawet zupełnie nieznani ludzie wiedzieli, że jest palantem. Dziewczęta w sklepach nie okazywały mu najmniejszego zainteresowania. Dino tak przywykł, że się do niego uśmiechają, szczebioczą i wdzięczą, że uznawał to za coś, co mu się po prostu należy. Teraz obsługiwały go bez uśmiechu i natychmiast zajmowały się następnym klientem, jak gdyby on, Dino, był taki sam jak inni.

To było dno, lecz ból serca ma wiele odmian, a ze wszystkich kłopotów Dina to nie Jackie przyprawiała go o największe cierpienie. Najgorsze było to, co działo się z jego rodzicami. Ich związek był jak olbrzym śpiący pod powierzchnią ziemi. To, co Dino uważał za wzgórza i doliny, pagórki i równiny, okazało się mięśniami i kośćmi uśpionego mocarza. A teraz ten mocarz zaczął się poruszać i wszystkie budyneczki i drogi, które zbudował przez lata, rozsypywały się niczym popiół. Wcześniej nie zdawał sobie sprawy, jak bardzo jest uzależniony od rodziców. Przyjmował ich istnienie za oczywistość, tak jak swój kręgosłup.

Chociaż mama powiedziała coś o zaufaniu, było jasne, że żadne z nich nie wierzy opowieści syna o tym, że został wrobiony. Po kilku dniach dał za wygraną i zaczął udawać, że naprawdę to zrobił. To było o wiele łatwiejsze. Jeśli to miał być wybór między rolą złodzieja i ofermy, wolał uchodzić za złodzieja. Miał nadzieję, że po jego aresztowaniu rodzice odłożą plany wyprowadzki ojca, lecz kiedy kilka dni później wrócił ze szkoły, zastał mamę na przeglądaniu ogłoszeń mieszkaniowych w lokalnej gazecie. Miała nawet czelność, by poprosić Dina o pomoc. Rozgniewany, wypadł z domu jak burza. Ledwo znosił przebywanie z nimi w tym samym pokoju. Był wściekły na matkę za to, że rozerwała na strzępy jego świat, na ojca za to, że jej pozwolił, a na siebie, że jest tym dotknięty.

Sprawy nie mogły dalej toczyć się w taki sposób. Dino wychodził z pokoju niemal w tej samej chwili, gdy któreś z nich do niego wchodziło. Mama próbowała z nim porozmawiać, lecz on tylko siedział, milcząc jak głaz. W końcu straciła cierpliwość i okazała to w widowiskowy sposób, wrzeszcząc, rzucając kubkami o ścianę i grzmocąc pięściami w stół. Dino był zdumiony: wcześniej, nie licząc ponurego widoku przez okno parę tygodni temu, nie miał zielonego pojęcia o tym, co się dzieje w głowie jego matki. Potem usprawiedliwiała się rozpaczliwie: nie wiedziała, że coś takiego w niej tkwi, a tym bardziej że może to ujawnić przed synem. Dino wysłuchał beznamiętnie jej tłumaczeń i zostawił ją z nimi. Ten incydent utwierdził go w przekonaniu, że jest zepsuta do szpiku kości.

W następną środę po południu, kiedy Dino miał kilka wolnych godzin pod koniec dnia, przyszedł do domu i zobaczył, że ojciec wrócił wcześniej z pracy. Zrobił synowi herbaty, naszykował kanapkę, postawił przed nim na stole i powiedział:

— Pogadajmy.

Ostatnio ojciec robił mu kanapki parę lat temu, kiedy mama była na szkoleniu. Wkładał do środka masę szynki, smarował musztardą, majonezem i przykrywał sałatką. Dino zdążył już zapomnieć, jak bardzo lubi kanapki ojca.

— Mniam, mniam — mruknął.

— Może gdybym robił więcej kanapek, a mniej pracował, to nie ja bym się wyprowadzał — rzekł ojciec, uśmiechając się krzywo i krzyżując ramiona na stole.

— Więc o czym rozmawiamy? — spytał Dino z pełnymi ustami.

— O tym i owym. O mnie i o tobie. O mnie i mamie. O tobie i mamie. O wszystkim.

— To ona cię do tego namówiła — zarzucił mu Dino.

— Wciąż razem podejmujemy decyzje. Wziąłem wolne popołudnie.

Mimo że Dino właśnie tego chciał, teraz poczuł się zakłopotany.

— Długo to potrwa, bo mam lekcje do odrobienia? — zapytał.

— Nie wiem.

— No dobra, słucham. — Zajął się kanapką.

— A więc, po pierwsze nie chcę, żebyśmy się rozchodzili, o czym wiesz...

— Więc dlaczego się na to zgadzasz? — spytał błyskawicznie Dino.

— Posłuchaj...

— Nie musisz.

— Posłuchaj! Ona przestała mnie kochać...

— A ty ją kochasz?

— Nie słuchasz mnie.

— Kochasz ją?

— Tak.

— Więc to nie w porządku, prawda?

— Czy ty mnie wreszcie wysłuchasz?

Dino zaczerpnął powietrza i wziął kanapkę.

— No dobrze.

— O czym to ja mówiłem? Małżeństwo się skończyło, po

prostu. Ona mnie nie kocha, nie mogę jej do tego zmusić. Ma prawo je zakończyć. Ale myślę, naprawdę myślę, że... — podniósł głos, widząc, że Dino chce mu wpaść w słowo. — Myślę, że to niewłaściwy moment, dla nas wszystkich...

— Zwłaszcza dla mnie.

— Między innymi dla ciebie — zgodził się ostrożnie Mike. — Wydaje mi się, że powinna poczekać, dać nam jeszcze jedną szansę. Ale mama... — Chciał powiedzieć, że nie chce czekać, ale to było zbyt łatwe. — Mama czuje, że nie może. Dino, kiedy mówiłem o robieniu kanapek, żartowałem, ale nie do końca. To głównie mama się wami zajmowała. Ja wykonałem swoją część, właściwie robiłem bardzo dużo, ale ona była mamą, wciąż nią jest, a gdy małżeństwo się wali, mama zostaje, tata odchodzi. Gdybym ja opiekował się dziećmi, byłoby odwrotnie, ale nie robiłem tego...

— Jasne — rzucił kpiąco Dino.

— Obowiązuje zasada, dzieci na pierwszym miejscu. Mama była główną opiekunką. — Mike wzruszył ramionami.

— Więc dostał ci się śmierdzący koniec kija — podsumował Dino.

— Tak, dostał mi się śmierdzący koniec kija — potwierdził ojciec. — Ona dostaje dom, dzieci i sporą część moich zarobków, a ja się wynoszę do jakiejś ciasnej nory.

— To nie w porządku. To jest... żałosne. Słabość, no nie?

— Może. A może siła. Na pewno nie jest to sprawiedliwe, ale wiem, że dzieci są na pierwszym miejscu. — Ojciec uśmiechnął się gorzko i wzruszył ramionami. — Nie mówię, że mi się to podoba. Nie mówię, że pochwalam sposób, w jaki mama to załatwia. Ale ponieważ to robi, taka jest moja rola.

Dino nie mógł w to uwierzyć.

— Ale to jest szajs! Ona nie ma prawa.

Mike wzruszył ramionami.

— Sam będziesz musiał ją o to zapytać.

Dino siedział przez chwilę w milczeniu. Ojciec westchnął.

— Ona uważa, że będzie lepiej się z tym uporać i mieć za sobą, skoro to i tak musi się stać — rzekł.

— Więc ty po prostu się godzisz.

— Nie ma wielkiego wyboru.

— Mógłbyś powiedzieć. że nie odejdziesz.

— Dino, to trwa od dawna. Od lat.

Mike znów zamilkł, nie wiedząc, co powiedzieć. W głębi duszy uważał, że żona się myli, więcej, uważał ją za głupią krowę. Mogła poczekać jeszcze rok. Mat ma dopiero dziewięć lat i spędzi ich w domu jeszcze wiele, lecz jest silnym dzieckiem i Mike był przekonany, że nic mu nie będzie. Wiedział też, że jego starszy syn, Dino, jest o wiele słabszy psychicznie, niż mu się wydaje. Kath twierdziła, że od lat dusiła się w tym związku, ale kolejny rok nie wyrządziłby wiele szkody.

„Mężczyźni!, krzyczała. Zawsze chcecie więcej!".

— Będziemy musieli poczekać i zobaczyć, co będzie dalej — rzekł do Dina. — Może kiedy zostanie tu z wami sama, uprzytomni sobie, że nie o to jej chodziło, nie wiem. Ale w tej chwili sprawy mają się tak, że ktoś musi odejść, i to nie będzie ona. — Zerknął na syna. — Możesz iść ze mną, jeśli chcesz.

— Naprawdę?

— Masz siedemnaście lat. Możesz sam decydować. Bardzo bym chciał mieć cię przy sobie. Ale nie wiem, czy to będzie dla ciebie najlepsze.

— Dlaczego?

— Pozostanie tutaj oznaczałoby najmniejszą zmianę. To twój wybór. Chciałbym, żebyś się ze mną wyprowadził, czułbym się lepiej. Ale dla twojego własnego dobra, zostałbym tu, gdybym był tobą.

Dino przysiągł, że o tym pomyśli, ale już znał odpowiedź. To był duży, komfortowy dom. Dino nie miał zamiaru nigdzie się wyprowadzać.

244

W końcu Dino nie był pewien, czy ojciec jest silny, słaby czy zwyczajnie prostoduszny, ale przynajmniej zdawało się, że wie, co robi. On zaś, podobnie jak ojciec, będzie musiał to wytrzymać, lecz nie musi mu się to podobać. Zamierzał zostać, lecz zrobi wszystko, żeby obrzydzić matce życie za to, że mu to wszystko narzuciła. W każdym razie, sytuacja trochę się wyjaśniła.

Mniej więcej tydzień później zdarzyło się coś, co podniosło go na duchu. Mama stała rano na dole przy schodach, uśmiechnięta od ucha do ucha, i machała listem.

— Chodź, przeczytaj to — powiedziała radośnie.

Wyglądało na to, że rodzice odwiedzili sklep Miss Selfridge. Mama zjawiła się tam, uzbrojona w kartki z ocenami szkolnymi i opisem sytuacji w domu w miesiącach poprzedzających aresztowanie Dina. Kierownik sklepu okazał zrozumienie, ale i beznamiętność. To nie leży w jego gestii, stwierdził — wszystko w rękach policji. Kath drążyła sprawę dalej. Jaki jest sens ścigać jej syna za głupi wybryk, którego być może nawet się nie dopuścił, skoro tak wielu innych ludzi prawie utrzymuje się z kradzieży w sklepach? Czy okoliczności tego zdarzenia nie wydają mu się dziwne? Jej syn tak po prostu wyszedł ze sklepu? Obiecała, że to się więcej nie powtórzy, że Dino nigdy w życiu nie był tak przerażony i że jest zupełnie innym chłopcem.

Kierownik wysłuchał jej z uprzejmym dystansem i powiedział, że się zastanowi. Mama nie miała zbyt wielkich nadziei, a tymczasem stało się. Kierownik był gotów wycofać zarzuty, jeśli Dino zgodzi się na pracę społeczną. Taki zaproponował układ.

Dino zerwał się i zarzucił mamie ręce na szyję. Załatwione! Wszystko będzie w porządku. Bez sądu, bez oskarżeń, bez patrzenia na te straszne majty, pokazywane publicznie w sali sądowej. Co za radość!

— Myślałem, że oni zawsze za to ścigają — wyrzucił z siebie, gdy się uspokoił.

— I tak właśnie jest. Ale jesteś dobrym chłopcem i to popłaca. Potknięcie, ten facet musiał dostrzec sens w tym, co mówiłam.

Przynajmniej jeden sąd Boży mniej. W drodze do szkoły Dino po raz pierwszy od tygodni poczuł się dobrze. Życie wyglądało lepiej. Uniknął koszmaru sądu, wczoraj wieczorem pogadał sobie z ojcem. Czuł się o wiele bardziej sobą.

32
Piękna i bestia

Miejscem, w którym należało jej powiedzieć, zdecydowanie była szkoła. To było tchórzostwo, ale i zdrowy rozsądek. Ben nie miał cienia wątpliwości, że Ali może go zjeść na śniadanie w dowolnym miejscu i czasie, lecz obecność półtora tysiąca dzieciaków drastycznie ograniczy jej możliwość połknięcia go. To nie będzie łatwe. Pożegnania ranią, a Ben miał miękkie serce. Potrzebuje tylko dziesięciu minut sam na sam. To chyba wystarczy, żeby wyrzucić z ust słowo „nie"? Od miesięcy udawało im się — a raczej jej — spotykać na osobności przez większość dni w tygodniu, lecz Ali miała niesamowity instynkt, który pozwalał jej kierować rozwojem sytuacji wedle własnych życzeń, to było jak telepatia. Tak jakoś wyszło, że akurat w ten poniedziałek była bez przerwy zajęta.

— Przykro mi, Ben. Mam kryzys w ósmej klasie.

— Więc kiedy?

— Nie bądź zachłanny. Nie wiem. Nie teraz.

Poniedziałek przemknął. Nazajutrz, we wtorek, mieli wieczorem randkę w jej mieszkaniu. Ben zadrżał: to było jak proszenie hieny o kość w jej jaskini. Musi ją dopaść w szkole.

We wtorek rano w ogóle jej nie zobaczył. Popołudnie przyszło i minęło. Robiło się coraz straszniej. W miarę jak zbliżał się wieczór, do głowy Bena przychodziły słowa, takie jak „hiena", „smok", „hydra", „bestia", „potwór". To było nie w porządku, wiedział o tym. Ali miała mnóstwo miłych cech. Przez wiele miesięcy było cudownie, ale to się skończyło. Podjął ostatnią rozpaczliwą próbę spotkania się z Ali: zaproponował spotkanie w pustej klasie po lekcjach; ona nigdy nie przepuszczała takiej okazji. To będzie niebezpieczne po lekcjach, nikogo w pobliżu, a jej plany, rzecz jasna, będą się różniły od jego zamiarów. Ale to i tak będzie lepsze niż sam na sam w jej mieszkaniu.

Osaczył ją między matematyką i okienkiem. Wcale nie był zaskoczony, kiedy dzięki swojemu niezawodnemu instynktowi znów zdołała być zajęta.

— Kryzys w klasie dziewiątej.

— Zmyślasz. Wczoraj była ósma.

— Muszę się zobaczyć z jednym z rodziców. Spotkamy się u mnie. Masz tu klucz, mogę się trochę spóźnić.

Wcisnęła mu klucz w rękę i popędziła korytarzem. Ben gapił się na kawałek metalu w dłoni.

Nie, pomyślał. Nie. Wydawało się, że to słowo zostało pozbawione całego swojego znaczenia.

Po szkole Ben poszedł na spacer po pastwiskach w pobliżu mieszkania Ali, żeby uporządkować myśli. Czy lepiej zjawić się przed nią, czy po niej? A może nie powinien w ogóle przychodzić, tylko powiedzieć jej później przez telefon? Zostawić list? Kuszące! Ale niemożliwe. To byłoby zbyt wielkie tchórzostwo. Ale co złego jest w tchórzostwie? Ten, który walczy i ucieka...

— Nie — powiedział głośno Ben i spróbował sobie wyobrazić, że tym słowem wywołuje z pól, spoza domów, siły natury, demony i smoki, niczym bohater gry komputerowej. Smok-nie i bestia-tak. Może nawet by zadziałało.

— Daj mi siłę — mruknął, gdy zielony, łuskowaty smok

z czerwonymi skrzydłami uniósł się nad domami. Rozwinął wężowate ciało i wspaniałomyślnie rozpostarł wielkie skrzydła. Ben ruszył w stronę mieszkania Ali.

Już tam była.

— Gdzie się podziewałeś? — spytała, otwierając drzwi. Klucz ledwie zdążył zazgrzytać w zamku.

— Na spacerze...

— Chryste. Co za dzień! Myślałam, że wstawisz wodę czy coś. Jednemu dziecku wypadają zęby, inne nagle wybiera się do rodziny w Pakistanie na trzy miesiące, w połowie prób. Super! Jeszcze inni torturują się sztucznymi ogniami. Nienawidzę bachorów!

Ben przypatrywał jej się ze smutkiem.

— Nastaw wodę, muszę się napić herbaty. Chcesz się czegoś napić? W lodówce jest piwo. Chryste! Co za okropny dzień. Mam nadzieję, że z tobą wszystko w porządku, problemy to ostatnia rzecz, jakiej teraz potrzebuję. — Spojrzała na niego kątem oka, podeszła do kanapy i rzuciła się na nią niczym wielki, mięsożerny żuk.

Ben powlókł się do kuchni, żeby zaparzyć herbaty.

— Ofiara błagalna — mruknął do siebie. Herbata nie była zbyt odpowiednia. Świeże mięso byłoby lepsze. Albo dziewica. Rzucić jej coś do gryzienia, kiedy on będzie salwował się ucieczką.

— A co u ciebie? Jak się czujesz? W tym tygodniu wyglądasz trochę nie w sosie! — zawołała Ali ze swojego legowiska na kanapie.

— W porządku — zełgał Ben i skrzywił się, widząc, jak błyskawicznie znosi go z kursu.

Woda się zagotowała. Wrzucił torebki do kubków.

— Nie — wymamrotał jękliwie. — Mam wybór. Nie.

Z pokoju dobiegł straszny, zduszony, chrapliwy ryk. Wyrażał jednocześnie cierpienie, wściekłość i pożądanie. Ben nigdy czegoś takiego nie słyszał. Zabrzmiał tak, jak gdyby olbrzymi, okryty chitynowym pancerzem owad odkrył nagle, że jego paszcza jest zdolna do wydawania dźwięków, i wyrażał głosem pragnienia swojego gatunku, skumulowane przez trzysta milionów lat. Ben krzyknął, upuścił torebki z herbatą i rzucił się biegiem do pokoju. Alison wykonywała ćwiczenie rozciągające nóg.

— Co? — spytała, spoglądając ze zdziwieniem na jego przerażoną twarz, która ukazała się w drzwiach.

— Ten dźwięk...

— Jaki dźwięk?

— No ten... Nie słyszałaś?

— To tylko ja. Przeciągam się. — Zerknęła na niego kpiąco. — Ale jesteś dzisiaj roztrzęsiony.

Ben popatrzył na nią, zdumiony, i wrócił do kuchni. Co jest grane? Roztrzęsiony? Co roztrzęsienie ma wspólnego z takim przerażającym pierwotnym bólem? Podnosząc kubki, zauważył, że herbata kołysze się, jak gdyby zbliżał się dinozaur. Tym dinozaurem było jego serce. Odstawił naczynia i obszedł trzy razy kuchnię. Potem wziął je i wszedł do jaskini. Postawił kubki, włożył ręce w kieszenie i zaczął:

— Słuchaj...

— Przynieś mi kawałek ciasta, dobrze?

— Kawałek ciasta?

— W pojemniku jest trochę pokrojonego ciasta migdałowego. Boże! Czuję się tak, jakbym spędziła dzień w piekle. Dzień w piekle. Dzień w piekle — powtórzyła, patrząc beznamiętnie, jak Ben bezskutecznie próbuje wydobyć głos.

Wrócił do kuchni. Z każdą sekundą czuł się słabszy. Wziął dwa kawałki ciasta, jeden dla niej i jeden dla siebie, i zaniósł do potwora rozpartego w pokoju.

— Ale jestem głodna. Boże. Siadaj, denerwuję się, kiedy tak stoisz.

Ben stał, spoglądając na nią z góry i gryząc ciasto migdałowe. Z pełnymi ustami nie mógł mówić. Czy ma jakiś wybór? Jedzenie, kolejny błąd. Usiadł i zaczekał, aż skończy jeść.

— Nie pożeraj tak jedzenia. — Ali parsknęła śmiechem. Ciągle powtarzała ten żart, strofując go jak małe dziecko. Ben przełknął i wstał.

— Posłuchaj. Myślałem o tobie i o mnie, no wiesz... Ali odezwała się sekundę później i ani myślała przestać.

— Chryste, co za dzień, tym bachorom przydałby się treser, a nie nauczyciel, co ja tam robię, powinnam sobie wybrać inny zawód, pies zasługuje na coś lepszego, czuję się OKROPNIE!

Ostatnie słowo musiała prawie wykrzyczeć, bo Ben tym razem nie zamierzał skapitulować, mówił dalej, coraz głośniej, głośniej od Ali.

— Chcę to skończyć. Z nami. Myślę, że nie powinniśmy się dłużej spotykać.

Ali mówiła dalej, w żaden sposób nie nawiązując do jego słów, jak gdyby nie usłyszała, jak gdyby Ben w ogóle się nie odzywał.

— Pyszne ciasto, lubię krojone migdały. O rany, zobaczysz, co ci zrobię, kiedy się najem, to tylko przystawka, główne danie dopiero nadchodzi...

Ben zaczekał, aż skończy. Czyżby oczy przekręciły jej się jak kamyki, kiedy mówiła? Czyżby ogłuchła? Czy go ignoruje? Zaczerpnęła powietrza i wtedy Ben znów się odezwał:

— Powiedziałem, że nie chcę się z tobą spotykać.

Zapadła straszliwa cisza. Tym razem nie było pomyłki. Ali usiadła i gapiła się na niego, zaszokowana i przestraszona. Ben zrobił krok do tyłu.

— Co? — zapytała.

— Powiedziałem...

— Słyszałam! — wycharczała. Wzięła głęboki oddech i zaczęła mówić z początku cicho: — Wybrałeś taki moment,

251

żeby mi powiedzieć, akurat teraz, po takim dniu? Teraz mi to, kurwa, mówisz? Czy o to chodzi? — Nagle cisnęła w Bena kawałkiem ciasta, który został na jej talerzyku.

Ciasto było miękkie, lecz Ben i tak skierował się do drzwi. Nie było wątpliwości: w końcu to zrobił.

— Nie uciekaj ode mnie, nie uciekaj ode mnie, Ben! — prosiła, ale już go nie było.

Zerwała się, upuszczając talerzyk i rozrzucając okruchy, i popędziła za Benem. Złapała go za ubranie w chwili, kiedy otwierał drzwi. Odepchnął jej rękę z całej siły.

— Auu! Nie bij mnie...

Bał się, że Ali go zrani. Uwolnił się i wypadł z mieszkania jak z procy. Zdążył tylko zobaczyć zaszokowaną twarz staruszki, zmagającej się przed drzwiami swojego mieszkania z czterema wypchanymi reklamówkami zakupów. Torby upadły. Pory i karton mleka rozsypały się po posadzce. Ben zbiegał po trzy stopnie naraz. Ali stała na górze i krzyczała:

— Musimy porozmawiać!

Lecz Bena już nie było, prysnął jak szczur do dziury.

— Mógłbyś przynajmniej pomóc tej pani z torbami. Aaaa! — usłyszał, otwierając frontowe drzwi i wyskakując na ulicę.

Biegł dalej. Domy, ludzie, samochody, wszystko przemykało obok. To była najtrudniejsza rzecz, jaką kiedykolwiek zrobił.

Potem, w domu, było mu przykro, że załatwił to w taki sposób. Myślał tylko o tym, żeby jemu było łatwiej, a tymczasem powinien się martwić o nią. Była wstrząśnięta. Czy nie miała łez na twarzy, kiedy za nim biegła? Wtedy zdawało mu się, że pragnie jego krwi, a może chciała porozmawiać? Wyrzucenie tego z siebie i wzięcie nóg za pas, to nie było zbyt mądre.

Był zbyt roztrzęsiony, żeby do niej zadzwonić. Znajdzie ją jutro w szkole i powie, że przykro mu, że tak źle to załatwił.

Lecz nazajutrz w szkole nie zobaczył Ali, co było dziwne, bo prawie zawsze udawało mu się wpaść na nią na korytarzu. W czwartek w porze lunchu odbywały się próby szkolnego teatrzyku, przy których Ben, jak zwykle, zajmował się oświetleniem. Czuł się okropnie, że do niej nie zadzwonił, i bał się, że będzie musiał ją zobaczyć, lecz Ali tego dnia nie było w szkole. W czasie przerwy ogłoszono, że jest chora.

Ben od razu wiedział: to przez niego. Załatwił ją. Ale jak? Migrena, ból serca czy śmierć — tego nie mógł wiedzieć. W głowie roiły mu się przeróżne fantazje; bestia zabita w swojej jaskini. Lecz Ali nie była bestią. Była człowiekiem, kimś, kto go kochał i kogo on niegdyś uwielbiał. A teraz ją zranił.

Wciąż był zbyt przestraszony, żeby zadzwonić wieczorem, a następnego dnia w szkole też jej nie było. Wtedy czuł się już kompletnym tchórzem, słabym, niezdolnym do tego, by zrobić to, co trzeba. Przysiągł sobie, że zadzwoni jutro wieczorem, lecz kiedy wrócił w piątek do domu, odezwał się telefon.

Ali już się nie gniewała, słyszał to. Mówiła głuchym, pełnym bólu głosem. Było jej przykro. Miała wtedy zły dzień, to się stało w niedobrej chwili. Oczywiście, jeśli tak wtedy czuł, to zrobił to, co należy. Czy może się z nią zobaczyć jeszcze jeden raz? Nie chciała kończyć w ten sposób, szamotaniną na schodach. „Tylko to jedno dla mnie zrób. Nie pozwól, żeby to się skończyło w taki sposób, zrób to dla mnie".

Nie słyszał płaczu ani gróźb, lecz jego serce znów zachowywało się jak dinozaur. Spoglądał podejrzliwie na słuchawkę, ale nie umiał powiedzieć nie. Nie prosiła o zbyt wiele, wcale nie, lecz mimo to nie mógł pozbyć się myśli, że to jakaś pułapka.

33

Ben

Drzwi były szeroko otwarte. Zapukałem.

— Wejdź — powiedziała cichutko.

Wszedłem; Ali siedziała w fotelu z rękami na oparciach, bardzo blada.

— Cześć — powiedziałem.

— Cześć — odparła i spojrzała na mnie z dziwnym, krzywym uśmieszkiem.

Wydawała się zakłopotana. Coś było z nią nie tak, ale nie wiedziałem jeszcze co. Spojrzała na chwilę w dół, jakby nie mogła się powstrzymać, a potem odwróciła głowę. Mój wzrok też tam powędrował. Fotel był przykryty brązową narzutą. Zrobiłem kilka kroków, lecz Ali poruszyła raptownie głową, jakbym mógł ją zranić, nawet gdybym starał się być delikatny. Wtedy zauważyłem, że oparcia fotela są całe czerwone.

— Dobrze się czujesz? — zapytałem, a ona zrobiła dziwną minę, jakby się tym nie przejmowała.

Podszedłem i dotknąłem narzuty. Materiał był wilgotny. Trzeba było jeszcze jednej chwili, żeby to do mnie dotarło. Skąd się brała ta czerwień? Wreszcie zobaczyłem. Pochodziła z nadgarstków Ali.

Przecięła sobie żyły.

Chyba powiedziałem: „O Jezu!" i rzuciłem się do telefonu,

żeby zadzwonić na 999. Ali coś krzyknęła, ale ja myślałem tylko o tym, żeby sprowadzić pomoc, zanim się wykrwawi, po prostu się wykrwawi, siedząc tam i czekając na mnie. Na podłodze czerwieniła się rozpryśnięta krew, telefon był nią usmarowany. Zdążyłem wybrać dwie dziewiątki, kiedy Ali podeszła do mnie z tyłu i nacisnęła guzik.

— Co robisz? — zapytałem błagalnie.

— Nie potrzebuję karetki. Możesz mnie podwieźć.

— Podwieźć cię?

— Tak będzie szybciej.

— Naprawdę?

— Tak. — Pokręciła głową i prawie się roześmiała. — Nie martw się, Ben. Nie umrę.

— Skąd wiesz? — zapytałem, lecz w tej samej chwili znałem odpowiedź. — Już to kiedyś zrobiłaś — powiedziałem tonem oskarżenia.

Nie opowiadała mi o tym, ale widziałem wąskie, białe blizny na jej nadgarstkach. Stałem tak ze słuchawką w dłoni, zastanawiając się, co robić, bo zdecydowanie wolałbym wezwać karetkę i pozwolić zabrać ode mnie Ali.

— Nie wolno mi prowadzić — przypomniałem jej.

— Masz próbne prawo jazdy, będę siedziała obok. — Podeszła do drzwi. — No chodź. To nie potrwa długo.

Machnęła na mnie ręką i skrzywiła się, widziałem, jak krew sączy się z ran.

Byłem tak przerażony, że nie bardzo wiedziałem, co robię. Bałem się jej, szpitala, policji, bo... bo wiecie, dlaczego to się stało, prawda? Ja jej to zrobiłem.

Wsiedliśmy do samochodu i ruszyliśmy. Trząsłem się, widziałem, jak moje ręce drżą na kierownicy.

— Dlaczego to zrobiłaś? — zapytałem.

— Bo jestem kretynką. — Siedziała nieruchomo z dłońmi na kolanach, spoglądając na nie nieśmiało.

Owinęła je w serwetki w niebieską kratkę, przez które powoli przesączała się krew. Po chwili odwróciła ode mnie

255

głowę i spojrzała przez okno. Raz po raz musiałem mocno hamować, za szybko zwalniałem i przyspieszałem, i za każdym razem Ali sztywniała i krzywiła się. Przez całą drogę do szpitala nie powiedziała ani słowa.

Kazali nam czekać w nieskończoność. Przyszła pielęgniarka, żeby zerknąć, ale wydawało się, że nigdzie jej się nie spieszy. Próbowałem rozmawiać z Ali, lecz ona tylko pokręciła głową i powiedziała: „Nie". Czekaliśmy godzinami, zanim ją wreszcie zabrali i zostawili mnie samego.

— Nie umrę — powiedziała Ali.

Więc jaki sens podcinać sobie żyły, jeśli nie umrzesz?, pomyślałem. Mam nadzieję, że ktoś wie, co jest grane, bo ja, do kurwy nędzy, nie mam zielonego pojęcia.

Siedziałem tam, patrząc na wchodzących i wychodzących ludzi. Przychodzili z dziwacznymi dolegliwościami, a ja nie mogłem powstrzymać się od śmiechu. W pewnej chwili drzwi otworzyły się gwałtownie i wpadł stary, gruby sikh, trzymając się za jaja i wrzeszcząc: „Siostro! Siostro! O Boże, o mój Boże!". Za nim wbiegli trzej młodsi faceci, pewnie synowie, i zaczęli latać po korytarzu. Biedaka musiało strasznie boleć, ale ja nie mogłem się powstrzymać, zacząłem chichotać. Musiałem wybiec na dwór. Długo trwało, zanim się uspokoiłem. Potem przyszedł ten chłopaczek z mamą, miał zabandażowane obie ręce. Ona była malutka, on miał z osiem lat, ale był tylko troszeczkę niższy od niej. Mieli taki śmieszny kołyszący się chód i wyglądali jak para pingwinów wchodzących do poczekalni. Czułem się tak, jakbym był na haju po jakichś dragach. Ale potem zrobiło się nudno i musiałem po prostu siedzieć, czekając godzinami, aż mnie poproszą, żebym się z nią zobaczył.

Leżała na łóżku z zabandażowanymi nadgarstkami, uśmiechając się do mnie słabo.

— Cześć — powiedziała.

— Nic ci nie będzie?

Skinęła głową.

— Głupota, zrobić coś takiego. — Wzruszyła ramionami.

— Nie chciałem cię zranić...

— To nie twoja wina. Nie mogłeś wiedzieć, jaka ze mnie głupia krowa, prawda?

— Co powiedzieli lekarze? — zapytałem.

Roześmiała się.

— Powiedzieli, że następnym razem, kiedy przyjdzie mi ochota się zabić, powinnam zażyć tabletki. Że to będzie miało większe szanse powodzenia.

— Naprawdę tak ci powiedzieli?

— Trudno jest się zabić, przecinając sobie tętnice, są zbyt głęboko.

Byłem oburzony. Jak mogli jej tak powiedzieć? Powinni okazać współczucie.

— Trzeba złożyć skargę — zacząłem, lecz Ali pokreciła głową.

— Wkurzyli się, bo mieli poważne wypadki, którymi należało się zająć. — Uśmiechnęła się blado. — Nie takie na niby jak mój.

Przynieśli nam po filiżance herbaty, a potem odwiozłem Ali do domu.

Kiedy znaleźli się w jej mieszkaniu, poprosiła go, żeby z nią został. Zadzwonił do rodziców i powiedział, że nocuje u kolegi. Zdziwili się, ale nie protestowali. Ali otworzyła dwie puszki spaghetti, podgrzała je, zrobiła kolację, i położyli się wcześnie do łóżka. Leżała obok niego, długo nie mogli zasnąć. Potem Ali poprosiła, żeby się z nią kochał... ostatni raz, delikatnie.

Leżał na niej, poruszając się łagodnie i powoli. Ukryła twarz w jego szyi i stękała cichutko. Rozpraszał go widok jej obandażowanych nadgarstków. Po chwili wpadł w desperację i zaczął uderzać mocno, a ona rozłożyła szerzej kolana i jęknęła.

— Za mocno? — spytał.

— Nie, dobrze, nie przestawaj.

Uderzał, aż zadrżało pod nimi łóżko. Doszedł, nie wydając głosu. Wysunął się, a ona przetoczyła się na niego i objęła go tak delikatnie, że poczuł się okropnie, że był taki brutalny. Zaszlochała bezgłośnie.

— Wróciłem, prawda? — szepnął.

Pogłaskał ją po głowie, nie zakłócając płaczu.

34

Chłopiec-syrena

Jackie z początku tego nie zauważyła. Poparcie, które miała od tygodni w szkole, było mocne jak skała. Dino był dwulicowym gadem, a ona niewinną, wykorzystaną dziewczyną. To nie podlegało dyskusji. Lecz za jej plecami kierunek wiatru już zaczynał się zmieniać.

Pewnie, że Dino źle postąpił, ale to przecież Jackie poprowadziła go ścieżką w głąb ogrodu, prawda? Te wszystkie obietnice. Zostawienie go nocą po imprezie, bo ktoś zwymiotował do łóżka! Co to niby miało znaczyć? Powinien ją za to spławić! Zasługiwał na współczucie. I jeszcze kradzież w sklepie, rozejście się rodziców. A teraz na dobitkę Jackie go rzuciła. Trochę tego za dużo. Spójrzcie na niego! Jest taki biedny.

Nikt jej tego nie powiedział, lecz zaczęła zauważać, że gdy opowiada o jego winie i o tym, że jest ogólnie okropny, nie zyskuje takiego poklasku, jakiego oczekiwała.

— Bądź zła — syknęła jej do ucha Sue, widząc Dina uśmiechającego się z nadzieją do Jackie pewnego ranka, mniej więcej miesiąc po ich rozstaniu.

Jackie rzuciła mu spojrzenie, które skruszyłoby ścianę, i szybko odwróciła się do niego plecami. Dzięki temu to Sue zobaczyła reakcję Dina. To, co ujrzała na jego twarzy, nie

259

było typową dla niego złością, pogardą, arogancją czy zmieszaniem. Coś się zdarzyło. Nie był już odrażający. Oczy mu się zaczerwieniły, usta skrzywiły boleśnie. Sue zobaczyła złamane serce. Dino był zbolały. Poczuła ukłucie. Litość?, pomyślała, sama się sobie dziwiąc. Odruchowo rzuciła się między przyjaciółkę i Dina, jak gdyby chcąc ochronić Jackie przed syrenią pieśnią, promieniującym jak fale radiowe jego bólem.

Nie wiedziała tego. Tak łatwo było go zranić.

Jackie też łatwo zranić, a ja ją lubię, pomyślała Sue, odchodząc z przyjaciółką w drugą stronę, daleko od zhańbionego chłopaka. Dino chodził zbolały od tygodni i wyglądał żałośnie. W czym tkwi różnica? Nie mogła się powstrzymać od zerkania przez ramię na jego twarz, otwarte wrota cierpienia. To było takie poruszające, nie umiał tego ukryć! Miał wilgotne oczy, ocierał je wierzchem dłoni. Robił to wszystko nieświadomie. Obserwując przez ramię jego szybko płynące łzy, Sue wpadła na Jackie, która odwróciła się, żeby na nią spojrzeć.

— Co to wyprawiasz? — syknęła Jackie.

— Upewniam się, że drań za nami nie idzie — odparła szybko Sue.

Jackie zerknęła podejrzliwie przez ramię. Sue wyprowadziła ją, ale było już za późno.

— Co jest grane? — zapytała Jackie, kiedy wyszły.

— Nic!

— On płakał, prawda?

— Widziałaś?

— Tak mi się zdawało. Naprawdę płakał?

— Łzy bez znaczenia.

— Z ich powodu się zatrzymałaś?

— Byłam po prostu zaskoczona, to wszystko.

— On płakał. Przeze mnie. — Jackie rzuciła w stronę Dina tęskne spojrzenie.

— Przestań. Przypomnij sobie! On nie jest tego wart.

Ale Jackie momentalnie zyskała pewność, że te łzy zostały wylane dla niej. Każdą komórką ciała pragnęła wziąć go w ramiona, pocieszyć i powiedzieć, że rozumie i wszystko naprawi. Był zraniony i to ona go zraniła.

Denerwujące było to, że przez ostatnich kilka tygodni po raz pierwszy od miesięcy cieszyła się życiem. Pary rezygnują z tylu rzeczy: spotkań z przyjaciółmi, dyskotek, zwykłych pogaduszek. Znowu zaczęła trenować szermierkę. Prawie za nim nie tęskniła, lecz teraz znów miała ból w sercu, a w uszach syreni śpiew: Potrzebuję cię, potrzebuję, nikogo innego nie chcę. Nie mogła się oprzeć.

Nie od razu go zapragnęła; Dino po prostu zaczął się plenić w jej myślach. W ciągu dnia łapała się na tym, że bez końca tłumaczy mu w głowie, dlaczego musieli zerwać. W nocy śniło jej się, jak rozmawiają, jak się kochają, spacerują, tańczą albo że Dino zwyczajnie jest obok niej. W jednym ze snów siedziała z koleżankami w jednym pokoju, a w drugim, tuż obok, ćwiartowano Dina ostrym jak brzytwa kuchennym nożem. Nikt nie odezwał się ani słowem, lecz wszyscy wiedzieli, że tak właśnie jest. Jackie widziała, jak koleżanki zerkają po sobie. Dino cierpiał w milczeniu i konał. Tylko ona mogła go ocalić. Wystarczyło, że odstawi filiżankę i przejdzie do drugiego pomieszczenia, ale ona nie była w stanie wstać z krzesła.

Sue była zdesperowana, ale nie zaskoczona. Wszystko wydawało się takie bezcelowe. Nawet nie było tak, że Jackie miała złamane serce. Sue odczuwała większy ból kilka razy do roku, kiedy rzucała kolejnego z szeregu chłopców bez żadnego wyraźnego powodu, chyba że z nudów. Za każdym razem ją to rozwalało, a jeszcze bardziej, gdy któryś z nich rzucał ją, co też się czasem zdarzało. Lecz to obsesyjne zainteresowanie kimś, kto do Jackie nie pasuje i kogo nawet nie lubi — jeśli Sue była w stanie to ocenić — przekraczało jej pojęcie. W końcu chodziło przecież o to, żeby się dobrze bawić, no nie? I może, pewnego dnia, zakochać. Ale to nie było ani jedno, ani drugie.

Jeszcze przez kilka dni robiła dla przyjaciółki wszystko, co mogła, lecz błyskawicznie traciła zainteresowanie. Dino w ciągu tych paru dni zmienił się z pariasa w kogoś godnego współczucia, a nawet modnego. No dobrze, może i jest dwulicowy, ale — choć nikt tego jeszcze głośno nie powiedział — Jackie jest taka sama.

„Ona się zmieniła", zauważyła Deborah.

Innymi słowy, jedno było warte drugiego.

Sue nigdy nie radziła sobie z nudą. Co za dużo, to niezdrowo. Najwyraźniej Dino był etapem, przez który Jackie musi przejść. Nauki medyczne nie były w stanie jej pomóc i najlepsze, co można było dla niej zrobić, to wyciągnąć ją z tego nieszczęścia. Jeśli już musi trzymać się swojej obsesji na punkcie Dina, to niech robi to z nim. Sue miała dość.

— Myślę, że powinnaś z nim pogadać — powiedziała jej pewnego dnia, bo nie mogła dłużej znieść rozmawiania o Dinie.

— Pogadać? Naprawdę? Naprawdę tak myślisz?

— Absolutnie.

— To coś nowego. Dlaczego zmieniłaś zdanie?

Z nudów!, krzyknęła w myślach Sue, lecz na głos powiedziała:

— Wydaje mi się, że masz z nim niezakończoną sprawę.

— Niezakończoną sprawę? — Jackie westchnęła lekko, rumieniąc się z podniecenia. — Tak uważasz?

— Naprawdę tak myślę. Musisz się z nim rozmówić, a on potrzebuje rozmówić się z tobą. — Sue skinęła zdecydowanie głową. — Musicie pogadać.

— Naprawdę? Wiesz, wydaje mi się, że może masz rację. — Oczy Jackie błyszczały z ekscytacji.

Sue zdziwiła się, że przyjaciółka nie zauważyła ironii w jej głosie. To było jak naciśnięcie guzika w kuchennym robocie — pstryk.

— Absolutnie.

262

— Zamienisz z nim słowo w moim imieniu?

— O nie, tylko nie to! Znajdź sobie kogoś innego.

— No dobra. — Jackie skinęła głową, nie przejęła się odmową przyjaciółki. — Deborah pewnie się zgodzi. — Uśmiechnęła się. — On będzie myślał, że chcę z nim znowu chodzić. Czeka go niespodzianka, jeśli tak pomyśli, no nie?

— No nie — powtórzyła Sue.

35
Dwoje to towarzystwo

Ben chodził w odwiedziny co wieczór. Ali siedziała w fotelu, wpatrując się w ścianę, jakby straciła wzrok. Czuł się wrobiony. Zrobiła to celowo, myślał, lecz to niczego nie zmieniało. Celowo, przypadkowo, pod twoimi obcasami, nad twoją głową, bo Bóg tak chciał, albo bez powodu. Ustawiła go dokładnie tam, gdzie chciała. Nie było drogi ucieczki. Sama myśl o tym, żeby ją zostawić, przyprawiała go o kłujące wyrzuty sumienia.

Rzuciła zaklęcie i zamieniła go w kamień. Nigdzie nie mógł odejść.

W połowie tygodnia po szkole zaczęły krążyć plotki. Panna Young wpadła w depresję, miała nieszczęśliwy romans, próbowała się zabić, przedawkowała, podcięła sobie żyły. Plotki, plotki, plotki. Ben próbował się zorientować, czy ktoś go śledzi. Był pewien, że to tylko kwestia czasu, zanim ktoś go przyłapie.

„Nie wiedziałem, powie dyrektorowi. Nie zdawałem sobie sprawy, przecież nie mogłem?".

„To bardzo poważna sprawa. Wykorzystał ją pan. Dopuścił się pan napaści, zbliżył się do próby popełnienia morder-

264

stwa bardziej, niż gdyby sam pan wziął nóż do ręki. To była wrażliwa, głęboko w panu zakochana kobieta. Pan igrał z jej uczuciami, proszę pana!".

Ali łapała go za ramię, sadzała obok siebie i kazała się całować po swojej nieruchomej twarzy. Ben parzył jej herbatę, gotował przekąski, czytał, podawał chusteczki. Za każdym razem chciała, żeby się z nią kochał. Kiedy wychodził, przytulała się do niego i wciskała twarz w jego obojczyk. Nie było więcej mowy o rozstaniu.

W szkole powiedziała, że ma depresję, a znajomym, że do takiego stanu doprowadził ją koniec romansu. Wysnuła długą bajeczkę o skomplikowanym romansie z żonatym mężczyzną z innego miasta, z którym spotykała się od kilku miesięcy. Namalowała portret kochanka, który przyjeżdżał z daleka, żeby ją zobaczyć, i którego sama nigdy nie mogła odwiedzać. Przydało jej to tragicznego splendoru, lecz wszyscy byli zaskoczeni, że tak źle na nią wpłynęło, przecież nigdy nie wspominała o miłości. Gromadnie odwiedzali kobietę ze złamanym sercem. Ben żył w ciągłym strachu, że prędzej czy później zostanie przyłapany.

Często ktoś dzwonił, kiedy tam był, a czasem rozlegał się dzwonek do drzwi. Ali miała domofon; zawsze odpowiadała na dzwonek, lecz jak dotąd nikogo nie wpuściła, kiedy Ben był w mieszkaniu. Kto wie, jak długo w tym wytrwa? Jest szalona, czyż nie? Ben błagał ją, żeby w ogóle nie odpowiadała, ale spowodowało to więcej problemów, niż było warte. Chciała wiedzieć, czy się jej wstydzi? (Tak). Czy ma coś do ukrycia? (Tak). Czy jest takim egoistą, że bardziej martwi się o siebie niż o nią, która jest taka rozbita? (Tak). A w ogóle, co złego by się stało, gdyby ktoś go u niej zastał? Nawet spodobał jej się ten pomysł. Więc Ben trzymał buzię na kłódkę i trząsł się ze strachu, ilekroć zadzwonił telefon lub domofon.

W drugiej połowie tygodnia stan Ali zaczął się poprawiać. Rozmawiała, śmiała się, żartowała, szykowała mu to i owo

265

do jedzenia, jakieś małe uczty. Pod koniec następnego tygodnia chciała go w weekend gdzieś zabrać, do pubu, na kolację czy coś w tym rodzaju. Na randkę.

„Nigdy właściwie nie mieliśmy randki, nie wychodziliśmy razem", powiedziała. Ben uśmiechnął się i zamarł w środku. Groza! Zobaczą ich! Był już całkiem pewien, że Ali do tego zmierza. Co to oznacza? Że chodzą ze sobą, jak dziewczyna i chłopak, ot co. Chciała się ujawnić.

Wyszli w piątek wieczorem do pubu za miastem, zjedli kolację, wypili kilka drinków, potem wrócili do niej. Ben czuł się jak jej piesek. To był koszmar, ale przynajmniej nikt ich nie widział. Później, wieczorem, powiedział, że czuje ulgę; Ali się zirytowała.

— O co ci chodzi, Ben?

— Gdyby się o nas dowiedzieli, straciłabyś pracę, prawda? — zapytał mało błyskotliwie.

Ali wzruszyła ramionami.

— Mam dość tej pracy. To nie dla mnie. I tak myślałam o tym, żeby z tym skończyć. Może wybiorę się do miasta, zasięgnąć porady zawodowej, kiedy się lepiej poczuję.

— Kiedy?

— Nie pali się. Jestem na zwolnieniu, prawda? Może w przyszłym tygodniu.

Porada zawodowa? W przyszłym tygodniu? Ben nic nie powiedział, lecz jego umysł wskoczył na wysokie obroty. Jaki będzie miał powód, żeby się z nią nie zobaczyć w przyszłym tygodniu, poza swoją morderczą niechęcią do niej, do której nie może się przyznać? Ali oczyszczała dla nich przedpole, dla zakochanej pary, tylko że on nie był zakochany. Czy to miało znaczenie, że już jej nie lubi? Z pewnością nie miało znaczenia dla niej. Po pierwsze, nie był pewien, czy Ali w ogóle wie, co to znaczy być zakochanym.

Ben wiedział natomiast, że został pobity. Wpadł w zbyt głęboką wodę. Nie miał pojęcia, co zrobić ani do kogo się zwrócić. Wiedział tylko, że jest w piekle i nie ma drogi ucieczki. To była sytuacja w rodzaju takich, w których trzeba sobie radzić najlepiej, jak się potrafi: opieka nad trędowatym dzieckiem albo małżonkiem od dwudziestu lat, który złamał sobie szyję i nie może się poruszać.

Nie. Magiczne słowo. Jakim beznadziejnie słabym zaklęciem okazało się wobec tej czarownicy. To słowo wyśliznęło się z jego głowy jako coś bez znaczenia, lecz w czasie weekendu powoli zaczął je zastępować pewien pomysł — może niekoniecznie dobry, ale taki, który mógł doprowadzić do czegoś dobrego.

Podzielić się swoim problemem.

Dino zrobił na nim wielkie wrażenie, kiedy pewnego dnia, nagle i niespodziewanie, odkrył przed nim i Jonem całe swoje życie. Ben nie wiedział, czy opowiedzenie im wszystkiego, tak bez żadnego wstydu, rzeczywiście zmieniło w jakikolwiek sposób jego życie. W końcu nie mieli żadnego wpływu na wynik sprawy z kradzieżą, na rodziców Dina, Jackie, Siobhan vel Zoë... ale mimo to Ben czuł, że przez samo uważne wysłuchanie go, pomogli Dinowi. Jeden lub drugi, albo obaj, byli u niego wieczorem przynajmniej trzy razy w tygodniu. W weekendy wychodzili razem. Jak zwykle, nawet siedząc po uszy w bagnie, stary Dino był farciarzem. Miał przyjaciół, współczucie, ludzi, którzy na niego uważali. Więc dlaczego stary Ben miałby tego wszystkiego nie mieć? Był tak absolutnie samotny, żadnej pomocy, rady, współczucia, niczego. Z początku Ali zachęcała go, żeby był jej wierny, a teraz go tą wiernością pogrzebała. Może nadszedł czas, żeby być wiernym samemu sobie?

Ale z kim ma pogadać? Z mamą, z tatą? Odpada! W szkole? Odpada. Oficjalnie, z jakimś lekarzem? W Biurze Porad Obywatelskich? Nie takiej rozmowy potrzebował, w każdym razie jeszcze nie teraz. Potrzebował przyjaznego ucha, a to oznaczało Jonathona i Dina. Co za tandem! Dino był akurat w rozsypce; Jon był w rozsypce właściwie bez przerwy, lecz miał swoje dobre strony. Czasem umiał być przenikliwy,

267

choć nie zawsze potrafił dostrzec różnicę między przenikliwością i jednostronnością. Słynął z długiego jęzora, ale kiedy musiał, potrafił dochować sekretu, a tym razem naprawdę musiał. Częstokroć beznadziejnie go ponosiło, zwłaszcza kiedy się z kogoś nabijał, a robił to o wiele za często. Potrafił być niewiarygodnie gruboskórny, ale bywał też najwrażliwszy spośród wszystkich znajomych Bena.

Jeśli zaś chodzi o Dina, to zaczynał się poprawiać, lecz nawet bez problemów Bena miał na swoim talerzu wystarczająco dużo. Po chwili zastanowienia, Ben postanowił nie mieszać go do tego. W tej chwili Dino nie miał do niczego głowy. Jedna rzecz naraz — jeśli będzie chciał, powie mu później. Nie czuł się z tym dobrze; jeszcze nie tak dawno był bliżej z Dinem niż Jonathonem, ale ostatnio wiele się zmieniło. Po szkole powiedział Jonowi, że chce z nim pogadać. Jon się przeraził.

— Co znowu zrobiłem?

— Nic.

— O rany. No dobra. Już myślałem, że palnąłem Dinowi coś głupiego.

— Nie.

— Więc o co chodzi?

— Po prostu chcę pogadać.

— Dlaczego?

— Nieważne dlaczego!

— Jak mogę z tobą pogadać, jeśli nie chcesz mi powiedzieć, o co biega?

— Jonathonie, to poważna sprawa.

— Tak? Och, rozumiem. Przepraszam. Chcesz... rady?

— Nie! Właściwie, sam nie wiem. Po prostu... o kurwa.

— Nie, w porzo. Będzie dobrze. Tylko nie wiem, dlaczego wybrałeś mnie. Nie jestem w tym zbyt dobry. Niech ci będzie. Teraz?

— Nieważne, nie ma o czym mówić.

— Nie, daj spokój. Przeżyję to. No, nie dąsaj się, koniecznie muszę się dowiedzieć. Powaga?

268

Nie najlepszy początek. Ale poszli do jego domu i tam Ben wywalił kawę na ławę. Opowiedział o wszystkim — prawie o wszystkim — od samego początku. Mniej więcej w połowie Jonathon zerwał się na równe nogi.

— Więc wtedy, wieczorem przed dyskoteką, to była prawda? Naprawdę leżałeś, ona ci obciągała, a ty patrzyłeś na jej cipkę?

Ben się zarumienił.

— Mniejsza z tym.

— Ale tak było, nie? Ty łajzo, ty cholerny szczęściarzu! O Boże!

Ben uśmiechnął się mimo woli.

— Tak, i teraz za to płacę.

— Jak na mój gust, nie ma ceny, której nie warto by zapłacić za coś takiego. Chryste!

Przez chwilę Benowi zdawało się, że może rzeczywiście tak jest. Podekscytowany Jon chodził w tę i z powrotem po pokoju.

— O w mordę — powtarzał. — I jak było? Panna Young? Chryste! Ty cwaniaku, ty skurczybyku. Czy to prawda?

— Prawda — potwierdził Ben i wbrew woli przez chwilę napawał się swoją chwałą.

Jonathon zatrzymał się i popatrzył na niego podejrzliwie.

— Czemu mi to mówisz? — zapytał.

Ben przewrócił oczami.

— Jeszcze nie usłyszałeś nawet połowy.

Zanim dotarł do końca, Jon był przerażony.

— Straszne! Ale z niej suka! Stara krowa!

— Nie, może nie aż tak...

— Właśnie że tak! — Jon znów chodził po pokoju, tym razem napędzany gniewem. — Chryste. Ben, słuchaj... Ona nie zrobiła tego sobie, tylko tobie.

— Co?

— Mówię o podcięciu żył, stary!

— Próbowała się zabić... — zaczął Ben, lecz Jonathon pokręcił głową.

— Gówno prawda. Ona cię... wykorzystała. Nie próbowała się zabić. To było wołanie o pomoc. Albo coś w tym guście. W jej przypadku to było wołanie, żeby ją ktoś zauważył. Ben pochylił się nad stołem. Wiedział o tym. Jak tylko Jon to powiedział, zrozumiał, że wiedział o tym przez cały czas. Powtarzał to nawet sobie setki razy, lecz wtedy brzmiało to jak płytka wymówka. Kiedy Jon powiedział to na głos, stało się prawdziwe. Właściwie było oczywiste.

— Coś takiego. O kurwa! — Jon próbował się uspokoić, ale był poruszony. — Wyrządzenie sobie krzywdy to nie jest to, o co jej chodzi, prawda? To tylko środek do osiągnięcia celu. Zrobiła to tobie. Rany, kto by pomyślał? Zawsze wyglądała na taką wyluzowaną. — Jon pokręcił głową. — Chryste. Nie mogę w to uwierzyć. Na samą myśl mózg się lasuje. Jezu! Wiesz, myślałem, że to, co z nią robiłeś, warte jest najgorszego szajsu, ale to jest dopiero szajs. Najgorszy szajs, o jakim w życiu słyszałem. Jej odwaliło! Pociąć się, żeby zamknąć ci drzwi. Ona chce cię mieć. Za wszelką cenę. Nie, wróć: ona chce kogokolwiek za wszelką cenę. Rany! Brachu! To nie do wiary!

Jonathon paplał dalej, szamocząc się między zdumieniem, zazdrością i gniewem. Ben próbował wyciągnąć z niego jakąś radę.

— Złapała cię, bez pudła.

— Zgadza się.

— Trzymała cię bez pudła przez cały czas — uprzytomnił sobie Jonathon.

— Przez cały czas — przytaknął Ben, przypominając sobie, jak było.

Przez mgłę wypełniającą mu głowę przypomniał sobie swoje myśli, niemal wymazane przez szok, który przeżył. Ani razu nie umiał jej powiedzieć „nie", kiedy chciała seksu. Ani razu nie zapytała go o nic, co razem robili.

— Zdołałem się wymigać od chodzenia w czwartki na dodatkową lekcję matmy — oznajmił Ben.

— Chryste. Ona wygląda tak normalnie. A przecież ma we łbie kompletnie narąbane. Jest jak nienasycony drapieżnik. Ona naprawdę na to leci, no nie? Co za straszny kanał. Ty biedny draniu. Jak się z tego wyplączesz?

Biedny Ben kręcił głową, bliski łez. Jonathon nie wiedział, czy go objąć, czy co. Usiadł obok i położył mu rękę na ramieniu.

— Ona jest potworem — orzekł.

— Nie mogę nic zrobić, co? — spytał Ben.

— Hm, aż tak źle chyba nie jest. Nie próbowała naprawdę się zabić, to był tylko podstęp. Ale groźny podstęp. W tym właśnie rzecz: jak daleko może się posunąć, żeby cię przy sobie zatrzymać? Podcięcie żył jest całkiem dramatyczne, no nie? Ale ty musisz ją rzucić. Powiedz jej, że już czuje się lepiej, że nie zmieniłeś zdania, i już.

— Ale co ona wtedy zrobi? O to właśnie chodzi — wymamrotał Ben, a jego oczy znów napełniły się łzami.

— To jej problem, nie twój — odparł Jon. — Może zrobić cokolwiek, ale założę się, że to nie będzie nic strasznego. Może zrobiła już to co najgorsze. Musisz spróbować. Przecież dasz radę, no nie?

Ben się zastanowił. To było niewyobrażalne.

— Nie — odparł wreszcie.

— Więc powiedz komuś, komuś na ważnym stanowisku. Wyświadczysz jej przysługę w gruncie rzeczy. Ona potrzebuje pomocy. Ty też.

— Komu mam powiedzieć?

— W szkole?

Ben pokręcił głową.

— Nie mogę.

— Rodzicom.

— Daj spokój.

— Chryste. Mogę tylko powiedzieć, że ty potrzebujesz pomocy. Wpadłeś na zbyt głęboką wodę. Musi być ktoś, kto może coś zrobić. Chyba że chcesz w tym tkwić, póki ona się tobą nie znudzi.

— Dzięki.

— W końcu się znudzi, jestem pewien. Sęk w tym, że wszystko, co mogłoby ją naprawdę przestraszyć, wymarło co najmniej osiemdziesiąt milionów lat temu. — Jon próbował rozweselić przyjaciela. — Może jakiś kataklizm geologiczny. Wybuch wulkanu. Trzęsienie ziemi. Piorun kulisty.

— Bomba atomowa na autostradzie M-jeden — zasugerował Ben, ocierając oczy. — Katastrofa elektrowni atomowej.

— Coś z mitologii. Gorgona, Meduza. Coś bardziej przerażającego niż ona sama. Hulk Hogan. Superman. Gigantyczna anakonda. Inny smok, większy i straszniejszy niż ona. Ale gdzie żyją takie stwory?

* * *

To było dobre posunięcie, rozmowa z Jonem. Naprawdę pomogła. Z początku myślałem, że w gruncie rzeczy nie powiedział niczego, czego bym wcześniej nie wiedział, ale przynajmniej mi przypomniał, co jest rzeczywistością, a co moim paranoicznym urojeniem. Miałem w głowie taki mętlik, że o wielu rzeczach zapomniałem. Wypowiadając je za mnie, Jon sprawił, że stały się prawdziwe.

Wciąż jednak tkwiłem w pułapce. Jon powiedział, że będę w niej tkwił tak długo, aż Ali się znudzi. Zabrzmiało bardzo przekonująco, lecz wcale mi się nie podobało. To mogło trwać całe lata. To kanał, no nie? Przecież trzeba coś zrobić, nie sądzicie? Nie można tak po prostu siedzieć i pozwalać, żeby to się ciągnęło. Ale może to tylko pobożne życzenia? Może na tym polega życie — pozwalasz, żeby coś się działo, i masz oczy otwarte, żeby uchylić się przed następnym kubłem pomyj, który chlusta ci na łeb.

Naprawdę mnie załatwiła. Nie uświadamiałem sobie jak bardzo, aż do chwili, kiedy się rozpłakałem tego dnia w czasie rozmowy z Jonathonem. Siedziałem i roniłem łzy, a on żartował, próbując podnieść mnie na duchu. Wszyscy zdążyli już zauważyć. Mama i tata pytali, czy jestem chory, nauczyciele tak samo — parę dni wcześniej któryś spytał mnie, czy nie chciałbym pójść do szkolnej pielęgniarki, bo taki jestem blady. Nawet Dino się zorientował, co świadczy o tym, jak źle wyglądałem.

„Tak na ciebie patrzę i zdaje mi się, że jesteś trochę blady", powiedział. Była to z jego strony duża spostrzegawczość. Moja skóra przypominała oszczane prześcieradło, jak życzliwie zauważył Jonathon.

Więc jestem zgnojony, a jej to pasuje. Jest bardzo miła, delikatna i łagodna, teraz, kiedy ma to, czego chce. A ja boję się jak diabli. Przykro jej, że taka była, że podcięła sobie żyły, że tak mną pomiatała. Zaczęła mówić dziewczęcym głosikiem, co doprowadza mnie do szału.

„Ali zrobi Benniemu herbatki, taak?", mówi, a przecież ma dwadzieścia parę lat! Aż mi ciarki chodzą po grzbiecie.

I nagle, kiedy już mniej więcej pogodziłem się z myślą, że będę musiał to wytrzymać, dopóki ze mną nie skończy, przyszedł mi do głowy pomysł. Właściwie podsunął mi go jeden z żarcików Jona. Nigdy nie wiadomo, jak czasem może się przydać coś, co ludzie powiedzą. To był naprawdę szalony pomysł. Igranie z ogniem, ale w tym właśnie rzecz. To, co Jon powiedział o smoku jeszcze większym od niej. Znalazłem takiego smoka.

Biedna stara Ali! Żal mi jej, naprawdę. Jonathon mówił, że ona jest potworem, i to prawda, ale jest też ofiarą. Ktoś ją kiedyś załatwił — gorzej niż ona mnie — a ja wiedziałem nawet kto. Ale to była dla mnie za głęboka woda. Musiałem się wydostać i byłem gotów to zrobić, nie bacząc na nic. Może dla niej było za późno, a może nie. Ale na pewno nie było za późno dla mnie, a ja nie zamierzałem czekać, aż będzie.

Pomysł był świetny. Okrutny, egoistyczny, tchórzliwy i absolutnie przerażający, ale i tak miałem zamiar go wykorzystać. Przyszedł mi do głowy, kiedy byłem u Ali. W środku tygodnia. Wyskoczyła po coś i zostawiła mnie w mieszkaniu, kazała nikogo nie wpuszczać. Zadzwonił telefon. Nie odebrałem, rzecz jasna, więc włączyła się automatyczna sekretarka.

„Ali? Jesteś tam? Podnieś słuchawkę, jeśli jesteś. Ali? Wybieram się do ciebie. Długo się nie widziałyśmy, nie wiem, czy w ogóle żyjesz, czy nie. Przyjadę pociągiem jutro o piątej po południu. Jeśli po mnie nie wyjedziesz, wezmę taksówkę. Wiem, że powinnam wcześniej zadzwonić. Ty musisz częściej się odzywać, jeśli chcesz uniknąć podobnych sytuacji".

Telefon zamilkł.

Jej matka. Momentalnie pomyślałem: potwór. Niewymarły, niemitologiczny. Prawdziwy, z krwi i kości. O ile mi wiadomo, jedyna osoba na świecie, której Ali się boi.

Skasowałem nagranie.

36
Jonathon

Czegoś się ostatnio dowiedziałem. To sekret, nie mogę wam powtórzyć. Pewnie uważają, że mam długi język, wiem, że tak jest, bo ta osoba nie była pewna, czy mi to powiedzieć właśnie z tego powodu. Więc obiecałem i nawet tego nie napiszę, ale to był największy sekret, jaki można sobie wyobrazić. A usłyszałem go od kogoś, kogo nigdy bym nie podejrzewał o to, że jest w tak ciężkim położeniu. Zupełnie jak ja, tylko że dla tego gościa nie ma wyjścia. Siedzieliśmy godzinami i próbowaliśmy coś wykombinować, ale po prostu nie ma możliwości. Ten... ta kobieta złapała go za jaja i jest jasne jak słońce, że nie wypuści, dopóki nie znajdzie sobie innych jaj, których będzie się mogła uchwycić. Boże! Biedny, szczęśliwy skurczybyk.

Takie coś daje do myślenia. Każdy ma swoje kłopoty. Ten sekret — to jest coś! To się nazywa prawdziwy kłopot. Dino tak samo. To, o czym wam wcześniej opowiedziałem, tak mnie przybiło, że naprawdę zacząłem myśleć, że umrę albo spędzę resztę życia w upodleniu, ale to nieprawda. No bo Jackie na pewno nie będzie już chciała z nim chodzić. Jego rodzice naprawdę się rozwodzą. On nie może tego zmienić. Ten mój drugi przyjaciel też jest totalnie wkopany, a ja mogę coś dla siebie zrobić, jakkolwiek byłoby to zawstydzające. Mogę pójść do lekarza. Lekarz powie: „W porządku, świetnie, nic złego się nie dzieje" — i będę zdrowy. Muszę to zrobić. Muszę tylko przygotować się na to, że będę zakłopotany.

Ten mój kumpel. On to dopiero ma kłopot! Rety! Gdybyście usłyszeli. Nie mogłem uwierzyć własnym uszom. A mnie się zdawało, że mam problemy. W porównaniu z tym, co dzieje się u niego, wyimaginowany rak fiuta to pestka, mówię wam. Po prostu pestka. I czego to dowodzi? Że seks to kłopoty. Moja mama ciągle powtarza: „Seks pokazuje swoją wstrętną mordę". Zawsze mi się zdawało, że chce przez to powiedzieć, że jej zdaniem fiuty są wstrętne, ale może ma na myśli to, że seks równa się kłopoty.

Nie mogę wam powiedzieć. Naprawdę to niemożliwe. Nie chodzi nawet o dyskrecję, to naprawdę poważna sprawa. Poważka, nie mogę pisnąć słowa. To było takie okropne, że się podekscytowałem i zacząłem biegać jak szalony; Ben musiał mnie posadzić i kazał myśleć. A ja myślałem tylko o tym, żeby zapytać, co ona, to znaczy, ta kobieta, z którą się zadał... To znaczy, jak to się zaczęło i co robili, wiecie? A jak on może coś na to poradzić, słowo daję, nie mam zielonego pojęcia. Może tylko czekać, aż to się rozklei. Ale odebrałem to jako wielkie wyróżnienie, że ze mną porozmawiał. Naprawdę. Musiał pomyśleć, że warto wybrać akurat mnie. Mógł powiedzieć wielu ludziom. Jest lubiany przez chłopaków i dziewczyny. Ja jestem tylko gadułą, ale on wybrał właśnie mnie. Więc pomyślałem, że może jednak nie jestem taki beznadziejny. Może mu nawet pomogłem.

Najśmieszniejsze jest to, że wszystko, co mu powiedziałem, wszystkie rady, jakie mu dałem, przydałyby się mnie samemu. Na przykład: „Potrzebujesz pomocy". Albo: „Musisz powiedzieć komuś, kto może coś z tym zrobić". Widzicie? Gdybym zdobył się wtedy na odwagę, żeby mu powiedzieć, na co cierpię, poradziłby mi dokładnie to samo.

Ale tego nie zrobiłem. On umiał, ja nie umiem. Może dlatego, że on ma prawdziwy kłopot, a mój to po prostu żart. Nie wiem. Może nie powinienem iść do lekarza? Może powinienem powiedzieć temu przyjacielowi? Ale... to jest naprawdę wstydliwa sprawa. To znaczy, jego problem jest okropny, ale fajny. Mój jest po prostu gówniany.

Komu jeszcze mógłbym powiedzieć? Mamie?

„Martwię się o mojego członka, mamo. Jest cały gruzłowaty".

„Och, biedaku. Pokaż, mamusia obejrzy. Już dobrze, przykleimy plasterek. Widzisz! Jest jak nowy. No, zmykaj już. Bądź grzecznym chłopcem i włóż go jakiejś miłej dziewczynce".

Nie ma mowy! Tacie? Obaj siedzielibyśmy bez słowa jak zesztywniali, aż wreszcie wstałbym i wyszedł, i nigdy więcej nikt nawet by się o tym nie zająknął po kres naszych dni.

Może powinienem powiedzieć Debs... Ale wiem, co by mi poradziła, więc równie dobrze sam mógłbym to zrobić.

Lekarz.

A niech to szlag. O rany, to straszne, że muszę to zrobić. Potworność, ale inne możliwości są o wiele gorsze. To będzie nie do zniesienia, to będzie koszmarne i nieprzyjemne, ale w końcu minie, a ja nie zniknę, prawda? No tak, lekarz może powiedzieć, że to rak fiuta, ale nie powie, co? Wiem, że nie powie. To taka naiwna mantra, żeby się pozbyć strachu. Ale zadziała, bo... Bo ja wierzę w lekarzy, tak mi się w każdym razie wydaje.

Powiem wam, co się stanie: Dostanę nowiutkiego fiuta i będę bardzo, bardzo szczęśliwy.

Opowiem wam o tym najszybciej, jak się da, bo było to najboleśniejsze doświadczenie w całym moim życiu. Aż trudno mi o tym myśleć. Ból był tak dotkliwy, że nie jestem pewien, czy nie poniosłem psychicznego uszczerbku. Być może zostaną mi blizny na całe życie.

Po pierwsze, nie umówiłem się na wizytę. Najwcześniejszy termin był w następnym tygodniu — za późno. Poszedłem więc na siedemnastą, kiedy przyjmują nagłe wypadki. Zjawiłem się wcześniej, żeby załatwić to i mieć z głowy, i siedziałem, czekając godzinami, aż wyczytają moje nazwisko, bojąc się idiotycznie, że lekarz mnie wyrzuci za to, że marnuję mu czas jakimś neurotycznym fiutem. Ale dla mnie to był nagły wypadek, jasne? Z tego, co wiedziałem, za godzinę albo coś koło tego mogłoby mnie czekać życie bez fiuta, pewna śmierć, lata chemioterapii, operacja, naświetlanie...

Albo nowy fiut. Jeśli to żyła, a ja — Boże, błagam — mam tylko fioła, a nie raka. Tylko że wtedy była to ostatnia myśl, jaka mnie absorbowała. Modliłem się tylko o to, żeby lekarz okazał się facetem, który nie będzie miał nic przeciwko oglądaniu mojego fiuta, mimo iż może mu się on nie spodobać.

Wywołali mnie. Wchodzę do środka, a tam najgorsze, co mogło mi się przydarzyć... Młoda ładna lekarka. Bardzo atrakcyjna. Krótka spódniczka. Nogi. To było straszne. Wszedłem i momentalnie zamarłem. Nie mogłem wydusić słowa. Wszystko było jasne. Uzna mnie za wykolejeńca. A nawet, jeśli zgodzi się obejrzeć mojego fiuta, to on pewnie zesztywnieje w czasie badania. Zaczną dzwonić i sprawdzać, w ilu jeszcze miejscach kazałem sobie badać fiuta. Więzienie, nieuleczony rak, amputacja, zgon. A może zgon tu, na miejscu, bo ledwie łapałem oddech, dostawałem skurczów serca. Uduszę się na śmierć ze wstydu.

— Cześć, Jonathonie. Siadaj. Co ci dolega?

Stałem, trzęsąc się jak galareta.

— Mam problem — wydukałem.

— Większość ludzi właśnie dlatego tu przychodzi — odparła z uśmiechem. — A jaki jest twój?

Gapiłem się na nią przerażony. Jaja sobie ze mnie robi? Może wie? Co miało znaczyć to: „Jaki jest twój?". To było takie... takie nieoficjalne. Czym się trujesz? Co lubisz? Jak byś mnie wolał wziąć — na biurku, na dywanie? Błagam, żeby tylko nie próbowała mnie uwieść!

— Mam... mam taki guz. Taką górkę.

— W którym miejscu?

— Na... Na... W... — Nie mogłem wydusić tego słowa. Zacząłem się podnosić, spojrzałem na drzwi.

— Jonathonie? — Zrobiłem krok w stronę drzwi, ale znieruchomiałem. Lekarka wyrozumiale przechyliła głowę. — Ludzie przychodzą tu z rozmaitymi problemami. Założę się, że z twoim problemem też miałam już do czynienia. Zdziwiłabym się, gdyby było inaczej. — Uśmiechnęła się i otwartą dłonią wskazała krzesło. — Siadaj. Opowiedziałabym ci o niektórych, ale to, co mówi się w tym pokoju, jest absolutnie poufne. Powinieneś o tym pamiętać. Nic, co zostaje tutaj wypowiedziane, nie wychodzi poza te cztery ściany.

Wydałem dźwięk jak szczur żywcem szatkowany na kawałki.

— Proszę — powiedziała lekarka.

Usiadłem na krześle. Uśmiechnęła się.

— Coś wstydliwego?

— Mhm — wycharczałem.

Próbowałem wymyślić jakąś inną dolegliwość, do której mógłbym się przyznać. Wysypka? Gangrena jąder? Wszystko, tylko nie to!

— Zachowałeś się bardzo dzielnie, przychodząc tutaj, żeby o tym ze mną pomówić. Niektórzy ludzie cierpią przez całe lata z powodu wstydliwości. Ale wstydliwość nie jest groźna, a nieleczone choroby, owszem.

— Aah! — westchnąłem. A więc jednak mam raka!

— Czy to jest w intymnym miejscu?

— Mhm.

— Jądra?

— Nie.

— Dobrze. — Zaczekała chwilę, ale ja milczałem. — W takim razie zostają tylko dwa miejsca, prawda? Ale tam, na dole?

Skinąłem głową, ale już dostawałem kręćka. Dwa miejsca? Przez parę sekund nie mogłem się zorientować, lecz po chwili na to wpadłem: ona uważa, że mogę mieć także raka tyłka! Czy to znaczy, że tam też będzie chciała zaglądać? O Boże! To będzie jeszcze większy wstyd! Jeszcze parę sekund temu nie umiałem sobie wyobrazić nic bardziej wstydliwego niż pokazanie jej mojego fiuta, a ona w ciągu kilku minut podsunęła mi coś jeszcze gorszego. Co będzie dalej?

— Zdaje mi się, że w twoim wieku najprawdopodobniej może chodzić o członka. Zgadza się?

— Mmm. Taak.

Skinęła głową.

— Gdzie jest ten guzek, gdzieś pośrodku czy na główce?

— Poś... pośrr...

— Pośrodku. Dobrze, gdybyś zechciał podejść do leżanki i ściągnąć slipki. Zaraz to obejrzymy.

No i mam za swoje. Majtki w dół! Zgroza! Podszedłem do leżanki. Lekarka stanęła przy blacie i zaczęła wciągać rękawiczki. Gumowe rękawice? Przecież go umyłem. Mój fiut jest czysty jak łza. A może to do badania tyłka?

Ściągnąłem dżinsy, ale nie mogłem się zdobyć na wykonanie ostatniego kroku. Lekarka podeszła i stanęła nade mną.

— No dalej, nie chcę ich sama zdejmować.

Drgnąłem jak dzieciak, wyrwany z zamyślenia, i ściągnąłem majtki. Parówka i dwa okazy nabiału wyskoczyły na światło dzienne. Biedny Pan Sękaty!

— No więc... — zacząłem. — Guz jest po tej stronie. Wiem, że w tej chwili nie jest duży, ale bardzo rośnie i... i twardnieje kiedy mam eee... eeerrrekcję.

280

— Rozumiem. — Lekarka dotknęła członka palcami. — To żyła. Całkowicie normalna — oznajmiła. — Członki są bardzo ukrwione. Ta tętnica jest akurat blisko powierzchni, to wszystko. To znaczy, że masz dobrą cyrkulację krwi.

— Więc wszystko jest w porządku? — spytałem.

— W całkowitym. — Ściągnęła rękawiczki i podeszła do umywalki umyć ręce.

Co ona myśli, że czego dotykała? Musiała je umyć, chociaż miała rękawiczki? Czyżby zarazki z fiuta były śmiertelnie niebezpieczne?

— Więc wszystko jest w porządku? — powtórzyłem pytanie. Chciałem się upewnić absolutnie i ostatecznie. Nie chciałem drugi raz przez to przechodzić.

— Jak najbardziej. Z tymi rzeczami jest tak — mówiła, myjąc ręce i spoglądając na mnie — żeby się nimi nie martwić.

— Tak. Tak, oczywiście. Tylko czasami one nie dają spokoju, więc chciałem to wyjaśnić. No właśnie. Dziękuję pani bardzo. Do widzenia.

Otworzyłem drzwi i wybiegłem. Zanim je za sobą zamknąłem, powiedziała cicho: „Smacznego", jakby dała mi coś do jedzenia.

W drodze do domu omal nie umarłem. Jak ja to zdołałem zrobić? To było straszne, po prostu straszne. Najgorsza rzecz, jaką w życiu zrobiłem. Mniej więcej w połowie drogi zacząłem myśleć: Tak, to było bardzo, bardzo trudne. Głupie i okropne. Ale teraz masz nowiutkiego fiuta, chłoptasiu. Rzecz w tym, żeby go wypróbować.

37
Deborah

Czy się bałam? Byłam przerażona. Naprawdę, to było straszne. Chłopcy i te ich fiuty. A dziewczyny są podobno delikatne. To gadanie o primadonnach — tylko dlatego, że mu nie stanął. Przez tydzień prawie się do mnie nie odezwał. Starałam się być wyrozumiała, ale on przynajmniej mógłby o tym porozmawiać. Bo wiecie, ja też lubię seks. Nie chciałam powiedzieć: „Słuchaj, jesteś moim chłopakiem, chcę się z tobą kochać, co jest grane?". Czułam się z tym jak neurotyczka. Myślałam, że to przez moją nadwagę. A on zachowywał się jak kretyn. Nic, ani słowa.

I wreszcie się wydało. Powiedział, że bał się, że jest impotentem. Co za głupota, no nie? Robi to pierwszy raz w życiu, nie staje mu, a on myśli, że jest impotentem! Wielu chłopakom nie wychodzi za pierwszym razem. Nie powiedziałam, że jestem zła, oczywiście, ale naprawdę byłam. Jestem jego dziewczyną, może ze mną porozmawiać, prawda? Jeśli nie powie mnie, to komu? Swoim kumplom? Nie, dajcie spokój. Tej bandzie? Więc musiałam udawać współczucie z powodu tej śmiesznej, małej części ciała, mimo że ociągał się tak długo, że już myślałam, że budzę w nim odrazę.

Ach, ci chłopcy.

Przyznaję, że naprawdę nie rozumiem, dlaczego tak się tym podniecają. Próbował mi tłumaczyć. Powiedział, że to dlatego, że fiuty są tak okropnie humorzaste.

— Bardziej humorzaste od dziewcząt? — zapytałam.

— Posłuchaj — odparł. — Gdybym z tobą był, a ty byś się nie podnieciła, mógłbym o tym w ogóle nie wiedzieć, no nie?

— Wiedziałbyś — powiedziałam — bo byłabym sucha.

— Tak, ale to nie byłoby takie oczywiste. A gdybym mimo to próbował go włożyć, to pewnie by mi się udało, prawda?

— Mam nadzieję, że by się nie udało!

— Nie! Ale ty nie musisz nic robić, wystarczy, że leżysz. Nie musisz się starać, żeby coś było sztywne, nie? Jeśli tobie nie wychodzi, to po prostu znaczy, że nie jesteś w nastroju.

— Więc może ty nie byłeś w nastroju — mówię.

A on na to:

— Byłbym, gdybym mógł.

I jak mam to rozumieć?

No i macie, tak to jest z chłopakami. Wiecie, naprawdę zastanawiam się, czy to przypadkiem nie moja wina — nie, nie śmiejcie się — bo nie pierwszy raz mi się to zdarza. Naprawdę. Chociaż tamten nie był taki okropny jak Jonathon. Powiedział mi przynajmniej, co jest grane, jak się czuje. Myślałby kto, że dostał wyrok śmierci. Był taki przybity, żal mi go było, ale nic nie mogłam zrobić. Próbowaliśmy wszystkiego — nie wasza sprawa, co dokładnie robiliśmy. Macie wyobraźnię, to się domyślcie. Ale nic nie wychodziło. Sterczał mu do góry, prosto jak kij od szczotki, a kiedy zbliżał się, no wiecie gdzie, momentalnie opadał. Chłopak był zdesperowany. Nawet chciał oglądać zdjęcia porno, kiedy go wkładał! Naprawdę! A ja na to: nie ma mowy. Wyobraźcie sobie, jak przewraca kartki nad moim ramieniem. „Jeśli nie jestem dla ciebie dość dobra żywa, to co ci pomogą laski na papierze?", zapytałam. Powiem wam, jak to wytłumaczył.

Boże, to takie wstydliwe. Powiedział, że... że jak będzie patrzył na jakąś cipkę, to fiut będzie mu stał, a ponieważ nie może patrzeć na moją, to popatrzy na papierową. Boże drogi! Możecie to sobie wyobrazić? Jasne, że nie byłam zła. Biedak był zdesperowany. Konał z pragnienia. Zrobił to w końcu od tyłu, wtedy się udało. Kiedy już złapał rytm, było w porządku. Wiecie, wszystko dzieje się w głowie. Więc kiedy z Jonathonem sytuacja się powtórzyła, pomyślałam: Nie, tylko nie to! Jon był moim drugim chłopakiem, więc rozumiecie — dwóch chłopaków i obu nie stanął! Sto procent niestawalności! Nie robi to za dobrze mojej pewności siebie. Ja też mam problem. Nie mam metra osiemdziesięciu wzrostu i idealnych wymiarów, to chyba jasne, prawda? Nie za bardzo chce mi się coś z tym zrobić, bo rzeczywiście za bardzo lubię jedzonko. Ile razy mam problem z chłopakiem, zaraz zaczynam myśleć, że to właśnie z tego powodu. Naprawdę! Wiem, że to głupie. Wielu chłopców lubi dziewczyny, które mają ciut za dużo ciała, wiecie? „Lubię, jak coś się rusza", mówił mój były chłopak! Coś się rusza, o rany, co ja gadam? Więc martwię się tym, ale inne dziewczyny też, wszyscy przejmujemy się swoimi ciałami. Taka jest prawda. Nawet szczupłe, piękne dziewczyny uważają, że są za grube. No i macie, tak to jest z dziewczynami. Chłopcy zamartwiają się o swoje fiuty, my o całe sylwetki. Jak tylko coś zaczyna się chrzanić, od razu myślę, że przez to, że jestem odrażająca. To prawdziwy cud, że ludziom w ogóle udaje się mieć dzieci!

Więc zanim mogliśmy wykorzystać naszą drugą szansę, bałam się nie mniej niż on. Bo jeśli znów się nie uda, to co? Może nigdy więcej się do mnie nie odezwie! Może załamie się nerwowo? Jon potrafiłby zagadać osła na śmierć, a do mnie tygodniami nie odezwał się ani słowem. Uwielbiam go. Rozśmiesza mnie, a ja poszłabym za takim wszędzie. Zrobię wszystko — w granicach rozsądku. No, nie patrzcie tak na mnie, tylko żartowałam.

Nadarzyła się druga szansa — moi rodzice znów się gdzieś wybierali — ale nie śmiałam nic powiedzieć, bo Jon był taki przybity. Ooch, myślałam, tak długo się namyślał, czy w ogóle chce ze mną chodzić. A jeśli naprawdę mnie nie chce? Może byłam dla niego za szybka? Bo on dużo gada, jest taki inteligentny i zabawny, ale wydaje mi się, że pod spodem nie jest zbyt pewny siebie. I ma o sobie zbyt wysokie mniemanie. Czy to brzmi dziwnie? Może i brzmi dziwnie, ale ja tak właśnie uważam. Ma duże ego i kompletnie brak mu pewności siebie.

I nagle — wszystko zmieniło się z dnia na dzień. Tak po prostu. Bęc! W jednej chwili ze zmartwienia prawie nie mógł się ruszyć, a w następnej omal nie zepchnął mnie z krzesła swoim sztywnym fiutem. Chciał to zrobić tu i teraz. A ja na to: „Nie ma mowy! Tu, na podłodze, kiedy moja mama robi coś w kuchni?". On tylko się uśmiechnął, był gotów na wszystko. Coś musiało się stać, nie wiem tylko co. Nie powiedział. Nie puścił pary z ust. Kiedy zapytałam, odparł, że pewnego dnia się obudził i wszystko było w porządku. „Tak po prostu?", spytałam. Nie wierzę. Tak się zastanawiam, czy przypadkiem nie chodziło o jakiś problem medyczny, ale jaki? Może coś wziął? Bo musiała być jakaś przyczyna, no nie? Ale Jon nie chciał powiedzieć.

Nadszedł Wielki Dzień. Rodzice się ulotnili. Jeżdżą na wyprzedaże garażowe. Tak! Rewelacyjna sprawa! Powiedziałam Jonowi, żeby przyszedł o jedenastej. Nie ma się co spieszyć — przecież nie jest listonoszem czy kimś takim! Ja też chciałam się przygotować. Wzięłam prysznic. Posprzątałam pokój. Zmieniłam pościel. Uśmiechnęłam się, bo przypomniałam sobie, co powtarza mama.

„Jestem kobietą, i kiedy zmieniam pościel, to coś znaczy". Tak mówi, więc kiedy widzę, że zmienia pościel w swoim pokoju, puszczam do niej oko, a ona cała się rumieni.

Postawiłam wazonik z plastikowymi kwiatkami na stoliku koło łóżka. Prawdę powiedziawszy, to wydaje mi się, że Jon poczułby się bardziej swojsko, gdybym wrzuciła pod łóżko stos brudnych skarpet, rozlała na pościel mleko i herbatę — albo coś jeszcze gorszego — i przez tydzień trzymała zamknięte okna. Tacy są chłopcy. W każdym razie ci, z którymi chodziłam. Kupiłam to i owo na rynku, trochę pasty sezamowej i ryżu, i naszykowałam curry, które zrobiłam w piątek dla całej rodziny. Zawsze gotuję raz w tygodniu, czasem dwa razy, kiedy mama jest w pracy. I trochę zaciągnęłam zasłony, żeby był lekki półmrok, ale bez przesady. Martwiłam się, że jak tylko się rozbiorę, Jon zobaczy wszystkie moje górki i dołki i to go odstraszy, chociaż on mówi, że lubi moje górki i dołki. Mówi, że są kobiece. Ale nie chciałam, żeby było za ciemno, bo wiele osób, wielu chłopców lubi widzieć, co dostają. To był pewien dylemat. O Boże, wstydzę się. Jon lubi sobie popatrzeć, wiecie?

Co ze mnie za dziewczyna? Dlaczego ja wam to mówię?

Więc pomyślałam, oczywiście, że znów będzie sztywny ze strachu — to znaczy, przestraszony, ale nie sztywny! Ale kiedy przyszedł, okazało się, że jest super. Był w świetnym humorze. Zaskoczył mnie. Skakał, śmiał się, wygłupiał, żartował. To on mnie uspokoił. Zwykle jest taki niepewny. Czasem widać to na jego twarzy, powie coś nie tak, ktoś na niego warknie i Jon nie wie, co się dzieje. Często tak jest. Ostatnio przez wiele dni zachowywał się dziwacznie i nagle wszystko było w porzo. Zabrałam go do kuchni i zapytałam, czy chce coś do picia, herbaty lub kawy, a on mówi:

— Nie, przejdźmy od razu do głównego dania. Chcę cię dźgnąć jednym sztywniakiem — powiedział, co bardzo mnie rozśmieszyło.

Złapał mnie, pocałował i przytulił, wcisnął głowę w moją szyję i łaskotał. Był naprawdę w superhumorze! Więc poszliśmy prosto na górę... i było świetnie. Żadnych problemów. Powiedział, że pięknie wyglądam, i że mam ładny pokój. Prawie od razu dostał orgazmu, i dobrze. Trochę się tym zmartwił, więc powiedziałam mu, że to dla mnie jak komplement! Że tak bardzo go podnieciłam! Potem zrobiliśmy to jeszcze raz, i było cudownie. Naprawdę cudownie. Był taki szczęśliwy. Myślę, że nigdy nie widziałam, żeby był taki szczęśliwy ze mną. Przeważnie jest trochę wystraszony. Był trochę niepewny i zamknięty w sobie, od kiedy ze sobą chodzimy, ale tego dnia zamienił się w Pana Szczęśliwego. Czemu? Chciałabym to wiedzieć. Jeśli miał jakiś problem, to go rozwiązał, mówię wam! Później już nie można go było powstrzymać! Jak tylko nadarzała się okazja, zaraz się na mnie rzucał. Po prostu. Ach, ci chłopcy! Co się tam w środku dzieje? Wydaje mi się, że oni wszyscy mają kręćka. Jonathon na pewno... No dobrze, ja też. Wiecie co? Tak bardzo lubię tego chłopaka, myślę, że jestem w nim zakochana.

38

Ben

Nie miałem pewności, czy ją rozpoznam. Na stacji nie było tłumów, ale mimo to parę osób, i to raczej starszych. Znalazłem jej zdjęcia, a właściwie to jedno podkradłem. W mieszkaniu Ali było ich pełno, na pewno nie zauważy, że jednego brakuje.

„Bez przerwy obserwuje mnie tymi swoimi paciorkowatymi oczkami, nawet w sypialni. Nawet w cholernym kiblu", mówiła. To prawda — nigdy się nad tym nie zastanawiałem, dopóki nie zwróciła na to uwagi, ale zdjęcie mamy było w każdym pomieszczeniu. Czasem dwa. Mama dała je Ali i powiesiła albo porozstawiała. Były ich setki, aż strach spojrzeć. Wydawało się, że schodzą ze ścian i idą za mną po pokoju. Zapytałem Ali, dlaczego ich nie zdejmie, a ona powiedziała, że mama zna je na pamięć i robi straszny raban, kiedy się któreś ruszy, więc nie warto.

Wziąłem fotkę z szuflady, ale nie wiedziałem, czy jest nowa. Mogła zmienić uczesanie, makijaż albo całą twarz, jeśli o to chodzi, ale wypatrzyłem ją od razu. Była niższa, niż się spodziewałem, ubrana w purpurowy tweedowy płaszcz i miała włosy zaczesane do góry. Ciągnęła walizkę na kółkach, która była niewiele mniejsza od niej, ale zasuwała jak szybkobieżny gryzoń. Jestem od niej o głowę wyższy, a musiałem nieźle wyciągać nogi, żeby ją dogonić.

— Pani Young?

Spojrzała na mnie przez ramię.

— Jestem przyjacielem pani córki. Alison. Czy moglibyśmy pomówić?

Nie zatrzymała się, kiedy ją zagadnąłem, ale teraz odwróciła się, żeby na mnie spojrzeć.

— Jest pan bardzo młody jak na jej przyjaciela — zauważyła. — Chodzi pan do jej szkoły?

Przejrzała mnie, wystarczyło jedno spojrzenie.

— Czy moglibyśmy pomówić? — powtórzyłem.

Zerknęła na dworcowy zegar wiszący nad peronem.

— Przyjechałam odwiedzić córkę. — Uniosła lekko brwi, jakby dając mi znak, żebym podał jakiś powód, wart jej cennego czasu.

— Chcę porozmawiać o Ali. — Jeszcze raz spojrzała na zegar. Ktoś mógłby pomyśleć, że sam fakt, iż zjawia się ktoś nieznajomy i prosi o rozmowę, powinien ją zaintrygować, lecz ona naprawdę wyglądała tak, jakby miała za chwilę odejść i mnie zostawić. — Naprawdę powinna pani wiedzieć — dodałem.

— Co powinnam wiedzieć? — zapytała od razu.

— Nie mogę tutaj o tym mówić — odparłem. Skrzywiła się, ale już ją miałem. — Tam jest kawiarnia Costa. — Wydęła usta i ruszyła w tamtą stronę.

Więc od czego by tu zacząć? „Sypiałem z pani córką, ale teraz chcę ją rzucić i nie mogę, czy byłaby pani łaskawa zrobić to w moim imieniu?".

Zacząłem mówić o depresji Ali i o tym, że podcięła sobie żyły. Rozumiecie, takie wybrałem podejście. Ma kłopoty, ja się o nią martwię, nie wiem, co robić. I tak dalej. I to była prawda, choć nie cała. To znaczy Ali się zamotała, a ja się o nią martwiłem, ale bardziej martwiłem się o siebie. Nie byłem rycerzem na białym wierzchowcu. Chodziło mi o mnie. Co za draństwo. No dobra. Ale nie pozostało mi nic innego. Potem pani Young zaczęła zadawać pytania i wszystko wyszło na jaw — Ali i ja, nauczycielka i uczeń, romans. Powiedziałem, że nie jestem zadowolony z tej sytuacji, ale nie wiem, jak z tym skończyć, bo ona jest taka... Jakiego słowa użyć, mówiąc matce o jej córce? Niezrównoważona, powiedziałem w końcu, a ona prawie na mnie zasyczała. Z każdym słowem czułem się coraz większą szmatą. Bo nią byłem.

W końcu nie miałem już nic do powiedzenia. Matka Ali miała mniej więcej pełny obraz sytuacji, a resztę mogła sobie sama dopowiedzieć. Siedziała nad filiżanką kawy — za moją też zapłaciła — i patrzyła na mnie. Nie miałem pojęcia, jak to się rozwinie. Chyba wciąż miałem nadzieję, że zostanę zrozumiany.

— Młody człowieku — rzekła. — Masz sporo na sumieniu.

Zdziwiłem się. Naprawdę. Powinienem był wiedzieć, ale po prostu się tego nie spodziewałem.

— Ja? Co ja takiego zrobiłem? — spytałem.

Nawet w moich uszach zabrzmiało to jak skamlanie małego uczniaka.

— Alison jest bardzo wrażliwą, młodą kobietą, którą łatwo zranić, a ty ją wykorzystałeś.

— Ja? — powtórzyłem. Nie mogłem w to uwierzyć. — Ależ ja jestem jej uczniem. To ona jest nauczycielką.

— Tak, podejrzewam, że każdy uczniak o tym marzy. O romansie z młodą, atrakcyjną nauczycielką. Pewnie świetnie się bawiłeś, chwaląc się wszystkim swoim kumplom.

Powiedziała „kumplom", jakby brała to słowo w cudzysłów.

Zaczynała się nakręcać. A ja gotowałem się w środku. To było takie niesprawiedliwe!

— Ale to ona panowała nad sytuacją — przypomniałem.

— Alison nigdy nie panowała nad niczym w swoim życiu — prychnęła pani Young.

I wiecie co? To mnie wkurzyło. No dobra, wiem, że pod wieloma względami byłem nieuczciwy, i wiem, że sam powinienem był ją rzucić, i wiem... że powinienem był zrobić wiele rzeczy, których nie zrobiłem. I wiem, że przyszedłem tam ze względu na siebie, a nie na nią, mimo że to ona była w tarapatach. Ale mimo to... ta kobieta była matką Ali, do diabła, a traktowała ją jak szmatę, tak samo jak mnie. Ja byłem szmatą, bo wykorzystałem jej drogą córeczkę, a Ali była szmatą, bo nie umiała o siebie zadbać. Zacząłem dostrzegać, dlaczego Ali tak bardzo jej nienawidzi. Miałem wielką ochotę powiedzieć jej, co o niej myślę, ale nie mogłem wydobyć z siebie właściwych słów, więc tylko wyszczerzyłem zęby w uśmiechu.

— Cieszę się, że to pana bawi — sarknęła.

— Pani Young... — zacząłem. — Pani córka...

Nagle ogarnęła mnie taka złość, że chciałem ją, no wiecie, naprawdę zranić. Albo zmusić ją do tego, żeby zrozumiała. No dobrze, jeśli ona jest szurnięta, to dzięki komu? Ale właściwie po co? Po prostu zamknąłem się. Cokolwiek bym powiedział, tylko pogorszyłoby sprawę. Ta stara suka poszłaby do Ali i znów zgnoiłaby ją psychicznie. Już dałem jej broń do ręki, nie chciałem jeszcze bardziej pogarszać sytuacji.

Wstałem.

— Nie musiałem pani tego wszystkiego mówić. Mogłem powiedzieć w szkole.

Pani Young spojrzała na mnie jak na robaka.

— Tak, i zrujnować jej karierę. Ale nie musi się pan o to martwić. Ona tam nie wróci. — Powiedziała to z takim przekonaniem, że wiedziałem, że się nie myli. Odwróciła się i spojrzała na mnie.

— Pewnego dnia jakaś młoda kobieta będzie przez pana

291

bardzo, bardzo nieszczęśliwa. Cieszę się, że w porę przyjechałam po moją córkę.

I wyszła, a ja stałem z otwartymi ustami, czując się tak, jakbym został przyłapany na jedzeniu gówna w publicznym miejscu.

A więc, czy jestem wielkim draniem? Choć nie w taki sposób, w jaki przedstawiła to matka Ali. Wisi mi, co ta baba o mnie myśli. Wydaje mi się, że Ali jest jej małą dziewczynką, a ja tylko kolejnym typkiem, który ją przeleciał, a potem rzucił, kiedy wpadła w kanał. To, co zrobiłem, było chyba najgorszą rzeczą, jaką mogłem zrobić Ali. Jej matka lobotomistka. Ona czuje się zraniona, próbuje popełnić samobójstwo, a ja uwalniam bestię. Jej najgorszy koszmar. Zdaje mi się, że najlepiej było pójść za radą Jonathona: po prostu siedzieć i czekać. Może byłbym lepszym człowiekiem, gdybym to zrobił? Ale przecież trzeba się o siebie troszczyć, no nie? Jon siedziałby i czekał, ale nie dlatego, że jest lepszym człowiekiem, tylko dlatego, że bałby się zrobić cokolwiek innego. Ali wyszłaby na tym lepiej, ale on więcej by wycierpiał. Pewnie mógłbym powiedzieć: „No cóż, może to ją czegoś nauczy, może następnym razem nie zrobi czegoś takiego" i tak dalej. Ale ja w to wszystko nie wierzę. Była ona i byłem ja, i nie mogłem pozwolić, żeby padło na mnie, to wszystko. Nie uchylam się przed swoją porcją kopów od życia, ale nie ma mowy, żebym siedział i czekał, aż Ali postanowi mnie rzucić, wielkie dzięki.

Więc nie czuję się zbyt dumny z powodu tego, co zrobiłem, ale wiecie co? Zrobiłbym to jeszcze raz. Jeśli znaczy to, że jestem draniem, to trudno. Nie zawsze można być świętym. Przez cały czas było tak, jak ona sobie życzyła — ale nie wtedy. Nie do samego końca. Końcówka należała do mnie. Może nawet jestem z tego trochę dumny, bo jeśli wybór polega na tym, żeby ktoś srał i szczał ci na głowę i cię wykorzystywał a byciem draniem, to ja wolę być draniem, bez dwóch zdań.

I wiecie, że wypaliło? Jak paliwo rakietowe. To był koniec. Ali nie wróciła do pracy, w weekend nie było jej już w mieszkaniu, znikła. Rozpłynęła się. Nie miała szans. Parę dni później ktoś ją zastępował na zajęciach, przedstawienie zostało odwołane, a w następnym semestrze pojawiła się nowa nauczycielka dramatu. Bang. Niesamowite!

No i tyle. Byłem wolny. Bardzo długo spodziewałem się, że zjawi się nagle i mnie zamorduje, ale się nie zjawiła. W końcu zacząłem myśleć, że sytuacja się poprawia. Zbliżało się lato. Dino zaczął opowiadać o swoim wujku, który pracuje na statku wycieczkowym na jeziorach w Windermere i być może załatwi nam pracę na lato. Wiecie co? Klawo to brzmiało. Picie, laski. Ludzie na wakacjach, zabawa. Trochę szmalcu w kieszeni. Nawet praca nie wydawała się straszna.

Parę dni temu rozmawiałem znów z Marianne i odniosłem wrażenie, że wciąż jest zainteresowana. Ale jeszcze za wcześnie. Właśnie zeskoczyłem z patelni — to nie znaczy, że Marianne parzy, ale ja nie potrzebuję w tej chwili chodzić z dziewczyną. Może po wakacjach. Ona pewnie już z kimś wtedy będzie, chłopcy po prostu wyrywają takie dziewczyny. Tak to jest. Ja na jakiś czas muszę się usunąć. Gdzieś na bok. Bo wiecie, co jest grane? Jestem wolny, ot co. Wolny jak ptak.

39

Dino

Stałem przy szafkach z Jonem i Benem, obserwując Deborah, która szła złożyć raport Jackie.

— Ona chce znów ze mną chodzić — powiedziałem.

Jonathon się roześmiał.

— Wiesz o czymś, o czym ja nie wiem? — zapytałem.

— Na to wygląda.

— Więc co cię tak rozbawiło?

— Jackie chce z tobą chodzić? Po tym wszystkim?

— Opowiadała naokoło, jaka z ciebie szmata. I miała rację, no nie? — zauważył Ben.

— No masz...

Spojrzeli na siebie tak, że parsknąłem śmiechem. Myśleli, że woda sodowa znów uderzyła mi do głowy, ale to była prawda. Bo wiecie co? Na jakiś czas coś straciłem, nie wiem co, ale teraz znów to miałem. Czułem to. Widziałem to w oczach ludzi, którzy na mnie patrzyli.

— Bo o czym chce ze mną rozmawiać? Sprawdzić, czy odrobiłem lekcje? Wątpię.

Cisza.

— On może mieć rację — stwierdził Ben.

— Jeśli to prawda, to cała moja wiara w dziewczyny upadła raz na zawsze. To byłoby żałosne.

294

Pokręciłem głową.

— Nie w tym rzecz — powiedziałem. — Ona po prostu chorobliwie za mną szaleje, i tyle.

Ben się roześmiał.

— A jeśli się zgodzi, będziesz z nią chodził?

Skrzywiłem się.

— Nie wiem.

— Druga szansa, żeby wejść w jej złote wrota — zauważył Jon.

— Druga szansa dla niej, żeby wodzić mnie za nos — odparłem. — Nie można na niej za bardzo polegać, no nie? Nie była cała dla mnie, prawda?

— Nie można na niej polegać? — zdziwił się Jon i obaj zaczęli skręcać się ze śmiechu, co mnie wkurzyło. Co w tym śmiesznego?

— Nie, nie można na niej polegać, a co? — Wtedy byłem już pewien, że wróciłem do formy, bo biedny stary Jon oblał się rumieńcem, jakby zapomniał zapiąć rozporka.

— Tak tylko powiedziałem, no wiesz...

— Dino, to ty umawiałeś się z dwiema naraz — przypomniał cierpliwie Ben. — Ona ma prawo się gniewać.

Ben i Jon trochę czasami smęcą, ale dobrzy z nich koledzy. Jednej rzeczy nauczyłem się przez cały ten szajs: że myślenie, kto jest Tym, a kto nie jest, to dziecinada. Spójrzcie na Jonathona — jest mniej więcej tak wiarygodny jak para starych gaci, ale okazał się lepszym kumplem niż Stu, Snoops i reszta. A Ben — wciąż nie ma dziewczyny, wygląda na to, że już go to nie interesuje. Zastanawiam się, czy nie jest gejem. Widzicie? To wszystko się nie liczy, jeśli chodzi o to, kto jest twoim przyjacielem. Oni są moimi kumplami — pokazali, że tak. A reszta to po prostu badziewiarze.

Ale nie pomyliłem się co do Jackie. Wyczytałem to w jej spojrzeniu. Nie uśmiechasz się w ten sposób do kogoś, kogo uważasz za szmatę. Musiało do niej dotrzeć, pod jaką byłem presją.

I wiem, co jej powiem, bez względu na to, co mówiłem Benowi i Jonowi. Wciąż jest najładniejszą dziewczyną w szkole i podoba mi się jak diabli. A my przecież nigdy nie... no wiecie. A to byłaby szkoda, nie?

Spotkaliśmy się za bramą szkoły i poszliśmy alejką. Jackie była cała szczęśliwa i uśmiechnięta. To było super. Jak się masz, co słychać, jak mama i tata, dobrze się skończyło z tą kradzieżą i tak dalej. Nie mówiłem dużo, tylko odpowiadałem na pytania. Uśmiechaliśmy się do siebie. Gdzieś w połowie drogi wzięła mnie pod rękę.

— Nie myśl sobie, że to coś znaczy, bo nie znaczy — ostrzegła. — Po prostu jesteśmy dla siebie mili, jasne?

Ale powiedziała to dziewczęcym głosem, jakby się ze mną drażniła, no wiecie, więc nie można było brać tych słów całkiem serio.

— Bardzo mnie rozgniewałeś — dodała.

— Przykro mi — odparłem, a Jackie klepnęła mnie lekko w rękę.

— Wcale ci nie jest przykro, przecież widzę. Nie waż się zrobić tego po raz drugi. — Zamilkła na chwilę. — Byłam naprawdę zraniona — dodała.

— Naprawdę jest mi przykro — powiedziałem z uśmiechem.

Jackie też się uśmiechnęła, trochę smutno, a potem mocniej złapała mnie za rękę i przytuliła się do mnie.

Doszliśmy spokojnie do końca Crab Lane. Jackie westchnęła i stanęła, jakby na coś czekała, więc objąłem ją delikatnie. Uśmiechnęła się. Wyglądała na taką szczęśliwą, oczy tak jej błyszczały, że naprawdę się napaliłem. Pocałowałem ją. Całowaliśmy się długo i mocno, było super. Potem Jackie westchnęła i oparła głowę na mojej piersi.

— Czy to znaczy, że znów ze sobą chodzimy? — zapytała.

— Chyba tak — odparłem.

— Niedobry z ciebie chłopiec, Dino, powinnam... Pocałuj mnie jeszcze raz.

Więc ją pocałowałem i... to było to.

— Umówmy się — zaproponowała.

Więc umówiliśmy się na jutro wieczór. Sue stała koło przystanku i wyglądała na zdrowo wkurzoną; aż przewróciła oczami na nasz widok. Jackie nadal zachowywała się jak mała dziewczynka, wierciła się, wygłupiała i robiła z siebie idiotkę. Ale pocałunek był super, a co mnie właściwie obchodzi Sue?

No więc to mógłby być nowy początek, ale wiecie co? Doszedłem do domu i pomyślałem: Czy ja naprawdę chcę znów się w to bawić? Jednego dnia sama na mnie włazi, a następnego jest zimna jak kamień. A poza tym... No cóż, są inne dziewczyny. Jeśli mam wam powiedzieć prawdę, to już się z jedną umówiłem na weekend. Wszystkim się podoba, jest naprawdę miła. Teraz musiałbym jej powiedzieć, że nic z tego. Więc pomyślałem sobie, może tamta bardziej mi się podoba niż Jackie. Kiedyś myślałem, że Jackie jest stała i prostolinijna, ale w gruncie rzeczy nigdy nie wiadomo, na czym się z nią stoi. Tamta dziewczyna rzeczywiście jest prostolinijna, a zdaje się, że bardziej tego teraz potrzebuję.

Wtedy jeszcze nic nie zrobiłem. Nazajutrz cała szkoła huczała o tym, że znów jesteśmy razem. Nikt nie mógł w to uwierzyć i to było ekstra. Przez większość dnia udawało mi się jej unikać, ale pod koniec byłem raczej pewny, że to błąd. Wieczorem zadzwoniłem i powiedziałem, że nic z tego. Zrobiłem to tak delikatnie, jak się dało. Powiedziałem, że wciąż mi się podoba, ale myślę, że nic nam z tego nie wyjdzie. Przyjęła to całkiem dobrze. Ucieszyła się, że zadzwonię, a potem nic już nie mówiła, była zaszokowana. Nie czułem się z tym dobrze, ale lepiej było tak to załatwić, niż ciągnąć dalej. Wydaje mi się, że za długo wodziliśmy się nawzajem za nos.

40
Sue

Złość. Łzy. Machanie rękami w powietrzu. Makijaż rozmazany na całej twarzy. Popioły. Rozpacz.
„Jak on mógł? Po tym, jak się przed nim upokorzyłam!", zawodziła Jackie.
Trwało to przez tydzień, a potem jej przeszło.

41
Finał

Pomysł był taki, żebyśmy wszyscy razem poszli do kina, na kręgle, na basen albo jeszcze gdzie indziej — Jon, Deborah, Ben, Dino i Jackie. Tylko że Dino dał kopa Jackie i tajemniczo napomykał o tym, że być może przyjdzie ktoś inny.

„Więc znów przypadnie mi rola kłującego agrestu", stwierdził Ben. Ale mimo wszystko przyszedł. Jeśli pójdą na kręgle, to wybiorę się z nimi, myślał, a jak pójdą do kina, to ich zostawię. Zastanawiał się, czy zaprosić Marianne, ale było za wcześnie. Ach, te związki, ta bliskość. Za dużo tego.

Spotkali się w kafejce koło ośrodka, usiedli przy stoliku, zamówili coś do picia, bez alkoholu, i chrupali chipsy. Mniej więcej po dziesięciu minutach zjawił się Dino z nową dziewczyną.

— Cześć — rzucił nieśmiało.

— Cześć — odpowiedział Jonathon.

— Hm — mruknął Ben.

— Cześć, Marianne — powiedziała Deborah.

Dino uśmiechnął się wesoło. Marianne przywitała się, uśmiechnęła chłodno do Bena i przechyliła głowę.

— Więc co wy tam razem kombinujecie? — zagadnął Jonathon, żeby przerwać ciszę.

— Tak naprawdę jeszcze nie wiemy, pospacerujemy trochę, a potem się zobaczy, co dalej — odparł Dino. Ale był z siebie zadowolony. Czyż ona nie jest śliczna? Nie cieszycie się razem ze mną? Czy każdy z was nie chciałby być mną?

Deborah zaczęła rozmawiać z Marianne o tym, co można robić w mieście. Dino stał i uśmiechał się niepewnie do swoich przyjaciół, którzy nie wyglądali na uszczęśliwionych. Nie wiedział dlaczego. Potem on i jego nowa dziewczyna powiedzieli „cześć" i ruszyli w stronę drzwi.

— To nara — zawołał Dino.

— Nara — odpowiedział Jon. Zaczekał chwilę, aż oboje znikną za drzwiami. — A to skurwiel.

Ben uśmiechnął się i pokręcił głową, lekko się rumieniąc.

— Co jest grane, obaj się na niego uwzięliście? — spytała Deborah.

— Ta dziewczyna wpadła w oko Benowi — odparł Jonathon.

— To było wieki temu — powiedział Ben, lecz kolor jego twarzy zmienił się z różowego na jasnoczerwony.

— O rany, to prawdziwe świństwo — stwierdziła Deborah, krzywiąc się. — Cały Dino, prawda?

— Ale on nie wiedział, że ona wciąż mi się podoba, prawda? — rzekł z naciskiem Ben.

— Wiedział — nie dawał za wygraną Jonathon, oburzony ze względu na Bena. Po tym wszystkim, co dla niego zrobili! I po tym, co przeszedł Ben. Dopiero się uwolnił, a teraz Dino paraduje sobie z jedyną dziewczyną, która mu się spodobała!

— Przecież on nie wiedział — powtórzył Ben. — Parę tygodni temu namawiał mnie, żebym się z nią umówił, a ja nie chciałem. Pamiętasz? Powiedziałem mu, że nie chcę.

— Ale... — zaczął Jonathon.

To była prawda. Dino nic nie wiedział o Alison Young. Nie miał pojęcia, dlaczego Ben nie umówił się na randkę z Marianne.

Deborah też nie wiedziała.

— Więc czemu jej nie zaprosiłeś, jestem pewna, że by się zgodziła — odezwała się. — Trzeba dziewczynę zaprosić, Ben, bo co ona ma robić, czekać na ciebie?

— Jasne, racja.

— Nie obchodzi mnie, wiedział czy nie wiedział, tak czy owak szmata z niego i już. To nie może być przypadek — upierał się Jonathon. — Nie mógł się tak wstrzelić tylko przez przypadek.

Ben się skrzywił.

— Cały Dino — mruknęła Deborah.

— Niesamowite. Buch, pięścią w nos. Jak on to robi?

— To bez znaczenia — stwierdził Ben. Nie chciał o tym dłużej rozmawiać.

Został z Jonem i Deborah, trochę pogadali. Jon i Debs próbowali go zatrzymać, ale Ben nie miał najmniejszej ochoty siedzieć dalej z parą, która ze sobą chodzi — dostał cios w samo serce. Dokończył drinka i zostawił ich sam na sam. Odwrócił się, by spojrzeć na nich przez okno, i zobaczył, że już nachylili się ku sobie, prawie stykając się nosami nad małym drewnianym stolikiem. Uroczy obrazek. Jeszcze nigdy nie widział Jona tak szczęśliwego. Powlókł się do sklepu muzycznego, gdzie przesłuchał kilka płyt, na które nie mógł sobie pozwolić, a potem złapał autobus do domu. Rodzice byli na zakupach, brat u kolegi, miał całą chatę dla siebie. Wszedł do frontowego pokoju i stanął, gapiąc się na ścianę.

„Kurwa mać, zaklął. Kurwa mać, kurwa mać, kurwa mać. Niech to szlag trafi! Aaaaaa!". Podbiegł do drzwi i kopnął w nie z całej siły. Pękły. Będzie musiał za to odpowiedzieć, ale było mu to obojętne. Biegał po całym domu, ryczał, miotał poduszkami i kopał w ściany, starając się nie potłuc czegoś cennego. Wreszcie rzucił się na kanapę. Miał ochotę płakać, wrzeszczeć i śmiać się albo robić to wszystko naraz. Wyszczerzył zęby w okropnym grymasie i uśmiechnął się jak szatan do sufitu.

Po minucie założył ręce za głowę, westchnął i zamknął oczy. Nie zamierzał zapraszać Marianne i było kompletnie nierozsądne liczyć na to, że będzie na niego czekała — ale to właśnie Dino musiał być gościem, który mu ją sprzątnie, właśnie teraz, zaledwie kilka dni po tym, jak odzyskał wolność. Tak jak powiedział Jon, za dokładnie się wstrzelił, żeby to był przypadek. Mimo to Ben gotów był się założyć, że Dino nie miał zielonego pojęcia, co robi.

Wstał i spojrzał na siebie w lustrze. Miał niezłą twarz, drobne, regularne rysy i czarne kręcone włosy. Oczy poczerwieniały mu z gniewu — o mało się nie rozpłakał — ale wyglądał dobrze. Na świecie roi się od ładnych dziewcząt. Znajdzie się inna. Dino i Marianne nie zostaną ze sobą na wieki, a on wciąż będzie. Po co się spieszyć? Może poczekać, jeśli zechce. Albo nie.

Spis treści